KB159383

◆ ◆ ◆ ◆ ◆ ◆

한비야가 육로로 다닌 곳

◆ ◆ ◆ ◆ ◆ ◆

페테르스부르크
영국
덴마크
러시아
네덜란드
모스크바
벨기에
독일
체코
몽골
프랑스
스위스
오스트리아
그루지아
투르크멘
우주베크
하얼빈
스페인
이스탄불
아제르바이잔
베이징
대한민국
이탈리아
아르메니아
서울
서안
일본
예루살렘
시리아
아프가니스탄
중국
상하이
카이로
다마스커스
네팔
청두
이집트
요르단
이란
타이페이
방글라데시
홍콩
봄베이
캘커타
에르트리아
인도
타이
필리핀
아디스아바바
이디오피아
말레이시아
싱가포르
케냐
나이로비
탄자니아
다르에스살람
인도네시아
말라위

앵커리지
캐나다
벤쿠버
시애틀
미국
보스턴
뉴욕
워싱턴
로스엔젤레스
마이애미
멕시코
벨리즈
과테말라
온두라스
페루
리마
라파스
볼리비아
아르헨티나
산티아고
칠레

바람의 딸

걸·어·서·지·구·세·바·퀴·반·2

바람의 딸
걸·어·서 ·지·구·세· 바·퀴·반·2권

초판 1쇄 발행 : 1996년 10월 18일
초판 39쇄 발행 : 2007년 3월 12일

지은이 : 한비야
펴낸이 : 박국용
편 집 : 서재경, 양희정
교 열 : 김신혜
표지 사진 : 윤항로
표지 디자인 : 여홍구
인 쇄 : 조광출판인쇄(주)

펴낸곳: 도서출판 **금 토**
서울 종로구 신문로1가 58-14 한글회관 203호
전화: 02)732-6252(대표), 팩스: 738-1110
1996년 3월 6일 출판등록 제 16-1273호
ISBN 89-86903-02-403810

값 9,000원
* 저자와의 협약에 의해 인지는 생략합니다.

역사 속에서는 유럽 침략자들에게 약탈당하고
현세에서는 강대국 자본가들에게 수탈당하는
아메리카 땅의 진짜 주인 인디오들.
그 중에서도 지금은 비록 남루하지만
머루같이 까만 눈동자로 밝은 미래를 기다리는
중남미의 어린이들에게
이 책을 바친다.

목차

바람의 딸, 걸어서 지구 세바퀴 반 2

바람의 딸, 걸어서 지구 세바퀴 반 2

〈추천의 글〉

따뜻한 사람이 그리운 이라면

황인용
〈방송인〉

"안녕하세요? 황 선생님."

한비야 씨의 첫인상은 밝고 경쾌했다. 처음 만나는 내게 아주 오랫동안 알고 지내던 사람인 듯 인사하는 그녀에게는 초면의 서먹서먹함이나 어색함이 전혀 없었다. 내가 진행하는 라디오 프로그램 〈FM 모닝쇼〉의 이야기 손님으로 나오는 날이었다.

나는 한비야 씨가 몇 년 동안이나 홀로 걸어서 세계 오지로만 돌아다녔다고 해서 몸집이 우람하고 조금은 거친 여자일 거라고 상상했었다. 그러나 내 앞에 나타난 아담한 체격의 '바람의 딸'은 누구에게나 밝은 웃음을 보내는 천진난만한 사람이었고 아주 밝은 빛을 가진 에너지 덩어리였다.

첫방송을 해보니 재미있었다. 조금도 꾸미거나 덧칠하지 않고 있는 그대로를 활짝 드러내는 솔직함이 그 재미를 배가시켰다. 말은 어찌 그리 빠른지. 쾌활한 웃음과 함께 쏟아내는 발랄한 단어들이 아침방송을 유쾌하게 만들었다. 그래서 처음에는 한 회만 초대하려던 계획이 한 달이 되고 석 달이나 계속되었다. 그녀의 발목을 잡은 장본인은 바로 나다.

한비야 씨와 방송을 계속해보니 그녀의 이야기는 재미만 있는 것이 아니었다. 새겨들을 말도 많았다. 그리고 무엇보다도 인간냄새가 물씬 풍겼다. 사람을 사랑할 줄 아는 사람들만이 가지는 따뜻하고 편안한 체취가 그녀의 곳곳에서 배어나왔다.

"이 책에는 읽을 게 있네요. 단순한 여행기나 무용담이 아니라 여행을 통한 인생경험이 진득하게 배어 있어요."

한비야 씨의 책을 한번 읽어보라고 내게 권한 사람은 아내다. 방송국에서 받아다가 집에 갖다놓은 책을 먼저 대학에 다니는 아이들이 읽어보고 아주 재미있게 보았다며 아내에게 주었고 아내가 밤새 읽더니 내게 내밀었다.

나는 며칠 그 책에 푹 빠져 지냈다. 이처럼 재미있게 읽은 책도 오랜만이다. 왜 그랬을까. 무엇이 나를 그토록 끌어당겼을까. '여행인클럽'의 멤버일 만큼 나도 여행을 좋아하니 일단 내가 가보지 못한 나라의 이야기가 재미있었다. 내가 하고 싶은 일을 다른 누군가가 해주었다는, 정말로 신나는 대리만족이었다.

갖가지 위험하고 아찔한 순간들에 잘 대처해가는 '간큰 여자'의 모험담도 흥미로웠다. 기지와 순발력이 부러웠다. 그러나 그 책을 끝까지 놓지 못하게 한 것은 지구촌 오지의 가난한 사람들에 대한 그녀의 사랑이었다. 참으로 따뜻한 애정이었다.

나는 애독자의 한사람으로서 많은 사람들에게 이 책을 권한다. 인생을 적극적이고도 재미있게 살고 싶은 사람들에게, 꿈과 용기가 필요한 사람들에게, 그리고 무엇보다도 따뜻한 사람이 그리운 사람들에게 이 책을 권하고 싶다.

좋은 친구는 자랑하고 싶어진다던가. 나는 더 많은 사람들이 멋진 한비야 씨를 알게 되었으면 한다.

황인용

〈서문-책이 늦어진 변명〉

1권 반응에 놀라고 원주민 추억에 잠기느라고

"이런 대단한 여행을 하면서 왜 글을 안써요? 연재합시다."

94년 12월 말, 인도와 네팔, 중남미 등을 2년간 여행하고 잠깐 한국에 들렀을 때 만났던 당시 동아일보사 〈여성동아〉 부장은 불문곡직 잡지 연재를 서둘렀다.

"여행중에 어떻게 연재를 해요?"

"괜찮아요. 현장중계식으로 하면 되죠."

막무가내로 밀어붙이는 통에 엉겁결에 그러자 하고 아프리카로 떠났다.

"이제 책을 내야지요. 빨리 원고를 쓰세요."

연재가 끝나고 한참 후, 1년 반 동안의 여행을 마치고 잠깐 돌아왔더니 그 부장은 회사를 그만두고 출판 일을 시작하고 있다가 나를 보고는 다짜고짜 또 원고 타령이다.

"아휴, 못해요, 못해. 세계일주 여행이 다 끝난 것도 아닌데 책은 무슨 책이에요?"

2, 3주일 뒤에는 중국으로 떠나 1년간 중국 변방에 사는 소수민족들을 만나보고 올 참이었다.

내 고통 독자들은 알까 몰라

그러나 며칠 뒤 나는 짐을 싸 가지고 일영에 있는 조용한 시골집으로 이사를 했다. 글을 쓰기 위해서다. 안 쓰겠다던 사람이 무슨 변덕인가? 사실은 아프리카에서 오랫동안 먹었던 말라리아 예방약 부작용으로 간이 많이 손상되어서 바로 긴 여행을 떠나는 것은 무리라는 의사의 만류가 있었다. 게다가 책을 내자는 제의가 이상한 매력으로 나를 잡아끌었던 것이다. 새로운 것에 대한 호기심이었을까. 나는 책쓰기라는 미지의 세계로 또 다른 여행을 떠나보기로 했다.

그래서 시작은 했는데 아이구, 이건 분명 내가 너무 선불리 일을 벌인 것이었다. 지금까지 나름대로 책도 제법 읽고 글쓰기 연습도 열심히 했다고 생각했는데 막상 책으로 엮을 글을 써보니 모든 게 볼품없고 부끄럽기 짝이 없었다. 말로 하면 그리도 술술 잘 풀리는 이야기가 쓰려고만 하면 몽땅 달아나버리기 일쑤였다.

'이런 글이 나갔다간 망신살만 뻗치겠다.'

겁이 덜컥 났다. 날짜는 자꾸 가는데 두 주일간을 밤새도록 썼다 지웠다만 반복했다.

'아무래도 안되겠어. 내일은 전화해서 도저히 못하겠다고 말해야지.'

매일밤 이렇게 결심했으나 아침이 되어 막상 전화를 하자니 자존심이 허락하지 않았다.

'한 번 시작한 일을 한 달도 안해보고 두 손을 들어?'

그러면서 다시 마음을 고쳐먹고 또 암중모색. 그러나 아무래도 잘 쓸 자신이 없었다.

'언감생심, 내 글재주로 책은 무슨 책이람.'

그러던 어느날 아침운동 삼아 뒷산에 오르면서 문득 이런 생각이

들었다.

'맞아. 내가 전업작가도 아닌데 꼭 수려한 글을 써야 하는 건 아니잖아? 내가 경험한 색다른 이야기를 하면 되는 것 아냐? 그거라면 못 할 것도 없지.'

산을 내려올 때는 그간의 무거웠던 마음이 아주 가벼워졌다.

'그래. 내 스타일로 쓰는 거야. 친한 친구를 만나 신나게 이야기해 주는 기분으로 솔직하게 쓰면 돼. 내가 보고 느낀 그대로를 꾸밈없이. 무엇보다도 세계 방방곡곡에서 내가 직접 맡아본 사람들의 냄새를 고스란히 담도록 하자.'

이렇게 마음먹으니 일이 쉽게 풀렸다. 처음 해보는 작업이라 힘은 들어도 멋있게 써야 한다는 강박관념에서 벗어나니 글쓰기가 아주 재미있었다.

그리고 6월 중순 책을 세상에 내놓게 되었다. 최선을 다했다는 뿌듯한 마음으로, 그러나 조심스러운 마음으로.

아, 그런데 이게 웬일인가? 책이 나오자마자 한 달도 되지 않아 전국의 주요 서점 베스트 셀러 비소설 부문에 1위로 올라가 앉는 것이 아닌가. 너무 신기했다. 책이 나오면 부끄러워서 간이 회복되기 전이라도 중국으로 도망갈 준비를 하고 있었는데 말이다. 인쇄소에서는 책찍기가 바쁘다는 소식이었다.

처음에는 믿어지지 않아 시내 큰 서점에 직접 가보기도 했다. 베스트 셀러 서가의 1위 자리에 꽂혀 있는 내 책을 보고는 어머, 어머만을 연발했다. 전철이나 길거리에서 내 책을 들고 다니는 사람들도 보았다. 그 사람들이 나를 알아보면 어쩌나 싶어 황급히 자리를 피하면서도 솔직히 기분이 참 좋았다.

그리고 곧 독자들로부터 편지가 오기 시작했다. 내 예상과는 달리 중고등학생부터 환갑이 넘으신 어른들까지 독자층은 폭넓고 다양했다.

'세계여행은 나 혼자만의 꿈이 아니었구나. 이렇게 많은 사람들이 여행이라는 꿈을 간직하고 있었구나.'

독자들의 첫마디는 모두 '여자 혼자몸으로 참 대단하다'는 것이었다.

'한비야 씨에게서 큰 용기를 얻었다. 우리나라에도 이런 여자가 있다는 게 자랑스럽다'라는 말도 많이 들었다. 이런 과찬의 말에는 얼굴이 달아오를 지경이었다.

30대 중반의 대기업 전자회사 과장이라는 독자의 편지도 있었다. 그는 내 책을 읽은 후 어릴 때 꿈을 되찾고 경직된 세상의 잣대에서 자유로워졌다고 했다.

"나는 어릴 때부터 비디오를 실컷 보고 사람들에게 좋은 비디오를 권해주는 비디오가게 주인이 되고 싶었습니다. 그렇지만 소위 일류대학 공대를 나온 사람이 그런 일을 하면 인생의 낙오자 정도로 생각할까봐 엄두를 내지 못했습니다. 남의 눈이 두려웠던 거죠. 그러나 나는 이제 마음을 정했습니다. 직장을 그만두고 비디오가게를 열려고 합니다."

그가 직장을 그만두는 것이 그를 위해서나 직장을 위해서 마이너스가 될지도 모르지만 한 사람이 어릴 때 꾸던 꿈을 실현한다는 것은 참으로 축하해줄 일이었다.

여행중 놀랐을 때 먹으라고 청심환을 보내준 아저씨도 있었고 어떤 아주머니는 매일 새벽미사를 보는 신자인데 내가 중국여행 무사히 마치고 올 때까지 새벽기도중에 나를 늘 기억해주겠다고도 했다. 독자들의 이 넘치는 관심과 사랑에 몸둘 바를 몰랐다.

그런데 더욱 나를 놀라게 한 것은 매스컴의 반응이었다. 책이 나오자 며칠도 되지 않아 일간 신문사부터 나를 찾기 시작했다. 그 다음에는 여성지 및 각종 잡지, 그리고 온갖 라디오 프로그램을 거쳐 드디어 TV까지 진출했다. 그것도 아침프로에서 어린이프로, 저녁 오락프로를 거쳐 늦은 밤의 토크쇼에 이르기까지.

이렇게 거의 석 달간 쉼없이 계속되는 각종 인터뷰, 원고 청탁, 강연 등으로 지난 5년의 거친 여행에도 끄떡없던 내 체력이 바닥이 나버렸다. 내가 믿고 있던 것처럼 나는 무쇠로 만들어지지는 않았던 것이다. 2권을 빨리 내겠다는 독자들과의 약속을 한시도 잊은 적은 없지만 이런 이유 때문에 이제서야 내게 된 변명, 사랑하는 마음으로 이해해주시리라 믿는다.

또 한 가지 양해를 구할 것이 있다. 계획대로라면 이 책에 인도, 네팔 이야기를 함께 넣어야 했지만 아메리카 대륙만으로 책 한 권 분량을 훨씬 넘어버렸다.

아메리카 대륙 부분을 좀 짧게 하더라도 처음 계획대로 인도, 네팔을 넣으려고 해보았지만 그건 아무래도 무리였다.

그렇게 하면 두 곳 다 충분히 얘기할 수 없기 때문에 독자들을 실망시킬 뿐더러 나로서도 버려지는 많은 이야기들이 아깝기 때문이다. 그래서 인도, 네팔은 차후에 따로 다루기로 한 점, 다시 한 번 깊은 양해를 바란다.

내 형제 친척같은 아메리카 원래 주인들

2권에 실린 내용은 94년 2월부터 12월까지 북미 알래스카부터 중미를 거쳐 남미 최남단 마젤란 해협까지 여행한 이야기다. 벌써 2년 전의 이야기이니 아무리 메모를 꼼꼼히 했다 해도 당시의 감정을 그대로 되살리는 데 많은 시간이 걸렸다. 오래된 기억을 찾아내느라 일기장들도 여러 번 읽고 사진들도 오래도록 들여다 보곤 했다.

그러는 동안 차츰차츰 그때의 일들이 마치 영화 필름처럼 머리속에 되살아났다. 아주 위험하고 아슬아슬하며 숨막히던 순간들, 어처구니없는 실수들, 기막힌 자연경관과 각 나라의 진기한 풍습들 그리고 그때 만나 마음을 주고 받았던 사람들의 얼굴도 하나하나 떠올랐다. 이 아름다운 사람들과 섞여 살면서 울고 웃고 가슴 뻐근하게 느낀 감동들도 되살아났다.

가족의 소중함을 누구보다 잘 알고 있던 과테말라 호숫가 가구공 레히니 아저씨, 열 일곱이나 되는 자식들을 모두 친구로 여기며 사랑을 듬뿍 쏟던 흑인 노예의 후예 온두라스의 훌리안 아저씨, 볼리비아 인적드문 산속, 다 쓰러져가는 초가에서 도시로 떠난 아들을 기다리며 혼자 살고 있던 파파 할머니. 이들은 소박한 삶의·진실을 온몸으로 말해준 사람들이었다.

아이들은 얼마나 사랑스러운지. 과테말라의 산간마을 토도스 산토스의 열 살 난 예이미. 소아마비로 다리를 절면서도 장사하는 엄마 대신 집안 일을 하며 동네 꼬마들까지 거두어주는 마음씨 고운 아이. 도시에 나가 돈을 벌어 다리를 고치고 간호사가 되겠다는 그 아이의 소원은 지금도 생각만 하면 콧등이 찡해온다.

티티카카 호수 안 섬에서 머리를 빗겨주며 정을 나누던 아이들, 마추픽추 가는 길 강가에서 우리를 찾아왔던 머루같은 눈망울을 가진 아이들. 모두가 지금은 남루한 모습이지만 후일에는 중남아메리카의 미래가 될 보물들이다.

그러나 누구보다도 잊혀지지 않는 사람들은 중남미 구석구석에서 만난 따뜻한 우리 동포들이었다. 페루 아레키파에서 10년 넘게 혼자 살면서 가난한 원주민들을 치료해주고 있는 자랑스런 한의사 박재학 선생. 볼리비아 라파스에서 만난 현숙이. 이민 1.5세대의 가슴앓이를 하고 있지만 심지는 단단한 기특한 우리의 젊은이이다. 볼리비아 정글 입구에서 원주민들과 어울려 살아가는 최씨 부부. 그런 오지에서 제일 귀한 것이 미역과 김이라면서도 버스 정류장까지 김밥을 싸가지고 따라 나온 아주머니 정성에 목이 울컥했었다.

이런 끈끈한 정은 한국사람들에게서만 느꼈던 게 아니다. 아메리카의 원래 주인, 인디오들과도 똑같은 정이 오고 갔다. 알래스카부터 칠레 남단까지 다니면서 만난 원주민들. 작고 낮은 코, 노란색 피부에 아이 엉덩이에 있는 '삼신할머니 손자국' 몽고반점까지 우리와 닮은 이들이 우리와 조상이 같은 몽고족이어서였을까. 지구 반대편에 살고 있으면서도 그 땅의 원주민들을 만나면 낯설기커녕 살갑게 느껴졌다.

어쩌면 이런 피로 얽힌 연대감 외에도 우리나 이들이나 과거에 강대국에게 약탈당한 적이 있다는 역사적인 연대감도 있었을 것이다. 여행을 다니면서 이들의 입장에서 보니 서양의 눈으로만 본 우리의 세계사 교육이 얼마나 사실과 다른 엉터리였는가도 뼈저리게 느낄 수 있었다. 침략과 수탈이 남긴 상처를 볼 때마다 내가 당한 일인 듯 마음 아파하고 분개한 것은 그 때문이었다.

1권에 못지않은 사랑을 기대하는 건 무리일까. 그렇지만 욕심이 생긴다. 전권보다 더 많은 시간을 들이고 더 많은 정을 쏟았으므로. 모쪼록 재미있게 읽어주시길 바란다.

이제 곧 다음 여행지인 중국 변방으로 떠나려 한다. 1년 후 돌아올 때는 보다 재미있고 감동적인 이야기보따리를 욕심껏 지고 올 결심이다.

여러분을 생각하며.

1996년 10월, 정독도서관 논문실에서

공짜 트럭 얻어타기로 남미대륙 1/3 관통

사치스런 부인에 눌려지내는 트럭 아저씨가 내게는
온갖 정을 쏟아 트럭 밑에 차려진 부엌에서 요리를 대접.

안경 하나 전해주려고 부에노스 아이레스까지

남미에 오니 서울에서는 몰랐던 아르헨티나에 대한 무시무시한 이야기가 떠돈다. 나같은 저경비 배낭족에게 가장 무서운 건 무엇일까? 그건 물론 물가다. 몇 년 전까지만 해도 미국달러를 가지고 다니는 여행객에게는 '믿을 수 없이 물가가 싼' 나라였다는 아르헨티나. 그러나 그건 이미 옛날 얘기다.

현재(94년 2월)의 환율은 1달러당 1페소. 그림엽서가 2.5페소이니 엽서 한 장에 2달러 50센트, 우리돈으로 2천원 정도나 된다. 이렇게 비싸다면 숙식비와 교통비 등 하루 경비 1백달러로는 어림없을 것이다. 아르헨티나 정부가 인위적으로 환율을 그렇게 만들어놓았다니 외국인 여행객에게는 치명적이다.

칠레와 아르헨티나는 남미라기보다는 유럽의 한 나라라는 생각이 든다. 우선 사람들의 외모도 그렇고 생활 수준도 그렇고 문화도 그렇다.

남미에 있는 아르헨티나가 백인의 나라가 된 것은 순전히 은 때문이다. '아르헨티나'라는 말이 바로 라틴어로 은이라는 뜻이다. 16세기 초 신대륙 발견에 열을 올리던 스페인의 정복자와 탐험대 사이에는 아르헨티나에 은이 무진장 묻혀 있다는 소문이 만연했다. 부에노스 아이레스 입구에 있는 강 이름을 라 플라타, '은강'이라고 했을 정도니까. 이 은을 탐낸 유럽의 약탈자들이 떼를 지어 배를 타고 대서양을 건너 아르헨티나로 몰려들었다.

이때 쳐들어온 정복자들은 세계사에 그 잔혹상이 길이 남을 인디오 사냥을 자행했다. 여자고 어린이고 닥칠 것 없이 인디오만 보면 쥐잡듯 잡아죽였다.

누가 세계 역사상 가장 잔혹한 민족을 몽고족이라고 했던가? 그건 한때 칭기즈칸의 말발굽 아래 짓밟혔던 유럽인들의 허언이다. 따지고 보면 그보다 더 잔인한 민족은 얼마든지 있다. 이스라엘인들로 보면 게르만족이요 아메리카 인디오들로 보면 유럽의 침입자들이다. 남북아메리카 도처에 인디오들이 뿌린 피의 흔적이 흥건하다. 다만 정복자들이 그걸 감추고 있을 뿐.

침입자들이 인디오를 몰아낸 후 19세기 말부터 20세기 초까지 프랑스, 이탈리아, 독일 등 유럽 각국에서 사람들이 물밀 듯 쏟아져 들어왔다. 이들이 현재는 아르헨티나 인구의 90%를 차지하고 있다. 이 이민자들은 몸은 남미에 있으면서도 신분은 유럽사람이라는 자가당착적인 생각에 빠져 아르헨티나를 남미 안의 유럽으로 만들려 했다. 실제로 부에노스 아이레스는 '남미의 파리' 로 불리기도 했다.

이런 역사를 가진 아르헨티나는 내가 상상하고 있던 인디오의 나라, 오지의 남미와는 거리가 멀었다. 그런데 왜 내가 페루, 볼리비아, 에콰도르 등 남미다운 남미 오지를 다 놓아두고 남미 여행기간도 넉 달밖에 없는 상황에서 아르헨티나를 굳이 가느냐? 그 이유는 딱 하나. 대학 후배에게 안경 하나를 전해주기 위해서다.

남미로 떠나기 전 서울에서 아르헨티나에 갈지도 모르겠다고 부에노스 아이레스에 살고 있는 후배에게 연락을 했다. 그랬더니 마침 잘 되었다면서 올 때 자기가 다니던 안경점에 가서 안경을 하나 맞춰다 달라는 것이다. 아르헨티나에 안경점이 없는 것은 아니지만 자기 입맛에 딱 맞는 것이 없다나.

그래서 맞춘 안경을 작은 배낭 속에 보물인 듯 고이 간직하고 다니는데 오로지 이것 하나 때문에 물가도 비싸고 백인들만 사는 나라를 간다는 게 마음에 썩 내키지는 않았다. 칠레에서 그냥 국제소포로 부쳐버릴까 하는 생각도 해보았다. 하지만 지구를 반 바퀴나 돌아 여기까지 왔는데 바로 코앞에 살고 있는 후배를 안보고 가는 것도 마음에 걸렸다. 분명 나를 기다리고 있을 텐데 말이다.

어떻게 할까 하고 망설이고 있는데 아르헨티나에서 방금 넘어온 아이들을 칠레 국경에서 여러 명 만났다. 그 애들 말이 국경 도시에서 부에노스 아이레스까지 차비는 2백50달러나 되지만 빈차 얻어타기가 생각보다 쉽고 치안도 좋은 편이라 시간만 충분하다면 히칭(차 얻어타기)으로 다니는 것도 그리 어렵지 않다고 한다.

아, 그래? 그렇다면 국경에서 부에노스 아이레스까지만이 아니라 아르헨티나 전국을 차 얻어타기로 돌아다녀 볼까? 돈도 절약하고 경험의 폭도 넓히고. 인도 고아에서 만났던 어떤 히피는 아프리카를 순전히 히칭만으로 6개월간 다녔다고 하던데 한 대륙은 못 할 망정 한 나라는 해보고 싶다는 생각이 들었다. 그러자 갈까말까 망설이던 부에노스 아이레스가 하루빨리 가고 싶은 곳으로 변했다. 사람의 일이란 이렇게 마음먹기 달렸다니까.

인적 드문 벌판에서 운전사가 딴맘 먹을까봐 벌벌 떨고

칠레의 최남단 도시 푼타 아레나스에서 아르헨티나의 최남단 도시 리오 가예고스까지 국경에 펼쳐진 풍경은 풍경이랄 것도 없는, 황량하고 누런 벌판이다. 남극이 가까이 있는 척박한 땅이다.

아르헨티나 국경 출입국관리소에서는 배낭만 보고 즉석에서 60일짜리 여행비자 도장을 찍으려고 한다. 보통 배낭족들은 비자가 필요없기 때문에 내가 어느 나라에서 왔는지 묻지도 않았다. 제기랄.

서울에서 번거로운 서류들을 제출하고 대사관을 여러 번 왔다갔다하며 고생고생해 이 나라 비자를 받았는데. 그것이 억울해 일부러 비자를 출입국 관리원의 코 앞에 바짝 들이댔다.

"요 뗑고 비사(나는 비자가 있어요)."

●아타카마사막
달의 골짜기에서 달밤에
야영을 하다.

안데스산맥

아르헨티나

● 부에노스 아이레스
후배에게 무사히 안경을 전달하다.

●멘도사
남미대륙 최고봉인 아콩카과가 멀리 보인다.

●산티아고

칠레

바이아 블랑카●
마누라에게 눌려사는 운전사와 여기까지

●산 안토니오 오에스테
차비대신 운전수 세지오에게 가벼운
입맞춤.

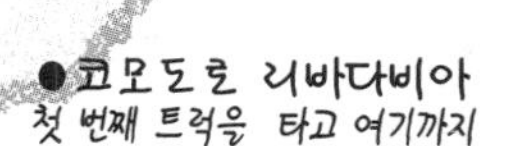

●푸에르토 몬트
남미의 등뼈 안데스산맥을
따라가는 유람선이
시작된다.

●코모도로 리바다비아
첫 번째 트럭을 타고 여기까지

토레스 델 파이네
산봉우리들은 구름위에
황홀하게 솟아있다.

대서양

●리오가예고스 4박5일의 논스톱
히치하이킹이 여기서 시작되었다.

●
푸에르토 나탈레스
3~4일 유람선의 종점

●푼타 아레나스
마젤란 해협이 보이는 이곳에서 펭귄
서식지를 가보았다.

"어? 남한사람들도 비자가 필요한가요?"

내가 내민 비자를 보고 오히려 그가 놀라며 되묻는다. 누구 약올리나?

아르헨티나 돈은 하나도 없고 있다손 치더라도 쓸 용의도 없다. 한번 얼마나 안 쓰고 다닐 수 있나 시험을 해보고 싶기도 했다. 어쨌든 부에노스 아이레스까지 차는 얻어타더라도 먹기는 해야 하니 칠레를 떠나기 직전 빵이며 버터 잼 등 며칠 먹을 식량을 잔뜩 사서 만반의 준비를 했다. 남이 보면 배낭족이 아니라 음식족이라고 착각할 만큼 양손에 먹을 것이 잔뜩 든 비닐 백을 들고 아르헨티나 국경 도시 버스터미널에 내렸다.

내리자마자 칠레에서 들은 대로 근처 주유소로 갔다. 주유소에는 차들이 기름을 넣으러 오기 때문에 히치 하이커들에게는 더없이 좋은 히칭 장소다. 히칭의 주대상은 트럭. 왜냐하면 대개 트럭은 산지에서 도시로 채소나 고기 같은 것을 운반하는 업무차량이기 때문에 한번에 장거리를 갈 뿐 아니라 되도록 빨리 가기 위해 밤을 새워서라도 달린다. 또 소형차보다 넓어 발을 뻗을 수 있고, 좋은 트럭에는 간이 침대까지 딸려 있기 때문이다.

우선 당장 쓸 돈 15달러를 15페소로 바꾸고 주유소 아주머니에게 히칭을 해서 부에노스 아이레스에 가려고 한다고 말했더니 "혼자서?"라고 되물으며 몹시 놀란다. 은근히 걱정이 되어서 물었다.

"위험한가요?"

"데펜데(경우에 따라서는요)."

'이건 위험하다는 소리인가?' 나를 안심시키려는지 "부에나 수에르떼(잘 해보세요)." 하고 아주머니가 행운을 빌어준다.

'기왕 시작했으니 한번 해보자. 한비야, 기죽지 말고 힘내자. 파이팅!'

비장한 각오를 하고 주유소 앞에서 10분쯤 기다리니까 트럭 한 대가 기름을 넣으러 들어온다. 용기를 내 부에노스 아이레스 쪽으로 가느냐니까 자기는 코모도로 리바다비아까지만 간다면서 내가 내민 지도에 손가락으로 표시를 한다.

여기서 부에노스 아이레스까지는 2천6백90km니까 적어도 3일은 걸리는 거리이다. 그러니 한번에 목적지까지 가는 차를 만나기란 하늘의 별 따기일 것이다. 얻어탈 만큼 얻어타면서 조금씩 북상한다는 작전을 세웠다. 코모도로라면 1/4 이상은 가는 것이니 일단 성공인 셈이다.

"뿌에도(타도 괜찮겠어요)?"

"뽀르께 노(물론이지요)."

내 아르헨티나 대장정의 첫 번째 트럭이다. 보통 이런 트럭 운전사들은 하루에 15시간 이상씩 달리는 강행군을 한단다. 이 때문에 오히려 나 같은 히치 하이커들을 좋아한다고 들었다. 운전사 아저씨가 지루하지 않도록 타자마자 '위문공연'을 시작했다. 한 마디 물으면 열 마디로 늘려 대답하면서 말이다. 이 아저씨를 즐겁게 해주어야 한다는 막중한 임무로 어깨가 무거웠다.

친절하게 나를 태워준 이 운전사는 올해 25살의 콘살로. 이목구비가 수려한 청년이다. 내가 한국 민요 메들리를 들려주자 어깨까지 들썩이며 너무너무 즐거워한다. 콘살로한테도 아르헨티나 노래를 하나 부르라니까 망설이다 망설이다 얼굴까지 붉히며 끝내 부르지 못하는 순진한 사람. 소먹이용 밀을 생산하는 곡창지대인 끝없는 벌판, 팜파스 서쪽으로 지는 멋진 저녁 노을을 보면서 신나게 이 노래 저 노래 부르며 달렸다.

저녁은 밤 10시 정도에 트럭 운전사들이 모이는 음식점에서 먹었는데 사준다고 할 때 그냥 가만히 있을 걸, 옆에서 큰 쇠고기 스테이크에 싱싱한 샐러드를 먹는 걸 보면서 빵만 뜯고 있자니 침이 절로 넘어간다. 다음부터는 사양하지 말고 얼굴에 철판을 깔아야지. 아까 사양을 하느라고 '나는 채식주의자예요' 어쩌구 헛소리를 했기 때문에 이 사람하고 고기 먹기는 다 틀렸지만 말이다.

콘살로는 내일 아침 일찍 목적지에 도착해야 하는데 집에서 너무 늦게 출발했기 때문에 오늘 밤새도록 가야 한단다. 나도 한시바삐 부에노스 아이레스에 가고 싶은 사람이니 잘된 일이다.

그러나 문제는 밤에 생겼다. 돈을 안 쓰는 것도 좋고 경험의 폭을 넓히는 것도 좋은데 내가 무슨 성철스님 제자라고 앉아서 생으로 밤을 새우게 된 것이다.

밤 12시쯤 콘살로는 자기는 아무래도 졸려서 잠깐 눈을 붙여야겠다면서 갓길에 차를 세우고는 뒤칸 간이침대로 갔다. 잠깐이라고 했으니 10~20분이면 되겠지. 저 사람이 다시 운전을 시작하면 그때 내가 뒤로 가서 자야지 생각했다. 그래서 침낭을 꺼낼 생각도 않고 앉아서 콘살로가 일어나기를 기다리는데 30분이 지나도록 소식이 없다. 일어나기커녕 코까지 골며 완전히 잠에 빠졌다. 내일 아침 일찍 목적지까지 가야 한다며?

팜파스 지역에 해가 지니 기온이 뚝 떨어진다. 추위를 참다 못해 그 사람이 운전석에 벗어놓은 윗도리와 내가 입고 있던 파란 홑겹 잠바까지 다리에 감아보았으나 하나도 도움이 안된다. 게다가 트럭의 구조상 다리를 어디에 두어도 편칠 않다.

편치 않은 것은 다리만이 아니다. 콘살로가 몸을 뒤척일 때마다 혹시 저 사람이 깨어 있는 건 아닌가, 다른 흑심을 품는 건 아닌가. 온갖 걱정으로 머리 속이 범벅이 된다. 속으로는 나도 모르게 '하느님, 제발 아무 일 없도록 해주세요.' 간절히 빌기만 할 뿐이다.

내가 너무 무모한 짓을 한 건 아닌가? 이 허허벌판 넓은 팜파스 지역에 다니는 차도 없고 이 사람이 딴 마음을 먹는다면 꼼짝없이 당할 수밖에 없는 상황인데. 춥기도 하고 떨리기도 하고 빨리 날이 새기만을 기다리며 앉아 있었다.

콘살로는 서너 시간이 지난 후에야 벌떡 일어나더니 순간적으로 앞쪽으로 튀어나온다. 이 순간 나는 너무나 놀라 털썩 간이 떨어질 뻔했다. '아이쿠, 이제 올 것이 왔구나.' 그러나 콘살로는 재빨리 운전석에 앉더니 시동을 건다. 잠을 너무 많이 자버린 것이다. 그가 서둘러 달리는 걸 보고 나는 겨우 맥이 풀리면서 손발에 힘이 쫙 빠져나가는 느낌이었다.

덜 깬 잠을 쫓으려는지 콘살로는 운전을 하면서 뒷좌석에 놓인 가스통을 꺼내다가 불을 붙여 주전자에 물을 끓인다. 흔들리는 차 안에 불이 붙은 가스통이라니 너무 위험천만한 일로 보이는데 이들에게는 일상적인 일인 모양이다. 물이 끓으니 조그만 주전자에 녹차 잎과 설탕을 넣고 담배 파이프같이 생긴 빨대로 차를 마신다. 이것은 마테라고 부르는데 보통은 여럿이서 한 빨대로 돌아가면서 차를 마시는 것이 이 나라 풍습이란다.

권하는 대로 한 모금 마셔보니 아주 씁쓸해서 내게는 아침 해장용이 아니었다. 그래서 준비해간 홍차를 한 잔 우려 마시니 온몸이 더워지고 간밤의 긴장이 녹는 것 같다. 콘살로가 최대속력으로 눈썹이 휘날리도록 달리고 있기 때문에 나의 '위문공연'이 필요없게 되자 그제서야 나도 '안심하고' 눈을 붙일 수 있었다.

정오에 콘살로의 목적지인 코모도로 리바다비아에 도착했다. 콘살로는 북쪽으로 가는 차가 잘 잡힐 것 같은 곳에 날 내려주며 부에노스 아이레스까지 아무 탈 없이 가게 되기를 빈다며 양 뺨에 입을 맞춘다. 내가 한국에서 가지고 간 태극무늬 열쇠고리를 선물로 주었더니 무척 좋아한다.

그렇게 떠났던 콘살로가 1분도 안되어 다시 돌아왔다.

"께 빠소(무슨 일이에요)?"

의아해서 물으니 심각한 얼굴로 만일 부에노스 아이레스에서 한국 친구를 못만나면 다른 아는 사람이 있느냐고 묻는다. 없다고 하니까 종이에 전화번호를 적어주면서 자기 여동생 집인데 여기서 묵어도 괜찮다고 한다. 내가 돈을 아끼기 위해 트럭 얻어타기를 하고 있다고 말했더니 돈도 없는 사람이 아는 사람을 못찾을까봐 어지간히 걱정이 된 모양이다. 참 생긴 것처럼 마음씨 착한 청년이다.

"그라시아스, 콘살로(고마워, 콘살로)."

저런 사람을 한때나마 의심했다니 좀 미안한 생각이 들었다. 아니야, 그래도 의심하는 것이 마땅해. 동서고금을 막론하고 남자들은 다 늑대라니까.

하나같이 샐러드에 소고기 스테이크만 먹어

여기서 다시 빈차 얻어타기 시도. 오늘은 비가 부슬부슬 와서 그런지 트럭이 별로 다니지 않는다. 코모도로는 가까이에 바다가 보이는 도시인데, 바닷바람을 맞으면서 한 시간 넘게 서 있었다.

'혹시 내가 트럭이 잘 안 서는 곳에 있는 건 아닌가?

다른 승용차들이 서기는 서는데 승용차들은 본래 멀리 가지 않기 때문에 캐딜락이나 벤츠라고 해도 반갑지 않다. 배도 고프고 차도 안 잡히고 힘이 들어 공원 의자에 앉아 빵 한 덩어리에 버터를 발라 먹고 있는데 폐차 직전의 고물 트럭이 하나 지나간다.

별생각 없이 빵을 먹으면서 엄지손가락을 세웠더니 브레이크가 잘 안듣는지 저 멀리 가서야 끽 하고 선다. 빵을 입에 물고 1백m 달리기. 어느 쪽으로 가느냐니까 산 안토니오 오에스테까지란다. 그곳은 부에노스 아이레스 쪽으로 3/5 지점이다. 이게 웬 떡이냐. 얼른 집어탔다.

집어타긴 했는데 타고 보니 아무리 보아도 이 트럭은 너무너무 고물이다. 엔진 커버도 없어 엔진 내장이 그대로 드러나 있다. 바닥에도 여기저기 구멍이 나 있고 운전석쪽 문은 차가 덜컹거릴 때마다 열리기까지 한다.

얼마나 오래된 엔진인지 소리가 헬리콥터처럼 요란하다. 그래도 차 안은 지난 밤 탔던 차보다 훨씬 넓어서 슬리핑 백을 꺼내 잘 덮고 자면 오늘 밤에는 적어도 다리를 펴고 따뜻하게 잘 수 있을 것 같다.

세지오라는 23살 먹은 운전수는 예전 이탈리아에서 일을 같이 하면서 친하게 지냈던 유머러스하고 호쾌한 건축가 알베르토를 연상케 한다. 자그마한 체구에 꼬불꼬불한 머리, 한시도 쉬지 않고 얘기를 하거나 유쾌하게 웃는 모습이 빼다 박았다. 내일 아침까지 재미있게 갈 수 있게 되어 다행이다.

아르헨티나는 유럽형 나라라고 들었는데 이 나라에 들어온 지 겨우 이틀째라 다른 건 아직 모르겠지만 식생활만은 확실히 그런 것 같다. 소고기 스테이크를 많이 먹고 거기 곁들여 먹는 샐러드는 양상추에 올리브 오일과 식초와 소금을 섞은 이탈리아 드레싱을 쳐 먹는다. 와인을 마시는 것까지도 비슷한데 한 가지 다른 점은 와인에다 탄산음료를 타서 마신다는 것뿐이다. 그나저나 끼니마다 고기를 먹으니 이 나라에 오래 있다가는 동맥경화증에 걸려 일찍 돌아가시겠다.

세계여행을 하다보니 참 여러 가지 음식문화를 접하게 된다. 이렇게 소고기가 주식인 나라가 있는가 하면 인도처럼 소를 신성시해서 소고기를 전혀 먹지 않는 나라도 있다. 또 중국처럼 음식마다 돼지고기가 들어가는 곳이 있는가 하면 중동의 사우디 아라비아같이 돼지고기를 더러운 음식으로 간주해 자국인은 물론 외국인도 먹다가 들키면 54시간 내에 추방되는 곳도 있다.

그뿐인가? 살생을 금하고 있는 불교 신자들은 어떤 육식도 하지 않고 요즈음에는 건강을 위해 채식을 고집하는 사람들도 많다. 한 가지 재미있는 것은 여행길에서 심심치 않게 만나는 서구 배낭족 아이들은 동양에서 온 내가 고기 먹는 것을 매우 이상하게 생각한다는 것이다.

내가 만난 채식주의자들은 크게 몇 가지 유형이 있는데 가장 많은 부류는 짐승의 고기류를 먹지 않는 사람들이다. 보통 이들은 인간이 '먹기 위해서' 다른 동물을 죽이는 것이 옳지 않다고 생각하거나 동물들을 사육할 때 성장촉진 호르몬 주사 등을 맞히기 때문에 그런 지저분한 호르몬을 먹을 수 없다는 것이다.

그래도 이 단계의 채식주의자들은 별불편이 없다. 많은 나라의 식당들이 채식주의자용 음식을 따로 만들기 때문이다. 만일 그렇지 않더라도 어디 가든지 맨빵이나 맨밥을 구할 수 있고 치즈나 우유, 달걀 등으로 단백질을 보충할 수 있으니까.

둘째 부류는 모든 살아 있는 동물이나 생선 및 유제품을 먹지 않는 사람이다. 이쯤 되면 여행하기가 불편해지고 그야말로 끼니마다 '먹을 것 찾아 3만리'를 하거나 손수 만들어 먹어야 한다. 우유, 요구르트, 치즈는 물론 버터도 안된다. 심한 사람은 가게에서 파는 과자에 우유나 쇼트닝이 들어 있다고 사 먹지 않는 사람도 있다.

이처럼 철저한 채식주의자를 만난 적이 있다. 미국에서 88서울올림픽의 미국조직위원회 홍보부 인턴으로 일하고 있을 때 같은 팀에서 일하던 인도계 미국인 찰스가 그랬다. 힌두교와 불교의 일종이라고 하는 제인교를 믿는 신자로 지독히도 철저한 채식주의자다.

그 교도들의 식생활은 까다로운 정도가 아니라 혹독하기까지 하다. 어떤 종류든 생명이 있는 동물이나 거기에 따르는 일체의 것은 물론 채소도 뿌리라면 먹지 않는다. 마늘이나 양파, 고구마 등을 먹지 않거니와 모양은 뿌리지만 실제로는 가지가 변형된 감자도 먹지 않는다.

인도에서 본 골수 제인교도들은 맨발에 얼굴에는 마스크를 하고 다니는데 이것도 신발에 벌레가 깔려 죽거나 말을 하다가 벌레가 입으로 들어가 죽는 걸 방지하기 위해서라고 했다.

찰스는 자기 교도들은 동물의 가죽으로 된 어떤 것도 몸에 지닐 수 없다고 하는데 정말로 이 사람의 허리벨트와 지갑은 천으로 짠 것이었다.

찰스하고 식사를 하러 가면 여간 힘들지 않다.

아무리 채소 요리라지만 쇼트닝이나 마늘이 안들어간 음식을 어떻게 찾는가 말이다. 그래서 뷔페식으로 되어 있는 구내식당에 갈 때마다 주방장을 불러다가 일일이 자기가 먹어서는 안되는 게 들었는지를 확인했다.

한 가지라도 '먹는 것이 허락된 음식'이 있으면 그 날은 그나마 다행이지만 그런 게 없는 날은 맨밥이나 맨스파게티에 간장이나 아무 양념도 안한 토마토 소스를 얹어 먹는다.

처음에는 먹는 것 가지고 꼬치꼬치 따지는 게 얄미웠지만 1주일쯤 지나니 내가 되레 그의 음식을 챙겨주게 되었다.

"찰스, 이 음식은 이것저것 다 안 들어갔으니 먹어도 되는 거지?"

그가 먹을 수 있는 음식이 있으면 내가 더 반가웠다.

"찰스, 너 이렇게 가리는 것 많으니 해외여행은 글렀다."

"해외여행보다 내 신앙을 지키는 것이 더 중요한 일이야."

신앙을 지키기 위해 일상적인 즐거움을 포기하겠다는 게 그의 생각이라면 물론 그의 생각을 존중한다. 그러나 먹는 것을 즐기는 나로서는 제인교도가 아닌 것이 정말 다행이다.

고물 트럭 운전사는 키스해달라고 졸라

팜파스라는 끝없는 벌판이 이어지는 단조롭고 지루한 경치 속에서도 한시도 입을 다물지 않고 떠드는 세지오의 얘기를 한귀로 듣고 한귀로 흘리면서 스페인어 단어공부를 했다. 이런 속도로 가면 내일 오후 3, 4시 정도면 산 안토니오 오에스테에 닿을 것 같다.

사방이 어두워오니 또 걱정이 된다. 오늘도 들판에 차를 세워놓고 자면 나는 또 뜬눈으로 밤을 새우게 될 게 뻔하기 때문이다. 그런데 세지오는 시간에 쫓기지 않는지 밤이 늦어지자 트럭들이 모이는 기사식당 비슷한 곳에 차를 댄다. 거기서 또 스테이크로 저녁을 먹고는 내일 아침 해가 뜨자마자 떠날 테니 그리 알라고 한다. 자기는 친구 트럭에서 잘 테니 잘 자라며 윙크까지 한다.

혼자 트럭 안에서 하룻밤 자는 것은 하나도 어렵지 않다. 장거리 트럭에는 운전석 뒷좌석에 간이 침대가 있어서 다리를 뻗고 잘 수 있다. 장거리 운전에서 두 명의 운전사가 교대로 잠을 자며 운전을 하기 위해서다. 트럭에 따라서는 운전석과 간이 침대 사이에 커튼까지 있어 제법 그럴 듯해 보이기도 한다. 침낭을 꺼내고 다리를 길게 펴고 누우니 훌륭한 침대였다. 그런데 문은 잘 잠갔던가? 벌떡 일어나 양쪽 문이 다 잠겨 있는지 재차 확인하고 그것도 마음이 안놓여 가지고 다니는 자전거 체인으로 운전석 문고리와 의자를 묶어 '만약의 사태'에 대비했다.

아침에 "비야, 비야, 문 좀 열어요" 하는 소리가 들릴 때까지 전날 못잔 것까지 합쳐 곤히 잘 잤다. 간단하게 아침을 때우고 다시 달리기 시작, 계속 이렇게만 가면 모레 안으로는 부에노스 아이레스에 도착하겠다. 그렇게 한 5시간 정도 달렸을까. 어느 검문초소에서 통행제지를 한다.

잘 나가다가 무슨 일이지? 적재물 과잉인가? 아니면 적재 금지품을 실었나? 이 차에 문제가 있다면 십중팔구 정비불량일 거야. 통행 제지로 서 있는 트럭은 우리 차 외에도 6대나 됐다. 여러 대의 트럭을 보니 그 와중에도 부에노스 아이레스로 직접 가는 트럭은 없을까 하는 생각이 들었다. 이 드높은 히치 하이커의 프로 정신이여. 뜨거운 햇볕 아래 초소에 묶여서 인상을 쓰고 있는 운전사들에게 일일이 물었다.

"빠라 부에노스 아이레스(부에노스 아이레스 쪽으로 가요)?"

그러나 부에노스 아이레스로 가는 차는 없었다. 세지오 말로는 지금 잡혀 있는 차량은 모두 과적차량이란다. 초소에 무슨 서류가 부족해서 기다리는 중이라는 중간보고다. 뙤약볕에 세운 차 안에서 자다가, 책 읽다가, 먹다가, 또 자다가…. 아무리 기다려도 갈 생각을 안 한다.

벌써 3시간째. 이렇게 시간을 보내다가는 산 안토니오에 내리면 오늘 밤은 거기서 묵어야 할 것 같다.

4시간이 지나서야 담당직원이 오고 무슨 서류가 왔다갔다하고 큰 소리가 오고가고 하더니 다시 길을 떠날 수 있었다. 만만치 않은 벌금 통고서를 받은 세지오는 벌금 서류를 볼 때는 화가 나서 얼굴이 붉으락푸르락했지만 길을 떠나자 10분도 안돼 다시 조잘조잘 입방아를 찧어댄다.

그런데 작은 사건이 발생했다. 산 안토니오에 도착하기 전 이 녀석이 길 한쪽에 차를 대더니 갑자기 손을 잡으며 날 좋아한다고 하는 게 아닌가. 그 모습이 어찌나 순진하고 진지하던지 그냥 피식 웃었더니 이 녀석, 이것이 나도 자기를 좋아한다는 표시인 줄 알고 키스를 해달란다. 우리나라 여자들은 애인이 아니면 키스 안 한다고 했더니 자기가 지금부터 내 애인이라며 갈 생각을 안 한다.

갈길이 머니까 잔소리 말고 빨리 가기나 하자고 했더니 키스 안 해주면 안 간다고 버틴다. 그래서 그럼 나중에 '한국식'으로 해준다고 했더니 "꾸안도(언제)?"라고 눈을 반짝이며 얼굴을 활짝 편다. 산 안토니오에서 우리가 헤어질 때 해주겠다고 했더니 뺨이 아니라 반드시 입술에 해줘야 한다고 다짐을 받아놓고 길을 다시 나선다. 휘파람까지 불면서 말이다.

이 녀석 전형적인 유럽계 남미사람으로 사랑한다는 말도 잘하고 여자를 꼬시는 눈길도 그만이다. 자기는 동양여자들만 보면 최면이 걸린 듯 정신이 없다는 둥, 내 스페인어가 좀 이상하지만 듣기에 너무 귀엽다는 둥 사탕발림이 여간 아니다. 조카뻘 되는 녀석이 내가 몇 살인지도 모르면서.

웃음을 참아가며 진지하게 너도 참 귀여운 모습이다, 여자들이 좋아하는 스타일이다 등등으로 녀석의 수작을 받아주니까 이 녀석 용기가 났는지 슬쩍 내 머리에 손을 갖다 대더니 어깨를 만지려고 한다.

'아니 이러면 안되지, 지금 고속도로를 달리는 중에.'

더 이상 장난으로 대할 게 아니라는 생각에 정색을 했다.

"세지오. 이건 장난이 지나칠 뿐 아니라 아주 무례한 행동이야. 내가 쉬운 사람으로 보인 모양인데 그렇다면 참 부끄러운 일이군. 여기서 내릴 테니 차 세워줘. 당장."

내가 표정을 바꾸고 길길이 뛰니까 세지오는 너무너무 당황해한다.

"아이구, 정말 미안해요. 그렇게 화나게 할 줄은 몰랐어요."

"빨리 차나 세워요. 이상한 마음을 먹은 사람과는 한시도 같이 있고 싶지 않으니까. 말 안 들려?"

정말 내릴 생각은 없었지만 이 녀석이 다시는 다른 마음을 먹지 못하게 일침을 놓았다. 이 녀석 어안이 벙벙해져서 말을 못한다.

"어떻게 할 거야? 차 세울 거야, 말 거야?"
더욱 인상을 쓰며 다그쳤더니 이 녀석 아주 멋쩍고도 심각한 얼굴로 "아미고스(우린 아직 친구지요)?" 하고 물으며 악수를 청한다. 노는 모습이 귀여워 "노 마스(다시는 그러면 안돼)" 하면서 악수를 받아주니 그제야 안심이 된다는 표정으로 "그라시아스"라고 한다. 그리고는 산 안토니오에 도착할 때까지 내 눈치를 살피느라 정신이 없다.
갈림길이 되었다. 차에서 짐 내리는 걸 도와주던 세지오, 심각한 얼굴로 충고를 한다.
"트럭을 잡아탈 때 아무거나 타면 위험하니까 신원이 확실한 정유회사든지 와인회사든지 이름있는 회사 차량을 타세요."
"알았어요. 태워줘서 고마워요. 자, 약속대로."
세지오의 입술에 가볍게 입을 맞춰주었다.
"께 수아베(아, 부드러워)."
세지오는 물건너 갔다고 생각한 키스를 받고는 눈을 지긋이 감고 장난스러운 표정을 짓는다. 하여튼 이 녀석은 못 말린다니까.

부인 사치에 눌려 지내는 불쌍한 트럭 아저씨

이미 9시가 다 되어가는 시간에 팜파스 너머로 붉은색과 보라색이 아름답게 섞인 멋진 저녁 노을이 지고 있다. 그러나 경치에 취할 틈이 없다. 날이 아주 어두워지기 전에 다른 차를 얻어타야 하니까.
그러나 이번에도 운이 좋았다. 길가에서 기다린 지 30분도 안되어 내가 지금껏 타본 것 중에서 제일 좋은 트럭을 타게 되었다. 내부도 놀랄 정도로 깨끗하고 잘 정돈되어 있다. 뒷좌석 간이침대는 2층이어서 조수까지 발을 뻗고 잘 수 있게 되어 있다.
세지오 말대로 유명한 정유회사 차였다. 운전사 알베르토는 오늘 밤새도록 운전을 해야 하는데 '아미가(친구)'가 생겨서 다행이란다. 뒤에 따라 오는 4대의 트럭이 일행이라는데 차에 올라타자마자 뒤에서 경적을 울리며 차를 갓길에 대라는 표시를 한다. 이거 히치 하이커를 태우지 못하도록 되어 있는데 나를 태웠다고 저러는 건 아닐까?

조금 후에 돌아온 알베르토 말이 자기 상사가 이 근처 여관에서 자고 내일 아침에 떠나자고 한단다. 제기랄, 지금이 벌써 10신데. 하루 여관비가 얼마냐니까 한 70페소는 할 거라고 한다. 뭐라고? 70달러나? 내 평생 내 돈 내고 그렇게 비싼 시골여관에서 묵은 적은 없다!

어쨌든 여기서 묵고 간다는 사람들하고 더 얘기를 해봐야 시간 낭비. 가까운 경찰서가 어디 있느냐니까 바로 앞을 가리킨다. 불빛이 흐리게 새어나오는 파출소가 멀지 않은 곳에 보인다.

'12시까지만 차를 잡아보고 안되면 저 파출소에서 하룻밤 신세를 지는 거다.'

그러고 있는데 마침 여관 앞에서 대형 화물트럭이 길로 들어서고 있기에 부에노스 아이레스까지 가느냐고 물었더니 그렇다고 하며 타란다. 그래서 저쪽에 부려놓은 배낭을 떠메고 와보니 벌써 저 멀리 가버리고 없다. 뒤에 트럭들이 많이 밀려 있는데 나 때문에 길목을 막고 있었으니 오래 서 있지는 못했겠지만 너무나 야속하다. 1분만 더 기다려주지.

오늘은 꼼짝없이 파출소 신세군. 큰 배낭 위에 힘없이 앉아서 트럭의 헤드라이트를 기다리고 있자니 배도 고프고 피곤하기도 하고 온몸에서 땀냄새가 진동을 한다. 생각해보니 이만 겨우 닦고 벌써 3일째 세수도 안하고 있다. 부에노스 아이레스까지 가려면 적어도 이틀간은 더 차를 타야 하는데 눈 딱 감고 저 여관에서 하루 묵고 갈까? 잠깐 유혹이 스쳤지만 아무리 생각해도 70페소는 너무 억울하다.

그렇다면 한시라도 빨리 파출소에 가서 세수나마 한 후 가지고 다니는 마른 빵으로 요기 좀 해야겠다고 생각하고 길을 건너려는데 대형 트럭이 하나 나타난다. 부에노스 아이레스 쪽으로 가느냐고 물었더니 가긴 가는데 로사리오라는 곳으로 돌아서 간단다. 에라, 어디로 도는지는 잘 모르겠지만 모로 가도 서울만 가면 되니까 "고마워요" 하고 얼른 집어탔다.

타자마자 한바탕 질문과 대답이 오간다. 이름이 뭐냐, 어디에서 왔느냐, 뭐하는 사람이냐, 왜 이런 데서 히칭을 하느냐, 무섭지는 않으냐 등등. 동양에서, 그것도 한국과 같은 극동에서 온 사람과 처음 얘기를 해본다며 50살이 넘었다는 이 운전사는 너무나 좋아한다.

이 얘기 저 얘기 하다가 12시쯤 밥을 먹자며 기사식당 앞에 차를 세운다. 나는 배가 안 고프니 먹고 오라고 했더니 억지로 잡아끈다.

"꼬메모스. 떼 인비또(자, 먹으러 갑시다. 내가 낼 테니)."

이 아저씨, 살아온 연륜 탓인가, 눈치 한번 빠르다.

장거리 트럭 운전사들이 가는 식당 메뉴는 천편일률적이지만 음식이 맛있고 저렴하다. 그 기사식당의 정식인 샐러드와 티본 스테이크에 탄산음료를 탄 와인을 마셨다. 식당에 들른 다른 운전사들과 안면이 있는지 나를 열심히 소개하자 그 운전사들이 한 사람씩 돌아가며 내게 와인을 권한다.

이 아저씨는 내일 새벽 자기집 앞을 지나가는데 잠깐 들러 옷도 갈아입고 아침밥도 먹고 가자고 한다. 집에는 누가 누가 있느냐니까 어머니, 아버지와 아내, 아들이 있단다.

'와, 드디어 나도 며칠 만에 샤워도 하고 옷도 갈아입을 수 있게 되었구나.'

이 아저씨는 아르헨티나에서 살기가 얼마나 어려운가 장시간 연설을 했다. 30년째 운전을 하는데도 아직 한 번도 넉넉하게 살아본 적없이 늘 돈 걱정을 해왔다. 아무리 열심히 일해도 살기가 힘들다. 그래서 자기는 장가도 아주 늦게 들어 지금 10살 난 아들이 있는데 그 아이 키울 생각이 까마득하다. 그런데도 마누라는 버는 수준은 생각지도 않고 사치만 부리려고 한다. 언제나 그것 때문에 싸운다 등등 집안 이야기를 죄다 털어놓는다.

자기 부인이 하도 돈타령을 해서 그만 이혼하고 싶어도 무서워서 못한단다. 뭐가 그렇게 무서우냐니까 싸우는 게 무섭단다. 이 아저씨, 이런 걸 가지고 단순하다고 해야 하나 순진하다고 해야 하나.

아침녘에 바이아 블랑카에 도착해서 아저씨네 집으로 갔다. 대문을 들어서니 연로하지만 나이에 비해 건강한 부모님과 아주 귀엽게 생긴 아들이 반갑게 맞아준다. 특히 꼬마는 금방 침대에서 일어난 게 분명한 얼굴로 내게 다가와 뺨에 가볍게 입을 맞추는, 운베시토라는 이 나라 인사를 하는 게 정말 귀엽다.

아저씨가 차를 닦고 엔진 오일을 바꾸고 하면서 여러 가지 손질을 하는 동안 나는 오랜만에 세수를 하고 몸을 물수건으로 대충 닦았다. 욕실을 보니 도저히 샤워까지 할 형편은 아니었다.

욕실을 나오니 문제의 그 부인이 부엌 식탁에서 담배를 피우며 인사를 한다. 40대 초반으로 보이는 부인의 긴 손톱에는 빨갛게 칠했던 매니큐어가 지워져 얼룩이 져 있고 나이트 가운 사이로 풍만한 가슴이 반 이상 삐져나와 있다. 한눈에도 겉멋이 들었다는 것을 알 수 있다.

가지고 다니는 로션과 영양크림을 바르고 있자니 화장품을 이리 보고 저리 보고 하면서 어떻게 하면 얼굴이 그렇게 반짝거리냐고 묻는다. 바로 이 영양크림 때문이라고 했더니 세수도 안한 자기 얼굴에 한 손가락 푹 퍼서 찍어 바른다. 그래도 나한테는 손님이라고 부드러운 미소를 보냈지만 자기 남편이 들어서자 싸늘한 눈초리로 한 번 쏘아보고 그 다음부터는 쳐다보지도 않는다. 남편은 그런 부인의 눈치만 살핀다. 문제가 있기는 있는 모양이다.

부인이 차려주는 푸체로라는 고기국물에 채소를 듬뿍 넣어 만든 수프를 아주 맛있게 먹고는 이 아줌마가 탐내는 영양크림을 빈 필름통에 조금 덜어주면서 이것을 바르기 전에는 반드시 세수를 해야 한다고 일러주었다. 그래서 그런지 길 떠나는 내게는 잘 가라고 포옹을 해주면서도 남편은 쳐다보지도 않는다. 남편은 부인 앞에서 약간 풀이 죽은 모습이다.

길을 나서자 이 아저씨는 집에서와는 달리 기분이 좋아져서 몇 군데 가게에 들어가 무엇인가를 사는데 알고보니 우리가 가면서 먹을 점심을 장만하는 것이다. 50살이 넘은 아저씨가 마치 소풍을 떠나는 아이처럼 들떠서 즐거워하며 눈을 굴린다.

"께 팔따(뭐가 빠졌지)?"

혼자말을 하며 먹을 것을 챙기는 아저씨가 귀엽기까지 하다. 그러면서 한편으로는 사치하는 부인을 만나 점심도 못 싸들고 집을 나선 아저씨가 불쌍해 보였다.

점심 때 헤어져야 하는 갈림길에서 호수가 보이는 길가에 트럭을 대놓고 점심 준비를 했다. 어느 틈에 마련했는지 샐러드에 넣을 올리브 기름이며 식초까지 있다. 양상추와 토마토에 올리브유와 식초, 소금을 조금 넣어 이탈리안 드레싱을 만들고 두께가 5cm는 될 것 같은 스테이크에 붉은 포도주와 빵이 제대로 차려져 있다.

이렇게 자상한 아저씨가 왜 자기 부인에게는 홀대를 받는 걸까? 혹시 해구신이 필요한 증상이 있는 건 아닌가?

점심을 배불리 먹고나자 트럭 안에 잔뜩 실려 있는 사과를 한아름 꺼내주면서 한국인 친구를 사귀게 되어 얼마나 기쁜지 모르겠다며 계속 연락하잔다. 그리고는 오늘 아침 부에노스 아이레스까지 가는 동료에게 전화로 나를 태워다 줄 것을 부탁해놓고 이 길목에서 만나기로 했는데 시간이 잘 맞지 않은 모양이라고 자기가 제일 '덜 위험하게' 생긴 사람을 골라 태워주겠다며 차를 잡느라고 동분서주.

여기서 부에노스 아이레스까지는 한나절이고 외길이라 트럭을 쉽게 찾았다. 한국에서 가지고 간 복주머니에 원앙새 한 쌍이 그려져 있는 열쇠고리를 건네주면서 작별을 고했다.

"아저씨, 이 복주머니는 아저씨 돈 많이 벌라는 뜻이고 그 안에 있는 원앙새 그림은 부부끼리 사이좋게 지내라는 뜻이에요. 부디 행복하게 지내세요."

아저씨는 열쇠고리가 동양적이고 의미도 깊어 너무너무 마음에 든다면서 차에 걸어놓고 언제나 나를 보듯이 하겠단다.

"아디오스, 아미가(잘가요, 친구)."

악수를 할 때는 정말로 섭섭해하는 눈치다.

'남미의 파리'에 흐르는 관능의 탱고

탱고의 발상지 부에노스 아이레스에는 거리의 무희들이
대낮의 관능에 젖는다.

부에노스 아이레스에서 자리잡은 골수 운동권 부부

잡아놓은 트럭에 얼른 올라탔다. 내게는 목적지까지 가는 마지막 트럭이다. 40살쯤 된 말이 없는 운전수 에르와르도는 채소를 운반하고 있어서 한시가 급하단다. 이리 비틀 저리 비틀 난폭운전이 심하다. 소나기까지 내리는 빗속을 최대 속력으로 달리고 있으려니 이 길이 부에노스 아이레스로 가는 게 아니라 하늘나라로 곧장 가는 길이 될 것 같아 걱정이 된다.

바이아 블랑카를 넘어서면서 남쪽의 황량한 팜파스와는 완연히 달라진다. 몇 시간이고 가는 넓고 푸른 들에 점점이 박혀 있는 소와 양떼들. 드넓은 해바라기 밭과 옥수수 밭. 군데군데 풍부한 물이 한껏 풍요로운 분위기를 자아내고 있는 호수. 참으로 아름다운 풍경이다.

새벽 3시에 부에노스 아이레스에 도착하여 채소와 과일 도매시장에서 에르와르도의 트럭 하적을 기다렸다. 두세 시간 정도 걸린단다. 시간이 급하면 여기서 택시를 타고 가도 좋고 기다릴 수 있으면 자기가 내 목적지 근처까지 바래다 준다고 한다. 그렇다면 물론 기다려야지. 오히려 잘됐지, 뭐. 깜깜한 새벽에 주소만 가지고 어떻게 후배네 집을 찾아나서겠나.

여기서 5시 정도까지 있다가 전화를 하고 이 아저씨랑 같이 가는 게 좋겠다. 그 집에 도착하는 대로 오늘은 하루종일 자야지. 지금은 잘 모르지만 몸이 얼마나 피곤하겠는가. 4일 밤낮을 논스톱으로 차를, 그것도 불편한 트럭을 타고 남미대륙의 1/3을 넘게 종단했으니 말이다.

일이 어떻게 꼬였는지 두세 시간이면 된다던 하적이 5시간이나 걸렸다. 시장은 한증막처럼 덥고 시끄럽다. 나는 그렇다 치더라도 아저씨는 오늘 바로 돌아가 나머지 채소를 싣고 올라오지 않으면 채소가 상해서 큰 낭패를 본다고 한다. 그러나 아저씨는 순서를 안지키고 새치기를 하는 사람들에게 씩씩대기만 할 뿐 화도 안내고 친구들을 만나면 그 사람좋은 웃음을 웃으며 손을 흔들어 보인다. 나에게도 지루하겠다고 오히려 미안해한다.

어떻게 저렇게 화를 안 내고 잘 참을 수가 있는지. 나도 그럴 수 있었으면 좋겠다. 나 같았으면 이런 경우 어떻게 했을까. 마구 화를 내면서 새치기하는 사람들과 싸우거나 아무한테나 화풀이를 하면서 분을 참지 못해 얼굴이 일그러졌을 거다. 이 아저씨의 여유가 부럽기만 하다.

그런데 곤란한 일이 생겼다. 새벽에 시장에서 후배네 집에 전화를 하니 현지인이 받아 그런 사람은 살지 않는다는 것이다. 혹시 전화번호가 틀린 건 아닌가? 그 사이에 이사를 갔나? 내가 이 낯선 땅에 누구 때문에 왔는데.

그러나 1년 넘게 혼자 여행 다닌 덕분에 이런 일 가지고는 하나도 당황하지 않게 되었다.

'가게 주소가 있으니 일단 거기를 한번 찾아가 보는 거야. 이사를 갔다면 한국대사관에도 문의를 해보고 그것도 안되면 이 부부가 독실한 기독교 신자이니 부에노스 아이레스에 있는 개신교회를 다 찾아보지 뭐. 정 못찾으면 오는 도중 나를 태워주었던 콘살로가 적어준 여동생 전화번호가 있으니까.'

짐 부리는 것이 끝나는 대로 후배네 옷가게를 찾아갔다. 꾀죄죄하고 피곤한 모습으로 안경을 손에 치켜 들고 가게에 불쑥 들어서니 안경 때문인지 나 때문인지 후배 부부는 놀라서 기절하기 일보 직전. 알고보니 전화는 내가 지역번호를 잘못 알았던 것이다. 뛸 듯이 기뻐하는 금옥이와 남편 현경씨를 보니 4박5일 걸려서 여기까지 트럭을 얻어타고 온 피로가 한순간에 가시는 것 같았다.

옷가게 근처에 있는 금옥이네 아파트로 가서 우선 큰 배낭 안에 가득 들어 있는 빨래를 세탁기에 넣어 돌려놓고 그 사이 목욕통에 뜨거운 물을 그득하게 받아 꿈에도 그리던 목욕을 했다. 신토불이. 한국 사람은 역시 몸을 탕 안에 오래 담가 때를 푹 불려서 국산 때밀이 수건으로 빡빡 밀어야 목욕한 맛이 난다니까.

한바탕 목욕을 한 다음에는 잘 익은 김치를 곁들여 파를 듬뿍 넣은 라면 한 그릇을 비우고 재미없는 비디오를 보다가 스르르 잠들어 늘어지게 낮잠을 자는 게 내 '환상의 목욕코스'이다. 그런데 지구 반대편 아르헨티나 수도의 한 아파트에서 이런 것이 골고루 갖춰진 '풀코스 목욕'을 했으니 이것만으로도 그 동안 한 히치 하이킹의 보람이 있었던 것이다.

이집 안주인 박금옥은 홍익대 영문과 후배이고 그의 남편 김현경 씨는 불문과 동문이다. 80년대 초에 대학을 다닌 사람이면 누구나 한번쯤 크고 작은 시위에 가담해보지 않은 사람이 있을까마는 부부는 한창 치열했던 학생운동의 최전선에서 맹활약을 하며 구속과 휴학, 제적과 복학을 밥먹듯 하던 소위 '운동권' 출신 커플이다.

금옥이는 그림도 잘 그리고 노래도 잘 부르는 재주가 많은 학생으로 연극 공연을 하면서 친해진, 아끼는 후배 중 하나. 2년 전 아르헨티나로 이민을 떠날 때 많은 사람이 염려했던 것과는 달리 벌써 자리를 잡아 옷가게를 두 개나 가지게 되었다.

올 때만 해도 하루아침에 물가가 두 배로 뛰는 인플레이션이 극심해 정신을 차릴 수 없었는데 요즘은 경기가 좋아져서 장사할 만하다고 한다. 여기 온 대부분의 한국인 이민자들도 옷가게를 해서 짭짤한 수입을 올리고 있단다.

이 부부는 운이 좋았다고 말하지만 이국땅에서 아무 연고도, 가져온 돈도 없이 이 정도를 이루기까지 얼마나 피나는 노력을 했을까 안

봐도 뻔하다. 금옥이 부부가 기특하고 대견하고 듬직하고 자랑스럽다.

벼룩시장 무용수의 섹시한 탱고

한국에서 떠날 때는 이과수 폭포 등 아르헨티나를 한 달 정도 여행할 생각이었지만 다른 남미 나라에서 시간을 보내는 게 내 여행을 더 알차게 할 것 같았다. 그래서 아르헨티나의 다른 곳은 그만두고 부에노스 아이레스에서 금옥이랑 한 1주일 퍼질러 놀다가 칠레로 다시 돌아갈 계획을 세웠다.

금옥이는 내가 1993년 이 세계여행을 시작할 때 신문에 난 인터뷰 기사를 아르헨티나에서도 봤다면서 2월 중에 여기 올 거라는 연락을 받고 이제나 저제나 기대를 잔뜩 하며 기다렸단다. 그러면서 내가 오면 구경시켜 주려고 했다면서 이과수 폭포를 갈 것인가, 아르헨티나 최남단 남극으로 가는 마지막 마을 우수아이아까지 가볼 것인가 골라잡으란다.

나는 이것 저것 다 그만두고 여기에서 한국음식 실컷 해먹고 한국말 실컷 하면서 본격적인 남미여행을 위해 전열을 가다듬는 게 좋겠다고 했다. 놀라고 아쉬워하는 금옥이와 현경씨에게 대신 재료가 허락하는 한 내 '이름난' 요리솜씨도 전수해줄 겸 여기 있는 동안 매일 별식을 만들어주겠다고 꼬셨다. 물론 내가 먹고 싶은 음식을 실컷 해먹자는 속셈도 있었다.

부엌의 냉장고와 선반을 살펴보니 조촐한 한국식당을 차려도 좋을 만큼 한국식품 재료가 풍부하다. 마른 멸치에서 녹두빈대떡 가루까지.

우선 그날 저녁엔 이북식 물국수부터 만들었다. 멸치 우린 국물에 채 썬 양파, 감자와 달걀을 풀어 넣어 국물을 만드는 것은 보통 물국수와 비슷한데 여기에다가 잘 익은 김치를 잘게 썰어 새콤달콤하게 버무린 것을 고명으로 얹어먹는 것이다. 여기에 파와 깨소금을 잔뜩 넣은 양념간장도 곁들여진다.

정말 아버지의 고향인 함경남도 전평에서도 이렇게 만드는지는 모르겠지만 우리집에서는 적어도 1주일에 한 번, 특히 일요일 아침에는 반드시 해먹던 별식이다. 이제는 대를 물려 남동생 내외가 '일요일 아침 국수'의 전통을 이어가고 있다.

"난 이 국수 못 먹겠는데요."

현경씨가 심각하게 말한다.

"이건 기회주의자의 국수잖아요. 물국수도 아닌 것이 비빔국수도 아닌 것이."

전력이 화려한 운동권 핵심간부 아니랄까봐 농담도 자기답다.

3일을 집에서 먹고 놀다가 이래서는 안될 것 같아 부에노스 아이레스 구경을 나섰다. 아르헨티나는 이곳 한 도시만 볼 것이니 이곳에서 얻어갈 수 있는 최대의 것이 무엇일까 곰곰 생각해보았다. 그리고 하루종일 차를 타고 주마간산을 하는 것보다 한 군데라도 제대로 보는 것이 좋겠다는 결론을 내렸다.

우선 아르헨티나 하면 무엇보다 탱고 아니겠는가. 브라질의 삼바, 쿠바의 맘보와 더불어 라틴아메리카를 대표하는 춤. 그래서 낮에는 탱고의 발상지라는 라 플라타 강 입구의 보카 지구, 그리고 밤에는 탱고를 즐길 수 있는 탱고바에 가보기로 했다. 그것도 관광객을 상대로 근사한 탱고 무용수가 나와 춤을 보여주는 곳이 아니라 현지인들이 가서 우리나라 노래방이나 춤방처럼 직접 공연하는 탱고바를 찾기로 한 것이다.

남미의 파리라는 화려한 도시에서 초라한 모습으로 '나라망신' 시키지 않기 위해 금옥이네 가게에서 어울리는 새 티셔츠를 하나 얻어 입고 시내에서 머리도 잘랐다. 오랜만에 화장품을 골고루 갖춰 바르니 갑자기 미인이 된 기분이다. 이만하면 국위손상은 시키지 않을 것 같다.

시내에 나가보니 정말로 '남미의 파리' 라는 별명에 걸맞게 건물을 보나 사람들의 차림새를 보나 화려하고 세련된 것이 유럽의 어느 도시에 온 느낌이다.

탱고가 시작되었다는 보카 지구는 시내 외곽 리아추엘로 강의 하구다. 보카는 입이라는 뜻으로 하구를 말한다. 화려하고도 세련된 부에노스 아이레스에서는 소위 빈민가로 여겨지는 우중충한 곳인데 19세기에 들어온 유럽의 이민자들 중에서 돈 한푼 없이 신세계로 와서 사회의 최하층을 이루며 살았던 이탈리아 이민자들의 구역이었단다.

게다가 여기는 강 입구니 대형 선박이 드나드는 곳으로 선원들도 많았을 것이다. '탱고의 발상지' 라고 일컬어지는 그 '카미니토(골목길)' 에는 현지인들보다 관광객이 더 많았다. 초라한 단층짜리 벽에 선명하게 그려진 그림들과 거리의 그림장수들도 원단 '진짜' 라기보다는 보이기 '위해서' 일부러 연출한 가짜 같다.

가이드 북마다 추천한 토속 탱고바 비에호 알마센도 문이 닫혀 있다. 시내에 있다는 현지인 탱고바나 제대로 보았으면 좋겠다. 저녁 늦게 탱고바에 갔더니 금요일 저녁이라 발 디딜 틈이 없다.

겨우 자리를 잡고 앉아 주위를 둘러보니 대개 50, 60대의 나이 든 사람들이다. 남자나 여자끼리 온 사람도 있지만 여러 그룹의 부부동반으로 온 노부부가 대부분이다. 탱고는 이제 젊은이들에게는 사랑받지 못하고 '쉰세대' 들의 전유물이 되고 말았으니 한두 세대 후에는 없어질지도 모르겠다는 생각이 든다.

좁은 무대에서는 가수가 노래도 부르고 노래가 끝나면 '라 쿰파르

시타' 류의 탱고 음악이 흐르는데 그때가 되면 앉아 있던 사람들은 자동인형처럼 발딱 일어나 무대로 나가 부둥켜 안고 춤을 춘다. 그 춤추는 사람들의 눈을 지긋이 감은 표정이 어찌나 진지한지 웃음이 날 지경이다.

다음에는 젊고 아름다운 무용수가 나와 아주 관능적인 탱고를 추고 나서 그 남녀 무용수가 객석에 있는 사람들을 불러내 같이 추는 순서가 있는데 아니나다를까 내가 뽑혔다.

못추는 탱고를 따라 하느라 남자무용수의 능숙한 솜씨에도 불구하고 몇 번 발도 밟았지만 재미있었다.

그러나 정말로 재미있는 탱고 시간은 다음날 어느 벼룩시장이 서는 곳에서 본 노천 탱고쇼다. 전날 본 탱고가 노인들이나 즐기는, 사라져가는 문화라는 느낌을 주었다면 노천에서의 탱고는 힘과 젊음, 자유로움이 느껴지는 현재형의 싱싱한 문화다.

몸집이 자그맣고 얼굴이 조막만한 미인 무용수가 입고 꿰맨 것같이 딱 붙는, 엉덩이 바로 아래까지 터진 아슬아슬한 까만 옷을 입고 남자 파트너와 함께 섹시하고 멋진 탱고를 춘다.

젊은이들은 감탄스러운 얼굴로 감상을 하고, 여남은 살 먹은 어린 아이들은 무대 근처로 나가 어설프게 무용수들을 흉내내는 것을 보며, 아르헨티나의 탱고가 저렇게 이어지고 있으니 다행이구나 하는 생각이 든다. 나같은 짠순이도 아주 예외적으로, 춤을 추고 나서 돌리는 모자에 돈을 넣을 만큼 멋이 있었다.

죽은 자들의 도시에 멋진 조각집들

금옥이는 나를 도시 중심에 있는 '5월 광장' 으로 안내했다. 광장 바닥에는 하얀 스카프를 쓴 어머니 그림이 잔뜩 그려져 있다. 군부독재 때 쥐도 새도 모르게 사라진 학생들 어머니의 상징이며 군부독재에 대한 항거의 표시라고 금옥이는 상세하게 설명해준다. 한때 학생운동을 했던 후배의 설명에 애정이 어려 있다.

그러나 뭐니뭐니해도 부에노스 아이레스의 하이라이트는 세멘테리오 델 노르테라는 공동묘지다. 세계에서 가장 아름다운 묘지라고 자랑하는 이곳은 페론 전 대통령의 부인 에비타와 역대 대통령 가운데 13명이 묻혀 있는 유명인사들의 유택이다. 아르헨티나 사람들은 이 무덤에 묻히는 것을 가문의 영광으로 알 정도라고 한다.

도시 북쪽에 있는 이 공동묘지를 찾은 것은 마침 비가 부슬부슬 오는 날이었다. 1882년에 세워진 이 도시에서 제일 오래된 묘지라는데 10에이커 크기에 6천여 개의 납골당이 있다.

그 납골당이라는 것이 우리나라처럼 멋없이 큰 건물에 사서함처럼 일렬로 늘어서 있는 게 아니라 하나하나가 너무나 아름다운 조각물이다. 멋진 건물들을 수십 분의 일로 축소해놓은 것 같은데 그런 석조 건물들이 질서정연하게 블록을 형성하고 있어서 공동묘지가 마치 잘 지어진 모형도시 같다. 납골당 건물 앞에는 아무개 씨나 아무개 가족이라는 문패가 붙어 있고 성모상이나 사자 등 멋있는 조각을 장식해놓은 곳도 있다.

묘지 건물 모양은 참 다양하다. 부잣집 현관처럼 생긴 건물, 잘 지어진 교회 정문을 그대로 옮겨놓은 듯한 것 그리고 고급 부티크의 입구를 연상시키는 것도 있다. 그리스나 로마 시대 스타일로 예스러운 것도 있고 르네상스 스타일의 중후한 것도 있다. 중세 유럽식의 장식이 화려한 것도 있고 현대식으로 간결한 디자인의 세련된 묘지도 있다.

부자들의 무덤답게 무덤지기들이 납골당 건물의 스테인드 글라스며 구리로 만든 장식물들을 반들반들 닦아놓았고 싱싱한 꽃이며 화초들이 가득하다. 문 안쪽에는 촛불까지 일렬로 늘어서 있어 마치 사람이 사는 곳 같다.

나는 공동묘지에 오면 늘 깊은 생각에 빠지게 된다. 사람은 태어나면 죽는다. 열심히 살든 대충대충 살든 사람은 누구나 죽는 것이다. 오는 순서는 있어도 가는 순서는 없다는 옛말처럼 방정맞은 소리지만 가능성으로만 따져보면 바로 내일 죽을 수도 있다.

그렇다면 나는 당장 죽어도 후회가 없을 만큼 잘 살고 있는 것일까. 아니, 자랑스럽지는 못할 망정 부끄러운 인생을 살고 있는 건 아닌가. 어떻게 사는 것이 후회없이 사는 일인가. 무슨 일을 하고 무슨 생각을 가지고 살아야 잘 사는 것인가. 공동묘지에 오면 평소에는 하지 않았던, 이런 아주 중요하고도 근본적인 생각을 하게 된다.

1주일동안 전대를 풀어놓고 잘 놀았다. 전대 걱정을 안 한다는 것은 여행객에게는 최대로 긴장이 풀린 상태를 말한다. 전 재산이 들어있는 전대를 잃어버리면 곧 여행을 포기해야 하므로 여행중에는 늘 바지 속 팬티 안에 제2의 피부라고 생각하고 차고 있어야 한다.

어쩌다 독방을 쓰게 되면 잘 때는 풀어서 베개 안에 넣기도 하지만 독방을 쓰는 일이 거의 없으니 몇 날 며칠 24시간 내내 차고 다니는 날이 더 많다. 그러다보니 전대에서 늘 고약한 땀냄새가 나는 것은 물론 허리에 땀띠까지 나는 경우도 있다. 그러니 전대 걱정을 안하는 것만으로도 그동안의 여독이 반은 풀린 것 같다.

내가 너무너무 좋아하는 로버트 드 니로 주연의 영화 〈미션〉에 나오는 이과수 폭포는 부에노스 아이레스에서도 버스로 이틀 거리이기 때문에 다음 기회로 미루고 칠레로 돌아가기 위해 국경 근처인 멘도사로 향했다.

처음에는 히칭을 해서 칠레까지 가려고 했으나, 이 부부가 펄쩍 뛰면서 적어도 자기들 눈 앞에서 떠날 때는 최고급 버스를 타야 한다고 하도 우기는 바람에 못이기는 척하고 멘도사까지는 버스를 탔다.

다리를 완전히 뻗을 수도 있고 비행기 기내식처럼 고급스럽고 품위 있는 식사가 나오는 버스다. 말끔하게 차려 입은 차장이 수시로 어디 불편한 점은 없는가 점검까지 한다. 이런 야간 고급버스를 타고는 12시간이 아니라 1백20시간이라도 가겠다. 이 세상 끝까지라도 가겠다. 이렇게 때 맞춰 밥 주고 깨끗한 화장실이 가까이 있으면.

아침 일찍 멘도사에 내려 그동안 쌓은 실력으로 다시 히칭에 나섰다. 지금은 아침이고 칠레 국경까지는 8시간 정도 걸린다니 시간은 충분하다. 멘도사의 버스터미널 근처 주유소에서 조금 기다리고 있으니 흰색 버스가 하나 나타난다.

차가 나타나니 자동적으로 엄지손가락이 들린다. 그런데 가까이 보니 글쎄 그 차는 장의차였다. 어쨌든 기왕에 세운 차니 밑져야 본전, 국경까지 가느냐고 물어보았다. 운전사는 나보고 칠레로 가는 길이냐고 되묻더니 하는 말.

"칠레로 가는 트럭은 여기보다 온천으로 유명한 카첼라가 길목인데 우리가 마침 손님(시체)을 모시러 거기로 가는 길입니다."

다행이다. 이 차가 '손님'을 모시고 오는 중이 아니라 모시러 가는 중이라니까. 운전사 옆 좌석에는 이미 '손님'의 친척이 두 사람 타고 있어서 나는 뒷좌석 '손님 전용 침대' 옆 간 의자에 다리를 뻗고 앉았다. 차를 얻어타다 보니 별의별 차를 다 타보는구나.

1시간 정도 달려 국경으로 넘어가는 길목이라는 곳에 닿으니 허허벌판 아무것도 없는 정거장에 조그만 구멍가게가 국경초소처럼 외롭게 앉아 있다. 가게를 보고 있던 70대 할아버지 할머니가 내 얘기를 들으시고 이곳에서는 칠레로 가는 트럭이 하루에도 수십 대가 지나가니까 걱정말라고 하면서 우유를 듬뿍 넣은 커피를 내오신다. 그 커피를 다 마시기도 전에 파라과이로 갔다가 칠레로 돌아가는 사과 트럭 한 대를 세울 수 있었다.

국경까지 가는 길은 안데스 산맥을 따라 구렁이처럼 꼬불꼬불한 오르막길인데, 경치가 대단히 아름답다. 역시 경치 좋은 곳은 트럭의 조수석이나 트럭 뒤에 타고 가야 제대로 보인다니까. 멀리 남미대륙 최고봉인 6천9백58m의 아콩카과가 당당하게 서 있다.

칠레쪽 출입국관리소는 빼어나게 잘생긴 안데스의 산봉우리 위에 제비집처럼 붙어 있다. 지대가 높아서 그런지 특별히 파랗게 보이는 하늘과 하늘에 닿아 있는 붉은색에 가까운 갈색 돌산들. 수천 개의 바위산들이 모이고 이어져서 남미대륙의 등뼈인 안데스 산맥을 이루는 것을 직접 눈으로 확인하는 순간이었다.

차만 공짜로 얻어 타고 다녔지 제대로 보지 않고 아르헨티나를 떠나자니 아쉬운 생각이 든다. 물론 처음 생각대로 이 나라를 히치 하이킹으로 통과했다는 것, 그리고 무엇보다 국제특송요원이 되어 그 안경을 후배의 손에 무사히 건네주었다는 것이 뿌듯하기는 하다. 유럽식이 아닌 순수한 남미를 더 오래 보고 싶다는 생각 때문에 이번에는 이 나라를 서둘러 떠나게 되었지만, 다음에 다시 남미에 오게 되면 충분한 시간을 가지고 잘 돌아보고 싶은 마음이다.

'아스따 루에고 아르헨티나(다시 보자, 아르헨티나여).'

이제 남미에 처음 도착했던 칠레로 이야기를 되돌리자. 서울을 떠나 칠레를 거쳐 아르헨티나로 왔다가 다시 칠레로 돌아갔던 것이다.

남아메리카의 등뼈 안데스 산맥을 따라

칠레를 남북으로 가로지르는 안데스 산맥(뒤쪽)을
따라 내려가는 배 위에서.

돼먹지 못한 칠레 마나님

'비엔 베니도스 아 칠레(칠레에 오신 것을 환영합니다).'

94년 2월 칠레 산티아고 공항에 내리자마자 나는 공중전화부터 찾았다. 서울에서부터 끌고 온 괴물같은 이민가방을 처치해야 했기 때문이다. 배낭을 가볍게 싸기로 이름난 사람이 웬 이민가방? 사연인즉 이러하다.

인도와 네팔 여행에서 돌아와 2주일쯤 쉬는 동안 중남미여행 준비를 했다. 남미의 칠레와 아르헨티나 비자를 받아야 하는데 그 절차와 구비서류가 어찌나 까다로운지 평소에 알고 지내던 칠레인 은행가의 도움으로 겨우 계획했던 기일 내에 받을 수 있었다.

그러나 세상에는 공짜가 없다더니 그 은행가의 부인이 칠레로 가는 길에 자기 친정으로 가방 하나만 '배달'해 달란다. 지난 번 친정 식구가 서울에 왔다가 산 물건을 놓고 갔다는 것이다. 별생각 없이 그러마고 했는데 공항에 가지고 나타난 가방은 바퀴까지 달린 무지막지한 이민가방 아닌가. 이런 젠장. 이제 와서 안 된다고 할 수도 없어서 울며 겨자 먹기로 여기까지 끌고 왔던 것이다.

사실 이 가방만 아니라면 미국의 로스앤젤레스에서 베네수엘라의 카라카스나 콜롬비아의 보고타로 가는 덤핑 비행기표를 살 수도 있었다. 표값이 칠레의 산티아고로 직접 오는 것에 비해 4백달러 이상 싸기도 하고 남미대륙의 북쪽 끝부터 남쪽 끝까지 쭉 훑고 내려가는 맛도 있을 터였는데 말이다.

어쨌거나 이런 커다란 선물 보따리를 가지고 왔으니 그 친정 식구들이 반가워 칙사 대접을 하겠지 생각하고 약간은 들뜬 마음으로 전화를 했다. 그런데 그건 나 혼자만의 달콤한 환상. 전화를 받는 친정 어머니 목소리가 영 시큰둥하다. 하는 말이 자기는 지금 바빠서 공항까지 갈 수 없으니 시내 큰 호텔의 로비에서 만나자나. 이 가방이 얼마나 크고 무거운지는 염두에도 없는 말투다. 서울에 있는 딸은 공항에서 전화만 하면 즉시 '모시러' 나올 거라고 하더니.

기분이 약간 언짢았으나 나이 든 할머니한테 뭐라고 하기도 그래서 그 큰 보따리를 끌고 공항을 나왔다. 나로서는 너무나 예외적으로 비싼 택시를 타고 만나기로 한 호텔로 갔는데 한 시간이나 기다려도 사람이 나타나지 않는다.

몇 년 만에 써보는 스페인어라 내가 뭘 잘못 알아들었나 싶어 다시 전화를 해보려는 순간 하얀 모자에 하얀 원피스로 한껏 멋을 부린 60대 후반의 할머니가 나타난다. 한눈에 보아도 지체가 높거나 돈 많은 집 마나님이다.

나를 보더니 형식적으로 뺨에다 입을 맞추고는 반가워하거나 고맙다는 인사는커녕 처음부터 하는 말이 짜증스럽다.

"왜 오늘 온다고 전화를 안했어요?"

전화는 자기 딸이 하는 거지 가방 갖다 주는 내가 해야 되는 건가? 약간 김이 빠졌지만 어쨌거나 가방이나 받으라니까 자기는 지금 남쪽으로 바캉스를 가려고 나선 길인데 저렇게 큰 가방을 어떻게 가지고 가겠느냐고 신경질을 낸다. 그러면서 하는 말이 점점 가관이다.

"나 참, 아가씨, 바캉스 철에 이렇게 불쑥 나타나면 어떻게 해요? 어쨌든 이 가방, 아가씨가 묵는 호텔에 좀 맡겨야겠어요. 내가 바캉스에서 돌아오면 아가씨 어차피 우리 집에서 지낼 거 아네요?"

마치 나를 오갈 데 없는 무전여행객으로 취급하는 것에 약간 화가 났다.

"저는 호텔에 안 묵어요. 언제까지 산티아고에 있을지도 모르고요. 할머니 차 안 가지고 오셨어요? 안 가지고 오셨으면 제가 택시 타는 데까지 들어다 드릴게요."

그래도 친구 엄마라서 화를 참으며 말했다.

"차 안에는 이미 바캉스 물건들이 꽉 차 있어요. 아니, 이걸 지금 어떻게 하란 말이야?"

가방을 발로 탁탁 차며 인상을 쓰고 투덜거린다. 시키는 대로 하지 않고 자기 말에 토를 달고 있는 내가 마음에 안든다는 투다. 이 늙은이, 누구한테 하던 버릇을 나한테까지 하는 거야? 아무리 아는 사람의 어머니지만 이런 거만하고 이기적인 태도에는 비위가 상해 더 이상 마음에도 없는 친절을 보이고 싶지 않았다.

그 친구가 산티아고의 자기 친정은 테니스장도 있고 수영장도 있는 저택이라 가서 며칠이고 묵으라고 했지만 이 할머니와 더 이상 상종하고 싶지 않다.

"할머니! 어쨌든 가방은 전해드렸으니까 내 할 일은 끝난 겁니다. 저는 이만 가보겠어요. 할머니 집에서는 묵고 싶은 마음이 전혀 없네요."

톡 쏘아주었다. 내 말을 들은 할머니는 '아니, 내가 누군 줄 알고 감히 나에게?' 하는 표정이다. 이 할머니가 얼마나 지체 높고 돈이 많은 집 마나님인지 모르겠으나 내게는 그저 남에 대한 배려가 전혀 없이 추하게 늙어가는 노인으로만 보인다.

괴물같은 가방이 없어져 홀가분한 차림으로, 그러나 좀 언짢은 마음으로 배낭을 앞뒤로 메고 호텔문을 나서려니 등 뒤에서 내게 무안당한 것을 앙갚음이라도 하려는 듯 찢어지게 높은 목소리가 들린다.

"까마레로, 까마레로(웨이터, 웨이터)."

고약한 할망구 같으니라구. 서울을 떠날 때 재미삼아 본 이달 운세에 '공들여 한 일에 결과가 없을 수' 라더니, 약속을 지키느라 힘들이고 4백달러 이상 손해보며 여기까지 가져온 가방 때문에 공은커녕 마음만 상했다.

제기랄. 산티아고의 그 친구 집에서 한 1주일 묵으며 새로운 대륙에 서서히 적응하려고 했던 내 당초 계획은 이렇게 해서 무산되고 말았다. 내가 좀 참았어야 했나. 그러나 며칠동안의 편안함과 내 자존심을 바꿀 생각은 추호도 없다.

더운 날 어디서나 부둥켜안고 숨막히는 키스, 키스

호텔을 나가는 즉시 가이드 북에 있는 싸구려 배낭족 숙소를 찾았다. 지금 한국은 엄동설한이지만 여기는 한여름. 작열하는 태양에 눈이 부시다. 거리에는 인디오라고는 한 명도 눈에 띄지 않고 모두 유럽인뿐이다.

곳곳에 보이는 가판대에는 보기에도 민망한 포르노 성인잡지들 천지다. 이런 잡지는 미국에서도 18세 이하는 들어갈 수 없는 성인용 코너에서나 볼 수 있는 수준이고 한국이라면 1백년이 지나도 저렇게 거리에서 공개적으로는 볼 가망이 전혀 없는 것들이다.

더욱 내 눈길을 끄는 것은 지하철역이든 길거리든 아무곳에서나 부둥켜 안고 뜨겁고도 숨막히는 키스를 해대는 연인들. 마치 방금 본 포르노 잡지를 생방송하는 듯하다. 가만히 있기만 해도 땀이 줄줄 흐르는데 보는 것만으로도 덥다.

지하철을 타고 찾아간 곳은 허름한 여인숙. 닭장같이 좁은 방에 창문은 전혀 없지만 그런 대로 깨끗하다. 게다가 다른 여행객이 많이 묵고 있어 이번 남미여행의 중요한 정보를 얻을 수 있을 것 같다.

숙소에 들어서며 "부에노스 디아스(안녕하세요)" 하자 주인도 "부에노스 디아스"라고 대답하며 "아가씨 스페인어가 유창하네요"라고 한다.

유창은 무슨 유창. 그저 이 숙소의 주요 고객인 서양사람이 잘 하기 어려운 발음을 한국사람은 쉽게 할 수 있어 내 발음이 좋게 들렸던 것뿐이겠지. 예를 들면 쌍기역 발음의 '까사(집)' 같은 건 서양사람들은 십중팔구 '카사' 라고밖에 발음하지 못한다.

그나저나 몇 년 전에 배워둔 스페인어가 생각이 잘 나서 중남미여행에 별탈없이 쓰이기나 했으면 좋으련만. 포켓용 스페인어 사전을 가져온 건 정말 잘한 일이다.

"남미 어디가 좋았어요?"

숙소 아이들이 모여 이 얘기 저 얘기 나누는 저녁시간, 마당에서 내 정보 헌팅이 시작되었다. 원래는 1년 예정으로 북미 알래스카부터 중미를 거쳐 칠레 최남단까지 훑어 내려가는 육로여행을 하고 싶었다. 하지만 시작한 때가 2월이라 북미 알래스카 여행이 불가능했기 때문에 현재 여름인 남미대륙을 먼저 여행하기로 한 것이다.

한국에서는 남미에 관한 세세한 정보를 구하기가 어려워 내가 가진 남미정보는 아주 허술했다. 아이들의 이야기와 가이드 북 등 수집한 모든 정보를 종합해보니 대충 가고 싶은 곳은 잉카문명의 수도인 쿠스코와 마추픽추, 아마존 정글, 남미의 빙하지역, 세계에서 가장 건조한 사막과 화산이 있다는 칠레 북부 지방, 영화 〈미션〉에서 그렇게 감동적이었던 이과수 폭포 등이었다. 그리고 우리와 모습이 다를 바 없다는 진짜 인디오들과 될수록 오래 같이 지내고 싶었다.

그래서 이번 여정은 칠레, 아르헨티나, 페루, 볼리비아로 대강 정했다. 다른 배낭족들은 에콰도르와 콜롬비아도 좋다는데 출발을 두 나라보다 남쪽에 있는 칠레의 산티아고에서 했고 6월 말에는 미국인 양부모님이 사는 알래스카에 가기로 약속했기 때문에 남미를 여행할 수 있는 기간은 넉 달 남짓해서 그곳까지 가보지는 못할 것 같다.

"세계에서 제일 긴 나라는?"

초등학교 아이들도 답을 맞힐 수 있을 만큼 칠레는 길쭉한 모양으로 유명하다. 남북으로 4천2백km에 폭은 2백km도 되지 않는 남미 대륙의 등뼈 같은 나라다.

워낙 긴 나라이기 때문에 북쪽에서 남쪽까지 기후대의 변화도 무쌍하다. 페루와 국경을 이루는 북쪽에는 아타카마 사막이 있고 수도인 산티아고 남쪽에는 남미의 스위스라고 불리는 숲과 호수 지역, 더 남쪽에는 파타고니아가 있으며 칠레의 최남단은 남극대륙이다.

국민의 대다수가 백인인 칠레에서 '인디오 경험'은 틀린 일이니 '자연경험'이 주가 될 것 같다. 일단 산을 좋아하는 사람들 사이에 잘 알려진 파이네 국립공원 트레킹을 하기 위해 칠레 남단으로 가는 배를 탔다. 그 배의 종착지인 푸에르토 나탈레스에는 남미의 아름다운 산 '토레스 델 파이네'가 있다. 이 지역을 파타고니아라고 부르는데 남위 40° 이남의 남극에 접한 곳이다. 이곳은 광대한 산악 빙하지역과 구불구불 아름다운 피오르드 해안선으로 유명하다.

저경비 여행자인 주제에 비행기보다도 비싼 거금 1백80달러짜리 유람선을 탄 이유는 딱 한 가지. 푸에르토 나탈레스까지 배로 가야만 남미대륙의 등뼈인 안데스 산맥을 제대로 볼 수 있기 때문이다.

내가 든 4인용 캐빈은 영국 대학생 1명, 오스트레일리아 회사원 그리고 군 제대 후 1년간 세계일주를 하고 있다는 이스라엘 청년, 이렇게 남자만 셋이 있는 방이었다.

이 아이들은 내가 이제부터 가려는 나라들을 방금 다녀왔기 때문에 생생한 여행정보를 가지고 있었다. 그중에서도 영국아이는 내가 어떤 곳에 대해 물어보면 지도까지 그려가며 어찌나 자세히 설명해주는지 적어주는 메모 그대로가 하나의 가이드 북이 됐다.

배에서 바라보는 안데스 산맥은 무엇보다 어깨를 나란히하고 있는 거대한 봉우리들이 절경이다. 내일은 협곡으로 된 해안선 피오르드 틈새를 누비는 코스이니 하루종일 뱃머리에 나가서 실컷 바다구경이나 하자.

꼴보기 싫은 일본사람 기죽이기

새벽부터 오후 5시까지 이 배가 지나온 바다는 정말로 아름답다. 손이 닿을 듯 가까이 보이는 산에는 1km는 족히 될 만한 폭포 수십 개가 눈덮인 산골짜기에서 3각 빗 모양으로 떨어지고, 불쑥불쑥 새파란 빙하에 덮인 골짜기가 나타난다. 여기에 에메랄드를 녹여 풀어 놓은 듯한 바다는 햇빛을 받아 눈부시게 출렁거린다. 빙하지역에서 떨어져 나간 얼음 덩어리가 그 짙은 녹색 바다 위에 사파이어처럼 빛을 뿌리며 떠다닌다.

해안선이 구불구불 복잡한 피오르드 해안도 볼 만하다. 섬 사이 해협이 좁아질 때는 당장이라도 배가 양쪽 섬에 부딪힐 것 같다. 바다라기보다 군데군데 섬이 있는 커다란 호수에서 뱃놀이를 하는 기분이다. 동양화처럼 겹겹이 겹쳐진 작은 산들이 아스라한 안개 속에 젖어 있다.

배가 남쪽으로 갈수록 바람이 몹시 불어 바깥에 나갔다 선실에 들어왔다 하며 글을 쓰는데 조금만 바람이 덜해지면 또 뛰어나간다. 춥다고 들어와 있는 사이 그림 같은 경치를 그냥 지나치는 건 아닌가 조바심이 나서.

배 안에서 작은 해프닝 하나. 표를 사느라고 대합실에서 함께 죽치던 호리코메라는 일본아이 때문이다. 그때는 통성명도 없었지만 한 배에 탔으니 같은 외국인 여행객끼리 알고 지내는 게 좋을 것 같아서 우리 캐빈 아이들이 모여있는 식탁으로 그를 불렀다. 그러나 1분도 안돼서 후회했다. 그 아이의 태도가 어찌나 건방지고 겉멋이 잔뜩 들었는지 아주 마음에 들지 않았다.

“아, 한국사람들도 이제 여행 다닐 만큼 살 만한가 보죠? 얼마 전까지만 해도 동경의 막노동꾼들은 거의 한국사람들이었는데.”

내가 한국사람이라고 소개하자 이 녀석 하룻강아지 범 무서운 줄 모르고 비비꼬며 우리나라를 얕잡아보는 태도에 더 이상 참을 수 없다.

한비야, ‘꼴보기 싫은 일본사람 기죽이기 작전’을 폈다. 그러잖아도 빠른 내 말씨에 가속을 붙여 못 알아들을 정도로 빠르게 영어를 하는 거다. 빠르기만 하면 혹시 알아들을까봐 최대한 굴리기까지 한다. 대부분 영어에 서툴러 어느 정도 주눅이 들어 있는 일본아이들은 대답을 못하고 쩔쩔매게 마련.

만에 하나 내 말을 알아들어 대답을 한다고 해도 일본아이들의 영어 발음은 아는 대로 썩 좋은 게 아니다. 대답을 하는 아이의 영어를 도저히 못 알아듣겠다는 시늉을 하면서, “왓(뭐라구)?”을 연발하면 대부분은 기가 팍 꺾인다. 그런 다음 그 아이에게 점잖게 제의한다.

“너는 영어가 서툴구나. 그럼 우리 일본어로 얘기할까?”

그러면 십중팔구 껌뻑 죽는다.

“하이, 스미마셍가 오네가이 시마스(네, 죄송하지만 부탁합니다).”

이러고도 건방기가 싹 가시지 않는 일본사람은 아직 만나보지 못했다. 이건 일본에 있을 때 많이 써먹던 수법이다. 일본에서는 어쩐 일인지 일본어로 하면 무시당하고 영어로 해야 대접을 받은 일이 많다. 외국인이 열심히 자기네 말을 배워서 쓰려고 하는데 말이다. 그래서 내 주장을 세워야 할 때나 큰소리 칠 경우에는 반드시 영어로 해야 한다는 것을 알게 되었다.

사실은 일본에 가기도 전 한국에서 일본 비자를 받을 때 일찌감치 얻은 깨달음이다. 한시가 급하게 일본에 가야 하는데 서른 살 넘은 미혼여성이라는 이유로 비자가 안 나올 형편이 되었다. 어렵사리 영사 인터뷰를 하게 되었는데 담당 영사는 내가 들어가 자리에 앉아도 쳐다보지도 않는 거다. 거들먹거리는 꼴에 비위가 확 상했다.

그런데 그 영사, 고개도 들지 않고 대뜸 일본어로 묻는다.

"일본어 할 줄 아시오?"

"당신은 한국말 할 줄 아시오?"

뱉이 뒤틀린 내가 한국말로 되물었더니 내 말대꾸에 놀랐는지 한 번 쳐다본다. 그때를 놓치지 않았다.

"못하시는군요. 그럼 영어로 하지요."

그런 다음에는 평소보다도 더 빠르고 굴리는 영어로 인터뷰에 응했더니 3, 4분도 안돼 비자가 발급되었다.

칠레 남단으로 가는 배 안에서도 물론 이 작전은 성공이었다. 그 후로 호리코메는 배가 목적지에 닿을 때까지 나만 보면 "오네상, 오네상(누님)" 하면서 꾸벅꾸벅 인사도 잘한다.

환상의 봉우리
토레스 델 파이네는 안개에 젖어

주변경치가 설악산과 비슷한 봉우리를 올라가자 알래스카의
어느 지점 같은 그레이 빙하가 나왔다.

빙하의 산에 얼음 녹은 호수

안데스 산을 덮고 있는 파타고니아 빙하 지역은 산악빙하로는 그 규모가 남극, 그린랜드 다음으로 크다고 한다. 이런 산악빙하를 제대로 볼 수 있는 곳이 바로 파이네 국립공원이다.

가장 높은 봉우리는 2천8백m의 토레스 델 파이네(파이네의 탑들)인데 내가 가지고 다니는 국산 배낭의 '세로 토레' 라는 제품명도 이곳을 가리킨다. 산을 좋아하는 사람이라면 누구나 한번쯤 오고 싶어하는 곳이다.

푸에르토 나탈레스에 도착하자마자 등산계획을 짜고 트레킹 장비를 빌렸다. 짐을 싸고 있자니 가슴이 설렌다. 언제가 마지막 야영등산이었지? 지난 번 한국에 몇 주일간 있을 때도 하루 코스 등산만 했으니 산속에서 며칠 묵으면서 하는 트레킹은 네팔 이후 처음인 것 같다. 마음 같아서는 될수록 오래 있고 싶지만 도중에 가게가 없어서 트레킹하려는 날짜만큼 필요한 식량을 지고 가야 한다.

1주일쯤 걸린다는 일주 루트가 욕심이 났지만 혼자서 4박 5일 이상은 아무래도 무리일 것 같다. 그래서 숙소 주인아저씨의 조언대로 한두 곳에 베이스 캠프를 치고 몇 개의 빙하지역을 트레킹하기로 했다.

첫째 날. 버스가 국립공원 지역에 들어서니 멀리서 토레스 델 파이네가 그 당당하고도 도도한 모습을 나타낸다. 구름 위로 솟아 있는 모습이 황홀하다. 며칠간 나는 저 산속을 헤맬 것이다.

우선 이 국립공원 내에서 제일 경치가 수려하다는 그레이 빙하로 가기 위해 페오에 호수의 보트를 탔다. 바람이 많이 부는 날은 배가 뜨지 않는다고 하더니 오늘은 다행히 배가 있다. 산이 병풍처럼 두르고 있는 호수를 가로질러 가는 길이라 잔잔할 거라고 생각한 것은 오산. 중간에 어찌나 바람이 부는지 이런 날에도 배를 띄우는 걸 보면 결항 때는 배가 뒤집어지도록 바람이 부나보다.

오늘은 그레이 빙하까지 가서 그 근처 대피소에서 묵으려고 했는데 방금 거기서 돌아온 사람들이 거기는 지금 집을 짓는 중이라 텐트없이는 묵을 수 없다고 한다.

이렇게 아무 정보도 주지 않는 주제에 도대체 입장료는 왜 받는 거야. 강도 같은 놈들. 곳곳에 묵을 만한 대피소가 있다는 말만 믿고 텐트를 준비해가지 않았던 것이다.

황급히 계획을 바꿔 선착장 근처에 있는 호스텔에 며칠 묵으면서 프란치스코 빙하와 그레이 빙하 등을 가기로 했다.

울며 겨자먹기로 묵은 숙소 건물은 어제 지은 듯 모든 게 깨끗하고 벽이며 침대가 생나무처럼 싱싱하다. 배낭을 내려놓자마자 한시를 참지 못하고 6시간 코스라는 프란치스코 빙하로 나섰다. 얼마간 아기자기한 산길이 계속되더니 어느 순간 기다렸다는 듯 거대한 얼음덩어리 산이 나타난다. 산과 얼음이 어울어진 산악지대의 아름다움도 아름다움이지만 오랜만에 산길을 걷는 것 자체가 더없이 즐거운 일이었다.

기분좋게 트레킹에서 돌아와 느긋하게 커피를 한 잔 시켜마시면서 이 숙소 주인 식구들하고 얘기하게 되었다. 40대 부부와 10대 후반의 아들이 운영하는 숙소는 명랑하고 상냥한 식구들 덕분에 더욱 아늑한 맛이 난다. 혼자 트레킹을 하려는 동양여자가 걱정이 되는지 번갈아 가며 온갖 질문을 한다.

그들의 질문공세가 귀찮게 느껴지기커녕 고맙기까지 하다. 나는 어렸을 때부터 산을 좋아해 등산을 많이 다녀봐서 며칠 걷는 것은 아무것도 아니라고 했다. 또 네팔에서는 쉬지 않고 20일을 걸은 적도 있다고 하니 그제서야 마음을 놓는 표정들이다.

나는 농담삼아 여기 식당 청소도 해주고 설거지도 해주면 내 밥값, 방값은 안 내도 되느냐니까 사람좋은 주인 아저씨가 "씨(좋아요)" 한다. 벌떡 일어나 빗자루로 응접실과 식당을 싹싹 치우고 흐트러진 가구 정리를 하니까 이 집 아주머니도 좋아하며 여름 내내 여기서 같이 장사를 하잔다.

"잘 되었네요. 가끔 가다 손님들에게 한국음식도 제공하고."

맞장구를 치느라 한 내 말에 아저씨는 정말 좋은 생각이라며 정색을 하고 그렇게 하자고 즉석에서 동업을 제의했다.

호숫가 산장 창 밖에는 황홀한 여명

다음날. 더 이상을 바랄 수 없을 만큼 청명한 날이다. 새벽에 호수로 난 창을 통해 내다본 여명도 황홀했고 멀리 우뚝우뚝 솟아 있는 산들과 집 앞에서 풀을 뜯고 있는 말들까지 절묘한 조화를 이뤄 너무나 환상적인 정취다.

아침 일찍 길을 나섰다. 오늘의 트레킹 코스는 그레이 빙하. 숙소를 나서려는데 주인 아저씨가 부른다.

"7시까지는 돌아와야 해요."

이런 산중에 웬 통금이 있나?

"왜 그러는데요?"

"그래야 식당의 저녁영업을 할 것 아니에요?"

어제 장난삼아 말한 것을 진담으로 받아들인 것이다.

"알겠습니다, 사장님."

장난스럽게 거수경례까지 붙이고는 트레킹 길을 떠났다.

그레이 빙하 트레킹의 하이라이트는 빙하가 만든 산 중턱에 환하게 떨어지는 폭포와 폭포가 만들어내는 물안개였다.

그러나 진짜 비경은 그레이 호수가 보이기 시작할 때부터 펼쳐졌다. 저 멀리 끝을 알 수 없는 빙하 벌판이 나타나고 그 앞의 물 위에는 빙하에서 떨어져 나온 사파이어 얼음 덩어리가 점점이 떠 다닌다.

돌아오는 길도 아름다웠다. 해가 넘어가면서 산 위에 있는 눈에 햇빛이 반사되어 산봉우리 전체가 왁스를 발라놓은 것처럼 반들거린다.

그 흰 눈과 대비가 되기 위해 거기 있었던 듯 검은 산들이 완전한 3각 형태로, 또는 울퉁불퉁한 자연 그대로의 멋으로 시야를 압도한다.

저녁에는 약속대로 숙소 주인 부부와 저녁식사를 준비했다. 예약한 손님들이 오지 않아 결국 우리끼리 준비한 스파게티를 먹게 되었지만 웃음이 묻어나는 단란한 시간이었다.

저녁을 먹고나서는 한글로 식구들 이름을 적어주었더니 너무나 좋아하며 이제부터는 이 집이 당신 집이나 마찬가지니 언제라도 오라고 한다. 이집 식구들이 마음에 들어 그 다음날 떠나기로 한 여정을 바꾸어 하루 더 눌러 있었다. 정들면 어디서나 고향이라더니.

넷째 날, 새벽부터 비가 온다. 집을 나서기 전 숙박비와 밥값을 지불하니 주인 내외가 깜짝 놀라며 "이게 뭐냐?"고 묻는다. 방값이라고 했더니 이 부부는 서로 웃으며 아쉬워한다.

"첫날은 식당청소를 해서 방값을 했고, 둘째 날부터는 우리 식구였으니 방값을 받지 않겠어요. 비도 떨어지는데 하루 더 있다 가면 좋을 텐데."

그래도 나는 나름의 여정이 있는지라 식구들을 뒤로 하고 길을 떠났다. 가는 길은 호수를 끼고 걷는 한 시간만 경치가 그럴 듯하고 나머지 4시간은 황량한 들판에 뱀처럼 구불구불 지루한 길이다. 어쩌면 그렇게 나무 한 그루가 없나?

비는 갈수록 굵어져 머리 끝부터 발 끝까지 비맞은 생쥐 꼴이다.

이런 허허벌판을 생으로 비를 맞으면서 걸어보는 것도 난생 처음이다.

이런 벌판에서 제일 문제가 되는 건 화장실 가는 일이다. 나무 밑도 아니고 나무 뒤도 아닌 곳에서 엉덩이를 까고 앉아 일을 봐야 하다니. 비오는 벌판에서 만날지도 모르는 천둥 번개보다 화장실에 더 신경이 쓰였다.

사실 난 여행을 하기에 좋은 조건을 가진 편이다. 첫째 어떤 음식도 잘 먹고 뒤탈이 없다. 둘째 어디서든, 어떤 조건하에서든 잘 잔다. 그런데 결정적인 악조건도 두 가지나 있다.

첫째, 해만 없으면 동서남북 분간을 못하는 방향치(方向痴)가 된다. 둘째, 적어도 두 시간에 한 번씩은 화장실에 가야 한다. 화장실 때문에 생긴 사연이 어찌나 많은지 '내가 경험한 세계의 화장실'이라는 책 한 권을 너끈히 쓸 수 있을 정도다.

오늘은 등산 마지막 날. 목표는 토레스 델 파이네이다. 가는 길에는 비가 오고 구름이 잔뜩 끼어 사방에 산이 있는지 바다가 있는지 구별이 안된다. 소득이 있다면 과니코라는, 얼굴은 낙타처럼 생기고 몸은 큰 사슴처럼 생긴 파이네의 토종 동물을 아주 가까이에서 보았다는 것이다. 참 아름다운 동물이다.

동물 가운데 어떤 종류는 대하기가 공손해질 만큼 점잖고 품위있는 것들이 있다. 사슴이 그렇고 사자 수놈이 그렇고 아까 본 과니코가 그렇다. 반면 하이에나처럼 표정도 비굴하고 행동도 남의 눈치를 보는 등 체신머리가 없어 볼품없는 것들도 있다.

사람이라고 왜 안 그렇겠는가. 지위고하나 귀천에 상관없이 어떤 사람은 가만히 있어도 고개가 절로 숙여지고 어떤 사람은 발버둥을 쳐대도 우스워 보이는 것을. 나는 어떤 동물에 비할 수 있을까. 나는 사자처럼 당당하게 살고 싶은데, 실제 내 모습은 하이에나같이 초라

한 것은 아닐까.

오후가 되어도 날씨는 맑아질 기미가 보이질 않는다. 저 멀리 토레스 델 파이네는 안타깝게도 두꺼운 구름에 가려 있다. '여기까지 와서 한국에도 얼마든지 있는 구름만 실컷 보고 가는군.'

파이네 산신령님이 내 마음을 읽었는지 다행히 오후 늦게 날씨가 개어 오는 길 내내 토레스 델 파이네를 마음껏 볼 수 있었다. 웅장한 운산 뒤에 바늘처럼 솟아 있는 3개의 붉은 탑. 아무리 보아도 싫증이 나지 않는다. 5분에 한 번씩 돌아보고 또 돌아보며 내려오는 3시간이 아주 즐거웠다.

국립공원을 떠날 때 지난해 히말라야 트레킹 생각이 나서 장엄한 산에 대고 합장을 한 채 머리를 조아리는 네팔식 인사를 했다.

"나마스떼."(네팔말로 안녕히)

펭귄이 떠난 펭귄 아파트

아르헨티나로 넘어가기 위해 칠레의 최남단이자 세계의 최남단 도시인 푼타 아레나스로 갔다. 이 도시에서는 어디서나 바다가 보이는데, 이 바다가 파나마 운하를 완성하기까지 약 4백년간 유일하게 태평양과 대서양을 연결해준 마젤란 해협이다.

이곳에서 시설이 잘되어 있다는 배낭족 숙소를 찾아갔다. 그런데 여기서 누구를 만났겠는가. 배에서 한껏 기를 죽여놓았던 호리코메를 만난 것이다. 남부 파타고니아를 보고 내일 산티아고로 돌아간다고 한다. 홀로여행중에 만났던 사람을 다시 만나니 오래 알고 지낸 사람처럼 반갑다.

호리코메는 오후에 푼타 아레나스에서 차로 1시간 정도 떨어진 펭귄 서식지에 간다고 했다.

"펭귄 서식지라고? 그래, 같이 가자. 우리가 남극 가까이에 오긴 왔나보다. 펭귄이 있다는 걸 보면."

안내서에 따르면 그 날의 손님 일진에 따라 펭귄을 많이 볼 수도 있고 한 마리도 못 보기도 한단다. 버스에서 내리니 바람이 몹시 분다. 머리 꼭대기에서 헬리콥터가 뜨는 것 같이 강풍이 불어대니 펭귄 아니라 펭귄 할아버지라도 정신을 못차리겠다.

바람부는 벌판에서 날려가지 않도록 조심조심 걸어 드넓은 펭귄 서식지로 들어섰다. 이곳은 몇 년 전에 보호구역으로 지정되었는데, 사람들이 마구잡이로 펭귄 알을 훔쳐가 그 수가 현저히 줄어들었기 때문이라고 한다.

이곳의 펭귄은 남극에서 사는 황제 펭귄보다 몸집이 약간 작은 마젤란 펭귄이다. 여기서 우선 눈에 띄는 것은 아파트같이 생긴 펭귄 집. 바다에서 20~30m 떨어진 언덕에 동글동글한 굴 모양으로 수백 채가 나란히 뚫려 있다. 엄마, 아빠 그리고 새끼 한두 마리인 펭귄 가족은 한 동굴에 한 가족씩 산다고 한다.

이 펭귄은 웬만한 인간보다 낫다. 우선은 부부애가 그렇다. 펭귄은 철저한 일부일처제로 살아 있을 때도 서로 바람피우지 않고 금실이 좋은 것은 물론 만약 배우자가 죽으면 따라 죽기까지 한다. 또 하나는 부성애와 모성애. 새끼를 낳아서 부모가 같이 키운다. 부모 중 하나가 아이를 돌보고 있는 동안 다른 하나는 바다로 나가 멸치 등 작은 고기를 잡아 목구멍 속에 담아두었다가 집에 와서 그것을 토해내 어린것과 배우자에게 먹인다.

일전에 TV에서 본 황제 펭귄이 생각난다. 암컷이 먹이를 구하러 나간 동안 수컷은 아기 펭귄이 추울까봐 자기 발등에 올려놓고, 그 거센 바람을 등으로 막은 채 우두커니 서서 몇 시간이고 기다리는 장면이다. 얼마나 아름다운 본능인가, 얼마나 눈물겨운 아버지의 마음인가.

펭귄이 무더기로 모여 있는 광경이 장관이라던데 안타깝게도 지금 이곳은 어린 펭귄이 다 자라 부모와 함께 남극으로 가는 시기여서 많을 때는 1천 마리 이상 된다는 펭귄이 1/3밖에 남아 있질 않았다. 펭귄 도시도 입주 직전의 신도시 아파트처럼 을씨년스러웠다.

그런 중에도 몇몇 호기심많은 펭귄은 집에서 나오고 싶어서 호시탐탐 기회를 노리다가 잠깐 나왔다가 우리를 보고는 금방 쏙 들어간다.

안내인 말에 따르면 펭귄은 부끄러움을 몹시 탄다고 한다. 그래도 그중에는 '스타 펭귄'이 있어서 날개를 펼쳐 보이거나 두 날개를 뒤로 쭉 뻗은 포즈를 취하며 사진찍기에 좋은 모델이 되어준다.

돌아오는 길에 먹이를 구하러 바다로 멋지게 뛰어드는 펭귄들을 본 게 이 날의 수확이라면 수확이었다. 육지에서는 뒤뚱거리며 잘 걷지도 못하는 펭귄들이 바다로 뛰어들 때는 다이빙 선수처럼 날렵하기 짝이 없다.

펭귄 서식지에서 돌아와 마늘을 듬뿍 넣은 스파게티를 해서 호리코메와 함께 먹었다. 맛있다고 마구 먹던 호리코메는 과식을 했던지 저녁을 먹자마자 배가 아프다고 엄살이다. 체한 데는 우리나라 민간요법인 엄지손가락 따기가 최고. 바늘을 꺼내 실로 친친 감은 두 엄지손가락을 따주었더니 얼마 지나지 않아 배가 편해졌다며 나보고 '슈바이처 부인'이라고 농담까지 한다.

정말 한일관계는 미묘하다. 일본사람이 조금이라도 비위에 거슬리는 짓을 하면 온갖 심통을 발휘해 기를 죽이거나 약을 올린다. 그런데도 여행을 다니다가 세계 각국 사람들과 섞여 있는 일본인을 만나면 같은 동양사람이라는 것 하나만으로도 서양아이들보다 훨씬 빨리 친해진다.

처음엔 건방진 태도가 눈에 거슬려 대하기 싫었던 호리코메와도 허어지는 것이 아쉬워 주소를 주고 받고 기념사진도 한 장 찍었다. 이것도 모자라 태극마크가 그려진 열쇠고리를 선물로 주었다. 이것을 두 손으로 받는 호리코메의 태도가 공손하기 그지없었다. 그가 처음 내게 보인 건방진 태도는 한국에 대한 무관심과 몰이해 때문이었는지도 모르겠다.

이 세상 경치 아닌 우주사막 아타카마

우주의 한 행성과 같은 아타카마 사막에서
한 점이 되어 걸어가며.

80살 노인이 평생 비오는 걸 못봐

"아타카마의 산 페드로 마을에 가세요?"

"아뇨. 오늘은 늦어서 여기서 하루 묵고 내일 아침에 가려는데요."

"그럴 줄 알았어요. 저도 거기 가는 길이에요. 혹시 이곳에 묵을 만한 데 알고 있어요? 난 정보가 전혀 없어서…."

"나도 없어요. 그런데 나는 여기서 제일 싼 곳에 묵을 거예요. 물만 나오면 말이에요. 그래도 괜찮으시다면 한번 같이 찾아볼까요?"

"나한테는 선택의 여지가 없는 것 같네요. 그렇게 하지요."

아르헨티나에서 칠레로 돌아와 산티아고의 밤버스를 탔다. 24시간을 달려 세계에서 제일 건조하다는 아타카마 사막 초입 칼라마 마을에 내리니 밤 9시. 버스 짐칸에서 배낭을 꺼내 등에 메고 있는데, 말쑥한 차림에 여행가방을 든 30대 중반 유럽남자가 말을 건다.

어렵지 않게 버스터미널 근처에서 숙소를 찾았다. 방금 화장실 청소를 했는지 소독약 냄새가 진동을 한다. 방은 침대 하나가 전체의 3/4을 차지할 만큼 좁아 배낭을 내려놓으니 몸을 움직이기도 어렵다. 조금 있으니 같이 왔던 사람이 내 방으로 온다.

"여기 따뜻한 물이 안 나오나 좀 물어봐 줄래요? 난 스페인어가 서툴러서…."

"물어볼 것도 없어요. 이런 싸구려 숙소에는 따뜻한 물 안 나와요."

"그러면 샤워는 어떻게…."

"찬물 샤워 한 번도 안 해보셨어요?"

"그게 저…."

이 사람은 나와 같은 저경비 배낭족이 아니라는 사실을 단번에 알 수 있었다. 찬물 샤워를 끝내고 늦은 저녁을 먹으러 숙소를 나서는데 아까 그 사람이 또 뒤에서 부르며 쫓아온다.

“이곳에 먹을 만한 곳을 알면 같이 가요. 아침부터 아무것도 못먹었어요.”

“나도 이곳이 초행이에요. 같이 찾아볼까요?”

내가 그럴 듯해 보이는 식당을 가리키며 들어가려고 하자 이 사람이 또 딴지를 건다.

“이런 곳에서 어떻게 먹어요? 보기부터 지저분한데. 저녁은 내가 살 테니 좀 좋은 곳을 찾아보는 게 어때요?”

“조금 지저분하긴 해도 현지인이 가는 곳이 음식이 더 맛있다는 걸 모르세요? 그냥 여기서 먹지요.”

한국에서도 진국 감자탕을 먹으려면 고급 식당보다는 기사식당에 가야 하는 것과 같은 이치다.

이 사람은 오스트리아에서 온 자동차 엔지니어 월터. 짐작한 대로 여행사에서 짜준 스케줄에 따라 예약해둔 호텔에 묵는 소위 자유 패키지 여행을 하고 있는 중이란다. 오늘도 산 페드로까지 가서 그 동네 고급 호텔에 묵을 예정이었는데 산티아고에서 버스를 놓쳐 그만 낙동강 오리알 신세가 되었다고 한다.

지금 한 달째 칠레와 아르헨티나를 여행하고 있는데 다음 한 달간은 볼리비아를 돌아볼 생각이란다.

이 사람은 잘 웃지도 않고 말할 때 눈썹을 자주 올리는 버릇이 있는데 그럴 때마다 이마에 7~8겹의 주름을 짓는 모습이 약간 멍청해 보인다. 그리고 어쩐지 푹 가라앉은 무거운 분위기다. 여행중이라 마음이 가벼울 텐데 왜 저러지? 마음에 썩 내키는 사람은 아니다.

다음날 칼라마에서 산 페드로 마을까지 가는 1시간 30분 거리는 내내 입을 다물 수 없는 경관이었다. 초록 풀 한 포기도 없이, 끝도 없는 사막에 모래산이 달 표면처럼 울퉁불퉁하고, 멀리 보이는 완벽한 원뿔형의 갈색 흙화산들이 눈을 이고 서 있었다. 마치 외계여행을 하는 것 같다.
함께 버스를 탄 월터는 내가 하도 감탄을 해대니까 덩달아 신이 났는지, 내가 하는 양에 기가 막혔는지, 처음에는 시무룩하더니 30분쯤 지나니까 조금만 신기한 풍경이 나와도 제가 더 흥분한다.
"비야씨, 저기 좀 봐요."
"비야씨, 비야씨, 와아, 어떻게 저럴 수 있어요?"
월터는 무거운 분위기의 어제와는 달리 들떠 있었다. 80살 된 노인에게 물어도 평생 한 번도 비오는 걸 보지 못했다고 대답하는, 세상에서 제일 건조한 사막 아타카마. 그런데 지평선 너머로 거짓말처럼 푸른 숲이 보이기 시작한다. 바로 오아시스 마을 산 페드로다.

눈썹까지 붙어 있는 2천년 된 미라 '미스 칠레'

산 페드로 마을은 생각보다 아주 조그맣다. 걸어서 30분 정도면 온 마을을 한 번 돌아볼 수 있고 1시간만 돌아다니면 무장공비용 지도도 그릴 수 있겠다. 이 조그만 동네에 있는 고급 호텔은 오아시스 물로 수영장까지 갖춰놓았다. 월터의 숙소가 바로 거기다. 나는 물어물어 로사 모네다라는 숙소에 들었다. 어느 가이드 북에도 소개되지 않고 문패도 번지수도 없는 곳인데 어떻게 알고 찾아왔는지 이미 십여 명의 여행객이 들어 있다.
내가 묵은 방은 2층 침대가 4개, 8명이 한 방을 쓰도록 되어 있는 기숙사식이다. 같은 방 친구는 군대를 막 제대하고 몇 달간 여행을 하고 있다는 프랑스인 아그누, 말을 심하게 더듬는 이탈리아인 파블로 그리고 남아프리카공화국에서 온 젊은 부부 등 5명. 다음날 이곳을 떠나는 파블로를 제외한 4명은 통성명을 하면서 금방 의기투합하여 여기서 가볼 곳은 어디든 함께 다니기로 합의했다.

이 마을에서 볼거리는 박물관과 교회. 그렇지만 실제로 여기까지 오는 사람들은 '발레 데 라 루나(달의 골짜기)'와 해발 4천3백m 고지에 있는 엘 타티오라는 간헐천을 보러 오는 것이다.

"마침 내일이 보름이니까 우선 '달의 골짜기'에서 야영을 하는 게 어때요?"

어디서나 뒤에 처져 있지 못하는 내가 제안을 했다.

"보름달밤에는 늑대가 나온다던데."

농담을 하면서도 모두 환영이다. 나는 여기 올 때부터 달의 골짜기에서 '월하(月下)의 야영'을 하고 싶었지만 혼자서는 엄두를 내지 못하다가 이렇게 일행을 만나 소원을 성취하게 되었다.

1시간 정도 걸리는 달의 골짜기까지 데려다 줄 차량을 물색하고 텐트도 해결. 대충 내일의 준비를 끝내고 마을구경을 나갔다. 사막 한가운데 있는 마을인데 길을 따라 산에서 내려온 물이 졸졸 흘러가는 게 신기하다. 마을의 집들은 벽이 흰색으로 되어 있는데 지붕이 낮아 사람들이 마치 흰 상자 속에서 사는 것 같다. 주민은 모두 1천여 명쯤 된다는데 칠레의 다른 도시와는 달리 인디오가 대부분이다.

작은 구멍가게도 몇 개 있고, 관광객을 위한 여행사도 있고, 술집도 한두 군데 있는 전형적인 관광도시지만 주민들은 스치는 사람마다 따뜻한 눈빛으로 인사를 한다.

중심가인 광장에서 서너 발짝만 가면 그 유명한 산 페드로 박물관이 있고 오른쪽으로는 칠레에서 두 번째로 오래 됐다는 선인장나무 둥치로 지붕을 얹은 스페인식 교회가 있다. 오후가 되니 너무나 햇빛이 강렬해 길을 걸을 때면 한 치밖에 안되는 건물의 그늘을 따라 걸어야 한다. 오아시스도 결국 사막 한가운데 있는 마을 아닌가.

"비야씨, 비야씨."

박물관으로 가는 길에 그림엽서나 살까 하고 우체국에 들어서려는데 난데없이 나를 부르는 소리가 들린다. 아니, 여기까지 누가? 돌아보니 칼라마에서 만나 같이 왔던 사람이다. 아주 반가워하는 그 사람 표정과는 달리 나는 이름도 금방 생각나지 않는다.

"아, 오스트리아사람."

이렇게 얼버무리고 나니 좀 미안하다.

"제 이름은 월터입니다."

월터가 내 아픈 곳을 찌른다. 그러면서 정중히 제안한다.

"지금 박물관에 가려고 하는데 함께 가지 않겠습니까?"

나도 박물관에 가려던 길이었으니 별로 내키지는 않지만 함께 못갈 것도 없다. 산 페드로 박물관은 이곳의 특수한 자연환경 덕분에 고이 간직된 2천년 전의 미라를 비롯해 이 지역에서 발굴된 수만 점의 물건이 전시되어 있다. 이밖에도 사막지방의 자연과 풍습을 나타내는 유물들이 잘 보존되어 있는데 이것이 모두 벨기에 선교사 한 사람의 노력 덕분이었다고 한다.

특히 눈길을 끄는 것은 뼈와 가죽으로 변해버린 여자 미라 '미스 칠레'. 얼굴, 등, 허리, 가슴의 살점과 머리카락은 물론 눈썹까지 고스란히 붙어 있다. 몇 천 년 전의 미라라고는 도저히 상상할 수 없다.

한때는 아름다운 여인이었을 그 미라를 보면서 나는 이런 생각을 했다. 사람이 죽으면 얼마나 미인이었는지, 얼마나 몸매가 좋은지, 피부색이 무엇이었는지에 상관없이 저렇게 뼈와 가죽만 남게 된다. 그런데 사람들은 두께 3cm도 안되는 겉껍질을 가지고 이렇게 생겨서 좋으니, 저렇게 생겨서 마음에 안드니 한다. 많은 경우에 외모가 사람을 판단하는 거의 유일한 기준이 되기도 한다.

지금 나도 마찬가지다. 내가 월터를 별로 탐탁하게 생각하지 않는 것도 그가 못생긴 편에다 말도 더듬고 어찌 보면 약간 모자라 보이는 그 표정 때문인 것이다. 만약 그가 잘생긴 미남에다가 말도 반들반들

잘하는 사람이었다면 어땠을까? 아마도 지금보다는 훨씬 잘 대해주지 않았을까? 나는 그 사람이 어떤 사람인지도 모르면서 외모만으로 그를 판단하고 있다. 얼마나 유치하고 엉터리 기준인가? 부끄러운 생각이 들었다. 옆에 있는 월터에게 괜히 미안한 마음이 들어 한번 웃어주니 영문도 모르고 따라 웃는다.

보석 반짝이는 달의 골짜기에서 야영

박물관을 나오면서 월터는 내일 무얼 할 거냐고 묻는다. 별일 없으면 자기 호텔에 와서 수영이나 하지 않겠느냐는 것이다. 한심한 호텔족은 이런 신기한 사막에 와서도 기껏 생각하는 것이 찬물에나 들어가 앉았자는 것이다. 그래도 아까 박물관에서 생각한 바가 있어 조심스럽게 말했다.

"그랬으면 좋겠지만 나는 내일 방 친구들과 사막 한가운데서 야영하기로 했는데."

"아니, 사막에서 야영을 해요? 그것 참 재미있겠네요. 저도 끼워줄 수 없나요?"

"안돼요. 우리 룸 메이트들과 가기로 했으니까요. 당신 같은 호텔족이 어떻게 우리 기숙사족들하고 야영을 할 수 있겠어요?"

내 말에 낙심천만한 표정이더니 한참 만에 묘수를 찾아낸다.

"저도 지금부터 숙소를 옮기겠어요. 비야씨네 기숙사에 함께 투숙하면 나도 끼워주시는 거죠?"

"더운물도 안나오는데 샤워는 어떻게 하구요?"

"괜찮아요. 찬물로 해보죠, 뭐."

무언가 결심을 단단히 한 모양이다. 그는 정말로 이날 저녁부터 기숙사의 우리방 식구가 되었다.

이튿날 점심을 배부르게 먹고 월터 등과 함께 동네 슈퍼마켓에서 사막여행용 장을 봤다. 캠프 파이어를 할 장작까지 준비해서 오후 4시가 넘어 길을 떠났다. 달의 계곡은 해질 무렵에 가봐야 음양이 제대로 들어간 괴괴한 경치를 볼 수 있다고 한다.

달의 계곡은 정말 지구상의 경치가 아니다. 많은 공상과학 영화들의 세트는 엉성한 장난감이고 진짜 진품 외계경치가 바로 여기 있었다.

일몰이 잘 보인다는 모래 언덕에 올라가 내려다 보니 전면에 마치 함박눈이 내린 것 같은 소금모래 벌판이 펼쳐진다. 아타카마 사막은 먼 과거에는 바다였다고 한다. 왼쪽에는 잘 만든 요새 같은 모래 단층들이 만리장성처럼 꼬리를 잇는다.

오른쪽은 거대한 분화구. 달의 골짜기라고 불릴 만하다. 사이사이에 바람에 씻긴 모래산들이 한대지역의 침엽수림처럼 빽빽하다. 저 멀리에는 완벽한 원뿔 모양의 라콘카브 화산이 보인다. 하늘이 푸른색이라는 것조차 믿어지지 않는다.

타고 온 차는 우리를 달의 골짜기 한가운데인 바위언덕에 내려놓고 가버렸다. 언덕 밑이라 야영하기에 적당해 보인다. 하지만 텐트를 치기에는 바람이 너무 세다. 남아공 부부는 3각형 텐트라 어찌어찌 돌을 구해다가 겨우 텐트를 쳤다. 그런데 우리가 빌린 텐트는 돔 타입이라 3명이, 그것도 한 명은 방금 군에서 제대한 사람이고 또 한 명은 10년간 보이스카우트를 한 사람이고 나는 전직이 스카우트 극기훈련 조수였는데도 세차게 부는 바람 때문에 도저히 텐트를 칠 수가 없다. 할 수 없이 계곡을 따라 한참 내려가서 흙산 사이에 맞춤한 공간을 발견했다.

월터와 아그누는 이런 '척박한 환경'에 잘 적응하는 것이 군인과 스카우트의 길이라며 텐트를 치고 나서 주위의 잘 부서지는 돌로 캠프 파이어장도 만들었다. 산 페드로에서 끌고 온 귀하디 귀한 장작으로 불을 지피고 스파게티를 만들어 먹었다. 그리고는 5l의 붉은 와인도 해치웠다. 물론 노래도 불렀다. 새파란 하늘에는 노란 달이 둥실 떠 있었다. 원하던 사막 월하야영이다.

월터는 소변을 보러 가서 오랜 시간 돌아오지 않더니 글쎄 어디선가 나무를 해오는 게 아닌가? 이런 세상에, 비가 오지 않는 사막에서 나무를 구해오다니 알래스카에서 야자열매를 구해오는 것과 무엇이 다른가? 개선장군처럼 돌아온 그를 우뢰같은 박수로 맞이하자 어깨를 으쓱대며 한마디 한다.

"비야씨, 필요한 게 있으면 무엇이든지 말씀하세요. 저 달이라도 따가지고 올 테니까."

아까 내가 땔감을 좀더 준비했으면 좋았을거라고 말했더니 이런 기적을 만들어온 것이다.

오늘 월터는 아주 신이 났다. 독일식 악센트가 잔뜩 섞인 느린 영어로 인상을 있는 대로 찡그리면서도 입가에 어린이 같은 웃음을 담아 이야기할 때는 모두 배꼽을 잡는다. 첫날 보았던 우울한 월터가 아니었다. 나와 함께 버스를 타고 오면서부터 조금씩 달라지던 그는 알고 보니 아주 밝은 사람이었다.

하늘에는 휘영청 보름달이 머리 꼭대기에 와 있다. 모닥불에 둘러앉아 시끄럽게 떠들다가, 덩실덩실 춤을 추다가, 달을 향해 절을 하고 가부좌를 틀고 앉아 잠시 명상을 하다가 하면서 이게 한국 고유의 보름달 행사라며 엉터리 의식을 치렀다. 아이들은 긴가민가 하면서도 잘들 따라한다.

그리고 또 다시 이어지는 이야기와 노래. 모래언덕을 뛰어다니면서 놀기도 하고 숨이 차면 그대로 벌렁 누워 달과 별을 보다가 어깨동무를 하고 텐트로 돌아왔다.

하늘에만 별이 있는 줄 알았더니 땅에는 또다른 별이 있다. 마이카라고 하는 소금 결정체가 사막 곳곳에서 달빛을 받아 다이아몬드처럼 빛을 발하고 있는 것이다. 우리가 야영을 하는 곳 바로 앞 바위벽에도 마이카가 마치 큰 바위의 두 눈처럼 빛나고 있다.

멀리 분화구까지 보이는 기괴한 경치의 '달의 골짜기'에서 야영을 하고 있자니 저기 보이는 보름달이 내가 살고 있는 지구 같고 나는 달에 불시착한 우주인이 된 기분이었다.

소금호수에는 플러밍고, 분화구에는 아직도 끓는 물이

달의 골짜기를 보았으니 이제 여기서 가 볼 곳이 두 군데 남았다. 하나는 플러밍고가 살고 있다는 아타카마 호수이고 다른 하나는 세계에서 가장 넓은 간헐천 지역, 엘 타티오이다. 아타카마 호수는 물이 있는 호수가 아니라 넓은 소금사막 가운데 군데군데 있는 물웅덩이들을 일컫는다.

이 아타카마 호수에는 플러밍고가 가득하다. 나는 이날까지 플러밍고가 사막지역 호수에도 서식하는 줄은 정말 몰랐다. 소금호수를 자세히 보려고 차에서 내리니 발에 밟히는 소금이 하도 두껍고 결정이 가늘어 마치 싸락눈이 왔다가 녹은 것 같다. 여기저기 있는 물웅덩이의 초록색 물 속에는 작은 새우 모양의 플랑크톤이 살고 있다. 이것이 플러밍고의 먹이이며 옛날에는 바다였다는 증거라고 한다.

같이 간 친구들에게 "소금호수에서 플러밍고가 사는 것 알았던 사람?" 했더니, 모두 고개를 가로 젓는다. 다행히 나만 무식한 건 아니었다.

다음날의 목적지는 엘 타티오. 새벽 3시45분에 일어나 트럭을 타고 새벽길을 달렸다. 고도가 높아서 그런지 옷을 여러 겹 껴입었는데도 몹시 춥다. 지면에는 얇은 살얼음까지 얼어 있다. 게이저(간헐천의 구멍) 안에서 물이 부글부글 끓는다고 해서 온천 지역처럼 따뜻하리라고 생각했던 건 순전히 내 상식의 허였다.

미국 옐로 스톤 파크에 있는 게이저와 비교하면 초라한 느낌이 들긴 하지만 미국의 그 요란스러운 몸사림, 그래서 게이저 가까이 갈 수 없는 것에 비해 여기서는 게이저에서 분수처럼 솟는 물에 손도 대보고, 연기기둥 가까이에도 가보고, 지열로 따뜻하게 데워진 땅바닥에 누워도 보며 그야말로 마음 내키는 대로 '견학(見學)' 및 '촉학(觸學)'을 할 수 있어 좋다.

어떤 게이저는 커다란 사이다병 모양으로 병 안에서 물이 끓어 솟아오르고, 어떤 것은 웅덩이 속에서 물이 끓고, 또 어떤 것은 땅속 구멍에서 연기만 나는 것도 있다. 잠실운동장의 몇 배나 되는 간헐천 지역 여기저기에서 부글부글 끓고 있는 물들이 제각기 다른 소리와 모양으로 지구가 아직도 살아 꿈틀거린다는 사실을 실감케 한다. 놀랍게도 땅에 있는 진흙까지 죽처럼 부글부글 끓는 곳도 있다. 여기는 고도 4천3백m. 고지대라 물이 끓는 온도가 50~66℃ 정도라 손을 넣어볼 수도 있다.

아무리 저온이라지만 끓고 있는 진흙이 뜨겁지 않다는 게 믿어지지 않았다. 손을 넣어보고 싶어 망설이고 있는데,

"이것 봐요. 하나도 안 뜨거워요."

내 마음을 읽은 듯 월터가 진흙 속에 손수 손을 넣어 보여주었다.

멀리서 본 이 게이저 지역은 연기기둥이 빽빽이 솟아 있다. 해가 뜨니 그 연기기둥 빛깔이 흐려져 왜 여기를 새벽같이 와서 봐야 하는지 알겠다. 8시쯤 그곳을 떠나려는데 마치 깜짝쇼를 펼치려는 듯 바로 트럭 앞에 있는 게이저에서 갑자기 물이 10m 정도 분수처럼 솟아올랐다. 미처 피하지 못한 우리들은 그만 물벼락을 맞았다.

"오랜만에 뜨거운 물로 샤워를 하는군요."

월터가 능청을 떤다. 버릇처럼 눈썹을 까딱이는 그가 더 이상 밉게 보이지 않았다.

그날 밤 월터는 내게 자기 이야기를 해주었다. 그는 석 달 전에 이혼을 했단다. 그 상처를 달래려고 여행사에 가서 마음이 밝아질 수 있는 곳을 소개해달라고 했더니 남미에 보내주더라는 것이다. 그래서 지난 한 달 칠레와 아르헨티나를 돌아다녔지만 마음이 밝아지기커녕 점점 더 어두워지기만 하더란다. 역시 여행도 자기 마음이 즐거워야 즐거울 수 있지 우울할 때 하니까 오히려 더 우울해진다는 평범한 진리만 깨달았을 뿐이라고 한다.

그러던 중 나를 만났다는 것이다.

"버스 정류장에서 비야씨를 처음 만났을 때부터 왠지 말을 붙이고 싶었어요. 요즈음의 저로서는 아주 드문 일이죠. 산 페드로 박물관 앞에서 비야씨를 다시 만난 것도 실은 우연이 아니에요. 제가 비야씨 나타날 때까지 기다린 거죠. 밝고 명랑한 비야씨와 함께 있으면 저절로 기분이 좋아집니다. 비야씨에게 받은 에너지 때문에 저는 결혼 전의 저를 되찾고 있는 느낌이에요."

월터의 얼굴에서는 아닌 게 아니라 처음에 보았던 피로와 어두움을 거의 찾아볼 수 없었다.

"제가 재혼을 하게 되면 이번에는 꼭 동양여자를 만나고 싶어요. 비야씨 같은."

'월터가 이런 생각을 하고 있었구나' 그동안 그의 관심을 무덤덤하게, 혹은 모른 체해온 것이 미안하게 느껴졌다. 이런 말을 하면서도 그는 어쩌면 이성간의 감정을 염두에 두고 있는지 모른다. 그러나 오늘은 그런 그가 전혀 부담스럽거나 불편하게 느껴지지 않는다. 그의 말이 더 이상 나에게 잘 보이기 위한 사탕발림이라고 생각되지 않았기 때문이다.

남녀간의 감정이 오고 가지는 않았지만 월터와 나는 각자에게 아주 중요한 것 한 가지씩을 주고 받았다. 월터는 나를 통해 자신을 되찾는 에너지를 얻었고 나는 월터를 통해 박물관에서 느낀 대로 사람을 판단하는 기준에 대한 반성을 하게 되었다. 결국 우리는 서로에게 적선(積善)을 한 셈이다.

평생 목욕하지 않지만
정겨운 인디오들

낮은 코, 몽고반점이 우리와 같은 핏줄임을 말해주는 인디오
어린이들. 차림은 비록 남루하지만 마음은 따뜻하기 짝이 없다.

강도 무서워 미국 젊은 의사와 한방에 투숙

페루의 치안에 대한 여러 가지 나쁜 소문 때문에 국경을 넘으면서 좀 긴장이 되었는데 다행히 국경 버스터미널에서 미국 시카고에서 온 젊은 외과의사 마이크를 만났다. 이 사람도 나만큼 긴장이 되는지 동행을 만나서 여간 안심이 되는 게 아니라는 표정이다.

우리는 한 사람이 표를 사러 갈 때 다른 사람은 아예 배낭 위에 올라앉아 짐을 '사수'하면서 좀도둑과 소매치기가 득실거린다는 버스터미널를 무사히 통과, 정문 빗장이 겹겹이 설치된 안전한 숙소에 도착했다.

숙소를 찾아 일단 한숨을 놓은 것까지는 좋았는데 문제가 생겼다. 숙소에 남은 방이라고는 2인실 하나밖에 없다고 한다. 그나마 침대가 두 개 있는 것도 아니고 대형 침대만 하나 있는 방이다.

이렇게 늦은 시각에 외국인의 주머니가 유일한 생계수단이라는 강도가 득실거리는 밤거리에 나가 다른 숙소를 찾아볼 엄두가 나지 않는다. 별수없게 되었다. 오늘 처음 만난 이 남자와 한방을 쓰는 수밖에.

"할 수 없네요. 동전을 던져 앞이 나오면 내가 침대에서 자고 뒤가 나오면 바닥에서 잘게요."

전혀 별일이 아니라는 투로 최대한 자연스럽게 말했다. 내가 먼저 제안을 하고 동전을 던졌는데 앞이 나와서 나는 침대에서 자고 마이크는 바닥에서 자게 되었다. 마이크가 샤워를 하고 나와 웃통을 벗은 채 침낭을 깔고 바닥에 눕고 나는 침대에 누웠다.

잠이 제대로 올 리 없다. 한밤중이 될 때까지 숨도 제대로 못쉬고 깜깜한 방에서 눈만 말똥말똥 뜨고 있었다. 바닥에서 바스락 소리만 나도 만약의 사태에 대비해 머리맡에 준비해둔 가스총에 저절로 손이 갔다. 거짓말도 하나 준비했다. "난 에이즈 환자야!" 이 사람이 의사니 에이즈 무서운 줄은 알겠지. 그나저나 페루까지 와서 이건 또 웬 시집살이인가 말이다.

한참 있으니 마이크는 코까지 드르렁드르렁 곤다. 코를 곤다는 건 깊은 잠에 빠졌다는 신호니 어쩐지 조금 마음이 놓인다. 국경을 넘느라고, 또 좀도둑 많다는 페루에 와서 머리 끝까지 신경을 곤두세우고 다니느라고 피곤했는지 나는 긴장을 하고 있으면서도 깜빡깜빡 토끼잠이 들었다.

덕분에 다음날 시내구경을 다닐 때는 졸려서 눈을 제대로 뜰 수가 없다. 그날 오후 리마로 가야 한다는 마이크와 함께 다니면서 계속 하품을 했다. 자꾸만 나오는 하품이 멋쩍어서 마이크에게 이건 순전히 너 때문이라고 했더니 연유를 모르는 이 사람은 갑자기 어리벙벙해진다.

"사실은 어젯밤, 너 때문에 가스총까지 장전해놓고 한숨도 자지 못했거든."

내 말에 마이크는 박장대소.

"당신 참 순진한 사람이에요."

사람이 오고가는 길에서 나를 껴안기까지 한다. 이건 순전히 이 사람이 오늘 간다고 해서 한 솔직한 고백이었는데. 이런 말을 들을 때 남자들의 기분은 어떨까?

페루의 제2도시라는 아레키파는 옛 스페인식 건물들이 잘 보존되어 있는 전형적인 식민지 도시다. 하얀 도시라는 별명에 걸맞게 도시 전체가 흰색 화산석으로 만들어져 사막기후의 강렬한 햇빛 아래 새하얗게 빛나고 있었다. 이곳은 페루 내에서는 스페인풍 도시라고 하지만 칠레에서 방금 도착한 여행객의 눈에는 확연히 남미 냄새가 난다.

길에는 칠레의 유럽풍 얼굴이나 혼혈인 메스티조들보다는 인디오들이 훨씬 많고 거리는 질서가 없다고 느껴질 만큼 활기에 넘친다. 더구나 라틴 아메리카 최대의 축제인 부활절이 이번 주 일요일이니 내일부터 성목요일, 성금요일, 부활절 전야로 이어져서, 시장이며 교회가 발디딜 틈 없이 복잡하게 붐빈다. 이곳에서는 부활절이면 우리나라 추석 때처럼 차표 구하기도 힘들고 초만원 버스를 타야 한다니 리마로 갈 일이 걱정된다. 그러나 별 수 있나. 닥치는 대로 대처하는 수밖에.

페루의 첫인상은 좋다. 안내책에서 읽고 상상했던 것보다 훨씬 깨끗하다. 서울보다도 깨끗한 것 같다. 사람들의 표정도 밝다. 일단 내가 보고 싶어하는 남미의 얼굴들이 많이 보여 이유없이 정이 가고 점수가 후해지는 건지도 모르지만. 내가 괜히 서양 관광객의 이야기만 듣고 선입견으로 이 멋진 나라를 과소평가하거나 강도 얘기로 지레 겁을 먹었던 건 아닌가 하는 생각이 든다.

우리는 흔히 남미의 인디오라고 하면 판초 입고 모자 쓴 남자와 머리를 두 갈래로 땋고 겹겹이 치마를 입은 여자들, 애절한 피리로 '엘 콘도르 파사'를 연주하는 아이들을 떠올리게 된다. 이밖에도 어여쁜 숙녀처럼 생긴 라마와 높은 산과 깊은 계곡에서 아직도 원시적으로 옥수수 농사를 지으며 평생 목욕과는 담 쌓고 사는 사람들을 연상한다. 그런데 여기 와서 보니 그 모든 것들이 바로 페루의 모습이다. 찬란한 잉카문명의 중심지였던 것까지 모두.

가문의 명예 위해 평생 수녀원에 갇혀지낸 딸들

아레키파의 하이라이트는 산타 카탈리나 수녀원. 한번 이곳에 들어오면 죽어야 나갈 수 있다는 엄격한 규율에 따라 1580년에서 1968

콜롬비아

●이키토스
아마존강 탐험이
시작되는 곳

브라질

페루

●리마
좀도둑 조심, 또 조심!

'공중도시' '비밀도시'
'수수께끼의 도시'
●마추픽추

●쿠스코
대잉카제국의 옛수도

●푸노
티티카카호수 - 지구의
반대편인 이곳에서
나는 고향을 발견했다.

●나스카
우주인이 된 기분이 되어
지구로 되돌아오다.

태평양

볼리비아

●아레키파
콜카계곡과
산타 카탈리나수녀원이
있는 곳.

칠레

년까지 외부와의 접촉을 완전히 끊고 수도생활을 하던 곳이다.

최근까지 4백50명의 수녀가 있었고 아직도 몇 명의 수녀가 수도를 하고 있다고 하는데 그 규모가 수도원이라기보다는 하나의 작은 마을 같았다.

깔끔한 흰 대리석이나 차분한 붉은빛이 도는 갈색 돌로 지은 마을에는 군데군데 붉은 꽃들이 한낮의 태양에 이글이글 타오르고 있었다. 유럽의 어느 작은 마을을 연상케 하는 꼬불꼬불한 길이며 우물이 있는 예쁜 광장 그리고 아름다운 꽃이 피어 있는 정원이 인상적인 곳이었다.

수도원 안에는 성당도 있고 식당도 있고 대형 빨래터도 있다. 건물 내부는 미로와 같은 회랑으로 둘러싸여 있으며 회랑 벽에는 성화는 물론 꽃이나 새 그림도 그려져 있다. 이 수도원의 복잡한 회랑을 천천히 돌아보자면 적어도 두세 시간은 족히 걸릴 것이다.

특히 내 눈길을 끈 것은 수녀들이 쓰던 방. 방 주인들이 금방 외출을 한 듯 수틀이며 하프 등 일상용품이 잘 보존되어 있다. 어떤 방은 작은 침대 하나에 책상 하나로 군더더기없이 아주 검소하게 꾸며져 있고 어떤 방은 성당의 제대를 그대로 옮겨놓은 듯 온갖 성화와 성인들의 조각을 갖춘 아름다운 기도실로 꾸며져 있다.

이런 방에는 반드시 돌침대 구석방이 있고 구석방 옆에는 화덕이 있는 간이부엌까지 붙어 있다.

알고 보니 이렇게 좋은 방 주인은 보통 지체가 높거나 돈이 많은 집 딸인데 수녀원에 들어올 때 아예 몸종과 함께 들어와 평생 수발을 받는다는 것이다.

옛날에는 딸 중 하나가 이 수도원에 있다는 것만으로도 집안의 명예가 되었다고 하니 얼마나 많은 수녀들이 자기의 뜻과는 상관없이 이 수녀원에 갇혀 장탄식과 한숨으로 그 꽃다운 나이를 보냈을까.

부잣집 딸들이야 그래도 가문을 영광스럽게 한다는 명분이나 있지 그저 딸려 들어온 몸종의 인생은 무엇인가 말이다. 주인님의 화려하고 푹신한 침대에 비해 벽을 하나 사이에 두고 있는 하녀들의 돌침대는 다리도 제대로 뻗지 못할 만큼 좁고 옹색하다.

오직 하느님만 바라보고 산다는 수녀원에서조차 돈과 신분에 따른 대접의 차이가 이렇게 선명한 것에 마음이 착잡해진다.

'엘 콘도르 파사'의 고향 콜카 계곡

아레키파의 또 다른 명소는 콜카 계곡. 실제 깊이가 그랜드 캐니언보다 깊어서 이곳 사람들은 세계에서 제일 깊은 계곡이라고 부르는데 콘도르라는 독수리의 서식지로도 유명하다. 페루하면 떠오르는 노래 '엘 콘도르 파사(독수리는 날아가 버리고)'도 여기서 나옴직하다.

혼자서 가려면 차를 대절해야 하기 때문에 2박3일간 숙식 등 비용 포함 미화 25달러를 내고 투어 여행팀에 끼였다. 9시에 출발해 1시간 동안 시내를 뱅글뱅글 돌며 여기저기서 사람들을 태우고 출발, 봉고차보다 약간 큰 미니버스에 사람과 짐을 가득 싣고 콜카 계곡으로 갔다.

25달러면 이 나라 사람들에게는 적지 않은 돈인데 버스에 탄 일행은 생각과 다르게 모두 페루사람들이다. 어제부터 부활절인 일요일까지 4일간이 이들의 황금연휴이기 때문이다.

사람들은 휴가 무드에 들떠 있었다. 처음 보는 내게도 스스럼없이 악수를 청하고 나를 서로 자기 옆에 앉히려고 '쟁탈전'을 벌이는 젊은 남자들의 모습이 정겹기까지 하다.

콜카 계곡으로 가는 처음 한두 시간은 칠레 북부지방에서부터 지겹도록 보아온 풀 한 포기 없는 사막이다. 푸른색이라고는 약에 쓰려도 없는 갈색 돌사막을 지나 한없이 올라가니 한순간 멀리 보이던 산들이 마술처럼 갑자기 눈앞에 병풍처럼 확 펼쳐졌다.

4시간쯤 가니 계곡 저 밑으로 마을이 보인다. 오늘 우리가 묵을 곳이란다. 사막을 몇 시간 달려와 숲이 우거진 마을을 보자 겨우 숨통이 트이는 것 같다.

산꼭대기까지 개간하여 밭을 경작하고 있는 전형적인 페루의 마을이다. 집들은 돌로 만들어져 있고 통치마를 겹겹이 입고 모자를 쓴 여자들과 아이들이 관광엽서에서 튀어나온 듯 하다. 해발 5천m가 넘는 산자락 바로 밑까지 여러 가지 농작물이 노랑, 연두, 초록, 진초록 빛으로 예쁘게 섞여 사방에 펼쳐져 있다. 고원과 계단식 밭이 끝나는 절벽 밑으로는 맑은 콜카 강이 흐른다.

버스 안에서 내 옆자리를 '사수' 해온 청년이 말이 없는 나를 보고 걱정이 되어 무슨 기분나쁜 일이 있느냐고 할 정도로 경치에 온통 넋이 나가 있었다.

저녁 늦게 버스 옆자리에 앉았던, 리마에서 온 엔지니어 미카엘과 그의 친구 아를란도, 비앙카와 함께 어울렸다. 마을 광장에서 감자튀김을 안주삼아 무지무지하게 독한 술 시엔 후에고스, '1백개의 불' 이라는 화주(火酒)를 마시면서 노래도 부르고 춤도 추었다.

나는 요즘 내 애창곡이 된 김지애의 '몰래 한 사랑' 을 한 곡 뽑았다.

"몰래 사랑했던 그 남자, 또 몰래 사랑했던 그 여자."

가사가 무슨 뜻인지도 모르면서 같이 있던 아이들 엉덩이가 저절로 흔들린다. 우리가 노는 양을 보고만 있던 동네 사람들에게 함께 춤을 추자고 권하니 처음에는 부끄러워서 머뭇거리다가 이내 박수로 장단을 맞추며 신나게 한마음이 되었다.

어쩐지 페루사람들은 칠레나 아르헨티나 사람들보다 마음속 깊이 정이 간다. 경제적으로 풍요롭지 못한 나라 사람들일수록 더 따뜻하게 느껴지는 것은 어쩐 일일까?

인간적인 것과 물질은 대척점에 있기 때문일까? 무엇보다도 가난하지만 '인간의 냄새'를 지니고 있기 때문일 것이다. 태어나서 한 번, 결혼 전날 한 번, 죽을 때 한 번 이외에는 평생 목욕 안하는 것을 신앙처럼 여기고 있다는 인디오들. 때가 더덕더덕 붙어 있지만 인디오 아이들을 보면 그냥 덥석 안아주고 싶을 만큼 정이 솟는다.

이런 인디오들에게 신기한 동물 보듯 무례하게 아무데서나 카메라를 들이대는 구미 관광객들이 밉다. 같은 인간으로서의 존경심은 커녕 고맙거나 미안한 마음조차 손톱만큼도 없는 상스러운 사람들. 그런 무뢰한들에게 무시당하는 인디오들이 마치 내 동족인 것처럼 마음 아프다.

성금요일 저녁, 십자가와 성모 마리아상을 모신 행렬이 동네를 한 바퀴 돈다. 행렬의 반 정도는 인디오 전통의상을 입은 사람들인데 이제 겨우 걸음마를 하는 작은 아이들도 촛불을 들고 행렬에 끼여 걷고 있는 게 인상적이다. 같이 있던 동네 꼬마가 손에 들고 있던 토막낸 촛불을 건네준다.

"그라시아스 무차초(고마워, 총각)."

장난삼아 총각이라고 인사를 했더니 이 꼬마녀석 부끄러운지 얼른 아버지 뒤로 가서 숨는다. 나도 촛불을 들고 따라가 보았지만 썩 마음에 내키지 않는 것이 이상하다. 나도 명색이 천주교 신자인데 왜 이럴까. 혹시 천주교가 여기 남미 정복자의 신앙이었던 것에 대한 일시적인 반감이 솟아서인가?

다음날 콜카 계곡으로 갔다. 유감스럽게도 계곡은 구름에 가려져 있었다. 그렇지만 그랜드 캐니언보다 깊은 계곡이 몽땅 짙은 구름으로 채워진 것이 신기하다. 카르멘이라는 가이드와 계곡 아래를 바라보고 있는데 구름 속에 검은 점이 보인다. 콘도르다. 구름 덮인 계곡을 너무나 품위있게 날개를 활짝 펴고 비행하는 두 마리의 콘도르. 우리 여행에서 꼭 보아야 할 두 가지 중 한 가지는 보았다고 카르멘은 다행스러워한다.

돌아오는 길에 아주 오래된 산속 마을 3군데를 들렀다. 공통된 특징은 마을 사람들은 보기에도 찢어지게 가난한 생활을 하는 게 분명한데, 마을 중앙에 있는 교회의 규모와 장식은 대도시에 뒤지지 않을 정도로 화려하고 사치스럽다는 것이다.

작고 허름한 마을과는 어울리지 않는 규모를 가진 교회. 그 안을 장식하고 있는 정교하고도 값나가는 조각과 교회용품들이 마을 사람들의 가난한 삶과는 너무나 아귀가 맞지 않는다는 생각을 했다.

함께 간 사람들은 부활절을 맞아 화려하게 치장된 교회 안을 둘러보며 감탄했지만 내 입에서는 감탄 대신 장탄이 나왔다. 이 크고 화려한 교회를 짓기 위해 동네 사람들은 얼마나 닦달당했을 것이며, 얼마나 큰 짐을 져야 했을까? 교회가 종교라는 이름으로 가난한 이들의 밥상에서 밥을 빼앗아 저 멋진 건물을 지은 것은 아니었을까?

페루의 가난한 사람들 돕는 한의사 박재학 선생

콜카여행에서 중요한 분을 만났다. 처음에 콜카로 오는 버스가 아레키파를 돌며 사람들을 태울 때 맨 마지막으로 차에 오른 나이든 사람이 어쩐지 한국사람 같았다.

아니나 다를까. 10년 넘게 페루에서 가난한 이들을 치료해주고 계시는 한의사 박재학 선생이다. 온통 페루사람들만 가득한 버스 안에서 만난 동포는 단박에 서로를 알아보고 친해질 수 있었다. 이분은 페루에서 그렇게 오래 살았으면서도 콜카 구경은 처음이란다.

박 선생은 60세의 미혼으로 15년 전 페루로 오셔서 혼자 한의원을 차리고 특히 가난한 원주민들을 거의 무료로 치료하는 의료봉사를 하는 분이다.

콜카 계곡을 보고 점심을 먹으면서 박 선생과 이야기를 나누었다.

"어떻게 원주민들을 도울 생각을 하셨어요?"

내가 묻자, 박 선생은 그게 뭐 그리 대단한 일이냐는 표정이다.

"우리는 우리를 도와준 사람들에게 받은 만큼 갚을 기회가 거의 없어요. 그건 그 사람들이 이미 우리 도움을 필요로 하는 단계를 지났기 때문이지요. 그러니 우리는 은혜를 입은 만큼, 아니 거기에 이자를 붙여 다른 사람들을 정성껏 도와주어야 합니다. 그것이 바로 나를 도와준 사람에게 보답하는 길일 뿐 아니라 인생을 바로 사는 길이겠지요."

그리고 또 하나. 인생은 약간 손해보는 듯 사는 게 마음 편안하게 사는 비결이라고 하셨다. 지금 당장은 손해인 것처럼 느껴지지만 그것이 진심에서 우러난 것이라면 언젠가는 내게로 다시 돌아온다는 것이다. 설령 다시 돌아오지 않는다 하더라도 그러는 편이 마음의 평화를 위해서 좋은 것이라고 하셨다.

말로는 누구라도 할 수 있는 일이지만 박 선생처럼 그것이 자연스럽게 행동으로 옮겨지기까지는 아주 긴 연습이 필요할 것 같다. 그래서 이분이 더 대단해 보인다.

저녁에 박 선생 집에 가서 그분의 특기라는 물김치와 한치국수로 저녁만 먹고 나스카로 떠나려던 것이 그만 그 집에서 하룻밤 묵어 가게 되었다. 이분의 한국음식에 대한 일편단심은 감탄의 단계를 넘어 눈물겨울 정도다. 한국음식은 무엇보다 장맛이라며 된장, 고추장, 간장을 손수 담그신다. 두부도 손수 만드는데 필요한 간수를 얻으러 3

시간씩이나 차를 몰고 바다에 갈 정도란다. 그것뿐 아니다. 여기서 자란 고추를 사다가 손수 말려 빻고 보리를 사서 볶아 한국식 보리차까지 만들어 항상 냉장고에 넣어놓고 드신다고 한다.

초록은 동색인지, 당분간 한집에서 기거하고 있다는 과자공장 사장 경상도 사나이 권문원 씨도 박 선생의 한국음식교 맹신도다.

다음날 아침, 좀 늘어지게 자려고 했더니 한치회를 사러 어물시장에 가자고 새벽같이 깨운다. 한치를 국수처럼 잘게 썰어 초고추장 양념으로 비빈 너무나 맛있는 한치물회와 밥을 먹고 시내구경을 나갔다. 잘생긴 화산 미스티가 정면으로 보이는 곳에서도 잠깐 앉았다가, 말도 타고 보트놀이도 하는 놀이공원에도 잠깐 들렀다가, 투우장을 향해 가는, 콧김이 땅을 무너뜨릴 것 같은 5백~7백kg짜리 황소 구경도 하고, 가정집 정원같이 꾸며놓은 식당에서 동전 던지기를 하면서 치차론이라고 하는 껍질째 구운 맛있는 돼지고기 안주에 맥주도 실컷 마셨다.

두 분은 마치 하루 만에 아레키파에 있는 볼 만한 것은 모두 보여주시겠다는 태도다. 나는 이런 구경은 차치하더라도 머나먼 지구 반대편 오지에서 외롭지만 당당하게 살아가는 자랑스러운 한국인을 만났다는 것만으로도 큰 수확이었다.

어두컴컴할 때 집으로 돌아오는 차 안에서는 한국인 셋이 그럴 듯한 '노래방'을 급조했다. '한비야와 어른들'의 가요반세기 메들리. 아는 노래라는 노래는 모조리 어깨춤을 곁들여가며 목이 쉬도록 불렀다. 처음 만나는 사람인데도 이렇게 부담없을 수 있다는 게 신기하다. 역시 한국인은 한국인. 한핏줄인 것이 확실하다. 어디서나 만나기만 하면 세대차고 성차(性差)고 이차 저차 볼 것 없이 이렇게 금방 친해질 수 있는 것을 보면 말이다.

아주 즐거운 하루였다. 내일은 더 맛있는 음식 만들어주겠으니 하루만 더 묵고 가라는 강렬한 유혹을 뒤로 하고 그날 밤 나스카로 향했다.

떠날 때 좀도둑 조심하라며 쌀자루로 큰 배낭을 싸주신다.

"이러면 좀 나을 거요. 비싼 외국인 배낭이라는 느낌이 덜할 테니까. 그렇지만 이 나라 사람들 알고 보면 순박하고 착한 사람들이야. 나쁘게만 생각하지 말아요."

끝까지 페루인 사랑을 숨기지 못하시는 두 분, 부디 건강하시기를 빈다.

포르노 도자기 박물관
생생하고 기기묘묘한 체위

우주인과 대화 나누던 페루 나스카 근교 공동묘지에는 유골들이
그대로 드러나 있다. 그렇지만 거기 누워 있어도 하나도 무섭지 않다.

우주인과 대화 나누던 나스카, 신비의 그림

페루의 수도 리마로 가는 도중에 있는 그 유명한 나스카 라인을 '친견' 하러 나스카에 내린 것은 새벽 6시. 내가 어릴 때 본 책에서 지구상에도 우주인과 교신을 나눈 흔적이 있다며 증거로 제시되던 세계 7대 불가사의 중 하나가 바로 나스카 라인이다. 물론 이곳을 그냥 지나칠 수 없다.

나스카 라인이란 사막을 캔버스 삼아 벌새, 거미, 도마뱀, 원숭이 등 30개의 그림과 기하학적 무늬, 해석할 수 없는 선들을 그려놓은 것이다. 이 선(그림)은 돌을 들어내서 그 밑의 흰 돌이 드러나게 하는 방식을 썼다. 그 크기는 도마뱀이 1백80m, 원숭이가 90m, 날개를 펴고 있는 콘도르는 1백30m가 넘는 것이라 비행기를 타지 않고는 전체 모습을 볼 수 없다.

서기 100년에서 600년 사이, 해안지방을 중심으로 한 이 나스카 문화를 일으킨 사람들은 도대체 무슨 이유로 이런 대형 그림을 그렸던 것일까. 자기들은 그 큰 그림을 볼 수도 없었을 텐데.

나스카 지상그림 연구에 평생를 바친 독일의 마리아 라이헤에 의하면 이 그림은 천체학과 깊은 관계가 있는 것으로, 하나하나의 직선과 원 등은 별의 움직임을 나타내며 동물 모양은 별자리를 나타내는 것이라고 주장한다.

또 다른 학자는 여기 그려진 동물들은 농경문화였던 나스카 문화의 풍년을 기원하는 주술적인 것이었다고 한다. 그렇지만 이 해안지방에는 살지도 않는 원숭이며 하늘로 손가락을 세우고 있는 우주복을 입은 우주인은 어떻게 해석해야 하느냐 말이다.

나스카 라인을 45분간 비행기로 보는 비용이 미화 55달러. 호되게 비싸지만 그림을 제대로 보려면 다른 수가 없다. 오늘은 날씨가 흐려서 잘 보일까 걱정했는데 우리가 탈 때는 갑자기 화창해지면서 20개 정도의 나스카 라인이 방금 만들어놓은 듯 선명하게 보인다.

남미대륙을 종단하는 판아메리칸 하이웨이 때문에 몸이 반토막 난 도마뱀을 비롯하여 남쪽으로는 벌새, 거미, 콘도르, 원숭이, 개, 나무, 손, 우주비행사, 부등4변형, 3각형, 고래가 보이고 북쪽으로는 펠리컨, 앵무새, 물고기와 기하학적 무늬가 눈에 들어온다. 이런 그림들을 내려다 보고 있자니 내가 막 지구에 내리려는 우주인이 된 기분이다.

오랜 우주여행 끝에 친구의 별에 다가오니 지구의 친구들은 그림으로 말을 하며 손을 흔드는 것이다.

'우리 지구에도 너처럼 날아다니는 벌새나 콘도르도 있고 너희 동네에는 없는 바다라는 곳에서 사는 고래와 물고기도 있단다. 그러니 친구여, 이리 와서 좀 쉬다 가게나.'

아쉬운 마음을 안고 비행기에서 내려 같이 탄 사람들에게 "웰컴 투 디 어스, 마이 에일리언 프렌즈(외계에서 오신 친구들이여. 지구에 오신 것을 환영합니다)"라고 인사를 하며 일일이 'E.T.' 식 악수를 하니 모두 웃으며 그 악수를 받는다. 영화 〈E.T.〉에 나오는 손가락이 서로 닿는 악수 말이다.

과학이나 학문의 발달도 이렇게 덧없다. 한쪽에서는 생명공학으로 이제는 인공수정이나 실험관아기 수준을 지나 복제인간을 만드느니 어쩌느니 한다. 그리고 우주과학은 수천 년이 지난 운석을 분석하여 외계에 생명체가 존재하는지를 따지기에 이르렀으면서도 불과 1천5백년 전에 있었다는 나스카 문화가 불가사의로 남아 있다.

이렇게 크고 확실한 증거가 있는데도 뚜렷한 윤곽을 찾지 못하고 설왕설래하고 있다니. 우리들이 신처럼 믿고 있는 현대과학이 갑자기 시시하게 느껴진다.

페루에 가서 도둑맞지 않았다면 거짓말

페루의 대도시나 관광지, 특히 리마에는 좀도둑이 득실거려서 물건을 잃어버렸다는 여행객들의 이야기를 매일 들을 수 있다. 아무리 조심해도 훔쳐가려고 작정한 놈에게는 못당하는 법. 열 사람이 도둑 한 놈 못지킨다는 말도 있잖은가? 그러니 무엇을 잃어버렸나보다 어떻게 잃어버렸나가 우리 여행객에게는 더 큰 관심거리가 아닐 수 없다.

예를 들면 길거리를 걷고 있으면 한 사람이 뒤에서 등에 샴푸나 아이스크림 따위를 뿌리고 지나간다. 그러면 다른 사람이 "당신 등 뒤에 뭐가 잔뜩 묻었어요" 하며 친절하게 닦아주려고 한다.

이쯤 되면 십중팔구 배낭이나 가방을 땅에 내려놓고 뭐가 묻었나 등 뒤를 살펴보는데, 그 사이 또 다른 사람이 내려놓은 물건을 몽땅 집어들고 삼십육계. 이것은 하도 많이 알려진 가방도둑 수법이라 가이드 북마다 조심하라고 경고를 하고 있는데도 막상 닥치면 당하고 만다는 것이다.

좀 더 고수들은 손에 돈을 꼭 쥐고 가도 손을 펴서 돈을 낚아채 간다느니, 걸어가는데 어린 도둑의 조그만 손이 바지 주머니 속으로 들락날락한다느니, 좋은 구두를 신고 가면 한 사람이 등 뒤에서 몸을 번쩍 들고 앞에서 다른 사람이 구두를 벗겨간다느니, 길거리를 걸어가는데 끼고 있던 선글라스를 벗겨간다느니, 여자들의 귀고리를 낚아채느라 귀가 찢어졌다느니 이야기는 끝이 없다.

리마에서 나도 당했다.

그 유명한 포르노 도자기 박물관, 일명 섹스 박물관에 가려고 버스를 탔다. 차창 쪽으로 난 자리에 턱을 괴고 앉았는데 신호대기에 걸려서 버스가 잠깐 서 있는 사이 바깥에 있던 13살쯤 된 녀석이 잽싸게 내 손목의 시계를 낚아채 간 것이다.

앗, 소리를 지를 사이도, 지를 필요도 없다. 그 비호같은 녀석은 벌써 저 너머 길로 뛰어가고 있었던 것이다. 싸구려 시계지만 방수도 되고 계산기 기능도 있는 것이라 유용했는데. 이왕 돌이킬 수 없는 일, 날치기 솜씨 좋은 그 녀석이 값을 잘 쳐주는 장물아비를 만나기나 바랄 뿐이다.

며칠 전 푸노에서 쿠스코로 오는 버스에 무장강도가 나타나서 여행객들의 돈과 귀중품을 몽땅 털어갔다는 미국 개척시대 서부극에나 나올 법한 얘기도 실제로 현장에서 미화 5백달러를 털린 프랑스 친구에게 들었다. 6개월 동안 남미를 여행한 사진작가가 리마를 떠나기 하루 전날 필름이 든 가방을 도둑맞아 신문 방송에 대문짝만하게 낸 광고도 보았다.

'이유 여하는 묻지 않겠음. 필름을 찾아주시는 분께 1천달러 후사.'

내가 리마에 도착하기 며칠 전 숙소에 묵었던 스페인 여자아이는 숙소에서 얼마 떨어지지 않은 골목길에서 10살 남짓한 아이들 10여 명에게 둘러싸여 돈은 물론 몸에 지니고 있던 반지 · 귀고리 · 목걸이, 입고 있던 남방이며 치마까지 빼앗기고 속옷차림으로 들어왔다고 한다.

이 '거리의 아이들' 은 보통 먹고 살기 어려운 시골에서 무작정 리마로 올라온 아이들인데 도심을 떼거리로 몰려다니며 이렇게 좀도둑질을 해서 연명한다는 것이다. 보통 이 아이들의 엄마는 14~15살부터 아이를 낳기 시작해 큰아이가 10살 정도 되면 벌써 씨다른 아이가 7~8명. 이렇게 되면 큰아이는 제 갈 길로 가야 한다는 것.

언젠가 남미 어느 나라에서는 큰 국제행사를 앞두고 경찰이 이 골칫거리 '거리의 아이들' 을 살인 청부업자를 시켜 몽땅 죽여버렸다고 해서 국제사회에 물의를 일으켰던 기억이 난다.

혼자 다니면서 여러 가지 불편한 일 중 하나는 역시 화장실 갈 때 짐을 봐달랄 사람이 없다는 것이다.

보통 때는 큰 배낭은 아무한테나 봐달라고 하고 중요한 것이 들어 있는 작은 배낭만 화장실에 가지고 들어가는데 여기 페루에서는 남에게 배낭을 봐달라는 것은 그냥 가지라는 것과 마찬가지. 그런 무모한 모험을 할 수가 없어 큰 가방을 뒤에 메고 작은 가방을 앞으로 멘 채 화장실에 들어간 적이 한두 번이 아니다.

이런 완전무장 차림으로 화장실에 쭈그리고 앉으면 큰 배낭이 바닥에 닿는 것 같아 찜찜하기도 하고 일을 다 본 후 일어서려고 하면 균형이 잘 안 잡혀 뒤로 넘어질 것 같기도 하다.

몇 가지 여기에서 처음 시도해본 것은 페루의 한국인 한의사 박 선생이 가르쳐준 대로 큰 배낭을 쌀부대로 다시 한 번 뒤집어 씌워 외국인의 고급 배낭이라는 것을 눈치 못채게 하는 것과 큰 도시에서 잠깐이라도 서 있을 경우에는 몸을 앞뒤로 흔들어 뒤에서 누가 배낭을 뒤지거나 칼로 찢을 틈을 주지 않는 것이었다. 또 돈은 옷 주머니에는 절대 넣지 않고 그날 쓸 만큼의 돈만 신고 있는 양말 속에 넣고 다녔다.

쌀자루 커버는 정말 효과가 있었다. 리마에서 며칠이 지나니 나도 모르는 사이에 내 쌀자루 커버에도 칼자국이 나 있었다. 그 쌀자루가 아니었으면 중남미를 꿰맨 배낭 메고 다닐 뻔했다. 그러나 이런저런 불편에도 페루여행이 즐겁기만 하니 참 신기한 일이다.

섹스는 생명탄생의 신비

리마의 볼리비아대사관에서도 "한국사람에게는 당분간 비자발급을 하지 않습니다"라고 한마디로 거절이다. 도대체 한국하고 무슨 억하

심정이 있어서 그러는지 모를 일이지만 나로서는 난감한 일이 아닐 수 없다. 무작정 안된다고 하는데 대사관에 붙어 있어 봤자 시간낭비.

일단 후퇴를 하고 기분전환도 할 겸 일명 섹스 박물관이라고 하는 라파엘 라르코 에레라 박물관에 갔다. 미성년자는 관람불가라니 얼마나 야한 것들이 전시되어 있는지 궁금했는데 마침 주위에 사람들이 별로 없어서 수천 점의 도자기를 천천히, 그리고 충분히 감상할 수 있었다.

특이한 것은 전시된 도자기 모두가 술병이나 항아리 등 일상용품이라는 사실이다. 그런데도 모양은 온갖 기기묘묘한 체위와 노골적인 정사 장면으로 되어 있어, 섹스가 부끄럽거나 은밀한 것이 아니라 자연스런 일상의 한 부분이었구나 하는 느낌이 들었다.

그래서인지 전시품 하나하나가 말초신경을 자극하는 포르노물이라기보다 한 문화의 유물로 보인다. 덕분에 하나하나 감탄사를 연발하며 재미있고도 교육적인(?) 시간을 가질 수 있었다.

이런 포르노 도자기를 보고 있자니 인도의 카주라호 신전에 갔던 기억이 저절로 떠오른다. 수십 개의 신전탑 외벽에는 상상을 초월하는 남녀의 섹스 장면들은 물론 남자와 남자, 한 여자와 여러 남자, 심지어 수음을 하는 장면까지 너무나 사실적으로 수백 개를 조각해놓았었다. 인도사람들은 섹스란 생명탄생의 존엄한 순간이라고 생각하며 오히려 신성한 것이라고 믿고 있다고 한다.

한 문화의 유산인 포르노 도자기 박물관의 도자기나 인도의 조각품을 사진으로 찍어 우리나라 잡지에 내면 분명히 그 잡지는 판매금지나 발행자 구속 등 제재를 받을 것이 뻔하다.

새벽 4시30분에 숙소를 나서서 임페럴 에어라는 소련 비행기를 탔다. 잉카의 옛 수도인 쿠스코에 가기 위해서다. 그런데 이건 여객기라기보다는 창고라고 해야 어울리겠다. 화장실은 지저분하고, 좌석은 제멋대로 왔다갔다하고, 창문의 커튼은 다 떨어지고, 무엇보다 새벽 댓바람부터 집을 나섰음이 분명한 승객들에게 한 잔의 따뜻한 커피 서비스도 없다. 고작 준다는 게 종이 상자 안에 든 햄과 치즈가 한 장씩 붙은 샌드위치에 크래커, 오렌지 주스. 그러나 어쩌랴. 싼 게 비지떡인 것을.

땅이 붙어 있는 한 비행기를 타지 않는다는 원칙을 가진 내가 갑자기 웬 비행기? 그건 리마에서 강도 덕분에 공짜 비행기표를 얻었기 때문이다.

사연은 이렇다. 전대며 여권이며 모든 귀중품을 몽땅 어린 강도들에게 털려서 나머지 여행을 포기하고 집으로 돌아가려는 아이를 숙소 식당에서 만났다. 이 얘기 저 얘기 끝에 자기에게 쓰지 않은 리마-쿠스코간 비행기표가 있는데 어차피 무를 수도 없는 표니 나보고 필요하면 가지라는 것이다.

이거 좀 계면쩍어서 어떡하지? 남은 지금 다 털려서 벼르고 별렀던 여행도 못하고 울며 돌아서는 판에. 그에게 그 비행기표를 받기가 쬐금 미안했지만 어차피 그 표는 못쓰게 되거나 나 아닌 다른 사람에게 주게 될 테니까 못 이기는 척 받아두었다. 해만 끼치는 줄 알았던 강도 덕을 볼 줄이야 누가 알았으리.

잃어버린 제국 찾아가는 '잉카의 길'

잉카의 옛도시 마추픽추를 찾아가는 3박4일 산길에는
잉카의 돌성이 군데군데 남아 있다.

스페인 약탈자들이 파괴한 신비의 문명

쿠스코는 페루를 여행하는 사람이라면, 아니 남미를 여행하는 사람이라면 반드시 보아야 하는 대잉카제국의 옛 수도다. 1430년경의 잉카제국은 그저 쿠스코를 중심으로 태양신을 모시는 한 도시국가에 불과했다. 이 작은 나라가 날로 번창해 한창 때는 북으로는 에콰도르의 키토, 남으로는 아르헨티나까지 세력을 뻗쳤던 것이다.

잉카란 그들 언어인 캐추아 말로 태양의 아들, 즉 제왕이란 뜻인데 실제로 잉카는 태양신을 모시는 종교와 군대를 다 함께 관장하는 막강한 권력을 쥐고 있었다.

왕의 자리는 세습제였으나 무조건 큰아들에게로 가는 장자상속이 아니라 아들 중에서도 능력있는 사람을 왕으로 선출했다.

이것이 융성기에는 나라 발전에 큰 보탬이 되었으나 쇠망기에는 이 때문에 약탈자 스페인에 너무나 허무하게 제국을 내주는 결과를 초래했다. 왕실의 배다른 형제들의 암투 때문이었다. 2백여명의 배다른 형제 가운데 하나인 아타왈파가 침략자와 결탁해 자신의 이복형인 잉카의 왕 와스카르를 친 것이다.

잉카인들은 농업이 주였다. 나라에서 토지를 식구 수대로 나눠 줘 굶주리는 사람이 없게 한 것이 큰 특징이라니 일찍이 사회주의가 실현되었던 셈이다. 문자는 없었지만 키푸라고 부르는 각각 다른 색깔의 실로 셈을 했는데 놀랍게도 0이라는 고도의 숫자개념을 가지고 있었다고 한다.

그 옛날 우리나라의 통신수단이 파발마와 봉화였다면 잉카제국의 통신수단은 차스키스라는 달리기 선수다. 중앙 정부에 급히 알려야 할 일이 생기면 잘 훈련된 차스키스 한 사람이 약 5km를 달려 다음 사람에게 연결해주는 방식으로 통신을 했다고 한다. 심지어 옥수수

작황까지 이런 방식으로 전했다니 달리기 선수는 하루도 쉬는 날 없이 발바닥에 불이 났겠다.

나는 잉카문명이 1400년대라는 확실한 연대가 있는데도 불구하고 왜 그렇게 아득한 옛날 문명으로 느껴지는지 모르겠다.

쥐라기의 공룡처럼 흔적없이 사라져버린 문화여서 그럴까, 아니면 문자가 없었기 때문에 우리에게 문자가 없던 시대와 역사적 높이를 맞추다보니까 체감연대가 그렇게 멀리 느껴지는 것일까?

신비하기만 한 채로 아직도 그 베일을 다 벗지 못한 잉카문명. 어쩌면 약탈자인 '신대륙 발견자'들은 잉카를 평가절하하기 위해 찬란했던 잉카문명을 아직까지 감추거나 왜곡시키고 있는지도 모를 일이다. 나는 지금껏 그 정복자들이 퍼뜨린 서양식 사관에 길들어 왔으니까.

그래서 쿠스코로 향하는 마음은 단순한 유명 관광지에 갈 때처럼 가볍지 않다. 비록 문명이 지속된 시간은 짧았지만 옛 문명의 현장에서 생생한 역사의 소리를 듣고 싶고, 사라진 문명의 자취를 발견하고 싶었다.

비행기에서 알게 된 페루인 '거리의 악사' 파블로와 동행이 되어 쿠스코가 멋지게 내다보이는 레인보 호스텔에 묵었다. 쿠스코의 중심인 플라자 데 아르마스의 바로 첫 번째 골목, 첫 번째 호스텔인데 어느 가이드 북에도 소개되지 않아서인지 외지 관광객이 없어 조용하다. 지은 지 얼마나 되었는지 모르겠으나 정갈하면서도 고풍스러운 게 마음에 든다. 전체가 목조건물이라 걷거나 침대에서 몸을 뒤척일 때마다 삐걱삐걱 소리가 나는 것도 좋다.

방도 마음에 든다. 마을 풍경이 한눈에 들어오는 방. 다른 호텔에서도 이런저런 풍경을 볼 수 있겠지만 여기서는 이 마을의 자랑거리인 라 캄파니아(종루)가 불이 켜진 채로 정면에 보이고, 그 위에 잉카제국의 국기라는 일곱빛깔 무지개 깃발이 휘날린다. 시가지 중심 광장에는 잉카제국의 시조인 망코 카팍 왕의 동상이 서 있다.

'아, 내가 드디어 잉카의 영토에 들어왔구나.'

그 깃발과 동상에서 제국의 환상이 어렴풋이 보이는 듯하다. 멀리는 초록색 산, 가까이는 빨간 지붕에 하얀 회칠을 한 벽, 조그만 창문이 앙증맞은 집들로 이루어진 예쁜 마을이 보인다. 고도가 4천m에 이르는데, 어떻게 저런 초록색을 유지할 수 있는지 마냥 신기했다. 마치 초록색 페인트를 발라놓은 것 같았다.

돌아오는 일요일까지는 할 일이 없다는 파블로와 함께 쿠스코에 있는 잉카 유적지를 돌아다녔다. 페루인이며 메스티조인 파블로는 관광객들이 좋아하는 메르셋 교회나 대성당을 구경시켜주고 싶어했으나 나는 잉카인들의 체취가 남아 있는 후미진 곳을 찾아보자고 했다.

처음 간 곳이 로레토 거리. 로마의 길처럼 자갈이 깔려 있고, 그 길을 따라 잉카 주택의 벽이었을 돌담이 남아 있다. 이 뛰어난 도로망과 수로 등을 본 스페인인들은 이곳은 야만인이 사는 곳이 아니라 '막강한 문화의 제국'이라고 본국에 보고했다고 한다. 잉카의 돌담 위에 올려놓았던 스페인 건물들은 여러 차례의 지진으로 무너져버렸지만 잉카인이 만든 돌기초만은 아직도 건재한다.

잉카를 정복한 스페인인들은 잉카인들이 세운 사원이나 궁전을 무너뜨리고 그 기초 위에 교회를 지었다고 하는데 그 대표적인 곳이 산토 도밍고 교회. 잉카 언어인 캐추아 말로 코리칸차, '황금의 정원'이다. 당시에는 이름처럼 벽이 황금으로 만들어져 있었다고 한다. 이곳은 잉카인들이 제례의식을 치르던 곳인데, 근처에 유명한 12각의 돌이 있다. 12면으로 깎은 돌로 만든 기초의 아귀가 어찌나 잘 맞아떨어지는지 면도칼 하나도 들어갈 수 없다고 하는 그 돌이다.

이곳은 또 잉카의 마지막 왕인 아타왈파 왕이 스페인 침략자 피사로 일행에게 감금당해 있던 곳이기도 하다.

스페인의 힘을 빌려 형제를 친 아타왈파 왕은 스페인에 배반당하고 방 가득히 황금을 채워주면 풀어준다는 피사로의 약속을 믿고 무려 6t의 금을 모아다 주었으나 결국 교수형을 당했고, 찬란했던 잉카제국도 최후를 맞고 말았다.

왕을 살리려고 백성들이 가져온 금붙이들은 금은 세공에 뛰어난 잉카인들이 정성을 다해 다듬은 정교한 예술품이었는데 야만적인 정복자들은 운반하기 쉽도록 그걸 녹여 금덩어리로 만들었다. 결국 잉카의 빼어난 문화유산이 녹아 사라지고 만 것이다. 아, 정복의 무모함이여, 안타깝고도 안타깝다.

잉카 추적대, 9개국에서 온 다국적 연합군 10명

그러고도 사크사이와만 요새, 켄코 신전 등 많은 유적지를 돌아다녔다. 영광의 시대에는 제국의 권위를 만방에 드날렸을 빛나는 유적들이 패망 후에는 모두 그 빛을 잃고 욕된 잔재로 남아 있었다.

그런데 좀 지나고 보니 파블로는 대단히 의심스러운 사람이다. 페루의 전통악기인 페냐 연주자라는 이 사람은 비행기에서 만났을 때는 쿠스코에 일하러 간다고 하더니 그 다음에는 또 무얼 팔러 간다고 하고, 다시 그날 저녁에는 실은 자기는 라파스로 가는 사람을 찾으러 왔는데 만나지 못했다며 내게 작은 부탁을 해도 되느냐고 한다.

무어냐고 물었더니 조그만 액세서리 가방 같은 것을 보여주며 이것을 볼리비아 수도 라파스 중심가에 있는 어느 호텔에 있는 사람에게 전해주기만 하면 된다는 것이다.

자기도 국경도시 푸노까지 같이 갈 테니까 가방을 들고 국경만 넘어가 달라는 거다. 사례는 톡톡히 하겠다나.

순간 나는 그게 마약상자일 거라고 생각했다. 그렇지 않고서야 비자도 필요없고 몇 시간 걸리지도 않는 라파스에 직접 가지 못할 이유가 없질 않은가. 외국인은 짐 검사가 까다롭지 않은 걸 이용해 마약을 보내려는 것이 분명하다.

그러고 보니 처음부터 내 행선지를 물어보고 라파스까지 간다니까 갑자기 친절해지면서 저녁도 사주고 시내관광도 시켜주고 하더니 다 저런 음모가 있어서였구나 하는 생각이 들어 갑자기 파블로가 무섭고 역겨워진다. 하여간 세상에 공짜는 없다니까.

나는 볼리비아 비자도 없고 해서 그 심부름을 할 수 없다니까 이제 와서 그러면 어떻게 하느냐고 화를 벌컥 낸다.

"야, 이놈아. 이제 와서라니. 내가 너한테 약속한 게 뭐 있냐? 내가 밥을 사달라고 했냐, 구경을 시켜달라고 했냐? 네가 좋아서 먼저 끌고 다니고 나서 이제는 본전 생각이 나냐?"

나도 화가 나서 지지 않고 더 길길이 뛰었더니 쓴 입맛을 다시며 인상을 쓴다. 낭패겠지, 공든 탑이 무너졌겠지. 그 마음은 이해한다만서도 마약장사를 돕다가 이역만리에서 곤경에 빠지고 싶지는 않다.

어쨌거나 음흉한 파블로를 따돌리고 '잉카의 길'을 갈 여행사를 찾았다. 잉카인의 발자취를 제대로 찾아보려면 쿠스코부터 마추픽추까지 가는 '잉카의 길'을 반드시 더듬어보아야 한다는 생각 때문이다.

우기라서 걱정했는데 생각보다 쉽게 트레킹 그룹을 만날 수 있었다. 3박 4일 가는 길에 음식과 포터, 각종 장비를 책임지기로 하고 유적지 입장료까지 합쳐 55달러. 비교적 싸게 가는 그룹을 찾은 것도 기분좋은 일인데 더구나 이 여행사 사장이자 가이드인 핀란드사람 아서도 아주 마음에 드는 사람이다.

30대 후반의 아서는 대학에서 마야, 잉카문명을 전공했던 역사학

도인데 7년전 쿠스코로 여행을 왔다가 주저앉아 페루 여자와 결혼해 살면서 아예 '잉카의 길' 전문 가이드가 되었다고 한다. 일단 잉카문명에 대한 해박한 지식이 있다는 것이 마음에 들고 페루를 사랑한다는 말이 더욱 마음을 끌었다.

'잉카의 길' 첫날. 새벽 5시에 일어나 필요없는 짐을 호텔 매니저에게 맡기고 4일간의 '잉카의 길' 트레킹을 떠났다. 일행은 아서를 포함하여 10명. 다양한 국적의 연합군이다.

쿠스코에서 만난 남아프리카 국적의 영국인 마일스는 만화 〈개구쟁이 데니스〉에 나올 법하게 아주 코믹하게 생긴 키 큰 청년. 금발머리가 꼭 가발 같다. 대머리 벗겨진 것이며 웃는 모습이 미국 영화배우 잭 니컬슨을 빼다 박은 독일인 메츠. 오스트리아에서 태어나 스위스로 이민 가서 살고 있는 안나. 기차 안에서 배낭을 몽땅 도둑맞고도 천하태평인 찰리는 타이완에서 미국으로 이민을 가서 지금은 스위스에서 일하고 있단다. 언제 어디서나 스페인의 역사와 현재 정치상황에 대해 열심히 설명하는, 까만 모자가 썩 잘 어울리는 스페인 교수 호세. 그의 여자친구 카르멘은 에콰도르에서 왔는데 칠레에서 유학중이다. 여기에 1백% 순수 한국산 한비야.

짐꾼이자 요리사인 두 명의 볼리비아인을 합해 무려 9개 나라에서 와 한 팀이 되어 유엔이 창설되었다. 유엔 가입국이 모두 초반부터 싱글벙글 화기애애. 좋은 징조다.

짐꾼이 더 많은 미국인 사치유람단

일행은 마음에 드는데 날씨는 그리 좋은 편이 아니다. 점심나절까지는 등과 가슴 사이에서 땀이 폭포수처럼 흐르더니 밤에는 거의 밤새도록 비가 오면서 추울 지경이다. 비도 우리나라 장마비처럼 하염

없이 오는 게 아니라 1시간쯤 오다가 떨꺽 그치고 별이 총총하고 구름이 둥실 떠 있곤 한다.

'잉카의 길'은 잉카제국의 수도였던 쿠스코에서부터 '잃어버린 도시' '감춰진 도시' 혹은 '비밀의 도시'라 불리는 마추픽추까지 가는 꽉찬 3박 4일 예정의 90km 등산코스다.

우리의 목적지인 마추픽추는 출발지인 쿠스코가 해발 3천7백40m 지점인데 그보다 1천4백m나 낮은 해발 2천3백m 지역에 자리잡고 있다. 그래도 감춰진 도시답게 3개의 봉우리를 넘고 오르락내리락을 수없이 반복해야 한다.

오리지널 '잉카의 길'은 전 구간이 로마의 길들처럼 자갈이 곱게 깔린 잘 닦인 도로였는데 원래 바퀴가 없는 문명인지라 길이 그리 넓지는 않다.

그렇지만 이 길이 마추픽추에 살던 1만 주민들이 지나다니던 길이고, 뜀박질 전령이 뛰어다니던 길이고, 제국의 왕이 제사를 지내러 오르내리던 길이라고 생각하니 지구 반대편에서 찾아온 나그네의 마음이 벅차온다.

첫날은 우루밤바 강을 거슬러 산기슭 마을 입구까지 2시간 정도 차를 타고 갔다. '잉카의 길'은 강 건너편에서 시작되기 때문에 일단 차가 갈 수 있는 곳까지 가서 나무상자를 타고 강을 건넌다. 강을 가로지르는 굵은 철사줄이 있어 거기에 의지하기는 하지만 비 때문에 불어나 사나워진 강물을 보고는 강 중간쯤에서 제법 큰 내 간도 오그라들 지경이다.

언제나 그렇듯 산길을 걷는 것은 즐겁다. 비록 내 배낭은 다른 사람에 비해 몇 배 무겁지만. 이유는 쿠스코에서 빌린 원시적인 침낭 때문이다. 침낭 하나가 5kg은 나갈 것 같다. 부피는 또 왜 그렇게 큰지. 내 배낭의 4/5를 차지한다.

이것은 순전히 아서가 산속에서 야영할 때 무진장 추울 거라며 자기가 가진 침낭 중에서 제일 따뜻한 것을 빌려주었기 때문이다. 하여간 오늘 저녁 말한 대로 춥지 않기만 해봐라. 다리 몽둥이를 '탁' 분질러버릴 테니.

그래도 싱그러운 나무냄새며 명랑한 새소리, 이름모를 풀꽃들 때문에 금방 기분이 좋아진다.

점심 때는 강 건너편 마을에서 햇볕을 쬐며 한가로이 둘러앉은 인디오 가족에게 손을 흔들어 보였더니 이제 겨우 걷기 시작할 만한 아이까지 네댓 명이 일제히 손을 흔들며 '올라(안녕)' 하고 합창을 한다. 조금 있으니까 손을 흔들던 아이 중 3명이 개울을 건너와서 수줍은 듯 말을 못하고 서 있다.

아이들의 눈망울은 머루처럼 까맣고 맑은데 얼굴이며 손발이 며칠을 안 씻었는지 꼬질꼬질하기 이를 데 없다. 무슨 할 말이 있느냐고 내가 물었더니 그 중에서 제일 큰 아이가 할머니 이가 몹시 아프니 약이 있으면 좀 달라고 한다. 할머니는 전에도 지금처럼 몹시 아픈 적이 있었는데 지나가는 외국사람이 준 약을 먹고 금방 나았다는 거다. 그 외국사람이 진통제를 준 모양이다.

다른 아이들처럼 과자나 사탕을 달라지 않는 것이 기특해서 가지고 간 진통제도 주고 과자도 꺼내 주었다. 부끄러워서 과자를 못받는 10살 가량의 여자아이에게 말을 건넸다.

"네 동생들은 참 예쁘게 생겼는데 깨끗하면 훨씬 더 예쁘겠다."

여기는 물도 많은데 아이들 좀 씻기고 과자도 나누어 먹으라고 당부했더니 제 동생들 칭찬을 해서 기분이 좋은 건지, 과자를 주어서 좋아진 건지 당장에 밝은 얼굴이 된다.

"씨, 아오리따(네, 당장 그렇게 할게요)."

산이 잘 보이는 곳에 야영할 텐트를 쳤다. 여기에도 네팔에서 본 것처럼 돈 많고 까다로우며 초호화판 그룹여행을 하는 사람들이 있다. 10명 정도의 중년 관광객에 15명도 훨씬 넘는 짐꾼이 따라붙는다. 침낭과 최소한의 짐을 지고도 힘든 이 길에 무슨 놈의 식사할 때 앉는 의자며 식탁이며 램프며 맥주에 접는 침대까지 남에게 지워 다니나.

나는 파카에 스카프까지 쓰고도 달달 떨고 있는 추운 날씨에 포터들은 반팔 티셔츠에 반바지를 입고 있다. 하루에 많아봤자 10솔레스(약 2천원)를 받으며 관광객의 사치를 위해 갖은 애를 쓰고 땀을 흘리는 짐꾼들이 애처롭다. 저들이 바로 이 땅의 주인인데 단지 '돈' 때문에 손님이 주인이 되어 진짜 주인을 하인 부리듯한다.

이런 부류들은 대부분 미국인들이거나 서유럽인이다. 잠깐 스친 미국 아저씨가 저녁을 먹고 자기네 텐트에 놀러 와서 맥주나 마시자고 하기에 못 이기는 척 그 호화판 텐트 구경을 하려고 찰리와 함께 가보았다.

미국에서 온 5쌍의 40대 중반 관광객들은 5개의 침실 텐트와 식탁에 의자까지 놓여 있는 식당 텐트, 간이 화장실까지 갖추고 있다.

"싱크대와 냉장고는 어디 있어요?"

농담을 하니까 내 비꼬는 말투를 알아챘는지 변명을 한다.

"우리는 다른 그룹에 비하면 그렇게 호화판도 아니에요. 어느 그룹은 간이 샤워실도 만들어 등산 내내 매일 따뜻한 물로 샤워도 하는데요."

정말 호사도 가지가지다. 그 옛날 프랑스 루이 16세의 부인 마리 앙트와네트가 한겨울 호수에서 수영을 한다고 호수물 전체를 데우라고 소동을 부린 것과 무엇이 다른가.

옛날 지리산 노고단에 서양 선교사들 별장촌이 있을 때 서양사람들은 구례 시골 아저씨들 지게에 올라앉아 노고단을 오르내렸다지. 돈

몇 푼 벌자고 자기 몸무게의 두 배는 되는 비계덩어리를 지고 그 가파른 노고단을 오르내렸을 우리 할아버지들 생각이 자꾸만 난다. 모쪼록 나라가 잘 살아야지, 적어도 백성들이 자존심을 지킬 수는 있도록 말이다.

텐트로 돌아가니까 마일스와 메츠가 어디 갔다 오느냐고 묻는다.

"업 타운(부자 동네). 그래도 국제 난민촌인 우리 동네가 훨씬 마음 편해."

비가 오락가락하고 있어서 판초 우의를 하나씩 뒤집어 쓴 모습이 정말 오갈 데 없는 난민들이다.

항상 전문가의 말은 새겨들어 손해볼 게 없다. 그날 밤 그 웬수같던 침낭이 없었다면 나는 냉동 미라가 되었을 게 틀림없다. 어찌 그리 추운지. 옛날의 상상도를 보면 잉카사람들은 종아리를 다 내놓고 신발도 안 신고 다니던데 이렇게 추운 밤에 어떻게 잤을까.

마늘죽으로도 못고친 히말라야 고산증 도질까 걱정

둘째 날. 비가 너무 많이 온다. 평생에 한 번 올까말까한 곳인데 빗속에서 점심 먹고 저녁 먹고 하는 건 별로 재미없는 일이다.

우리 일행은 비만 오면 나를 째려본다. 그건 순전히 내 이름 때문이다. 통성명을 하면서 나는 이럴 줄도 모르고 내 이름은 한국어로 비를 뜻한다는 사족을 달았었다. 내 이름 설명을 듣더니 장난을 좋아하는 스페인 교수 호세가 당장 한 마디.

"아, 왜 비가 이렇게 오는지 이제야 알겠네. 우리 중에 비를 부르는 이름이 있으니까 그렇지. 앞으로는 이제 비야씨를 부를 때 '비야, 노' 라고 해야겠어요. 그래야 비가 그치지."

그 이후 일행은 포터들까지 합세해서 비가 올 기미가 보이기만 하면 '비야, 노'를 합창한다.

오늘은 해발 4천1백98m '죽은 여인의 고개'를 넘어가야 한다.

고개 이름에 사연이 있을 것 같아 아서와 포터인 파블로에게 물었지만 둘 다 모를 뿐더러 그건 그냥 이름일 뿐이라며 궁금해하는 나를 이상하게 쳐다본다. 3시간쯤 올라가니 고도 때문인지 숨이 가빠온다.

네팔에서 내게 죽을 고생을 시켰던 그 고산병이 또 도질까봐 아서가 준, 고산병을 방지한다는 코카 잎을 열심히 씹으면서 갔다. 다행히 이것이 효험이 있었는지 머리가 약간 아플 뿐 고산병 증세는 나타나지 않았다.

네팔에서는 정말 혼났다. 해발 4천m급 산은 난생 처음이어서 나는 나름대로 흥분을 하고 있었다. 고산병에 대한 이야기는 그 전에 누누이 들은 바가 있다. 가다가 숨이 가빠오든지 토증이 나든지 하면 반드시 조금이라도 하산을 해서 고도적응을 한 다음에 오를 것. 그러지 않으면 목숨이 위험할 수도 있음. 이런 상식들은 귀가 아프게 들었던 터였다.

그렇지만 한국에서도 산에만 가면 날아다니던 습관대로 히말라야가 높은 산이라는 것도 잊고 누비고 다니다가 그만 고산병에 걸린 것이었다. 처음에는 약간 숨이 가쁘고 입맛이 없어지면서 가벼운 토증이 나더니 나중에는 방향감각을 잃고 몸을 가눌 수 없는 지경에 이르렀다.

네팔인 대학생 아마추어 가이드는 상당히 당황하면서도 호수가 있는 정상만 넘으면 내려가는 길이 빠르다며 그대로 올라갔다. 내 배낭을 지고 몇 백m를 올라가 내려놓고 다시 내려와 나를 업고 올라가는 식이었다.

그러니 그도 얼마나 힘이 들었겠는가. 얼굴에는 초조한 빛이 역력

했다.

다행히 어두워지기 전에 오두막을 발견했다. 가이드는 오두막 주인에게 고산병에 약효가 있는 마늘죽을 쑤어달라고 했다. 그러나 고산증이 나면 그 즉시 내려가야 하는데 나는 오히려 올라왔으니 마늘죽 한 그릇으로 해결될 일이 아니었다.

그날 밤 나는 5분에 한 번씩 일어나 마늘죽은 물론 위 안에 있던 모든 액체를 토해내고 말았다. 밤새도록 들락날락, 춥기는 또 왜 그렇게 춥고 바람은 매섭게 부는지. 고산병과 추위. 산악 원정대가 정상 정복 직전에 당하는 마의 콤비네이션을 나도 히말라야 고지에서 당한 것이다.

이튿날 가이드는 새벽같이 일어나 나를 업고 다시 오르기 시작했다. 그러나 그 사람인들 철인이 아닌 다음에야 무리가 아닌가. 너무 힘들어하자 오두막 아저씨가 나섰다.

몸집이 조그만 이 아저씨는 큰 포대기로 끈을 만들어 머리에 감더니 나를 그 포대기에 앉혔다. 나를 등으로 업은 게 아니라 머리로 업은 거다. 나는 그렇게 아저씨 머리에 업혀 가면서도 계속 토해서 아저씨 등을 더럽혔다. 그래도 오두막 주인은 아무 말 없이 묵묵히 걷기만 했다. 발폭을 너무 크게 떼어 내 몸이 출렁거릴 때는 오히려 미안하다고 하면서.

그날 그렇게 해서 결국 봉우리를 넘어 따뜻한 이부자리가 있는 아래 숙소까지 갈 수 있었다. 가이드와 오두막 아저씨가 고산증에 걸린 나를 살려낸 것이다.

두 사람이 어찌나 고맙던지. 성실한 아마추어 가이드도 그렇고, 묵묵한 프로페셔널 오두막 주인도 그렇고. 그래서인지 서울에서도 네팔인 노동자들을 만나면 저절로 '나마스떼(안녕하세요)' 라는 네팔 인사말이 나올 정도로 반갑고 잘해주고 싶고, 진심으로 편들어주고 싶은 마음이다.

잉카인들은 산이 없으면 살 수 없다

그날 밤 우리가 야영을 한 곳은 잉카시대에 이 길을 가던 사람들이 쉬어가는 곳이었다는 휴게실 '탐보'. 골격만 앙상하게 남은 돌 건축물 안이 여러 개의 방으로 나뉘어 있다. 그 돌담 위에 파블로가 올라앉아 담배를 피운다.

그의 복장은 잉카의 길에서 흔히 볼 수 있는 전형적인 잉카 인디오의 차림이었다. 술이 달린 가죽모자, 붉은 색 판초 그리고 종아리를 드러낸 채 맨발에 신고 있는 검은 타이어로 만든 샌들. 허물어진 담 위에 힘없이 앉아 담배를 피우고 있는 파블로를 보니 잉카의 한 모습을 보는 것 같기도 하고 잉카 영락의 세월을 실감하게 된다.

포터 겸 요리사인 파블로는 별것 아닌 재료를 가지고 정말 맛있는 음식을 만들어낸다. 언제나 우리보다 야영장에 먼저 도착해서 텐트를 쳐놓고는 경치를 감상하느라고 번번이 뒤처지는 나를 마중나와 내 배낭을 덥석 이고 간다. 아마 자기가 만든 음식을 언제나 맛있게 먹는 내가 마음에 든 모양이다.

오늘도 이름을 알 수 없는 수프와 감자튀김으로 입에 딱 맞는 저녁을 만들었다.

보통 때 같으면 "야, 파블로. 이거 정말 맛있다." 어쩌구 했을 텐데 오늘은 어쩌나 보려고 아무 말 없이 먹기만 하니까 이상한지 자꾸만 옆에 다가와서,

"께 빨따(뭐가 부족해요)?" 하고 묻는다.

"빨따 아모르(사랑이 부족해요)."

대답했더니 얼른 수프를 한 국자 더 퍼주며 말한다.

"꼰 아모르 그란데(큰 사랑을 넣어서)."

파블로는 작고 볼품없는 체구지만 마음 씀씀이가 푸근하다. 아마 잉카인들이 이렇지 않았나 싶다.

안개가 커다란 커튼처럼 높은 산들을 번갈아 가리며 다닌다. 우리가 야영을 하고 있는 바로 앞에는 기다란 7단짜리 폭포가 있고 그 옆에는 만년설을 이고 있는 빙하가 있다. 전혀 예상치 못했던 풍경이었다.

산속에서의 이틀째 밤. 저녁을 먹고 아서와 이야기를 나누게 되었다.

"핀란드에서 동거하던 여자가 있었어요. 서로 사랑했지만 그 여자는 나를 자기식으로 변화시키려고 했죠. 뭐든지 '아서, 그러면 안돼요' 라고요. 그 여자를 놓치지 않으려고 나도 무진 애를 썼어요. 아무리 애를 써도 원래 '강아지' 인 내 성격이 그 여자처럼 '고양이' 가 될 수는 없는 노릇이었지만."

그는 핀란드에서 동거하던 여자와 결국 파경을 맞아 커다란 실의에 빠지게 되었다. 재충전을 하러 전공인 잉카문명을 찾아 페루에 왔다가 주저앉게 되었다는 것이다.

"여기 와서 나를 있는 그대로 받아들여주고 이해하려고 하는 지금의 아내를 만나서 너무나 행복해요."

몸집 큰 사람들만 있는 핀란드에서는 자신의 체격이 왜소해서 깊은 콤플렉스에 빠져 있었으나 작은 사람들이 많은 페루에 와서 그것도 극복할 수 있었다고 한다. 서양인답지 않게 전생에 자기는 잉카인이었음이 분명하다는 말도 덧붙인다.

빗속의 텐트에서 페루 소주 피스코를 마시며 이야기를 듣고 있으려니 아서가 오래 알았던 친구처럼 아주 가깝게 느껴졌다.

셋째 날. 오, 솔레미오! 모처럼 얼굴을 드러낸 태양빛을 받으며 마지막 오르막을 올라 거의 원형 그대로 보존된 잉카 유적지에 도달했다. 자기 전공분야가 나오니 아서는 신바람을 낸다. 잉카인들은 산을 무척 좋아했던지 잉카 유적지가 있는 곳은 어김없이 잘 생긴 산들이 병풍처럼 둘러싸여 있다. 번창했던 잉카제국 시절에도 피고 졌을 샛노란 스카트 블룸 꽃이 홍망성쇠의 비밀을 아는지 모르는지 여기저기 흐드러지게 피어 있다.

빗속의 공중도시 마추픽추에 핀 야생화

저녁이 되니 비가 하도 심하게 와서 포터인 파블로에게 내일 아침 우리가 마추픽추에 도착할 때도 비가 올 것 같으냐니까 절대로 비가 안 온다고 장담한다. 찰리는 내일 비가 오지 않도록 특별조치를 해야 한다면서 캠프 파이어를 만들어 태양신을 기쁘게 하고 한국 아가씨를 제물로 바치자는 제의를 했다.

모두 그러자고 하면서 애초부터 비야라는 '비의 싹' 을 없애버렸어야 했다면서 나를 놀리기 시작한다. 의리없는 것들! 파블로까지 합세해서 저녁을 먹으면서도 내게 수프를 건네주며 '이생에서의 마지막 수프' , 커피를 건네주면서는 '이생에서의 마지막 커피' 라고 장난을 한다.

그런데도 아침까지 비가 주룩주룩 온다. 어제 비가 안 온다고 호언장담하던 파블로는 우리가 뭐라고 할까봐 저만큼 가버리고 없다. 마추픽추 전경을 보려고 연일 빗속에서 3박 4일을 걸어왔는데 저놈의 비와 구름 때문에 다 망치는 게 아닌가. 그러나 모두들 표정은 밝다. 찰리와 안나, 카르멘이 아침 내내 웃고 노래부르고 하면서 전체의 분위기를 밝게 만들었기 때문이다. 밝은 분위기는 이렇게 전염성이 강한 것이다.

일찍 야영장을 떠나 2시간 정도 오르락내리락하며 어느 봉우리에 한 발짝 올려놓는 순간 수백 년간 비밀을 간직한 채 문명의 접근을 거부했던 신비스러운 잉카의 도시가 건너편에 보인다.

'마추픽추다!'

옅은 구름에 가려 있는 초록색의 마추픽추를 건너다 보며 제발 저 곳을 제대로 볼 수 있도록 한 나절만이라도 좋은 날씨를 달라고 지천으로 피어있는 붉은 야생화를 한무더기 꺾어 제물로 바쳤다. 내 심장 대신으로.

마추픽추로 다가가는 길은 얼마나 포토제닉한지. 한 걸음 다가가면 그대로 한 컷, 또 한 걸음 다가서면 또 다른 한 컷. 내가 바친 꽃다발 덕분인지 마추픽추에 도착했을 때는 적어도 비는 오지 않는다. 마추픽추를 둘러싸고 있는 산들이 모였다 흩어졌다 하는 구름 때문에 오히려 더욱 신비한 분위기를 자아낸다. 거기 구름 사이로 들려오는 페루 전통악기 페냐로 연주하는 '엘 콘도르 파사'.

마추픽추는 왜 건설되었을까. 이곳은 봉우리를 개간하여 지은 도시로 한쪽은 깎아지른 절벽으로 되어 있기 때문에 오로지 내가 걸어 온 '잉카의 길'이 그곳에 도달하는 유일한 길이다. 산 아래쪽에서 올려다 보면 보이지 않고 공중에서밖에 볼 수 없기 때문에 '공중도시'라고 불렀다. 어떤 연유든 1911년까지 3백40년간 저 도시가 어느 인간의 손에도 더럽혀지지 않고 고스란히 보존되어 온 게 정말 다행이라고 느껴진다.

아서 설명에 의하면 17세기까지 살았다는 이곳 주민 대부분은 여자였는데 '마마쿠나'라는 태양의 처녀들로 왕비 후보들이었다. 마지막까지 남아 있던 주민들 역시 여자들이었다는 걸로 보아 신정일치(神政一致)의 종교도시였을 거라는 가설이 이 도시의 비밀을 푸는 유력한 열쇠다.

이곳에는 서민들의 민가, 기술자들의 작업실, 왕의 것으로 보이는 개인용 창고와 곡물 저장소, 태양신께 제물을 바치는 의식을 치렀다는 신전, 해시계 등이 혼재되어 지금까지도 많은 억측을 불러 일으킨다. 확실한 것은 하나도 없고 추측만 무성할 뿐이다. 말 그대로 '비밀의 도시'다.

잉카인들이 걷던 길을 그대로 따라 걸어 그들이 살던 곳에 와서 그들이 남기고 간 숨결을 느껴보면 잉카에 대한 궁금증이 조금은 풀릴 줄 알았다. 그런데 아서와 이곳을 한나절 동안 샅샅이 돌면서 수많은 설명을 듣고 수없는 질문을 해보아도 수수께끼는 더욱 풀기 어려운 실타래가 되기만 한다.

'잉카의 길' 끝에 놓여 있는 공중도시 마추픽추는 결국 내게 아무것도 확실히 말해주지는 않는다. 하지만 이 도시를 내려올 무렵에는 시간적으로나 공간적으로 그렇게 멀기만 하던 잉카문명이 내게 아주 가까이 다가와 있음을 느낄 수 있었다.

흔적없이 사라져버린 문명이 아니라 현재형의 문명으로.

티티카카 호수에서 발견한 내 고향

티티카카 호수 안의 떠있는 섬 우로스는 갈대로 만들어져 있다

가방도둑으로 유명한 기찻간, 그래도 정은 넘쳐

좀도둑이 들끓기로 악명높은 쿠스코-푸노간 열차를 타고 무사히 푸노에 도착했다. 아침 8시30분에 타서 저녁 8시에 떨어졌으니 거의 12시간이 걸리는 거리인데도 하나도 지루하다거나 멀다고 느껴지지 않는다. 창 밖으로 벽돌벽 위에 초가지붕을 올린 전형적인 농촌집이 보인다. 기차에 올라탄 장사꾼들이 이것저것 사라고 소리를 지르며 다니는 모습이 옛날 우리 3등기차 안을 연상시켜 정겹기만 하다.

아주머니들이 애들 머리만한 크기의 빵을 5개에 1솔(2백원)에 파는가 하면 어린아이들은 조그만 나무판에 검이며 캐러멜을 진열해 들고 다닌다. 어떤 아이들은 더러운 손으로 오렌지나 바나나를 사라고 내민다. 양고기 갈비나 커다란 옥수수에 치즈를 얹어서 파는 아주머니들, 개비 담배를 파는 총각, 알파카(양털)로 만든 스웨터를 파는 처녀들. 물건을 사라는 이들 각양각색의 목소리가 정겹다. 가난하지만 열심히 사는 사람들에게서 느껴지는 푸근함이다.

마추픽추에 함께 갔던 메츠, 마일스와 일행이 되어 푸노까지 오게 되었는데, 기차 안에서 파트리크라는 입이 걸쭉한 요리사 출신 스위스 청년과 그의 친구 크리스티안을 만나 동행하게 되었다.

다음 행선지인 티티카카 호수의 세 군데 섬, 그리고 볼리비아 국경을 같이 넘기로 했다. 네 명의 남자와 여자 하나. 이렇게 큰 그룹으로 다니는 건 별로 좋아하지 않지만 사람들이 모두 유머러스한 데다 거칠면서도 순진한 구석이 있어 같이 다니는 것이 즐겁다.

쿠스코-푸노간 열차는 가방도둑으로 유명하다. 큰 가방이건 작은 가방이건 어린아이 보듬듯 꽉 안고 있지 않으면 언제 채가는지 솔개 병아리 채가듯 한단다. 이 구간에서 가방도둑이나 강도를 당했다는 이야기는 한두 사람에게 들은 게 아니다. '잉카의 길'을 함께 갔던 찰리도 바로 이 기차에서 큰 가방을 잃어버렸다고 한다.

이 구간은 저녁이 되어도 전기접촉 불량으로 열차에 불이 들어오지 않는다는데, 바로 이때가 도둑들의 활동시간이다. 찰리에게 자세한 정보를 입수한 우리는 저녁이 되자 가지고 다니는 손전등을 몽땅 꺼내 마치 캠프 파이어처럼 켜놓고 있어서 무사할 수 있었다.

티티카카 호는 세계에서 배가 다닐 수 있는 가장 고도가 높은 호수이자 잉카제국의 창시자가 강림했다는 잉카문명의 발상지다. 해발 3천8백m이니 백두산의 갑절 높이에 온 것이다. 일행이 5명이나 되어 티티카카 호수를 도는 투어를 싸게 구할 수 있었다. 마침 다음날 떠나는 그룹이 있어 10인승 배에 동승하게 되었다. 티티카카 호 안의 특색있는 섬 세 군데를 1박2일로 도는 여정이다.

첫날은 우로스 섬, 일명 '떠 있는 섬'에 들렀다. 토토라는 갈대를 덮어서 만든 섬이어서 발을 빨리빨리 옮겨 딛지 않으면 물이 배어나와 젖게 된다. 2, 3달에 1번씩 새로운 수초를 가져다 덮어 주어야만 섬이 계속 떠 있는단다. 이런 늪지대에서 수초는 또 얼마나 잘 썩겠는가. 마을에 한발 들어서자 풀 썩는 냄새가 진동을 한다. 이런 냄새도 여기서 나고 자란 사람들에게는 고향의 냄새겠지.

우로스 섬에는 20가구 정도가 수초로 집을 짓고 산다. 이들이 타고 다니는 유일한 교통수단도 토토라는 수초로 만든 배. 10분이면 다 돌아볼, 섬 같지도 않은 작은 곳에 그래도 학교와 교회가 하나씩 있고 마을 전체를 내려다 볼 수 있는 전망대가 있다.

특이하고 신기한 관광지라는 느낌은 들지만 그 이상도 그 이하도 아니었다. 섬의 주민들은 이미 관광객에게 닳고 닳아 내가 만나보고 싶어했던 순수한 원주민들이 아니다. 그러나 한편으로는 그들의 터전에 우리들이 무시로 찾아가 놓고는 우리의 만족을 위해 여전히 순수하기를 요구하는 것은 너무나 이기적인 생각이겠지.

저녁 연기 매캐한 부엌에서 아이들 머리 땋아주며

다음은 1박을 하기로 한 아만타니 섬. 우로스 섬에서 뱃길로 4~5 시간 걸리는데 가는 길에 바람이 하도 불어서 마치 급류타기를 하는 것 같았다. 남미에서 세 번째로 넓다는, 바다같은 티티카카 호수는 해가 나면 밝은 푸른색이지만 흐린 하늘 아래서는 탁한 연두색이다.

도착한 섬마을은 마치 우리나라 전라도 지방 어느 섬을 연상케 한다. 초가 지붕이며, 흙벽으로 된 집이며, 좁은 마당에 땔감이 여기저기 놓여 있는 것 그리고 바깥쪽에 있는 부엌에서 솟는 연기와 냄새까지 마치 우리나라 시골에 온 듯했다. 금방이라도 어딘가에서 손마디 굵은 할머니가 머리에 썼던 수건으로 바지를 툭툭 털며

"오메, 징그럽게 더운거" 하시면서 나타날 것 같다.

시골 마당의 단골 조연인 닭 두 마리도 왔다갔다한다.

잠시 후 민박집 할머니가 모추라는 민트 향 나는 엽차와 푸석푸석한 밥과 감자튀김, 그리고 달걀로 점심상을 보아 오신다.

"할무이, 증말 고맙습니다요잉."

예의 장난기가 발동해 전라도 사투리로 말했더니 이 할머니 무슨 말인지는 모르지만 고맙다는 뜻은 알았는지 이가 하나도 없는 입을 쫙 벌리고 웃으시며 "쁘레고(천만에요)" 한다.

점심을 먹고 일행들과 호수 경치를 감상하러 섬 정상에 올라갔다. 한발 한발 떼어놓기가 힘들다. 여기는 해발 4천m 정도. 그제서야 왜 산으로 떠나기 전 민박집 할머니가 모추 잎을 손에다 쥐어주셨는지 알 것 같다. 가이드 말로는 이것이 고산병을 예방하는 약초라고 한다.

수수로 만든 걸쭉하면서도 간이 딱 맞는 수프를 한 대접 먹고 감자와 무의 중간쯤 되는 뿌리로 만든 저녁을 먹었다. 이것이 이들이 매

일 먹고 마시는 음식이라고 생각하니 입에는 약간 껄끄러웠지만 주는 대로 다 먹게 됐다.

저녁에 이곳에 있는 유일한 가게이자 음식점에서 페냐 공연이 있다고 해서 가보았는데 순전히 관광객을 위한 것이어서 민박집 사람들 하고 있는 것이 더 재미있을 것 같았다. 저녁 늦게 올 거라고 생각했던 내가 나타나자 민박집 손녀딸 카르멘이 반가워하며 손을 잡아 부엌으로 끈다. 부엌에서는 할머니와 카르멘의 동생이 저녁을 먹고 있는데 그릇에는 감자 비슷한 것만 놓여 있다.

그러니 내게 주었던 감자튀김과 달걀은 순전히 손님용이었던 것이다. 할머니는 이런 민박을 해서 손녀들을 학교에 보내고 있다고 한다. 아이들의 부모는 어디 있는지 차마 물어보질 못했다.

군불을 때느라 매캐한 연기가 흙으로 만든 부엌에 가득하지만 따뜻한 부엌에 여자들끼리 둘러앉으니 정겨운 느낌이다. 할머니는 내가 어디서 왔는지, 뭐하는 사람인지, 부모님은 생존해 계시는지, 부모님이 얼마나 걱정을 하시는지, 말만 다르지 묻는 모습과 순서까지 진짜 우리나라 시골 할머니다.

저녁을 먹고는 산발을 하고 있는 막내 글로리아의 머리를 빗겨주었다. 여기 인디오 여자들도 옛날 우리나라 여자들처럼 앞가리마를 타는데 다른 점은 우리는 머리를 뒤로 다 넘겨 이마가 다 나오게 하는데 여기는 이마가 세모나게 드러나도록 앞머리를 드리운다.

내가 우리나라 식으로 이마를 드러나게 하면서 두 갈래로 촘촘히 땋아주었더니 다 깨진 거울을 들여다보고는 아주 좋아한다. 카르멘도 샘이 났는지 자기도 그렇게 해달란다. 그래서 이 아이는 춘향이처럼 자잘하게 귀밑머리까지 땋아서 넘겨주니 참 예쁘다.

할머니가 이 모습을 보시고는 흐뭇한지 연신 웃으신다. 할머니 머리도 땋아주겠다니까 손을 휘휘 저으며 싫다는데, 진짜 싫은 기색은 아니다. 아이들도 한번 해보라고 막무가내로 권하니 마지못한 척 그럼 해보라며 머리를 맡긴다.

할머니 머리는 한 가닥으로 땋아 올려 옆에 있는 나뭇가지로 쪽찐 머리를 해주었다. 할머니는 멋쩍어하면서도 머리를 만져보고는 신기한 듯 좋아하신다. 아이들은 할머니의 그런 변신이 너무나 재미있어 이구동성.

"께 보니따(참 예쁜데요)!"

아이들은 내 옆에 착 달라붙어 떨어지지 않는다. 페냐 쇼 보러 가지 않기를 정말 잘했다.

섬아이가 짜준 마음의 선물, 실팔찌

다음날은 타킬레 섬에 가기로 했다. 아침 7시, 햇살이 부드럽게 감싸고 있는 마을을 한 바퀴 돌았다. 이른 새벽부터 산꼭대기에 있는 밭에서 사람이 안 보일 만큼 높은 짐을 지고 내려오는 원주민들이 많이 보인다. 여기는 가축을 부리지 않고 순전히 사람의 힘으로만 농사를 짓고 짐을 나른다.

바다가 잘 보이는 곳에서 인디오 초가를 넣어 사진을 찍고 지나가는 동네 사람들에게 "부에노스 디아스(안녕하세요)" 하고 아침인사를 했더니 당장 "부에노스 디아스" 합창이 건너온다. 마을은 초록색, 호수는 파란색, 맑은 공기, 싱싱한 아침인사. 참 기분좋은 하루의 시작이다.

민박집 할머니께 작별인사를 하니 손에 감추어두었던 색색가지 실로 짠 팔찌를 건네준다. 어제 내가 집에 들어갈 때 카르멘이 짜고 있던 것이다. 이곳 아이들은 손으로 짠 이런 팔찌나 모자 등을 관광객에게 팔아 부수입을 올리고 있다.

가이드가 숙식비를 치를 때, 이 팔찌 값으로 얼마를 주어야 하느냐고 물으며 주머니를 뒤졌더니 할머니가 정색을 하며 손을 젓는다.

"노 디네로. 에스따 에스 레갈로(돈은 무슨 돈, 이건 선물이야)."

"이건 카르멘이 만들었지 할머니가 만든 거 아니잖아요?"

내가 웃으며 말했더니 옆에 있던 카르멘과 글로리아는 내가 땋아준 자기들 머리를 가리키며 "씨. 레갈로(맞아요. 선물이에요)"라며 내 손목에 팔찌를 끼워준다. 가난하지만 때묻지 않고 귀여운 아이들이다.

배에 타고 일행을 둘러보니 모두 이 동네 아이들이 만든 팔찌를 하나씩 끼고 있다. 내 옆에 있던 이스라엘 아이가 가격 조사를 시작한다.

"팔찌 얼마 주고들 샀어요?"

"1개 3솔."

한 사람이 자기가 가장 싸게 샀다고 자신있게 말한다.

"나는 더 싸게 샀는데. 3개에 미화 1달러."

"앗, 나는 바가지썼구나. 1개에 1달러 주었는데."

"비야, 너는?"

가만히 있는 내게도 묻는다.

"난 공짜로 얻었어. 마음의 선물이라고."

"뭐라고?"

모두 의아한 눈길로 쳐다본다. 페루의 외딴 섬 부엌에서 식구들의 길고 새까만 머리카락을 땋아주면서 고향을 느꼈노라고 설명을 해본들 이 아이들이 알 리가 있나. 그들의 따뜻한 마음을 말없이 가슴속에 담아갈밖에.

화창한 날, 바다라고 착각할 만큼 넓은 호수가 너무나 아름답다. 짙은 파란색 호수에, 하늘에는 하얀 뭉게구름이 층을 이루며 갖가지 모양으로 떠 있다. 우리 조카 나영이 말처럼 파란색을 빡빡 문지르고 그 다음 흰색을 살살 문지르면 바로 이 티티카카의 아침 색깔이 되는 것이다.

쿠스코에서부터 제대로 해를 본 적이 없는 장마 끝물에 오늘처럼 화창한 날은 여행자의 마음을 들뜨게 한다. 남부 유럽이나 남미 등 햇볕이 풍부한 지방의 사람들이 왜 낙천적이고 인생을 밝게 즐길 줄 아는지 알 것 같다. 사람도 어차피 물과 태양이 있어야 살 수 있는 자연의 일부니까.

뜨개질을 왜 여자가 해? 남자가 해야지

타킬레 섬에 도착하니 어른이고 아이고 알파카나 야마 털을 손에 들고 다니면서 손가락으로 부벼 털실을 만드는 것이 우선 눈에 들어온다. 남자들이 길을 걸어가면서 모자나 목도리 등을 뜨는 것이 재미있다. 우리나라에서는 뜨개질이라면 몽땅 여자의 몫인데. 이 사람들이 우리나라에 오면 여자가 뜨개질을 한다고 놀랄 것이다.

아이들의 얼굴은 햇볕에 그을고 바람에 거칠어져 몽땅 터 있다. 그래도 인디오의 후예인 이 조그만 아이들을 보면 정말 우리나라 아이들을 보는 것 같다. 얼굴이 조금만 하얗고 살갗이 트지만 않았다면 철수, 영희, 순이, 돌이의 얼굴 그대로다. 까만 눈이 어찌나 귀여운지 모두들 한 번씩 꼭 안아주고 싶었다.

타킬레 섬에서 푸노로 돌아가는 뱃길은 5시간. 배 모터가 시원치 않아 7시간은 걸릴 거란다. 나는 지붕에 올라가 주변의 경치와 햇살을 즐겼다. 곧 우리 일행은 카드게임을 벌였다. 나도 게임에 끼였다. 우리에게 고스톱이 있듯 영국인들은 카드가 없으면 여행을 하지 못한다. 그 아이들은 언제 어디서나 틈만 나면 카드를 꺼내놓는다. 그러니 따지고 보면 우리나라 사람들이 공항 대합실에 주저앉아 고스톱을 한다고 국제적으로 욕먹을 일도 아닌 것 같다.

벌칙은 꼴찌가 보드카를 한 모금씩 마시는 것이었는데 공교롭게 내가 연거푸 3번이나 졌다. 평소 즐기던 칵테일도 아니고 달고 맛있는 와인도 아니고 목구멍을 뜨겁게 하며 식도로 넘어가 위에 불을 지르는 독한 술.

그런 술을 마셨으니 그 다음은 뻔한 일. 배 지붕 위에서 머리가 따끈따끈해질 정도로 강한 햇볕을 받으며 푸노 항구에 도착할 때까지 곯아떨어졌다. 술마시고 떨어지는 건 아무리 여행을 오래 해도 고치지 못하는 내 최고의 약점이다.

'카미노 데 초로' 4박5일 빗속 트레킹

비오는 산속 양치기 움막에서 만난 18살 엄마는
설사하는 딸 걱정이 태산.

'한국인 출입금지' 볼리비아 국경의 단막극

겨울용 두꺼운 파카를 입어야 할 정도로 쌀쌀한 기온에 어떻게 모기가 활개를 치는지, 두 다리며 팔이며 목이 온통 모기에 물려 있다. 왼팔에 난 자국 20개 정도는 모기가 아니라 침대 빈대인 것 같지만 다른 건 모기에 물린 자국이 틀림없다.

밤새 앵앵거리는 모기 때문이기도 했지만 오늘 볼리비아 국경을 넘을 일 때문에 간밤에 잠을 설쳤다.

어찌된 영문인지는 모르겠으나 지난 2월부터 6개월간 한국인들에게는 비자 발급이 안된다는 것이다. 아르헨티나와 칠레, 페루에서도 가는 곳마다 볼리비아대사관에 전화도 하고 찾아가 보기도 했지만 한국인은 입국이 안된다고 한다.

이상한 사람들이다. 남한과 무슨 철천지 원수가 졌다고? 어쨌든 내가 지금까지 된다는 나라만 다녔던가. 안된다고 그냥 물러서면 대한민국 한비야가 아니지.

'안 되면 되게 하라.'

일단 이웃 나라 수도에 있는 대사관에서 정식으로 받기는 틀린 노릇이니 조그만 국경 영사관에 희망을 거는 수밖에. 거기라면 아직 본국의 지시사항이 전달되지 않았을 수도 있고 직원이 별로 없는 곳이니 사정 얘기를 하면 무슨 다른 수가 날 것 같기도 하다.

쿠스코부터 같이 다니고 있는 우리 일행 4명과 국경 근처 구멍가게 같은 영사관에 도착했을 때는 거의 점심시간이 다 되어가고 있다. 12시가 넘으면 큰일이다. 점심시간이 얼마나 길지, 낮잠자는 시에스타 시간이 언제 끝날지 모르기 때문이다.

다른 나라 아이들은 비자가 필요없기 때문에 차에서 내리지도 않는다. 나만 한 번 크게 심호흡을 하고 속으로 '파이팅'을 외치며 영사관으로 들어섰다. 단막의 작은 연극이 시작된다.

"아이고, 벌써 점심시간이 시작된 건 아니겠지요? 때 맞춰 잘 왔네요. 지금 일행들이 바깥 버스 안에서 기다리고 있어요. 일행 중 몇은 오늘 밤 라파스에서 유럽으로 돌아가는 비행기를 타야 해요. 그러니 영사님 빨리빨리 비자 좀 내주세요."

초로의 영사는 내가 하도 수선을 떨며 정신을 빼놓으니까 덩달아 의자에서 벌떡 일어나며 "아가씨는 어느 나라 사람이오?" 하고 업무를 서두른다. 가장 중요한 순간이다. 그러나 나는 짐짓 영사의 질문은 못들은 척하고 딴청을 피운다.

"아참, 볼리비아에 들어가려면 황열병 예방접종 카드가 있어야 한다지요? 여기 있어요."

보여 달라지도 않은 예방접종 카드를 보여주고 괜히 창 밖을 내다보곤 밖에 있는 사람들이 기다려서 초조하다는 표정을 지으며 바람을 잡는다. 그러나 영사도 만만치 않아서 내 예방접종 카드를 한눈으로 보며 다시 어느 나라에서 왔느냐고 물었다.

"한국에서 왔어요. 꼬레아 델 수르(남한)."

이번에는 피할 수 없는 대답이다. 그러자 영사가 캐비닛에서 규정집을 꺼내면서 "남한이라…" 혼자말을 한다.

'이크, 이 순간을 놓치면 안된다.'

"아, 영사님. 비자료요? 힘들게 찾으실 것도 없어요. 한국사람은 최고로 비싼 15달러를 물어야 하는 거 알고 왔어요."

이 영사, 분명 남한사람에게는 무슨 금지조항이 있는 것 같아서 서류를 찾아보려다가 내가 하도 확실하게 아는 척하면서 나서니까 서류철을 탁 덮고는 내가 내민 여권에 인지를 붙이고 여러 개의 도장을 쾅쾅 찍고 근사하게 사인을 한다.

"부에나 수에르떼(행운이 함께 하시길)."

그는 인사까지 정중히 하며 내 여권을 돌려준다. 버스 안에서 나보다 더 마음을 졸이면서 기다리고 있던 아이들이 비자를 흔들어 보이며 만면에 웃음을 띠고 "바모노스(갑시다)"라며 올라타는 나를 보고는 환호를 지른다.

5천m 정상부터 헤치고 내려가는 반정글

볼리비아에 들어서는 순간 무겁게 드리웠던 구름이 걷히고 파란 하늘이 나타나는 게 이 나라에서 즐거운 시간을 가질 것 같은 징조다. 국경 마을 코파카바나에서 라파스까지는 4시간 정도 꼬불꼬불 올라가는 산길이다. 계단식 논과 감자를 캐는 인디오 가족들, 우리가 탄 버스에 죽자하고 따라붙으며 짖어대는 개, 멋을 잔뜩 부린 색시같은 야마들을 지나 초록색 밝은 호수를 건넜다. 물색깔이 어찌나 맑은지 그냥 떠먹어도 괜찮을 것 같다.

평평한 벌판 저 멀리 눈을 이고 있는 6천m 이상 되는 산들이 보이기 시작한다. 20개는 될 것 같은 높은 산들이 줄지어 있는 게 엄숙하기까지 하다. 잠깐 한눈을 판 순간 눈 아래로 빨간 지붕들이 옹기종기 몰려 있는 동네가 나타난다. 라파스, 스페인 말로 평화라는 뜻의 세계에서 가장 높은 곳에 자리잡은 수도다.

분지에 자리잡고 있어서 산 정상에서 바라보는 도시는 작고 귀엽다. 산 꼭대기까지 빽빽하게 들어선 집들은 예전 우리나라의 판자촌을 연상케 하는데 저녁이 되어 모두 불을 켜놓아 마치 산에다 보석가루를 뿌려놓은 것처럼 아름답다.

라파스는 두말할 것도 없이 인디오의 마을이다. 여러 가지 모양의 모자를 쓴 여자들이 볼 만하다. 까만색 챙이 있는 모자와 판초, 그리고 여러 겹을 겹쳐 입은 폭넓은 치마와 붉은색이 많은 갖가지 색실로

브라질

베니강

페루

● 루레나바케

정글여행이 시작되는 곳

프로정신이 드높은 제농이 사는곳.

● 라파스

스페인말로 평화.

모든 인디오들에게 마음의

평화가 있기를

고도가 높은 이곳에선

고산증 방지를 위해 코카잎을

씹고 다녔다.

볼리비아

● 포토시

현대판 탄광노예들은 아직도

막장에서 일하고 있다.

우유니 사막

파라과이

칠레

아르헨티나

화려하게 짠 천을 어깨에 둘렀다.

쉽지 않게 들어온 볼리비아에서 나는 될수록 오래 있고 싶다. 여기서 정글 탐험도 하고 높은 산들의 품에 안겨 여유있게 며칠간 트레킹도 하고 싶다. 페루와 볼리비아 국경에 있는 아름다운 사막도 보고 싶고. 그러나 무엇보다도 여기 산속에 사는 진짜 인디오들과 며칠간이라도 함께 생활해보고 싶다.

함께 국경을 넘은 일행들은 아무도 산에 가고 싶어하지 않는다. 페루에서 3박 4일간 '잉카의 길'을 트레킹했던 아이들은 또 산에 가느냐고 여간 놀라는 표정이 아니다.

이 아이들은 정글도 가고 싶은 마음이 없다. 그저 볼리비아가 여태껏 다닌 나라들 중에서 물가가 가장 싸다니까 라파스의 고급 바에서 춤추고 술마시며 즐기는 것이 목적.

나는 물론 정글탐사와 등산, 이 두 가지를 꼭 할 생각이다. 그러니 이제부터 같이 갈 사람을 물색하는 것이 숙제다. 혼자 가는 것이 겁나는 게 아니라 며칠간 산행에 필요한 텐트와 취사도구, 식량을 포터도 없이 혼자서 지고 다니는 것은 불가능하기 때문이다.

그런데 시장 옆 허름한 숙소에서 누구를 만났겠는가. 바로 칠레의 토레스 델 파이네와 아타카마 사막에서 만났던 사람들, 네덜란드인 물리치료사 마리케와 안나헨이 같은 숙소에 든 것이다. 이 숙소는 가이드 북마다 소개가 된, 배낭족이 모이는 곳이라 전에 만난 사람을 다시 만나는 것이 그리 신기한 일은 아니지만 이런 예기치 않은 곳에서 그들을 또 만나니 정말 반갑다.

저녁밥을 먹으면서 이들에게 함께 5일 정도 트레킹을 해보지 않겠느냐고 했더니 자기들도 마침 그럴 계획이었다면서 좋아한다. 네덜란드 아이들이 가지고 있는 독일 가이드 북과 내 영어 가이드 북을 종합해 우리가 갈 곳을 정했다. 이름하여 '카미노 데 초로(Camino de Choro. 초로 가는 길).'

우리가 할 이번 트레킹은 좀 색다르다. 보통 산행처럼 산에 올라갔다가 정상을 밟고 내려오는 게 아니라 라파스 근처 스페인어로 '정상'이라는 해발 4천8백m의 라 쿰브레에서 해발 1천m인 코로이코까지 4박 5일 동안 줄곧 내리막을 걷는 것이다.

산소부족으로 풀 한 포기 없이 사막화된 산 정상에서부터 열대우림 기후인 산 아래 마을까지 거슬러 내려오며 온갖 종류의 기후대와 식물군을 만끽하는 것이다. 나는 산속에는 다른 사람들과 고립되어 살아가는 산사람들이 있다는 말을 들었기 때문에 될 수 있으면 민박을 해보고 싶었다.

텐트와 취사도구 등 장비를 빌려주는 가게에서는 현지인 가이드가 없으면 길을 잃어 위험할지도 모른다고 했지만 우리는 자세한 지도와 나침반만 믿고 씩씩하게 길을 떠났다.

그러나 출발점이라는 산 정상의 대형 예수상 근처에 안개가 잔뜩 끼어 트레킹 길이 어디서 시작되는지부터 감을 잡을 수가 없었다. 오솔길이 두 호수 사이로 나 있다고 했는데 도대체 두 호수가 어디 있느냐 말이다.

배낭은 무겁고 비는 부슬부슬 오는데 안개 속을 아무리 걸어도 길은 보이지 않는다. 발 밑의 돌들은 어찌나 잘 부스러지는지 마치 웨하스 과자처럼 힘이 없다. 네모난 돌이 시루떡처럼 겹겹으로 쌓여 있는데 그 위를 밟으면 우드득 경쾌한 소리를 내며 바스라진다. 이런 길을 오르락내리락 해봐도 찾는 길은 나타나지 않고 저 멀리 넓은 찻길만 보인다.

실은 그 길이 찻길이 아니라 우리가 갈 '카미노 데 초로'의 초입인데 우리는 잘 알려지지 않은 이 트레킹 길이 그렇게 선명할 리가 없다고 생각했던 것이다.

18살 양치기 아내의 어린 모정

어쨌거나 부스러지는 돌산을 엉금엉금 기다시피 내려와보니 지도에 표시되어 있는 잉카 유적이 보이기는 하는데, 거기로 이어지는 길은 안 보이고 비는 억수로 쏟아진다. 무작정 개울을 따라 내려가면 산속 마을을 만날 수 있을 거라는 신념으로 걷기 시작했다. 산에서 길을 모를 때는 흐르는 물을 따라 가는 것이 바로 스카우트 상식이다.

개울을 따라 걷는 것도 결코 만만한 일은 아니다. 물에 젖은 미끄러운 바위에 잘못 발을 디뎠다가는 발목을 접질리거나 엉덩방아를 찧기 십상. 날은 저물어가는데 길은 점점 더 험해지고 온몸이 몽땅 젖었다. 신발이며 옷에 물이 흥건하다. 이렇게 축축한 습지에서 어떻게 텐트 칠 곳을 찾을 수 있을까 힘이 쭉 빠진다.

오후 5시30분이 넘으니 다행히 날이 개기 시작하고 시야도 좋아졌다. 한나절 온 길을 뒤돌아보니 5천5백m 높이의 초록색 산들이 아름다웠다. 눈앞에는 개간을 한 듯한 목조지가 펼쳐져 마을이 멀지 않음을 알 수 있었다. 그러나 아무리 걸어도 마을은 나타나지 않는다. 약간은 초조한 기분으로 모퉁이를 돌아서는데 멀리 집이 한 채 눈에 들어온다.

알고 보니 이 집은 양치기들이 풀이 좋을 때만 임시로 거처하는 움막. 마침 양치기의 18살 된 부인이 어린 딸과 13살 난 여동생을 데리고 집을 지키고 있다. 남편는 산 아래 장이 서서 거기 갔다고 한다.

우리가 하룻밤 묵어갈 수 없겠느냐고 했더니 자기들 방에는 침대가 하나뿐이라 곤란하고 다른 방이 비어 있으니 거기라도 좋다면 묵어가라고 한다. 50마리쯤 되는 마당의 양을 헤치고 양의 똥과 오줌으로 범벅이 된 축사를 지나 양치기 방에 가보니 거긴 비나 겨우 피할 수 있을 뿐 축사나 다름이 없다. 방에는 양도 몇 마리 들어와 있고 콩자반같이 생긴 양똥도 가득 널려 있다.

침대의 이불이 얼마나 더러운지는 호롱불이 어두워서 잘 안 보이지만 이불에서 나는 냄새와 습기로 봐서는 어두운 게 오히려 다행이다. 마리케와 나는 버너에 불을 붙이고 저녁으로 간단하게 먹을 토마토 수프에 스파게티를 넣고 끓이려고 준비하고 있는데 안나헨은 도와주기커녕 축사가 너무 지저분해 숨을 쉴 수 없다느니, 저 이불에는 반드시 침대빈대가 있을 테니 자기 침낭은 안 꺼낼 거라느니 하면서 불평만 늘어놓는다.

"그러면 너는 바깥에서 자는 게 더 낫겠니?"

산속 집에서 군말없이 재워주는 것만도 얼마나 고마운지 모르고 불평을 하고 있는 안나헨이 얄미워서 톡 쏘아주었다. 머쓱해하면서도 도대체 인디오들은 지저분하기 짝이 없다느니 하면서 툴툴거리는 게 영 듣기 싫다. 내게는 동양사람과 비슷하게 생긴 인디오들이 어쩐지 동족인 양 느껴지기 때문이다.

한밤중에 소변을 보려고 바깥에 나갔더니 나를 보고 양들이 놀라서 이리 뛰고 저리 뛰며 어쩔 줄을 모르다가 한 마리가 울타리 밖으로 나가버렸다. 당황해 막무가내로 쫓아가는데 다른 채 방에서 이 집 엄마가 얼른 나온다. 그리고는 눈 깜빡할 새에 울타리를 빠져나갔던 양을 몰고 온다.

"로 시엔또(미안해요)."

자는 사람을 깨워 번거롭게 했나 싶어 미안해했더니 자기들은 아직까지 안 자고 있었다면서 자기방에 잠깐 들어가잔다. 호기심 반, 미안한 마음 반으로 따라들어갔다. 방에는 이 어린 엄마의 동생이 울고 있는 생후 10개월쯤 되었을 조카를 어르고 있다.

아이를 들여다보니 눈가에는 눈곱이 잔뜩 끼어 있고 눈동자가 풀어진 데다 우는 소리에도 힘이 없는 게 아픈 것이 분명하다. 방이라고는 하나 한편은 부엌이고 다른 한편만 침실로. 궁색하기 짝이 없다. 고산지역이라 기온이 뚝 떨어져 나는 겨울용 파카를 입고도 달달 떨고 있는데 집주인 모니카와 동생 율리아는 홑겹 윗도리에 맨발이다. 아이가 저렇게 우는 것도 추워서가 아닐까 하는 생각이 들었다.

모니카가 따끈하게 데운 양젖을 건네주며 아이 아버지가 약을 구하러 마을에 갔다면서 아이에게 걱정스러운 눈길을 보낸다. 벌써 1주일 이상 설사를 한다는 것이다. 물만 제대로 끓여 먹여도 좀 나을 텐데. 화덕에 마주앉아 어떻게 도울 수 없을까 생각해보았다. 아무리 물을 끓여 먹으라고 해도 원래 안하던 사람들이니 갑자기 그렇게 할 리가 없다. 그래서 한 가지 꾀를 냈다.

"내게 설사에 잘 듣는 약이 있어요. 그걸 줄 테니까 내가 시키는 대로 해요."

한국에서 가져 간 설사약과 평소에 비상용으로 가지고 다니는 포도당 가루를 주면서 당부했다.

"이 약을 먹일 때는 반드시 끓여서 식힌 물에 포도당을 약간 타서 설사약과 함께 먹여야 해요. 그러면 곧 나을 거예요. 꼭 끓인 물이어야 해요."

"무차스 그라시아스(정말로 고맙습니다)."

어린 엄마의 눈에 안도의 빛이 역력하다. 이 엄마는 아직 볼이 발그레한 게 영락없는 어린 소녀다. 아침에 일어나 가루 우유와 커피로 밀크우유를 만들어 마시니 어제 젖은 축축하고 차가운 양말, 바지, 신발을 신는 고역을 조금 잊을 수 있다. 안나헨은 간밤에 춥게 잤다고 또 툴툴거린다. 날씨가 자기에게만 추운 것도 아닌데, 불평을 늘어놓는 게 못마땅해 나와 마리케는 들은 척도 안했다.

집을 나오면서 비상식품으로 준비한 비스켓과 초콜릿 중에서 아직

아이들이나 마찬가지인 이집 주인 줄 과자를 몇 개 챙겼다. 과자를 건네주고 떠나려는데 아이를 안은 모니카가 오색 실로 짠 보자기에 싼 무엇인가를 전해준다. 안에는 고구마의 일종인 삶은 야마가 들어 있다. 간밤에 내가 준 약을 먹였더니 아기가 잘 자더라며 고마워하는 18살 엄마. 아기가 별탈없이 낫기를 바라며 길을 나섰다.

산속 외딴집 홀로 사는 할머니의 넘치는 인정

날씨는 어제와는 딴판으로 맑고 밝다. 이곳은 페루의 산처럼 정상까지 초록 나무로 뒤덮인 아주 아름다운 길이다. 12시까지 햇볕이 좋았기 때문에 오랜만에 땀을 흘리면서 파카를 벗어 들었다. 날씨는 맑아도 습기가 많은 것이 이곳 로스 융가스의 특징. 해발 3천m부터 1천4백m까지 소위 구름숲(Cloud Forest)이라고 하는데, 항상 습기가 많아 온갖 풀들이 제 능력껏 자랄 수 있다.

개울을 따라 내려오는데, 중간에 나무다리가 하나 있다. 그 나무다리 위에서 보는 정글은 절경 중의 절경. 바로 여기다 싶어서 카메라를 꺼내는 순간 주위 풍경들이 숨바꼭질하듯 안개 속으로 모습을 감춘다. 바로 1초 전까지 보이던 그 멋진 나무며 계곡에 박혀 있던 바위, 초록빛으로 흐르던 계곡물이 한순간에 시야에서 사라져버린다. 하기야 융가스는 일년 내내 구름으로 덮여 있다는데 한순간이나마 내 눈으로 직접 훌륭한 경관을 본 것만도 다행으로 생각해야지.

안나헨와 마리케는 뒤로 처져 있다. 일행이 뒤에 있다는 것에 마음이 편했다. 저번 '잉카의 길'에서는 내가 맨 꼴찌로 가는 덕분에 누구의 방해도 없어서 좋았는데 여기서는 맨 앞에 가면서 이 반정글을 충분히 즐길 수 있었다.

그 기막힌 경치에 취해 하루종일 안개비를 맞아 옷이며 바지며 신발이 짜면 물이 나올 정도로 젖었는데도 신경쓰이지 않았다.

비를 피해 앉아 한참을 기다리니 뒤처졌던 둘이 씩씩거리면서 내려온다. 그때가 벌써 5시30분. 다음 마을까지 적어도 두 시간은 가야 하는데 어둡기 전에 마을에 도착할 수 있을는지. 30분 정도 내려가니 집이 한 채 보이는데 문마다 몽땅 자물통이 채워져 있다. 초조한 마음으로 5분쯤 더 내려가자 다섯 살 정도 되어 보이는 여자아이가 나타나더니 진흙길을 맨발로 뛰어 내려간다.

'마을이 바로 아래에 있는 모양이로군.'

희망을 가지고 내려가다 보니 빈집 같은 것이 나타난다. 마리케와 안나헨이 그냥 가자는 것을 내가 한번 보고 오겠다고 언덕길을 올라가 "올라(안녕하세요)" 하고 소리를 지르자 이빨이 다 빠진 할머니가 나왔다. 어찌나 반가운지. 날은 다 저물었는데 다음 마을이 어디인지도 모르고 경사진 진흙길을 내려가는 것보다야 백 번 낫지 않은가.

여기서 묵어갈 수 있겠느냐고 했더니 할머니는 "꼬모 노(물론이야)"라며 반갑게 맞는다. 집에 들어가보니 어제 묵었던 양치기 움막에 비하면 똥냄새도 안나고 좋다.

우리에게 내준 방은 자기 아들 방인데 아들은 라파스로 돈벌러 갔다는 것이다. 이 첩첩산중에서 할머니 혼자 살고 있다니. 비에 흠뻑 젖은 우리를 본 할머니는 우선 부엌으로 가서 몸을 좀 말리라는 시늉을 한다. 할머니는 스페인어를 거의 하지 못하고 이 고장 말만 했다.

우리 방 앞에 있는 할머니 거처에는 조그만 고양이가 놀고 있다. 한편에는 곳간처럼 옥수수와 고구마 등 밭농사로 지은 농산물 부대가 있고 그 위에 말린 고기며 씨앗들이 들어 있는 봉지들이 주렁주렁 걸려 있다.

방 가운데 몇 개의 큰 돌로 얼기설기 만든 화덕과 새까맣게 그을은 냄비랑 접시가 몇 개 있고 바로 옆에 나무침대가 있는 단출한 원룸

시스템이다. 침대 머리맡에는 외출용 까만 모자가 보물단지처럼 놓여 있다. 침대를 자세히 보니 담요 밑에는 여러 가지 옷들이 깔려 있다. 네팔에 갔을 때 민박하던 집과 비슷하다.

오랜만에 손님이 온 게 반가운지 할머니는 좀 흥분한 것 같았다. 땔감을 자꾸만 화덕에 집어넣으며 연신 내 신발을 가리킨다. 다른 아이들은 저 할머니가 네 운동화가 탐나나 보다고 말했지만 나는 그 할머니에게 뭔가 다른 뜻이 있는 것 같았다.

어쨌든 운동화를 벗으라는 말 같아서 그렇게 했더니 양말까지 벗으란다. 그러면서 화덕 위에 꼬챙이를 하나 걸치더니 내 운동화와 양말을 그 위에 널었다. 그런 후 할머니는 물에 흠뻑 불어 쪼글쪼글해진 내 발을 어루만지면서 "후리오(얼마나 추웠니)?" 하고 걱정해주신다.

이런 첩첩산중에서 가까이에 다른 인가도 없이 홀로 살면서 얼마나 적적할까. 할머니에게 아들은 언제 오느냐고 물으니까 금방 목이 메더니 "노 세, 노 세(몰라, 몰라)"를 연발하며 막 우신다. 우리 엄마도 내가 전화만 하면 언제 올 거냐고 하면서 저렇게 우시는데. 갑자기 가슴이 찡해진다.

"할머니 먹을 건 충분하세요?"

"바스딴떼. 바스딴떼. 그라시아스 세뇨리따(충분해요. 충분해. 고마워요, 아가씨)."

손짓 발짓으로 자기를 걱정해주는 내가 고마운지 내 뺨에 입을 맞추신다.

할머니의 부엌에서 우리도 버너를 피우고 또 즉석 스파게티를 해 먹었다. 할머니는 옥수수 가루로 죽을 만들어 거기에 고구마를 듬성듬성 썰어 넣은 저녁을 만들었다. 그리고는 물어보지도 않고 안나헨 밥그릇에 할머니 죽 그릇에서 꺼낸 고구마를 넣어주려니까 그 아이는 얼굴을 찡그리며 고개를 흔든다.

할머니가 얼마나 무안해하실까 싶어 얼른 과장된 목소리로 "세뇨라, 데메로 아미(할머니, 그거 저 주세요)" 하니까 아주 좋아하시며 이빨이 하나도 없는 것이 부끄럽지도 않은 듯 입을 벌리고 환하게 웃으신다.

저녁을 먹고 일찍 잠자리에 들었다. 담요도 충분하고 이미 1천m 이상을 내려왔기 때문에 춥지는 않았지만 대신 습기가 우리를 괴롭혔다. 내 운동화는 할머니 방에 두고 왔기 때문에 화장실에 가려고 신발을 찾아보니 침대 밑에 신발이 하나 보인다. 옳다꾸나 하고 신발에 손을 대는 순간 물컹한 게 손에 잡힌다. 신발이 침대 밑에 얼마나 오래 있었는지 썩어 문드러진 것이다.

침낭 안은 너무 덥고 침낭 밖에는 눈에 보이지도 않는 작은 모기들 천지. 머리를 수건으로 뒤집어 쓰고 자자니 숨을 못 쉬겠고 수건을 벗으면 당장 모기들이 아귀처럼 달라붙는다. 괴롭기 짝이 없었지만 이제 곧 가게 될 정글은 이보다 더하면 더했지 덜하지는 않을 테니 정글탐험 연습을 미리 하는 것이라고 생각했다. 내리막 산행이 얼마나 힘들었던지 곧 단잠에 빠졌다.

후미진 정글에 나타난 칼 든 원주민 청년

산행 3일째. 오늘은 또 어떤 아름다운 경치가 내 여러 가지 고통을 낙으로 바꿔놓을지 모르겠으나 며칠째 아침마다 잘 때 입는 단 한 벌의 마른 옷을 전날 입었던 젖은 옷으로 갈아입는 순간은 정말 고역이다. 젖은 티셔츠, 젖은 바지, 젖은 양말, 그 위에 젖은 운동화까지 신을 때의 기분은 정말 차가운 뱀을 몸에 친친 감는 기분이다. 그래도 오늘은 할머니 덕분에 좀 마른 양말과 등산화를 신을 수 있어서 다행이다.

아침에 보니 할머니는 밤에 보았던 것보다 훨씬 나이가 들었다. 입고 있는 웃옷은 헤지고 치맛단은 뜯어져 몰골이 엉망이다. 옷이 저렇게 되어도 바늘 귀를 못 꿰시니 어디 바느질이라도 할 수 있겠는가.

아이들이 인스탄트 밀크 커피를 만들어 먹고 있는 사이에 가지고 다니는 실과 바늘을 꺼내 옷을 꿰매는 시늉을 했더니 할머니는 손을 휘휘 저으면서도 담요 밑에서 꿰맬 치마를 내놓는다. 내놓은 치마를 꿰매고 할머니가 입고 있는 치마도 입은 채로 꿰매자 동행 아이들은 어이가 없다는 듯 고개를 저으면서도 빨리 떠나자는 재촉은 하지 않는다.

떠날 때 아이들은 약간의 돈을 주고 가자고 했지만 나는 할머니가 이 산속에서 더 필요한 건 일상용품이니 필요한 걸 주는 게 어떻겠느냐고 했다. 결국 아이들은 6볼리비아노스(우리 돈으로 약 1천원)를 주고 나는 할머니에게 내 몫의 설탕 전부와 남은 초콜릿, 그리고 가지고 다니던 세숫비누를 반 잘라 드렸다.

우리가 산행을 시작할 때 각자의 식량은 따로 분리했기 때문에 아이들에게 미안하지 않게 내 걸 드릴 수 있어서 좋다.

할머니에게 작별인사를 했더니 할머니의 얼굴이 일그러진다. 내 손을 어루만지며 묻는다.

"노 뿌에데스 볼베르(다시 올 수는 없겠지)?"

내가 아무 말 안하고 가만히 서 있자 할머니는 나를 안고 남미식 뺨인사를 하면서 말했다.

"젊은 사람들은 가기만 하면 안 와."

뺨인사를 하고 난 내 볼에는 할머니의 눈물이 묻어 있다. 단 하루를 머물렀을 뿐인데, 불현듯 미안한 마음이 든다. 할머니에게 하루치의 외로움을 덜어드린 게 아니라 오히려 그 몇 배의 그리움을 얹어드린 건 아닌가 해서.

오랜만에 푸른 하늘과 뭉게구름이 보이는 맑은 날씨. 아침에 젖은 옷을 입었는데 한두 시간이 지나니 그런 대로 마른 것 같다. 땀 냄새가 범벅이 되어 우리는 서로에게 가까이 오지 말라고 농담을 하며 길을 걸었다.

마을을 떠나 큰 나무다리를 가로질러 30분 정도 걸으니 폭이 한 발짝 정도밖에 되지 않는 오솔길이 나온다. 양옆에는 너무나 크게 자라버린 이름 모를 풀들이 길을 막아 정글을 연상케 한다. 곳곳에 우리나라 진달래 같은 진분홍 꽃이 피어 있고 산난초와 나팔꽃 같은 보라색 꽃, 작은 국화 같은 꽃들도 피어 있어 눈을 즐겁게 한다.

그러나 이곳은 꽃에 취해 정신없이 걷다가는 큰일 당하기 십상인 길이다. 무성한 풀 바로 1m 밖이 천길 낭떠러지라 사고가 자주 일어나는 곳이다. 한발 한발 그야말로 조심해서 가야 한다. 아침이슬에 젖은 풀들이 말라가던 옷과 배낭을 다시 적신다. 그래도 아직은 해가 있으니 침낭까지 젖지는 않겠지.

한참 걷다가 건너 동네에 산다는 총각을 만났는데 풀숲을 헤치느라 허리에 1m는 됨직한 정글칼을 차고 있다. 예전에 필리핀에 갔을 때 만난 산골 소년 생각이 난다. 나무 열매를 따먹어 피를 빨아먹은 것처럼 벌겋게 된 이빨을 드러내놓고 큰 칼을 휘두르는 모습이 마치 금방 지옥에서 올라온 야차 같았던 것이다. 처음에는 잔뜩 겁을 집어먹었으나 알고 보니 그렇게 순진하고 착할 수가 없는 소년이었다.

그 생각을 하자 약간 안심은 되었지만 만약 저 총각이 다른 생각을 먹고 저 칼로 우리를 해치면 어떻게 하나 불안을 감출 수는 없다. 이런 첩첩산중에서 꼼짝없이 당하는 수밖에. 전대에는 우리들의 전재산이자 이들에게는 평생 만지기커녕 구경도 하지 못할, 어마어마한 돈이 들어 있는데. 그러면서도 호신용 가스총 이외에는 아무런 방어도 없이 다니는 우리가 너무 안이했나 하는 생각까지 든다.

그러나 여기서도 역시 산골 청년은 순박하고 착했다. 그는 좀 평평한 분지에 닿을 때까지 내내 칼을 휘둘러 풀을 베어냈을 뿐 우리에게 전혀 위협적인 행동을 보이지 않았다. 그리고는 이젠 안전하다 싶었던지 분지까지 우리를 인도해주고는 제 갈 길을 갔다.

분지에서 점심을 먹으려고 식량을 점검할 때에야 비로소 우리는 먹을 게 별로 없다는 걸 알았다. 원래 계획대로라면 초로라는 마을에서 필요한 것을 샀어야 하는데 우리도 모르는 사이에 그 마을을 놓쳐버린 것이다. 하기야 풀이 그렇게 무성하게 나 있어 앞이 캄캄한데 가게는 커녕 63빌딩이 있었더라도 못 보았을 것이다. 일본사람이 사는 동네에 가면 조그만 잡화점이 있다니까 거기서 빵이며 달걀을 살 수 있을 거라고 생각하고 남아 있는 음식을 약간만 남기고 거의 다 털어 먹었다.

볼리비아 산속에서 개 데리고 혼자 사는 일본 아저씨

풀이 울창한 길은 아무리 걸어도 싫증이 나지 않는다. 길 모퉁이를 돌아서니 건너편 산에 일본식 차를 재배하는 듯한 밭이 보인다. 그 옆에는 집도 있다. 조금 더 가니 쓰레기가 가득한 야영장에 대나무를 반으로 잘라 배수로를 만든 것도 일본식 솜씨다.

'바로 근처에 일본사람 집이 있구나.'

적어도 오후 5시면 일본사람의 가게가 있는 야영장에서 여장을 풀 수 있겠다고 생각하니 힘이 솟는다. 그러나 30분은 넘게 내리막을 걸어서 폭포를 지나고 다시 한 시간쯤 더 걸었는데도 집은커녕 집 비슷한 것도 눈에 들어오지 않는다. 아니, 또 마을을 지나쳤단 말인가?

셋이서 얼굴을 맞대고 의논을 했으나 별 뾰족한 수가 없다. 이미 5시. 한 시간 정도 더 걸어도 일본인 집을 못찾으면 적당한 곳에 텐트를 치기로 했다. 그 집을 찾지 못하면 내일도 역시 젖은 옷으로 행군을 해야 한다고 생각하니 영 상쾌하지 못했지만 경치가 워낙 절경이라 그 생각은 곧 잊어버렸다.

어느 봉우리 정상에서 텐트를 치고 배낭 안에 있던 먹을 것을 모두 싹쓸이했다. 그래봤자 스파게티 국수와 땅콩버터 조금, 오트밀 반 봉지와 약간의 커피, 그리고 가루우유가 전부다. 내일은 기어가더라도 가게가 있다는 일본사람 집에 갈 수 있을 테니까.

물을 끓여서 국수를 삶아 땅콩버터에 비벼 먹었다. 나는 배가 고파 그나마 더 있었으면 좋겠다고 생각하는데 '다행히' 안나헨은 그런 이상한 걸 먹느니 굶는 게 낫겠다며 그릇을 내게 건네준다. 밉상이던 아이가 이렇게 도움이 되는 적도 있네.

밖에 비가 오기 때문에 우리는 밥을 먹고 7시도 채 되지 않아 잠자리에 들었다. 텐트 안에서는 축축한 냄새가 난다. 가이드 북에는 이곳에 뱀이 많이 나온다고 했지만 땀냄새로 범벅이 된 우리들은 최루탄과 마찬가지니 어쩌지 못할 거라며 농담을 주고 받았다.

그래도 어쨌든 저녁이 되면 마른 옷으로 갈아입고 젖은 양말과 신발을 벗어놓고 오이지처럼 쪼글쪼글해진 발가락 사이에 파우더를 바를 수 있어서 좋다. 마리케와 안나헨은 마른 옷에서도 이상한 냄새가 나서 싫다면서 알몸에 팬티만 입고 침낭에 들어간다. 나는 맨살에 축축한 침낭이 닿는 게 더 소름끼치던데.

작은 해프닝 하나. 안나헨이 생리할 때가 훨씬 넘었는데 안 한다고 걱정을 한다. 나는 여행다니면 규칙적인 생활을 하지 못하니까 자연히 늦어지기도 하고 빨라지기도 하는 거라고 제법 베테랑답게 얘기를 해주었다. 그랬더니 안나헨 하는 말이 1주일내에 하지 않으면 분명히 임신일 거라고 한다.

"뭐라고? 한 달 전에 만났을 때도 너희끼리 다녔잖아?"

"우리가 칠레의 산 페드로에 있을 때야."
"산 페드로에서 누구랑?"
"왜 있잖아. 너희 방에 묵었던 이탈리아 아이."
"그 말 더듬는 파블로?"
마리케는 놀라는 나를 보고 별일 아닌 것 가지고 왜 이렇게 호들갑을 떠나 하는 표정이다.

넷째 날. 이제는 먹을 것도 없고 연료까지 다 떨어져 아침의 큰 즐거움이었던 가루우유를 듬뿍 넣은 커피를 마실 수 없어서 서운했다. 물 한 모금 먹지 못하고 텐트를 걷자마자 걷기 시작. 모두들 정말 거지꼴이다. 그래도 날씨가 말끔하게 개어 이도 못닦고 눈곱도 못뗀 주제에 우리는 기분이 좋아져서 노래를 부르기 시작했다. 어떻게 그렇게 빈 속에도 노래가 나오는지. 걷기 시작한 지 얼마 되지 않아 한 총각을 만났는데 그 사람 말로는 일본사람 집은 아직도 한 시간 정도 더 가야 한다는 것이다.

야호. 그 집에 가면 먹을 것이 있다. 오직 이 일념으로 없던 힘을 짜내 산을 올라가 산허리로 난 길을 한 시간쯤 돌아가니 일본사람 집 같은 게 나온다. 인기척없는 집 앞을 서성거리며 일본말로 "씨쓰레이시마스(실례합니다)"를 외쳤다.

그 일본사람을 놀라게 해주려고 동행에게도 "곤니치와(안녕하세요)"를 가르쳐주고 연습도 했는데 밭으로 일을 나갔는지 아무리 불러도 나타나질 않는다. 도대체 이 일본사람하고는 인연이 없구나 생각하고 발길을 돌렸다. 먹을 것과 마실 것, 달걀이 문 틈으로 보이는 데도 그림의 떡이 되어 돌아서는 발길이 속상하다. 갑자기 배가 더 고파진다.

그런데 한참 밑에 있는 마을에서 그렇게 만나기를 고대했던 일본사람을 극적으로 만났다. 그는 따뜻한 햇볕을 받으며 자신의 집에서 여러 마리의 강아지와 함께 한가한 시간을 보내고 있는 게 아닌가. 아까 지나친 곳은 가이드 북에 나온 일본사람 집이 아니라 그냥 가게였던 것이다.

그는 50~60살은 된 듯한데 얼굴 피부는 늙었지만 눈빛은 젊어 보여서 나이를 가늠할 수가 없다. 이 아저씨는 내가 당연히 일본사람인 줄 알고 묻는다.

"니혼와 도치카라데스카(일본 어디에서 왔어요)?"

일본이 아니라 한국에서 왔다니까 깜짝 놀라며 여기까지 웬일이냐다.

"아저씨야말로 이 산골까지 웬일이세요?"

자연스럽게 서로 질문을 퍼부었다. 그렇게 해서 알고 보니 사연은 이러하다. 하나무라라는 이 65살의 아저씨는 스무 살 전후에 원양어선 선원으로 세계 여러 곳을 다닐 기회가 있었고, 한 30년 전에 브라질로 이민을 왔는데 어쩐지 영 정이 안 들어서 다른 곳을 물색하다가 여기 볼리비아에 정착했단다.

그러고 보니 이 아저씨가 살고 있는 집 주위 산세가 마치 동양의 어느 시골 마을 같은 포근한 느낌을 준다. 앞동산에는 온갖 꽃들이 피어 있고 이 아저씨네 집 대문 주위에는 손바닥만한 장미가 만개해 있다. 아저씨 이름 그대로 '하나무라(꽃마을)'다.

고향을 떠나 고향 산천과 비슷한 타국에 자리잡고 결혼도 안한 채 강아지들을 벗삼아 살고 있는 이 아저씨의 모습은 일본사람이라기보다는 영락없는 볼리비아 원주민이다.

이 사람은 전생에 이곳 사람이어서 자연스럽게 이곳에 동화되었는지도 모른다는 생각이 들었다.

아저씨는 같은 동양사람이라서 그런지, 오랜만에 일본어를 할 줄 아는 사람을 만나서 그런지 무뚝뚝한 얼굴에도 기쁜 빛이 역력하다.

"곤방 우치데 도마테이키나사이(오늘 밤 우리 집에서 묵으세요)."
아저씨의 친절에 어떻게 할까 우리는 서로 얼굴을 쳐다보았다. 나는 그러고 싶었으나 아이들은 하루라도 빨리 이 냄새나는 옷을 벗고 싶다고 갈 길을 재촉한다. 굳이 가겠다고 하자 그럼 차라도 한 잔 마시고 가라면서 손수 차를 끓여내 오며 하늘의 해를 보더니 오늘 종착지인 코로이코까지 가는 것은 무리고 중간쯤 되는 욜로실라까지는 갈 수 있을 거라고 한다. 먹을 것이 하나도 없어서 일단 어떤 마을이라도 나타났으면 좋겠다고 생각하고 길을 떠났다. 알려진 것과는 달리 그 일본사람 집은 가게가 아니었던 것이다.

와, 빵이다. 빵이 이렇게 맛있다니

여기서부터는 경사가 아주 급한 내리막인데 좁은 길 옆으로 나무뿌리들이 허옇게 드러난, 무너진 길들이 자주 보인다. 그 아래는 두말할 것도 없이 급류가 흐르는 낭떠러지. 경사가 너무 심해 무릎이 아프고 잠깐 쉬려면 다리가 사시나무 떨리듯 후들후들 떨린다.
그래도 오늘이 트레킹 마지막 날이라고 생각하니 아쉽고 눈앞의 모든 경치가 사랑스럽다. 산을 내려오는 기분은 늘 그렇다. 그것이 한나절 걸리는 북한산 산행이든 20박 21일의 히말라야 트레킹이든 간에.
3시나 되어서야 산행 4일 동안 우리가 본 중에서 제일 큰 마을에 도착했다. 벌써 하루 반째 오트밀만 먹고 지내느라 배에서는 천둥 번개에 벼락치는 소리까지 나는데 마을에 있는 가게는 낮잠시간이라 5시나 되어야 문을 연다는 것이다. 여기서 5시까지 기다리다간 날이 저물 것 같고 그냥 가자니 너무나 아쉽고 기가 막힌다. 언제 또 가게가 나타날지도 모르고. 골짜기마다 물이 흔해 정수약만 타면 물을 마실 수 있어 물배는 실컷 채울 수 있으니 그나마 다행이었다.

여기서 무작정 기다리느니 한 발짝이라도 더 걷자며 한 20m 걸었을까. 어쩜, 거기 문을 연 가게가 하나 보이는 거다. 우린 모두 "가게다!" 하고 외치며 배낭이 무거운 줄도 모르고 한달음에 달려갔다.

그때 누가 우리를 보았으면 참 가관이었을 거다. 1분 전만 해도 패잔병의 모습으로 인상을 팍팍 쓰며 다리를 질질 끌고 있더니 가게를 보는 순간 갑자기 날쌘돌이가 되어 냅다 뛰어가는 꼴이라니.

그 가게는 어찌된 영문인지 라파스의 큰 가게처럼 없는 게 없다. 거기다 금상첨화로 가게 주인이 방금 화덕에서 꺼내 숯가루가 묻어 있는, 손바닥 두 배만한 둥근 빵을 바구니에 담아 하얀 보자기를 씌워서 들고 들어오는 것이 아닌가. 그 구수한 빵냄새와 하얀 보자기를 통해서 전해지는 따끈한 감촉. 손으로 만들어서 모양과 크기가 들쭉날쭉한 것까지 마음에 확 든다.

우리는 빵 12개와 고등어 통조림, 버터와 토마토를 사서 샌드위치를 만들었다. 빵은 손을 댈 수 없을 정도로 뜨거워서 그것을 반으로 갈라 버터를 두르면 버터는 바를 것도 없이 스르르 녹아 빵에 스며든다. 그 딱딱하면서도 부드러운 빵껍질을 씹는 맛은 어느 나라 어느 일류 호텔 어느 일류 요리사의 요리보다도 맛있다.

우리는 단숨에 자이언트 샌드위치를 2개씩 먹고 나는 한 개 더 먹었다. 아이들은 나처럼 조그만 여자가 어쩌면 그렇게 많이 먹느냐고 놀란다.

"난 위대(胃大)하거든."

금상첨화는 그것뿐이 아니었다. 마실 것도 그랬다. 음료수로는 지난 4일 동안 강물에 정수약을 넣어 수영장 물처럼 클로르칼크 냄새가 진동하는 물만 마셨는데 파인애플 맛이 나는 음료수를 사서 마시니 그 톡 쏘는 달콤한 맛은 비길 데 없는 천상의 음료다.

가게부터 마을까지는 자동차가 다닐 수 있을 만큼 탄탄대로 좋은 길이다. 가게를 4시에 떠났으니 해 안으로 다음 마을에 닿기는 틀렸지만 길이 좋으니까 날이 저물면 손전등을 켜고 갈 생각으로 도중에 있는 야영할 만한 곳을 무시하고 걸었다.

해가 저물자 멀리 수십 개의 불이 반짝거리는 코로이코가 바라보인다. 그런데 여기서 문제가 생겼다. 산 꼭대기에서는 한 줄기에 지나지 않던 강물이 여기서는 수량이 엄청나게 불어났는데, 다리를 찾을 수 없었다. 우리가 가진 손전등을 총동원했지만 역부족.

하는 수 없지. 여기 길 옆에서 하루 야영을 하고 내일 새벽에 떠나는 수밖에. 오늘 중으로 마을까지 갈 수 있을 것이라는 생각에 마른 옷을 그냥 입고 출발했기 때문에 더 이상 갈아입을 마른 옷도 없다. 마음 같아서는 밤을 새워서라도 걸었으면 좋겠다. 축축한 옷을 입고 벗고 하는 것은 정말 고역 중의 고역이다.

그래도 너무 피곤했던 터라 우리는 아침에 지나가던 사람이 깨울 때까지 세상 모르고 곯아떨어졌다.

"뻴리그로소, 뻴리그로소(위험해요, 위험해)."

윗통을 벗고 자던 안나헨과 마리케는 침낭 속에 들어가 숨고 나만 텐트 밖으로 튀어나왔다.

"께 빠소(무슨 일이에요)?"

지나가던 농부 아저씨가 여기는 아주 독성이 강한 초록색 뱀이 많이 사는 곳인데 이 조그만 독뱀에게 한 번만 물리면 집채만한 소도 그대로 나가떨어져 죽는다며 빨리 풀밭에서 텐트를 걷으라는 것이다. 우리가 밤새도록 독사 소굴에서 잤단 말이야? 모르는 게 약이라더니.

허겁지겁 일어나 대충 텐트를 챙기고 한 30분쯤 걸었을까. 우리가 어젯밤 징검다리로 건너려던 강이 나타나고 바로 옆에 다리가 보인다. 다리는 인디아나 존스 세트에서나 볼 수 있는 것처럼 좁고 위험했다. 천우신조, 우리가 전날 밤 독사밭에서 자지 않고 저 다리를 건넜더라면 요단강 저편으로 갔을지도 모르겠다. 대낮인데도 아슬아슬한 마음으로 다리를 건너자 멀리 마을이 보인다.

아마존 정글탐험
겸손한 사람만이 살아남는다

겸손한 사람만이 살아남는 정글의 법칙을 깨우쳐준 가이드
제농(나무 위에 누워 있는 이)은 자기 직업에 대한 자긍심으로 존경을 샀다.

낭떠러지에 한쪽 바퀴 내놓고 달리는 지옥길

아마존 정글 탐험은 어린 시절부터 꼭 해보고 싶었던 일생의 꿈이다. 그래서 당연히 이번 남미일주 목록에 최우선적으로 당당하게 올라 있다. 원래는 브라질 쪽에서 시작해 적어도 10일 이상 정글 안에 들어가 살아보고 싶었으나 브라질이 내 여행계획에서 빠지게 되었다. 차선책으로 페루의 이키토스에서 시작하는 아마존 정글 탐험도 알아보았는데 주머니 사정이 여의치 않았다. 마지막 방법으로 아마존 강과는 거리가 있지만 볼리비아 쪽 정글을 택한 것이다.

내가 아마존 정글에 특별한 관심을 가진 데는 이유가 있다. 어렸을 때 동생과 나는 〈새소년〉이란 어린이 월간지의 열렬한 애독자였다. 어른들이 보지 말라는 만화책을 몰래 빌려 보다가 엄마가 나타나는 소리가 들리면 이불 밑에 감추곤 했는데, 〈새소년〉은 감추지 않아도 되는 유일한 만화책이기도 했거니와 동화도 재미있었다.

그러나 무엇보다도 〈새소년〉에는 '세계의 불가사의'라든지 '세상에는 이런 곳도'라는 제목으로 매호 세계의 신기한 곳이 소개되었다. 거기에는 늘 가보고 싶은 세계 여러 곳의 이야기가 실려 있었다. 당시에는 그 책이 거의 유일하게 어린이와 나라 밖 세계를 연결해준 다리가 아니었나 생각된다.

매달 25일이 되면, 집에 돌아오시는 아버지 손에 명동 자양센터의 통닭과 함께 그 잡지가 들려 있었다. 그 책에 바로 아마존인지 아프리카인지 정글이 소개되어 있었다.

그때부터 나는 식구들과 야외로 놀러 가서 조금이라도 나무가 울창한 곳이 있으면 "여기가 한국의 아마존이다"라고 소리를 지르다가 번번이 언니들의 비웃음을 사곤 했다.

진짜 아마존을 가지 못해 유감이긴 하지만 꿩대신 닭이라고 일단 남미 정글 맛을 보는 것으로 만족하기로 했다. 나의 정글여행은 라파스에서 20시간 정도 버스를 타고 가는 루레나바케라는 곳에서 시작되었다. 정글 입구 시골 도시로 가는 버스는 놀랍게도 차 안이 널찍하고 튼튼해 보이는 중고 벤츠였는데 출발하고 한 시간도 안 돼서 왜 이런 차가 필요한지 알게 되었다.

버스는 해발 4천m부터 1천m까지 20시간 내내 아슬아슬한 곡예를 하듯 내리막길을 달린다. 길이 버스 한 대가 겨우 지나갈 만큼 좁아서 차 안에서 창 밖을 내다보면 마치 버스가 낭떠러지에 한쪽 바퀴를 내놓고 달리는 것 같다.

이 길이 출발시간인 낮 1시 반에서 저녁 6시 반 해가 저물 때까지 계속된다. 무지무지하게 스릴 넘치는 청룡열차를 5시간 동안 타는 기분이다. 어느 순간은 정말로 버스가 낭떠러지로 곤두박질치는 게 아닌가 하고 눈을 감아버리기도 했다. 정말 간이 떨어질 뻔했다.

내가 바깥을 보면서 하도 악! 악! 소리를 질러대니까 앞뒤로 앉은 사람들이 "뽀브레시따(아이구 불쌍해라)" 하고 걱정을 해주면서도 저렇게 무서워하면서 왜 창 밖은 열심히 보고 있을까 하는 눈빛이었다.

몇 년 전 펜팔을 하던 스위스 친구가 한국에 놀러온 적이 있었다(이 스위스 청년 얼스는 나중에 내 미국식구 큰딸의 남편이 되었다). 나는 이 아이를 우리의 자랑 설악산에 데리고 갔는데 가는 길에 아름다운 강원도 경치를 구경시키려고 일부러 한계령으로 넘어가는 버스를 탔다.

처음 동양 나들이에 한껏 가슴이 부풀어 있던 이 친구, 한 시간이 지나면서 얼굴이 새파래지고 안절부절못했다. 알고 보니 우리는 아무렇지도 않게 늘 다니던 한계령길이 이 아이한테는 '금방이라도 사고가 날 것 같은' 길이었던 것이다. 그때 속으로 그 아이 참 겁도 많다고 생각했었는데 지금 내가 그 짝이다.

아무리 바깥을 안보려고 해도 1분만 안보면 궁금해서 견딜 수가 없다. 공포영화를 좋아하는 사람이면 내 심정 이해하리라. 보자니 무섭고 안보자니 궁금하고. 세계일주 여행을 하면서 위험하고도 아슬아슬한 길을 많이 다녀보았지만 이번처럼 장시간 손에 땀이 날 정도로 짜릿하고 긴장되었던 때는 없었던 것 같다. 아니, 한 번 있었다.

어디였던가? 그래, 필리핀이었지. 그 버스는 정말 잊을 수 없다. 1991년으로 기억한다.

내가 필리핀에 가기 직전 화산이 폭발해서 거기서 며칠에 걸쳐 뿜어내는 화산재 때문에 근처 미군기지가 폐쇄될 정도였다. 그런데 내가 가려던 북쪽 산간마을은 반드시 그 화산지역을 거쳐야 가는 곳이었다.

마닐라에서 버스를 타고 가는데 그 버스는 그야말로 천하무적 마징가 제트. 무너진 길도 넘어가고, 불어 넘친 강도 건너고, 쓰러져 넘어진 나무도 타고 넘어 무사통과다. 장거리 장애물 경기처럼 하나씩 난관을 헤치며 가는데 내가 보기에는 아무래도 위험천만이었다.

차가 몹시 덜컹거리기도 하고 갑자기 끽 멈춰 서기도 하고 아무리 난리굿을 해도 같이 탄 필리핀사람들은 조금의 동요도 없다. 마치 1천m 장애물 주자가 오로지 목표를 향해 일로매진하듯 열심히 달렸다. 그러기를 몇 시간. 그 천하무적의 운전사가 무슨 넘지 못할 난관에 봉착했는지 버스를 멈추었다.

왜 그런가 바깥을 내다보았지만 내가 보기에는 전혀 차를 세울 상황이 아닌 것 같았다. 그런데 웬걸. 몇 분 있으니까 산 위에서 집채만 한 돌이 바로 차 앞으로 떨어지는 게 아닌가. 만약 운전사가 그냥 지나갔다면 그 돌을 직통으로 맞았을 게 뻔했다. 그러고도 운전사와 승객들은 태연하다.

나는 지금도 그 때의 일을 생각하면 머리카락이 삐죽 솟는데, 이

곳도 머리카락이 솟기는 마찬가지다. 여기서 그 필리핀 버스에 못지 않은 공포를 느끼는 순간은 벼랑 아래로 굴러 떨어진 트럭이며 자동차의 잔해를 발견할 때다. 트럭이나 버스가 한 달이면 몇 대씩 그렇게 추락을 한다는 것이다.

꼬불꼬불 커브 길을 돌 때 바로 정면에서 경적도 없이 버스가 달려오다가 서로 10cm를 남기고 아슬아슬 멈추는 경우도 있다. 정말 정면충돌 일보 직전.

그러면 그 중의 하나는 뒷걸음질을 쳐서 길을 비켜주어야 하는데, 뒷걸음질치는 차가 우리 버스일 때는 그야말로 인명은 재천이거니 하면서 눈을 감을 수밖에 없다.

이 나라 버스나 트럭 앞 유리에 왜 '하느님 우리를 보호하소서' '예수님은 우리를 지켜주시리' 같은 스티커를 붙이고 다니는지 알 것 같다.

해가 지고 사방이 어두워 밖이 안 보이니 아예 마음이 편해진다. 버스에 타고 있던 인디오들은 출출한 모양인지 각자 보따리에서 먹을 것을 꺼내면서 나에게도 삶은 옥수수에 치즈를 얹은 것이나 야마 삶은 것을 끊임없이 권한다.

나도 준비해 간 비스킷이나 사탕을 나누어 주니 어느새 버스 안의 아이들이 나를 보며 "둘쎄, 둘쎄(사탕, 사탕)" 한다.

운전사가 화장실이 가고 싶을 때만 중간중간 차를 세우는데, 이때면 손님들도 우르르 따라 내려 남자들은 버스에 대고, 여자들은 남자들의 눈을 피해 저만치 올라가서 소변을 본다.

원주민 여자들의 치마는 폭이 넓은 플레어 치마인데 걷어올리지도 않고 볼일을 보는 게 신기하다. 나중에 알고 보니 이 인디오 여자들은 속옷을 안 입는단다. 어쩐지 동작이 빠르기로 소문난 나보다도 더 빨리 볼일을 보더라니.

정글 입구 깡촌마을에 사는 한국인 부부

루레나바케에 내리니 고도가 1천m 이하라서 그런지, 정글 기후의 시작이라서 그런지 마치 동남아시아의 어느 나라에 온 것처럼 후텁지근하다. 바로 어제 라파스에서 오돌오돌 떨면서 여관 주인에게 담요 하나만 더 달라고 사정하던 것과는 아주 딴판이다.

이곳은 정글로 가는 길목으로 시골 깡촌 사람들과 나처럼 정글여행을 하려고 온 사람들이 섞여서 그런 대로 조화를 이루고 사는 작은 강가 마을이다.

마을에 있는 유일한 숙소로 배낭을 이고 지고 가는데 동네 아저씨 한 분이 "부에노스 디아스. 꼬레아나(안녕하세요.한국 아가씨)" 하고 인사를 한다.

이런 깡촌에서 내가 한국사람인지를 첫눈에 알아보다니. 사람들이 많이 모이는 남미의 대도시에 가도 나는 보통 일본사람 아니면 일본계 페루사람으로 알아보는데 이렇게 나를 단번에 한국사람으로 알아보는 건 처음이다. 신기한 생각에 어떻게 내가 한국사람인 걸 알았느냐니까 손가락으로 눈을 찢는 시늉을 하며 눈이 이렇게 생긴 사람들은 한국사람이고 자기들 친구라고 대답하는 것이다. 아니, 한국사람이 친구이기까지?

의아한 기분이 들긴 했지만 아침부터 캐묻기에는 조금 피곤한 일이라 눈인사를 하고 숙소로 향했다. 그런데 숙소까지 가는 길에 만난 아이들도 "꼬레아나, 꼬레아나" 하면서 따라다닌다. 참 이상하다. 우리가 어렸을 때는 서양사람만 보면 다 미국사람인 줄 알았는데 여기서는 어떻게 한국사람이 동양인의 통칭이 되어 있는가 말이다.

반가운 마음에 아이들의 머리를 쓰다듬으며 "씨, 요 소이 꼬레아나(그래 내가 한국사람이야)" 하며 맞장구를 쳐주니 아이들이 서로 쳐다보며 좋아한다.

동네 유일의 숙소에 들어가 이름과 여권번호, 국적 등을 기입하고 있는데 예쁘장한 여주인이 또 "꼬레아나?" 하면서 놀란다. 도대체 이 사람들이 왜 이러나? 알고 보니 볼리비아 하고도 정글 입구인 이런 깡촌 마을에 한국사람이 살고 있고, 동네 사람 모두가 그 한국사람을 좋아한다는 거다.

반가운 마음에 그 사람이 어디 사느냐니까 여관 주인 아저씨 티코는 그 세뇨르 초이가 바로 자기 친구라며 같이 가잔다. 밤새 불편한 버스를 타고 온 데다가 갑자기 더운 곳에 도착해서 땀이 비오듯 쏟아지는데도 여기에 한국사람이 산다는 사실이 차가운 맥주보다도 더 시원한 청량감을 준다.

현관에 가방만 아무렇게나 내려놓고 티코의 자전거 뒤에 올라타고 그 집을 찾아 갔다. "안녕하세요" 하며 들어가니 50대 초반의 아주머니가 깜짝 놀라면서 "아니, 여기가 어디라고. 여기가 어디라고" 하면서 말을 잇지 못한다.

내가 자초지종을 이야기하자 아주머니는 연신 입을 다물지 못하면서 새까맣게 탄 나를 보고 '이럴 수가'를 연발한다. 그러다가 아주머니가 처음으로 침착하게 묻는 말, "밥 먹었수?"다. 한국사람은 어디를 가나 한국사람. 처음 물어보는 말이 어디서나 밥 먹었느냐다. 그러다가 생각이 미친 듯 화급히 부엌으로 들어간다.

"그렇지, 밤차를 타고 왔다고 했으니 식전일 테지. 지금은 있는 대로 그냥 먹고 점심 때 내가 맛있는 것 만들어줄게요."

아주머니는 금방 쌀밥에 고추장 볶은 것과 장조림을 내온다.

통나무로 시원하게 지은 집 안을 둘러보니 한복을 입은 한국여자가 태극부채를 들고 활짝 웃고 있는 우리나라 달력이 번쩍 눈에 들어온다. 책상 위에는 해묵은 한국 여성지도 놓여 있다.

최씨 부부가 이 동네에 들어와 산 지는 3년이 되었다고 하는데 정글의 통나무를 내다 파는 일을 한다고 한다. 나보고 얼굴이 새까맣다고 했지만 이 부부의 얼굴색도 나를 여기에 데려다 준 원주민 티코와 별로 다를 바가 없다. 티코와 안부를 주고 받는 아저씨의 모습이 어쩌면 그렇게도 격의없고 정다운지.

아주머니는 당장에 거처를 자기집으로 옮기라고 한다. 나도 그러고 싶지만 정글여행을 같이 할 다른 여행객을 찾아야 하기 때문에 배낭족 여관에 묵는 것이 좋겠다고 했더니 무척 섭섭해한다. 그럼 정글을 다녀와서는 꼭 자기집에 며칠 묵어야 한다며 그때는 제대로 한국밥상 한상 잘 차려주겠다고 한다.

돌아오는 길에 티코는 최씨 아저씨 칭찬에 침이 마른다. 내 친척의 칭찬을 듣는 양 기분이 우쭐해졌다.

강을 거슬러 올라 깜깜한 정글 속으로

티코의 말로는 정글로 들어가자면 모터가 달린 배를 한 척 구해야 하는데 적어도 3명은 되어야 떠난다는 것이다. 또 '운 좋게도' 숙소에는 정글여행 갈 사람이 둘 있었다. 벨기에에서 온 간호사들인데 3개월간의 휴가를 페루와 볼리비아에서 보내고 있다고 한다.

이 정글여행이 자기네 휴가의 하이라이트이자 마지막 코스인데 같이 갈 사람이 없어서 며칠을 기다리다가 오늘도 나타나지 않으면 포기하려던 참이었다며 반색을 한다. 나도 적어도 이틀은 기다려야 여행 그룹을 만들 수 있을 거라고 생각했는데 참 잘되었다.

떠나는 날 아침, 아침차로 도착했다는 방년 18세의 귀여운 덴마크 아이들과 합세, 일행은 가이드인 제농과 뱃사공 아벨을 포함해 7명이 되었다. 정글여행이라고 하니까 준비가 어마어마할 것 같지만 먹을 것은 정글에서 물고기나 야생 과일 등을 충분히 구할 수 있으니 마실 차와 설탕, 빵 그리고 옥수수 가루 정도만 필요하단다.

예상했던 대로 정글여행의 가장 골칫거리는 모기다. 모기장과 실로 짠 그물침대는 정글 중간 마을 민박집에서 구할 수 있다고 해서 우리는 각자 바르는 모기약과 벌레 물린 데 바르는 약, 간단히 갈아입을 옷과 손전등 정도만 준비했다.

드디어 〈새소년〉 잡지를 보면서 꿈꾸던 정글여행에 나섰다. 티코의 설명에 의하면 우리의 정글여행은 종국에는 아마존 강과 합류하는 투이치 강을 4일간 거슬러 올라가는 것. 걱정했던 날씨는 화창하고 티코가 물색해준 순진한 인상의 가이드와 뱃사공도 아주 마음에 든다. 그러니 출발 때 기분이 그만일 수밖에.

한 시간 정도 산 사이를 거슬러 올라가자 벌써부터 울창한 밀림이 시작된다. 강 중간에는 주위의 섬에서 뿌리째 무너져내려 그대로 강물에 처박힌 나무들이 허연 뿌리를 드러낸 채 수십 그루 모여서 누워 있다.

시간이 갈수록 강폭은 좁아지고 강물은 진한 갈색이 되어간다. 요즘 정글에 비가 오지 않아서 이런 흙탕물이 내려온단다. 이런 흙탕물과는 달리 주위의 산들은 산꼭대기까지 새파랗게 풀이 나 있고 초록색 산들 사이에는 분홍색 겹벚꽃 같은 꽃들이 피어 화려한 색상대비를 이룬다.

길을 나선 지 6시간 쯤 지나서 우리가 4일간 묵을 마을에 도착했다. 정글의 베이스 캠프다. 18살이라는 엄마와 그녀와 비슷한 나이의 아버지, 이제 4~5개월쯤 되어 보이는 아이가 캠프를 지키고 있다. 발가벗은 아이의 궁둥이에 푸른 몽고반점이 선명하다. 우리 한국 사람과 맥을 같이하는 종족이라는 표시다.

정글 한가운데에 위치한 캠핑장은 나무를 베어내 만든 1백평 정도 되는 널찍한 곳이다. 강 바로 앞에는 부엌이 있는데, 나무로 불을 때는 원시적인 화덕이 중간에 있다. 부엌에서 조금 떨어진 곳에 대나무를 얼기설기 엮어 만든 침대에는 모기장이 쳐져 있다. 화장실은 야영장 끄트머리에 구덩이를 파서 만들어놓았다.

날씨는 끈적끈적, 땀은 삐적삐적. 비로소 정글 안에 들어왔다는 느낌이다. 화톳불에 둘러앉아 캠프지기가 잡아놓은 물고기를 석쇠에 구워 먹었다.

무슨 물고기인지는 모르겠지만 가시가 많고 비늘 모양이 꼭 잉어 같다. 잉어라면 특히 여자 몸에 좋다는 말을 들어본 것 같아서 배 터지게 먹었다. 물론 안 그래도 음식만 보면 배 터지게 먹는 게 내 식성이지만.

우리와 박자를 맞추는지 모기를 비롯한 물것들이 기다렸다는 듯 달려들어 외국에서 온 특별식을 즐기려고 한다. 찌는 듯 더운데도 모기 때문에 긴 팔 긴 바지에 양말까지 신고 옷으로 가릴 수 없는 부분은 모기퇴치 로션을 바르고 앉아 있었다.

자기 전에 모기장 안에서 10여 분간 손전등을 가지고 샅샅이 '물것' 사냥을 한 탓인지 내 모기장 안은 다행히 무풍지대다. 지난 번 카미노 데 초로에서 된통 물렸는데 거기에 더 물리면 나는 이제 끝장이다. 카미노 데 초로에서나 이 밀림에서나 한국에서 가지고 간 물파스가 얼마나 유용하게 쓰였는지 모른다.

화장실에 가려고 한밤중에 모기장을 나오자 하늘에서 너무나 많은 별들이 쏟아진다. 그야말로 고요하고도 적막한 정글의 밤. 평화롭고 낭만적으로 느껴지기까지 하는 밤이다. 그러나 그 적멸감(寂滅感)은 결국 살아가기 위한, 혹은 살아남기 위한 크고 작은 생물들의 긴장감일 것이다. 무섭고도 준엄한 정글의 법칙. 나는 내일 저 안으로 들어간다.

질펀한 늪지에 온갖 새들, 죽은 척하는 악어

이튿날은 본격적인 정글탐험. 독충에 물리는 것을 방지한다면서 빨건 연지 같은 우르쿵을 바르라고 준다. 나와 덴마크 아이들이 제농과 한 팀이 되고 벨기에 아이들과 캠프지기가 한 팀이 되어 아침을 먹자마자 길을 떠났다. 정글에 나무가 무성해 4명 이상 같이 다니다가는 뒤에 있는 사람이 길을 잃기 쉬우니 한 발짝 간격으로 따라오라는 제농의 명령이다.

아니나 다를까. 한 5분쯤 가니 벌써 하늘이 한 뼘도 안 보이는 깜깜한 정글이다. 키가 자랄 대로 자란 나무들과 풀들이 질펀한 습지에 무섭도록 울창한 정글을 만들었다. 사방에 대형 거미줄이 걸려 있다.

정글은 사방을 둘러보아도 거기가 거기 같은데 가이드는 1m는 됨직한 날카로운 마체테라는 정글칼로 숲을 헤치며 집 뒷동산 오르듯 길을 잘도 찾아간다.

제농은 가는 틈틈이 나무를 잘라 수액을 마시게도 하고 정글 속 늪지대를 통과할 때는 얽혀 있는 넝쿨을 교묘하게 잘라 타잔처럼 건너뛰게 해주었다. 눈에 보이는 곤충들에 대해서도 설명해주고 약초로 쓰인다는 풀이나 나무도 가르쳐주고 이곳에만 사는 새와 동물들도 소개하면서 연신 웃는 얼굴로 앞서 간다.

제농은 외모로만 보면 앞니가 하나 썩어 없어지고 27살이라는 나이보다도 10년은 더 늙어 보이는, 못생기고 평범한 볼리비아노다. 하지만 그 태도를 보자면 주어진 환경에서 자신의 자존심을 지키며 살아가는 '고품질' 인간이다.

그는 자기가 가이드라는 것이 참 좋단다. 외국인에게 볼리비아의 참 아름다움을 보여줄 수 있어서라고 한다. 그렇게 자신의 일을 좋아하는 것뿐 아니라 잘 알기까지 한다. 거기가 거기 같은 정글을 능숙하게 이리저리 헤치고 다닐 때나 정글의 준엄한 법칙을 설명할 때 반짝이는 눈을 보면 그가 자신의 일을 얼마나 사랑하는지, 그 일에 얼마나 충실하려 하는지 느낄 수 있다.

"이 정글 안에는 우리가 아직도 알 수 없는 여러 가지 약초와 사람에게 이로운 나무들이 많으니 앞으로 열심히 공부를 해야 합니다. 그래야 우리나라가 잘살 수 있습니다."

이렇게 말할 때는 또 대단한 애국자다. 아침 9시부터 거의 3시가 넘도록 행군을 하며 작은 원숭이를 찾아다녔다. 원숭이를 잡으면 바비큐를 해 먹기로 했는데 제농은 원숭이를 유인해내기 위해 울음소리를 흉내냈다. 멀리서 원숭이들의 울음소리가 들리면 마치 먹이를 발견한 맹수처럼 눈을 반짝이며 쫓아가는 행동은 자신의 일에 몰두하고 있는 멋진 직업인의 태도 그대로다.

저녁거리 원숭이를 잡지 못한 채 질퍽한 정글을 돌고 돌아 다시 캠핑장으로 돌아올 때 다른 가이드 같으면 변명을 하거나 사탕발림으로 이말 저말 늘어놓을 텐데 그는 최선을 다한 사람의 당당한 모습으로 "노 수에르떼 오이(오늘은 일진이 안 좋았어요)"라고 딱 한 마디만 한다.

그의 모습이 하도 보기 좋아 "뚜 에레스 따봉(너 따봉이야)" 했다. 제농은 내가 스페인어에 서툴러 '네가 따봉이니?' 라고 묻는 줄 알았는지 자기 이름은 따봉이 아니라 제농이라고 한다. 하기야 이 사람이 '따봉' 이라는 말이 우리나라에서 히트한 광고 카피라는 것을 어찌 알랴.

어쨌든 정말 프로가 어떤 사람인지, 내가 앞으로 세계여행을 끝내고 다시 전문직으로 돌아갔을 때 어떤 태도로 일을 해야 하는지 볼리비아의 밀림 가이드 제농을 통해 한 수 배웠다. 제농은 이렇게 중요한 걸 내게 가르쳐주었는지도 몰랐을 테지만.

3시경 캠프로 돌아와 커피색의 진흙탕물에 뛰어들었다. 커다란 오렌지 같은 정글 과일을 하나씩 입에 물고 물로 첨벙첨벙. 아마존 강에는 사람 살을 파먹는 식인고기가 있다던데 다행히 여기서 내 살은 뜯어먹지 않았다.

그날 저녁을 먹고 나서 작은 나무배를 타고 밤의 정글 구경을 나갔다. 제농은 눈을 크게 뜨고 귀를 쫑긋 세우면서 우리에게 밤의 정글을 좀 더 생생하게 보여주려고 두리번거리고, 우리는 조금만 몸을 움직여도 흔들리는 배를 재미있어했다.

제농이 새끼악어를 잡아와 구경을 시켜주는데 그 조그만 악어가 살고 싶어서 죽은 척하는 모습이 귀엽기까지 하다. 그물을 쳐서 고기도 잡고 바로 머리 위로 날아다니는 박쥐도 보았다. 눈앞의 시커먼 정글 속에서 동물들이 새파랗게 눈을 빛내고 있는 것도 보았다. 낯설고, 어둡고, 장막같은 수풀 속에서 무엇이 튀어나올지 짐작조차 할 수 없었지만 나는 그 정글이 하나도 무섭지 않았다.

뗏목 타고 강을 내려오는 허클베리핀의 모험

셋째 날. 아침 8시까지 늘어지게 자고 투이치 강에 있는 다른 섬에 다시 정글 트레킹을 갔다. 오늘의 정글은 어제의 늪지대와는 전혀 딴판으로 정글 전체가 아주 건조하다. 무성한 대나무로 덮여 있는데 그 대나무들이 아무렇게나 꺾이고 부러져 있어서 걸어가다가 바로 눈앞에 혹은 얼굴 가까이 날카롭게 잘린 대나무들이 삐쭉삐쭉 다가와 섬뜩하게 한다.

날씨는 쨍쨍한데 바람은 한점 없어 완전히 건식 사우나다. 게다가 온갖 정글 곤충이 사정없이 청바지 사이로 파고들어 물어뜯고 날카로운 대나무들은 끊임없이 눈앞에 나타나고. 긴 팔에 목도리까지 하고 있는데도 목이며 얼굴이며 금방 상처투성이가 된다.

제농은 이리저리 열심히 돌아다니며 우리에게 더 보여줄 것이 없나 눈을 굴리다가 드디어 원숭이 소리를 들었다. 원숭이 소리를 듣고 제농이 움직이자 우리는 숨을 죽이고 발걸음을 소리 안나게 움직이며 그의 뒤를 따랐다.

우리가 따라가는 것은 아랑곳하지 않고 제농은 그저 원숭이 소리만 열심히 쫓아갔다. 우리는 그를 따라잡으려고 죽을 힘을 다했는데도 그만 놓쳐버리고 말았다. 정글에서 가이드없이 다니는 건 자살행위나 마찬가지라는 것을 알고 있었기 때문에 우리는 제농을 놓친 자리에서 오도가도 못하고 서 있었다. 우리가 못 쫓아간 걸 알면 제농이 찾아오겠지.

바로 그때 눈앞에 있는 나뭇가지 사이로 작은 원숭이들이 긴 꼬리를 흔들며 왔다갔다하는 게 보인다. 저렇게 사람처럼 생긴 원숭이를 보니, 잡는다 해도 그 작고 귀여운 원숭이를 먹지는 못할 것 같다. 막상 구워놓으면 마음이 바뀔지도 모르지만.

점심을 먹은 후 다른 아이들은 낮잠을 자겠다고 들어가고 나와 제농, 그리고 뱃사공 아벨이 저녁거리 고기잡이를 나섰다. 제농은 그물낚시를 해서 빨리 잡아 돌아가자고 하지만 나는 찌가 움직일 때 끄는 손맛이 좋아 미끼낚시를 하자고 했다.

이렇게 물고기든 원숭이 고기든 과일이든간에 일체의 식량을 정글에서 얻다 보니 십여 년 전 스카우트 극기훈련 조수로 덕적도에 간 일이 생각난다. 내가 맡은 프로그램은 중고등학생 가톨릭 스카우트의 '살아남기 훈련'이었다.

그 프로그램 중 하나는 등산컵 하나와 칼 하나, 그리고 성냥 한 통만 가지고 자기 힘으로 순전히 자연에서 나는 것만으로 이틀동안 생존하는 것이다. 훈련대장, 나, 중학생 10명은 섬에서 나는 굴도 따먹고 물고기도 잡아먹고 나중에는 개구리와 뱀까지 잡아먹었다. 처음에는 호기심으로 먹었지만 나중에는 정말 배가 고파서 먹었다. 그렇게 몇 차례 훈련을 하며 잡아먹은 뱀이 수십 마리도 넘을 거다.

뱀을 잡을 때는 단번에 엄지와 검지로 머리를 단단히 붙들어야 한다. 그 다음에는 머리에 십자를 그어 가죽을 벗긴다. 그리고는 동그란 뱀을 갈라 납작하게 만들어 모닥불에 오징어처럼 구워먹는데, 맛은 닭고기 맛이고 육질은 닭고기보다 훨씬 부드럽다. 배부르게 먹을 수는 없지만 요기는 된다.

생각해보면 내가 지금 별탈없이 세계여행을 하는 것도 그때 먹은 뱀 덕분이 아닌가 싶다.

그날 저녁은 비가 오려고 그랬는지 이상하게 물것들이 발바닥을 집중공격한다. 발부터 무릎까지만도 5백군데는 족히 물렸다. 저녁을 먹는 둥 마는 둥 하고 모기장 안으로 기어 들어갔다. 발바닥이 두 배로 부어오르고 다리까지 붓는다.

신비의 명약 '88물파스'도 무용지물이다. 너무나 가려워서 정신을 잃을 지경이다. 아마 잠시 기절을 했었는지도 모른다. 똑같은 사람인데 여기 사는 원주민들은 도대체 모기들의 집중공격을 어떻게 견디는지 정말 신기하다. 이렇게 물것이 많은 밤에 모기장도 없이 자는 어린아이들이 애처롭다기보다는 늠름해보이기까지 한다.

넷째 날. 아침을 먹고 큰 배를 타고 죽은 나무들이 쌓여 있는 섬으로 갔다. 급류타기 뗏목을 만들기 위해서다. 제농은 이리저리 살피다가 적당한 나무를 보면 큰 칼을 들고 날렵하게 움직여 좋은 뗏목거리로 다듬어낸다. 죽은 나무들은 몇 날 며칠 햇볕에 바싹 말라 있어서 뗏목으로는 안성맞춤이다.

5개의 통나무를 배에 싣고 이번에는 통나무를 엮을 천연 밧줄을 찾으러 또 다른 섬으로 갔다. 그 섬에서는 '발사'라는 날씬한 나무들이 있는데, 이 나무들을 한 열 그루쯤 잘라서 껍질을 벗기고 껍질과 속살 사이에서 또 하나의 껍질을 조심스럽게 벗겨내 몇 두루마리의 끈을 만들었다.

이것을 이용해 통나무를 엮으니 훌륭한 급류타기 뗏목이 된다.

루레나바케로 돌아가는 길은 정말 즐거웠다. 직접 만든 통나무 뗏목에 몸을 싣고 수영복만 입은 채 강을 따라 흘러 내려가고 있으니 마크 트웨인의 〈허클베리핀의 모험〉에서 주인공 꼬마가 뗏목을 타고 미시시피강을 흘러가는 그 기분을 알 것 같다.

강물이 얕아지면 뗏목에서 내려 수영을 하고 물살이 세지면 뗏목에 앉아 급류타기를 하고. 그러다가 더워지면 또 물속에 들어가 뗏목을 잡고 강물을 따라 흘러 내려가고.

정글이라고 하면 우리는 호기심을 가지기는 하지만 먼저 무섭고 위험한 곳이라고 생각한다. 그러나 막상 그곳에 가보니, 정글 안에 살고 있는 사람들에게는 참으로 안온한 삶의 터전이 되고 있었다.

그러고 보면 정글에 대한 막연한 공포는 자연을 정복의 대상으로만 생각하는 문명인들의 허약함의 표징은 아닐까. 이를 테면 정복하지 못한 것에 대한 두려움 같은 것 말이다.

우리가 미개한 사람들이라고 여기는 밀림의 주민들은 정글의 법칙을 충실히 지킴으로써 정글의 일부가 되고, 정글로부터 필요한 것을 부족하지 않게 얻고 있었다. 아주 현명하게.

이국땅 정거장에서 한국 아주머니가 내민 김밥

그날 저녁 샤워를 하고 정글에서 입던 진흙 묻은 옷을 빨아 널자마자 해먹에 그대로 나가떨어졌다. 오늘 저녁 최 선생네로 놀러 가기로 했는데 도대체 몸이 물먹은 솜처럼 움직여지지가 않는다. 해먹에 누워 있다가 아무래도 심상치 않아 방에 들어가 누웠다.

온몸은 모기 물린 자국으로 빠끔한 데가 없다. 머리 끝부터 발 끝까지, 심지어 화장실에서 무차별 집중공격을 받은 엉덩이까지 말이다. 제대로 끓이지 않은 흙탕물을 대강 정수기에 걸러 먹어서 혹시 풍토병에 걸린 건 아닌가? 정글에서 이상한 물것에게 수없이 물렸는데 거기서 무슨 병이라도 얻었나? 아니면 혹시 말라리아?

덮고 자던 이불보가 흠뻑 젖도록 땀을 흘리면서 자고 깨도 컨디션은 마찬가지. 하기야 5일간 카미노 데 초로 트레킹 했지, 내려오는 그 날로 정글에 오는 밤버스 탔지, 그 다음 날부터 4일간 정글을 누비고 다녔지, 병이 날 만도 하다. 사실 나는 정글여행에 갈 일행을 구하려면 입구 마을에서 적어도 이틀은 묵어야 할 거라고 계산하고 그 때 좀 쉬어볼까 했던 건데.

엎친 데 덮친 격으로 생리통까지 시작되었다. 정글 안에서 아프지 않았던 게 천만다행이라고 자위하면서도 약간 걱정이 된다. 그냥 몸살이면 좋겠지만 만약 다른 병이라면 여기는 시골이라 간이 진료소조차 없다는데 어쩌나. 티코의 부인은 말린 코카 잎으로 만든 차를 가지고 와 이곳 사람들은 아프면 이 차를 마신다면서 걱정을 한다.

한국에서 가지고 간 몸살약과 진통제를 한 주먹 먹고, 거기에 볼리비아 재래식 진통제인 코카 잎차까지 한 잔 마시고는 녹아떨어졌다. 내가 한국사람이니 한국 몸살이면 한국 몸살약이 들을 거고 볼리비아 병에 걸렸으면 볼리비아 민간처방인 코카 잎이 고쳐줄 거라고 생각하고 잠을 청했다.

무엇이 날 고쳤는지 모르겠으나 아침 일찍 일어나니 몸도 개운하고 마음도 보송보송 마른 빨래만큼 가볍고 상쾌하다. 여관에서 자전거를 빌려 타고 최 선생 댁으로 가는 길에 아이들이 '꼬레아나, 꼬레아나' 하며 반가워한다.

아주머니는 어제 저녁에 올 줄 알고 갈비며 음식을 장만하고 내내 기다렸는데 왜 이제사 오느냐고 하면서 반갑게 맞는다. 아무리 봐도 이 아주머니는 볼리비아 깡촌에 묻혀 사셔서 그런지 너무 순진하고 편안한 얼굴이다. 장성한 아들이 있다는 걸로 봐서는 한 50살은 되겠는데 말하는 것이나 웃는 모습은 꼭 어린아이 같다.

이처럼 사람은 사는 곳에 따라 달라지는 모양이다. 도시에서 아옹다옹 경쟁하고 그러는 가운데 알게 모르게 상처를 주고 받으며 사느니 이렇게 자연과 더불어 편안하게 사는 것이 얼마나 한 일생을 잘 사는 것이냐? 비록 삶의 풍운에 따라 고국을 떠나왔지만 시골 고향 사람들처럼 순박한 사람들과 함께 구순하게 살 수 있다는 것도 또 다른 행복이 아닐까?

갈비에 김치에 무국까지 있는 순한국식 점심과 저녁을 아주머니께 한 상씩 잘 받아 먹었다. 어젯밤 식은땀을 흘리며 앓았던 끝이라서 그런지 몇 그릇을 비우고도 자꾸만 넘어간다. 아주머니는 내가 이렇게 잘 먹으니 체력이 유지되는 거라며 좋아한다.

한국사람은 외국에 나가면 그 정이 더욱 오롯이 살아난다. 특히 오지를 다니다가 어렵게 만나게 되는 동포들은 하나하나가 내 형제라는 진한 동족애를 느끼게 된다. 단지 같은 나라 사람이라는 이유만으로 무작정 찾아가서 융숭한 대접을 받을 수 있는 것도 한국사람이니까 가능한 일일 거다.

다음날 아침 일찍 라파스로 돌아가는 버스를 타려는데 저 멀리 아주머니가 허겁지겁 뛰어온다.

"아이고, 못 보는 줄 알았네."

어젯밤에 주소를 주고 받고 작별인사도 다 했는데, 어디 가면 뭘 잘 잊고 오는 내가 또 그 집에 뭘 놓고 온 걸까? 그러나 아주머니가 내게 내민 것은 김밥이었다.

어제 아주머니에게 여기 볼리비아 깡촌에 살면서 가장 아쉬운 것이 뭐냐고 물어보니 마른 미역, 조미료 그리고 김이라고 하더니. 김이 하도 귀해 한톳 구하면 쩐내가 날 때까지 한 번에 한 장씩만 아껴 먹는다고 하더니. 방금 싼 김밥의 온기만큼 따뜻한 아주머니의 마음이 전해져 갑자기 목이 탁 막히고 코끝이 찡해온다. 아주머니의 눈에도 눈물이 잔뜩 고여 있다.

이런 깊숙한 이국땅에서 현지인들과 사랑과 신뢰를 주고 받으며 살고 있는 이 고마운 아주머니, 아저씨에게 한국인의 한 사람으로서 진심으로 감사를 보낸다.

현대판 노예들이 죽어가고 있는 볼리비아 은광

땅속 깊은 막장에서 목숨을 걸고 은을 캐내면서 이들이 한 달에 버는 돈은 고작 10달러 정도.(가운데는 필자)

동생이 된 이민 1.5세 현숙이의 가슴앓이

볼리비아의 비자기간은 한 달. 나는 되지도 않는 엉터리 비자를 받았으니 어쨌든 한 달 안에 이 나라에서 나가야 한다. 일단 볼리비아에서 꼭 하고 싶었던 등산과 정글여행을 마쳤으니 지금부터 하는 것은 보너스다.

만나는 배낭족 아이들의 이야기와 가이드 북을 종합해보고 나머지 1주일동안 볼리비아 남쪽의 아름다운 우유니 사막을 거쳐 칠레로 들어가는 것이 좋겠다는 결론을 내렸다. 그 국경에는 출입국 초소도 없다고 하니 출국 때 비자 시비도 없을 것이니 잘된 일이다.

정글에서 다시 해발 4천m 수준인 라파스로 돌아오니 또 고산증 증세가 나타난다. 고산증은 면역도 안 생겨 높은 곳에서 며칠 동안 고도적응을 하기 전에는 뾰족한 방법이 없다. 그저 원주민이 시키는대로 코카 잎으로 만든 차를 수시로 마시는 수밖에.

시내구경이나 할까 하고 도심으로 나가 어슬렁거리고 있는데, 조금만 급하게 걸어도 숨이 차다. 여기서는 우리식의 '빨리 빨리' 대로 하다간 그야말로 숨넘어가겠다. 시내를 한참 걷다 보니 큰 간판이 눈에 번쩍 들어온다.

'한국 사진관(FOTO KOREA).'

볼리비아에서는 운도 좋다. 한국사람에게는 비자도 내주지 않는 나라에서 연거푸 한국사람을 만나게 되다니. 가게로 들어가 여자 종업원에게 가게 주인이 한국사람이냐니까 맞다면서 안 쪽에 대고 "크리스티나" 하고 부른다.

잠시후 예쁘장한 한국 아가씨가 나오더니 "안녕하세요?" 상냥하게 인사를 한다.

5살 때 부모님을 따라 볼리비아에 왔다는 현숙이. 지금 27살인데 놀랍게도 한국말을 아주 잘한다.

정부 종합청사 앞에 있는 이 사진관은 위치 때문이기도 하지만 남다르게 뛰어난 기술로 벌써 10년째 대통령을 비롯한 온갖 고관들이 앞을 다투어 증명사진을 찍는다는 곳이다.

원래 사진관을 경영하던 아버지가 몸이 편찮아서 지금은 아버지 대신 현숙이가 전적으로 일을 맡고 있다. 공손하고도 친절한 태도가 보자마자 마음에 쏙 든다. 현숙이도 생전 처음 배낭 메고 여행다니는 한국사람을 만났다면서 아주 반가워한다.

불문곡직, 무조건 자기집으로 잡아끄는 마음씨가 한국사람 그대로다. 현숙이네 집은 교외에 있는데 사진관 사업이 잘되어서인지 좋은 차에 좋은 집, 살림살이가 여유가 있어 보인다. 우선 따뜻한 물에 길게 목욕을 하고 나오니 현숙이가 배낭에 가득한 빨래를 꺼내 손빨래를 하고 있다. 너무나 낡은 양말과 회색이 다 된 구멍 뚫린 흰 티셔츠는 옆으로 제껴놓았다. 버릴 셈인가 보다.

"이렇게 낡은 건 볼리비아 원주민들도 안 입을 거예요."

현숙이가 나를 보더니 혀를 찬다. 왜 그래. 내가 보기에는 아직 멀쩡한데.

"그동안 한국음식 못 먹으셨지요?"

빨래를 끝내고는 밥을 하려고 하는 것도 한국사람 그대로다. 사람을 보면 먼저 밥 먹었느냐부터 묻는 것이 한국사람이니까. 밥 대신 라면이 있으면 좋겠다고 했더니 라면을 끓여내 온다.

그런데 라면 맛이 좀 이상했다. 컵라면을 덜 끓은 물에 마구잡이로 불린 그런 맛이다. 알고 보니 이곳은 고도가 거의 4천m, 백두산의 2배쯤 높은 곳이어서 물이 80℃ 이하의 저온에서 끓기 때문이란다.

그날 저녁 옷가게를 하는 어머니와 몸이 불편한 아버지에게 한국인의 생생한 남미이민사를 들을 수 있었던 건 남미여행의 또 다른 수확이다.

현숙이 부모님이 남미로 떠나온 것이 22년 전인데 볼리비아에서만 계속 살았던 게 아니라 남미 여기저기를 돌아다녔기 때문에 남미 초기이민사를 자세히 알고 계셨다.

남미 초기 이민은 대부분 농업이민. 고등학교 교사였던 현숙이 부모님도 농업이민으로 남미에 오셨단다. 당시 이민자들은 모두 농사와는 전혀 무관하게 살다가 농업이민을 온 사람들로 대부분 남미를 미국으로 가는 길목으로 생각했다고 한다.

명색이 농업이민을 온 것이어서 처음에는 농사를 지으려고 했으나 어려웠다. 농사의 농자도 모르는 데다 이곳 토양이나 시장성있는 농작물에 대한 정보도 없으니 실패는 당연한 일. 나중에는 가지고 간 옷가지를 팔아 간신히 생계를 유지할 정도에 이르렀다.

게다가 학교나 병원 등 생활시설이 전무해서 도저히 농사를 계속할 수 없었다. 그래서 대개의 사람들이 도시로 나와서 한국에서 가져온 옷을 팔아 생활하게 되었는데 엉뚱하게도 이 옷장사가 재미를 보았다. 처음에는 가족들이 입으려고 가져왔던 옷을 팔았는데 이게 잘 팔리자 한국에 있는 친지들에게 옷을 부쳐달라고 부탁해 본격적으로 옷장사들을 했다.

그러나 스페인어를 잘 모르고 문화에 대한 이해가 부족한 상태에서 마구잡이로 장사를 하다 보니 남미의 각국 정부에서 한국 이민자들을 곱지 않은 시선으로 보기 시작했다. 농사를 짓겠다는 조건으로 들어와서 옷장사를 하고 있으니 그럴 만도 했다.

볼리비아가 한국인에게 비자를 내주지 않는 것도 이런 데에서 연유한 것이다. 이 나라는 얼마 전까지만 해도 관광비자를 받아 들어와서도 정착하고 싶다고만 하면 두말 없이 영주권을 내주던 곳인데, 지금은 한국사람에게는 관광비자 자체가 나오지 않게 되었다. 그뿐 아니다. 볼리비아 영주권이 있는 한국인들은 남미 어느 나라도 마음대로 다닐 수 있었는데 지금은 옆나라 비자 내기도 하늘의 별 따기란다.

그래도 모두 열심히 일해서 지금은 중상층을 이루게 되었는데 누가 무슨 사업을 해서 잘되더라는 소문이 나기만 하면 모두들 일확천금을 꿈꾸며 당장 업종을 바꾸는 것이 문제라고 한다.

그날 밤 현숙이에게 들어보니 문제는 그것뿐만이 아니다. 이민 1세대와 그 자녀들인 소위 1.5세대와의 갈등이 심하다. 부모가 남미에 살면서도 항상 미국이나 캐나다로 떠날 궁리를 하고 있으니 그 틈에서 자라난 아이들 역시 이곳에 마음을 붙이지 못하는 것이다. 거기에 부모세대와의 어쩔 수 없는 사고의 차이라는 2중고가 있으니.

현숙이도 예외는 아니다. 우리나라에서는 자기 아이들을 남에게 소개할 때 '우리 못난 자식' '아무것도 모르는 아이' 라고 하는 게 예의인데 볼리비아에서 자란 현숙이는 어린 시절에 들은 그런 말들이 마음에 큰 상처가 되었다고 한다. 자신이 아무리 노력해도 부모님한테는 늘 '못난 사람' 으로 보인다는 열등감이 들었던 것이다.

칭찬에는 인색하고 잘못은 크게 꾸짖는 우리식 가정교육이 서구화된 학교교육을 받고 자란 1.5세대들에게는 잘 용인되지 않았던 것이다. 학교에서는 무엇이든 하고 싶은 건 다 해보라고 하는데 집에만 돌아오면 무엇이든 다 하지 말라고 하니 그런 모순 속에서 갈등을 느끼지 않을 수 있었을까.

그 위에 길에 나가면 흔히 듣게 되는 '치노(중국사람)' 라는 놀림은 '나는 아무리 해도 이 나라 사람이 될 수 없구나' 하는 절망스러운 이질감을 느끼게 했다.

물질적으로는 풍요로워졌지만 정신적으로는 너무나 고달프다고 하소연하는 현숙이가 남같지 않다. 현숙이 얘기를 듣고 있자니 미국으로 이민간 조카들이 생각난다. 그 아이들도 정도의 차이는 있겠지만 똑같이 이런 힘든 과정을 겪게 될 게 아닌가. 그런 한편으로는 비록 흔들리기는 했지만 비뚤어지지 않고, 물질적인 풍요를 누리면서도 거만하지 않게 살고 있는 현숙이가 너무나 대견스럽다.

"언니. 나는 철들고부터 부모님과 속얘기를 안해요. 그전에는 오빠라도 있었는데 지금은 그 오빠도 미국에서 살고 있고. 항상 외롭고 답답했어요. 그런데 이렇게 마음 탁 터놓고 얘기할 언니를 만나니 정말 좋아요."

현숙이는 잠잘 생각도 않고 이런저런 상의를 해온다.

나는 큰언니의 마음으로 현숙이의 말에 귀를 기울였다. 대학 3학년을 중퇴한 현숙이는 일단 공부를 더 하고 싶다고 한다. 한국말도 더 잘하고 싶고 자기가 믿고 있는 불교에 대해서도 좀더 공부하고 싶다고 한다. 그리고 무엇보다 부모님의 온실에서 벗어나 자기 힘으로 살고 싶다고 한다.

"한 1년쯤 한국에 나와서 한국어학당을 다녀보는 게 어떻겠니?"

늘 부족하다고 느끼는 한국어 공부를 하면서 불교강좌도 들을 수 있고, 혼자 살아볼 수도 있으니 1석3조가 아닌가. 그러나 현숙이는 사는 것에 별로 자신이 없다고 한다.

"언니, 나는 무엇을 하면 잘할 수 있는지 모르겠어요."

"현숙이는 뭘 하면 제일 신이 나니?"

"아, 한 번도 생각 안 해봤는데."

"한 번 곰곰이 생각해봐. 자기가 좋아하는 일이 바로 자기가 잘할 수 있는 일이라고 나는 믿고 있거든."

딱 3일밖에 있지 않았지만 라파스를 떠나는 날 가슴이 찡하다. 마치 이국땅에 동생을 혼자 놓아두고 떠나는 마음이다. 현숙이가 마음을 다잡아 잘 살기를 진심으로 바랐다.

훨씬 뒷일이지만 여행에서 돌아와 서울에서 공부를 하고 있는 현숙이를 만날 수 있었다. 95년 6월부터 96년 6월 말까지 1년간 연세대 한국어학당에서 어학연수를 한 것이다. 일본아이하고 룸메이트가 되어 억양이 조금 이상해졌지만 한국말 어휘는 놀랄 만큼 늘었다. 볼리비아에서는 간단한 한글 메모도 잘 읽지 못했는데, 내 책 1권을 줄줄이 읽을 수 있게 되었으니 공부도 열심히 한 것이 분명하다.

"비야 언니. 한국에 오기를 정말 잘했어요."

생글생글 웃는 현숙이의 얼굴에 볼살과 함께 자신감이 통통하게 붙어 있었다. 자랑스런 내 동생 어현숙이다.

먹을 게 없어 코카 잎 씹는 막장 광부들

볼리비아 최남단에 있는 우유니 사막을 가기 전에 포토시에 들렀다. 한때는 남미에서 가장 번창했던 도시였는데 이유는 단 한 가지, 막대한 양의 은광 때문이다.

그래서인지 포토시에는 융성했던 시절, 식민지 시대의 아름다운 건물들이 가득하다. 내가 묵고 있던 숙소도 몇 백 년 된 성당의 부속 수도원을 개조해서 만들었다는데 바로 옆에 멋진 성당이 있다. 내 방은 황공하옵게도 몇 년 전까지는 여자라고는 얼씬도 못하던 수도사의 방이었다고 한다.

이 도시의 하이라이트는 무엇보다 은광 구경이다. 은맥이 얼마나 멋있게 묻혀 있나를 보러 가는 것은 물론 아니다. 산 깊숙이까지 나 있는 터널을 따라 막장까지 가면서 이곳 광부들의 채광현장을 보러 가는 것이다. 이곳에는 현재 2백20개의 은광에 6천여명의 광부들이 있다고 한다.

사람 끌어 모으는 솜씨를 발휘해 숙소에서 몇 명 그룹을 만들었다. 안내를 맡은 가이드는 영어를 썩 잘하는 사람이라 은광의 실정과 광부들의 생활에 대한 자세한 설명을 들을 수 있었다.

이곳은 1545년 은광이 발견된 이후 스페인 사람들의 은과 주석 수탈지였다. 전성기에는 원주민들만으로는 채광인력이 부족해 아프리카에서 노예들을 잡아다가 일을 시켰는데 이때 인구가 15만명을 넘을 정도였다고 한다.

스페인 약탈자들이 광부들을 어찌나 혹독하게 부려먹었는지 깜깜하고 공기 탁한 은광에 6개월 이상씩 가두고 일만 시켰단다. 노예들이 반년 이상 어두운 땅속에서 일하다가 갑자기 밝은 햇빛을 보고 장님이 되는 경우도 허다했다고 한다. 장님만 되었겠는가. 굶어 죽기도 하고, 굴이 무너져 깔려 죽기도 하고, 맞아 죽기도 했겠지.

지금 막장에서 일하고 있는 사람들의 형편도 크게 달라진 것 같지 않다. 그건 상식으로는 이해하기 어려운 임금체계 때문이다. 여기 광부들은 3~4명이 한 조가 되어 한 달 평균 10톤의 은섞인 돌을 캐낸다. 돈으로 따지면 약 1천볼리비아노스, 우리돈으로 16만원 정도다. 이 수입의 17%는 광산주 몫, 83%는 광부 몫이다.

이렇게 보면 광부가 제몫을 제대로 챙기고 있다고 하겠지만 절대 그게 아니다. 그 83%의 1/4은 광부조합비로 내야 하고 채광에 필요한 장비 일체를 광부들이 부담한다. 거기에는 다이너마이트에 곡괭이까지 포함된다.

막장에서 돌을 캐는 사람, 그것을 운반하는 사람 그리고 그걸 은광 밖으로 내다주는 사람들의 한 달 임금은 그래서 겨우 40달러 남짓. 그 돈으로 소형 다이너마이트도 사야 하고 추위와 배고픔과 피로감을 잊기 위해 코카 잎도 사야 한다.

이렇게 쓰는 돈이 하루에 5볼리비아노스, 결국 한 달 죽자하고 고생을 해봐야 고작 10달러를 버는 것이다.

은광 입구에서는 광부들을 상대로 다이너마이트, 고무장화, 성냥,

코카 잎 등을 팔고 있다. 조그만 회색 석회덩어리도 보이는데 소량의 석회를 코카 잎에 섞어 씹으면 쓴맛이 줄어든다고 한다.

나는 한뼘 크기의 다이너마이트 몇 개와 코카 잎 한 봉지, 그리고 개비담배를 샀다. 내게는 물건 값 3달러가 작은 돈이지만 이곳 광부들에게는 적지 않은 부담일 테니 막장에서 만나는 사람들에게 주고 싶었기 때문이다.

같이 간 아이들도 좋은 생각이라며 덩달아 여러 가지를 산다.

산 꼭대기에 있는 은광 입구에서 헌옷으로 갈아입고 안전모를 쓰고 램프를 하나씩 들고 안으로 들어갔다. 처음에는 섬뜩했다. 곳곳에 나무 버팀목이 있긴 하지만 그외에는 거의 안전시설이 없는 굴에 들어온 것이다. 우리가 간 곳은 거의 폐광 직전이라 꼬불꼬불한 길을 한참 내려가야 막장이 나온다. 마치 개미굴에 들어온 기분이다.

어느 때는 허리를 잔뜩 구부리고, 어느 때는 낮은 포복으로 기다시피하며 아래로 아래로 내려갔다. 왜 입구에서 옷을 갈아입으라고 하는지 그제야 알았다.

가다가 어디선가 곡괭이 소리가 나면 멈추어 서서 광부의 일하는 모습을 지켜보았다. 단순한 곡괭이질로 은을 캐는 일이 너무나 원시적이라 놀랍다. 안전모가 이들의 유일한 안전장치. 위험하기 짝이 없어 보인다. 우리가 준비한 물건들을 건네주니 어색해하면서도 아주 좋아한다. 광부들을 여러 명 지나쳐 이 은광의 막장에 도착했다. 거기에는 '은광의 신'이라는 사람 형상의 조각이 모셔져 있다. 광부들은 이 신이 자기들을 보호해준다고 믿는단다. 조각 주위에는 가난한 광부들이 바친 코카 잎과 담배들이 제물로 수북이 놓여 있다.

두 시간 남짓 인디아나 존스식 은광탐사를 끝내고 나오니 햇살이 부셔 눈을 뜰 수가 없다. 입구 저만치에서는 광부들이 옹기종기 모여 앉아 코카 잎을 씹고 있다. 점심 먹을 돈이 없는 사람들이란다. 배고픔을 잊기 위해 음식 대신 코카 잎을 먹고 있는 것이다.

이건 뭔가 잘못되어도 보통 잘못된 것이 아니다. 한 달에 10t의 돌을 캐고 나르며 몸이 부서져라 일하면서도 끼니를 때울 돈이 없다니? 이들이 옛날 노예들과 무엇이 다른가 말이다. 매맞아 죽지는 않는다는 것이 다른 건가? 사고로 죽고 배고파 죽기는 마찬가지인 걸.

다른 점이라면 지난 날의 고용주는 무력으로 이 땅을 점령한 스페인 정복자들이었는데 지금은 돈으로 이 땅을 좌지우지하는 강대국의 자본가들이라는 것뿐이다. 이러고도 외국 자본가들은 자신들 덕분에 볼리비아가 산업을 일으키고 고용을 증대했다고 말할 것이다. 이 막장 광부들 입안에서 음식을 빼앗고 마지막 피까지 짜가고 있다는 사실은 애써 모른 체하면서 말이다.

백야마라톤 출전
97등으로 신문에 나

알래스카 러시안 리버에서 함께 연어를 낚은 미국인 엄마
제니스는 옛날 내가 아플 때 흰 죽을 쑤어줘 나를 울렸다.

동토의 나라 알래스카에 웬 모기극성?

"알았어요. 내가 달나라에 있더라도 날짜에 맞춰 꼭 갈게요."

6월 말에는 알래스카에 꼭 들르겠다고 미국 식구들하고 단단히 약속을 했다. 1권에서 소개한 바 있는 미국인 양부모 위튼씨네 가족들이 지금은 알래스카 페어뱅크스에서 살고 있다. 위튼씨가 그곳 군사기지에서 일하게 되었기 때문이다.

미국 유학시절 3년간 한집에서 살았던 양형제들이 이제는 다 결혼이다 직장이다 유학이다 뿔뿔이 흩어져 있기 때문에 식구가 다 모인다는 것이 참 어려운 일이다. 그래서 올 여름에는 불문곡직, 사방에 살고 있는 가족들이 부모님이 사는 알래스카로 무조건 모이기로 했다. 여행중인 나도 물론 예외가 아니다.

모이는 날도 약간 독재기가 있는 아버지가 일방적으로 정했다. 6월 19일경. 페어뱅크스에서 백야 단축마라톤이 열리는 날에 맞춰야 했다. 그뿐인가, 식구들 모두 마라톤에서 1백등 이내에 들 수 있도록 한 달 동안 달리기 연습을 철저히 하라는 '엄명'이 떨어져 있다.

이 마라톤을 위해서 위튼씨와 부인 제니스, 그리고 막내 게리는 오래 전부터 하루에 2시간씩 달리기나 체력단련 등을 하고 원래 운동하기를 좋아하는 둘째딸 켈리도 나름대로 맹연습을 하고 있다고 했다. 지금 유타에서 혼자 살고 있는 큰아들 데이비드도 식구 중 누구에게도 지지 않겠다는 결심을 전화로 알려왔다.

이거 나는 여행중이어서 체력을 쌓기는 커녕 있던 것도 바닥이 날 정도이니, 10km 코스가 하늘나라보다 더 멀겠군. 1백등 내는 무슨 1백등 내? 전 구간을 기권없이 달리기만 해도 다행일 텐데. 그래도 알래스카로 가는 길은 오랜만에 식구들을 모두 만난다는 기대로 풍선처럼 들떠 있다.

약속대로 마라톤 이틀 전에 알래스카 앵커리지에 도착했다. 공항에서 위튼씨와 부인 제니스가 반갑게 맞아준다. 재작년 여름 휴가 때 알래스카에서 보고 2년 만에 보는 양부모는 더욱 젊어 보인다. 건강한 모습을 보니 기분이 좋다.

나를 보자마자 두 분은 녹음기 테이프를 빠른 속도로 틀어놓은 것처럼 소나기 질문을 한다. 세계여행은 어땠느냐, 무슨 큰 위험이나 아픈 곳은 없었느냐, 이번에는 도대체 몇 주일이나 같이 있을 수 있느냐.

내가 적어도 한 달은 있을 거니까 천천히 아껴가며 재미있는 세계일주를 시켜주겠다니까 둘이서 눈을 휘둥그렇게 뜨고는 합창을 한다.

"겨우 한 달?"

겨우 한 달이라니. 나로서는 최대한으로 시간을 낸 건데. 내가 직장도 때려치우고 돌아다닌다니까 시간이 무한정인 줄 아시나 보다.

양부모가 사는 페어뱅크스까지는 앵커리지에서 자동차로 6시간 거리. 이 도시에서 알래스카의 고속도로가 끝난다. 페어뱅크스로 향하는 차창 밖으로 구름을 뚫고 우뚝 솟아 있는 북미대륙 최고봉 매킨리산(6천1백94m)이 보인다.

잠깐 차에서 내려 길옆 숲에서 볼일을 보다가 날벼락을 맞았다. 저번에도 호되게 당한 적이 있는 모기떼의 공격. 이번에는 전처럼 엉덩이만 집중공격을 받은 것이 아니라 옷으로 가리지 않은 부분은 얼굴을 포함해서 몽땅 당했다. 순식간에 50군데 이상 물린 것 같다. 피에 굶주린 하이에나처럼 기다렸다는 듯이 달려든 것이다.

'첫날부터 신고식 한번 요란하군.'

알래스카 모기는 모기가 아니라 헬리콥터다. 크기가 무지막지하고 소리가 요란하다. 도대체 영하 40℃ 이하로 내려가는 동토의 땅에 무슨 모기가 있단 말인가. 제니스의 말로는 그렇게 혹독한 환경을 이기고 살아난 모기이기 때문에 여간 매서운 게 아니라고 한다. 알래스카에서 한 번이라도 캠핑을 해본 사람이라면 누구든 모기에 대해서 말하곤 한다.

"알래스카 주의 주조(州鳥)가 모기라는 것 몰랐어?"

차 밖으로 나갈 때 미처 그 생각을 못해 얘기를 안해서 미안하다면서도 퉁퉁 부은 엉덩이를 마구 긁고 있는 나를 보는 제니스의 눈은 장난기가 가득하다.

나는 지금도 흰 죽만 보면 눈물이 난다

나는 이런 제니스에게 특별한 정을 가지고 있다. 유학시절 내 대학원 학비를 대주고 친딸처럼 보살펴주어서 고맙다는 감정과는 또 다른 훨씬 깊은 곳에서 우러나는 애정이다.

사실 이분들은 물질적으로 그리 부유한 사람들이 아니다. 내 대학원 등록금을 부담없이 척척 내줄 만한 형편도 아니었다. 시장을 가면 1달러를 아끼려고 몇 시간씩 물건을 고르기가 일쑤고 큰맘 먹고 50달러짜리 옷을 하나 사려고 하다가도 몇 번이나 그 옷을 쥐었다 놓았다 선뜻 사지 못하는 분들이다. 가난해서라기보다 검소함이 몸에 배어서다.

다행히 대학원 2년째부터는 미국내 한국인 장학재단인 한미재단에서 주는 장학금을 받아 학비에 대한 부담을 덜어드릴 수 있었지만 내 학비를 마련하느라고 이분들은 여간 버겁지 않았을 것이다.

유학 초기 나는 한국에서는 한 번도 해보지 않은 토론형이니 논술형 공부에 익숙지 않아 공부하기가 참 힘들었다. 더구나 영문학에서 국제홍보학으로 전공을 바꾸었으니 더욱 그랬다. 그때처럼 몇 달씩

●배로
이쯤 가야 원단 에스키모를 볼 수 있다는데
푸르도베이
러시아
알래스카
총연장 1,300Km의 송유관
캐나다
●페어뱅크스
미국인 양부모님이 사시는 곳
매킨리 산 (6,194Km)
●드날리 국립공원
6~8월이면 물 반 연어 반이 된다
●앵커리지
●벨데즈
유람선 빙하여행의 출발지
러시안리버●
키나이반도
호머
콜롬비아
빙하지역
알래스카만

계속 잠을 설친 적은 내 평생 없을 것이다. 자다가도 벌떡 일어나 책을 펴고 앉아 날밤을 새우기가 일쑤. 정말 이틀에 한 번 정도는 밤을 새웠다.

잘하고 싶었다. 잘 해내고 싶었다. 나를 믿고 있는 우리 한국식구들을 위해서, 그리고 나를 한가족으로 여기고 있는 우리 미국식구들의 기대에 어긋나지 않기 위해서. 그러나 제일 중요한 건 내 자존심이었다. 적어도 내가 하는 일이라면 내가 가진 마지막 땀 한 방울, 에너지 한 방울도 아낌없이 썼노라고 내 자신에게 떳떳이 말할 수 있어야 한다고 생각했다.

그러다가 병이 났다. 하기야 병이 나지 않는 것이 이상하지. 병명은 급성위염. 스트레스로 인한 위산과다로 속이 쓰려서 아무것도 먹을 수 없었다. 병원에서는 흰 빵, 바나나, 흰 요구르트 정도는 먹어도 된다고 했지만 며칠을 그렇게만 먹으니 힘이 없고 체력이 뚝 떨어졌다. 공부는 해야겠는데 힘이 없으니 스트레스가 더 쌓였다.

저녁에 축 처져 있으니까 제니스가 너무나 안타까워했다. 그러면서 불쑥 묻는 것이다.

"비야, 한국에서는 위염 걸린 사람들 뭘 먹니?"

"우리 큰언니가 위가 약한데, 탈 났을 때 흰 죽을 먹던데요."

별생각 없이 대답했다. 그런데 다음날 아침.

"아니, 이거 뭐에요?"

"난생 처음 해보는 것이라 제대로 끓였는지 모르겠네."

제니스가 쌀로 흰 죽을 끓여 내온 거다. 물을 너무 많이 부어 이미 홍수가 된 흰 죽에 나는 닭똥같은 눈물을 섞어 먹었다. 제니스는 내 위염이 가라앉을 때까지 몇 주일 동안 아침, 저녁으로 하루도 빠지지 않고 흰 죽을 쑤어주었다. 비록 어느 때는 된 죽, 어느 때는 홍수 죽이 되었지만 있는 정성을 다해 끓여주는 죽이 내게는 세상에 둘도 없는 보약이었다.

나는 지금도 흰 죽을 보면 콧등이 찡해지고 눈물이 나려고 한다. 피도 살도 섞이지 않은 '가짜 미국엄마'가 한국딸에게 쏟은 그 헌신적인 사랑이 10년이 지난 지금까지도 고스란히 되살아나기 때문이다.

시원하게 뚫린 고속도로를 달리고 있자니 허구헌날 시속 20km 이하로 달려야 했던 지하철공사 중의 마포대로에서는 상상도 못했던 속도감이 짜릿하게 전해온다. 고속도로를 이렇게 신나게 달리는 게 정말 얼마 만인가. 제니스는 여기는 65마일 이상으로 달리는 길이 아니라며 속도를 늦추라고 했지만 위튼씨는 내 무언의 요청에 따라 1백20마일까지 밟았다. 넓은 고속도로에는 개미새끼 한 마리 없는데 걱정은 무슨 걱정이람.

그런데 과연 걱정이 없었을까?

'애옹 애옹 애옹 애옹.'

어디서 나타났는지 귀신같은 경찰차 소리가 들린다. 제기랄. 경찰들은 잠도 안 자나. 65마일 구간에서 1백20마일로 달렸으니. 몇 분 기분내고 1백달러 이상의 거액을 벌금으로 물었다. 대단히 비싼 기분값이다.

집에 도착하니 오하이오 주에서 대학원을 다니고 있는 둘째딸 켈리와 막내 게리가 반갑게 맞는다. 데이비드는 며칠 있다가 올 예정이지만 스위스로 시집간 큰딸 로리는 남편 직장 때문에 오지 못한다는 소식이다. 모처럼 다 모였으면 좋았을 걸. 그래도 뿔뿔이 흩어져 사는 식구들이 한 명만 빼고 다 모인 것도 좋은 성적이라고 위튼씨 부부는 만족한 얼굴이다.

그날 밤 식구들은 진기한 구경을 시켜주겠다며 차로 30마일쯤 북쪽에 있는 산꼭대기로 나를 데리고 갔다.

여기가 바로 그 유명한 알래스카의 바나니킥 일몰·일출을 볼 수 있는 곳이다(이것은 지는 해가 지평선에 닿자마자 그 자리에서 다시 떠오르는 현상인데 실제로 북극 근처에서만 이런 현상이 나타나고 북위 66.5° 인 이곳에서는 일몰과 일출간에 2시간정도 시차가 있다고 한다).

우리는 게리가 미리 봐두었다는 '명당'에 차를 세웠다. 그때가 새벽 2시경. 그제서야 붉은 해가 지평선으로 떨어진다. 주위는 온통 주홍빛. 그러나 해가 지고 나서도 사방은 책을 읽을 수 있을 정도로 밝다. 말대로 하얀 밤(白夜)이다. 그리고는 한 4시쯤 되니까 동이 트더니 조금 아까 진 해가 다시 떠오르기 시작하는 것이다. 그것도 바로 해가 떨어졌던 그 자리에서. 원 세상에! 이건 정말 믿을 수 없다. 해가 서쪽에서 뜨다니. 이게 무슨 조화란 말인가.

나중에 알고 보니 이곳에서는 여름이면 해가 북쪽에서 떠서 북쪽으로 지고 겨울이면 남쪽에서 떠서 남쪽으로 진다고 한다.

'정말 지구가 기울어서 돌아가는구나.'

평생 잊지 못할 지구과학 공부를 또 하고 간다.

어두워지지 않는 밤 12시의 마라톤

다음날. 이틀 후가 마라톤 날이기 때문에 우리는 마지막 점검을 한다고 페어뱅크스를 한 바퀴 뛰었다. 역시 제일 어린 게리가 가장 잘 달렸지만 1년 이상 준비를 하고 있다는 위튼씨 실력도 만만치 않다. 제니스와 나는 전식구가 1백등 안에 들어야 한다는 위튼씨의 '욕심'에 스트레스 받지 말고 그저 10km 풀코스를 기권없이 뛰자는 데 합의를 보았다.

드디어 출전일. 낮이 가장 길다는 6월 21일 하지 바로 전 토요일 밤 10시에 시작되는 백야마라톤은 그야말로 이 도시의 가장 큰 잔치다. 막 걸음마를 시작하는 아이부터 육군 소속 육상선수까지 모두 참가해 10km를 뛰는 것이다.

정작 눈길을 끄는 건 갖가지 요란한 복장을 하고 뛰는 번외 선수들이다. 엄마는 암탉에 아이들은 병아리 의상으로 뛰는 가족들, 젖소로 변장하고 뛰는 사람, 온가족이 가죽옷을 입고 뼈다귀 목걸이를 한 원시인 동굴 가족, 붕대를 친친 감고 링거를 꽂은 채 도망가는 환자를 청진기 들고 뒤쫓는 의사, 심지어 16세기 유럽에서 쓰던 철갑을 온몸에 감고 뛰는 사람도 있다. 이 동네 사람들은 이날을 기다리면서 체력단련도 하고 이런 특이한 의상도 준비했다고 한다.

신호 총성과 함께 나는 번호판을 등에 붙이고 '조국의 명예'와 위튼 가족의 명예를 걸고 '환한 한밤중'을 열심히 뛰었다. 뜀뛰기에 자신이 없어 참가하지 못한 사람들은 자기집 앞을 지나가는 사람들에게 음료수를 제공하거나 신나는 음악을 틀어 놓고 응원을 한다.

결과는 대만족! 아버지의 욕심대로 전 식구가 1백등 안에 들었다. 위튼씨는 39등의 좋은 성적. 다음날 1백등 안에 든 사람들 이름이 이 도시 신문에 났다. 내 이름도 물론 들어 있다. 97등 비야 한.

며칠 후 LA에서 우리 언니 내외가 휴가차 놀러 왔다. 미국식구랑은 서울에서부터 잘 알고 있는 사이라 쉽게 합류했다.

6, 7월은 알래스카의 연어철이다. 알래스카의 강에서 부화한 치어들이 바다로 가서 성어로 자란 다음 자신이 태어난 강으로 거슬러 올라와 알을 낳고 죽는 것이 연어의 일생이다. 바로 6, 7월이 바다에서 통통하게 자라 알 밴 연어가 강 상류로 올라가는 시기다. 낚시꾼들은 강 상류 지점에서 떼를 지어 올라오는 연어를 낚는데 물반 고기반이라 낚시의 '낚'자도 모르는 사람도 고기를 잡을 수 있어 더욱 인기다.

낚시꾼보다 더 연어철을 기다리는 것이 있다. 바로 곰이다. 우리나라에서는 곰이 느리고 둔한 동물의 상징이지만 연어를 잡는 곰의 날렵한 솜씨를 보면 그런 말을 못할 것이다. 발목만큼 잠기는 물에 들어가 거슬러 올라가는 연어를 잡는데 나중에는 연어고기에 싫증이 나서 연어의 알만 먹는다. 그렇게 단백질을 충분히 섭취한 후 동면에 든다고 한다.

여기서는 외국인이든 내국인이든 낚시허가증만 있으면 연어를 잡을 수 있다. 규정상 빨간색이나 분홍 연어는 하루에 3마리까지, 키가 1m 이상 되는 왕연어는 하루에 한 마리만 잡을 수 있다. 우리는 모두 4일간의 낚시허가증을 사서 연어낚시가 잘된다는 길목을 찾아나섰다.

알래스카
세상에서 가장 아름다운 자연

에메랄드빛 바다에 떠 있는 사파이어 빙하가 아름다운 알래스카.

연어낚시, 싱싱한 놈 잡아 회쳐먹고 구워먹고

우리가 간 곳은 연어가 지나가는 길목이라는 러시안 리버. 폭이 1백m, 깊이가 1m쯤 되는 강인데 강이 꽉 차도록 수천 수만 마리의 연어떼가 무리를 지어 상류로 오르고 있다. 이미 수십 명이 일렬로 서서 낚시를 하고 있는데 잠깐 동안에도 여러 명이 고기를 잡아 올린다.

"야. 여기에 눈먼 연어가 많다더니 소문이 사실이구나."

식구들에게 오늘은 내가 고기를 잡아올 테니 그걸로 저녁을 해 먹자고 큰소리를 뻥뻥 치고는 곧 그 대열에 끼여들었다.

자칭 연어낚시 도사라는 데이비드가 따라나섰다. 엉덩이까지 올라오는 낚시장화를 신고 릴 낚싯대로 미끼도 없이 새털 모양의 찌를 가지고 하는 연어낚시.

물속에 들어간 지 얼마 되지 않아서 우리 줄에 서 있는 사람이 "피쉬 온(고기가 물렸어요)"이라고 소리를 지른다. 데이비드는 나더러 얼른 낚싯줄을 감아 올리란다. 퍼득거리는 고기와 승강이를 하다 다른 낚싯줄과 얽히지 않게 한다는 낚시꾼끼리의 배려에서다. 얼음같이 찬 물에서 달달 떨며 열심히 낚싯줄을 던져보았지만 묵묵무답. 수천 마리가 한꺼번에 이동하는 길목이라도 고기가 초보자는 알아보나보다. 그러기를 몇 십 분. 일순 내 낚싯대가 묵직해졌다. 순간적으로 낚싯대를 탁 채올렸다. 그렇게 해야 낚싯바늘이 연어 입에서 빠져 나가지 않는다고 했으니까.

릴을 감아올리기 시작하니 낚싯대가 휘어질 정도로 연어가 요동을 치는데 어찌나 힘이 센지 비틀거리다가 그만 놓쳐버렸다. 다시 한참 동안 낚싯대를 드리운 채 있으려니 다시 한 번 묵직한 느낌이 든다.

"피쉬 온."

옆사람들에게 자랑스런 경고를 한 후 릴을 감았다. 아주 큰 녀석이 걸렸는지 낚시대가 포물선을 그리며 휜다. 릴을 감았다 늦추었다 하는데 어찌나 숨가쁘게 요동을 치는지 끌려다니다가 그만 물에 빠지고 말았다. 결국 그놈도 놓쳤다. 두 번째 고기를 놓치고 나니 은근히 걱정이 된다. 데이비드는 2시간도 안되는 사이 내 팔 길이만한 빨간 연어를 2마리나 잡았다.

칠전팔기. 수없이 낚싯줄을 던지며 이번에는, 이번에는 하고 있는데 또 한 마리가 물린다. 몇 분간 힘껏 릴을 감아 올렸다가 늦추고 당기는 씨름 끝에 드디어 어른 팔뚝만한 연어가 퍼드득거리며 끌려 나온다. 고기가 수면 밖으로 나왔다 하더라도 방심은 금물. 물고기가 그물망에 들어와야 비로소 내 고기가 될 게 아닌가.

수면 밖으로 나온 고기는 찌를 정확히 입에 물고 있다. 규정상 낚싯바늘이 연어 입에 낀 것만 잡아야 하고 연어 옆구리나 다른 부위에 낚싯바늘이 박힌 것은 잡아올렸다 해도 놓아주어야 한다.

낚싯대에 걸려 올라오는 통통한 연어를 보는 순간의 그 기분이란. 자기가 좋아하는 야구팀이 왕창 깨지고 있다가 9회말 투 아웃에 역전타를 날리는 바로 그 기분이다. 이런 맛에 낚시꾼들이 새벽버스를 타는가 보다.

어쨌거나 몇 년을 광활한 바다에서 살다가 알을 낳기 위해 고향으로 돌아오는 길에 나 같은 초보자에게 잡힌 고기가 조금 불쌍하기는 했다. 하지만 식구들의 저녁거리를 들고 의기양양 캠프로 돌아갈 수 있어 기분이 날아갈 것 같다.

"보람찬 하루일을 끝내노라면…."

방금 잡은 연어를 스테이크처럼 토막을 내 구워서 버터에 발라 레몬즙과 후춧가루를 뿌려먹는 맛은 정말 일품이다. 스테이크 말고도 언니 내외와 나는 싱싱한 연어회를 로스앤젤레스부터 준비해 온 초

고추장에 찍어 실컷 먹었다.

미국식구들에게 권했더니 모두 노 생큐. 다른 한국음식은 다 잘 먹어도 생선회만큼은 영 아니올시다다.

이렇게 구워 먹고 회쳐 먹고 해도 우리 일행이 하루에 먹을 수 있는 양은 기껏해야 두 마리. 데이비드까지 합해 7명이 하루에 잡은 양이 20마리나 되니 애써 잡은 고기를 버릴 수도 없고 아깝다. 암컷 배에 가득 든 붉고 투명한 알도 그렇고.

이런 고민은 알래스카로 낚시여행을 하러 온 사람들은 모두 하는 모양인지 마침 포장해서 냉동고에 보관을 해주는 곳이 있다고 한다. 그래서 4일간 잡은 고기를 몽땅 얼려서 소포로 로스앤젤레스로 보내기로 했다. 일가 친척 친구 등 가까운 사람들에게 직접 잡은 귀한 연어를 나누어 준다면 알래스카 최고의 선물이 될 것이라며 작은언니 내외가 좋아한다. 한국으로도 보낼 수만 있다면 얼마나 좋을까? 내가 직접 잡은 연어를 엄마와 큰언니네, 동생 가족들이 먹을 수 있다면 정말 좋겠는데. 내가 잡은 연어라고 하면 믿기는 할는지. 우리 식구들의 반응은 안 봐도 뻔하다.

"고기가 널 잡겠다."

낚시허가증의 기한이 끝나는 날 아침, 마지막 피치를 올려 연어를 잡으러 강 기슭으로 나가려는데 이 집 아이들이 안 보인다. 제니스에게 물어보니 잠깐 시내에 갔단다.

'어제 찌타령을 하더니 더욱 화려한 찌를 사러 간 게로군.'

오면 같이 나가야지 생각하고 다시 텐트 안으로 들어가 그동안 밀린 메모를 하고 있는데 언제 왔는지 게리가 빨리 나오란다.

텐트 앞에는 작은 테이블이 있고 그 위에 촛불이 켜진 조그만 생일 케이크가 놓여 있다. 식구들은 "해피 버스데이 투 유" 하며 노래를 부른다. 영문을 모른 채 노래를 따라 부르면서 언니가 묻는다.

"오늘 누구 생일이니?"

노래가 끝나고 내가 촛불을 불어 끄고 케이크를 잘랐다. 그제서야 언니가 기겁을 한다.

"어머, 어머. 6월 26일, 오늘이 바로 네 생일이잖아?"

생일 케이크와 카드를 사러 아침부터 2시간이 넘게 차를 타고 시내에 나갔다 온 미국식구가 기억하고 있는 내 생일을 친언니와 본인인 나는 까맣게 잊고 있다니. 이런 경우를 한자숙어로 뭐라고 하더라. 뭐가 있긴 있는데.

다음으로는 알래스카에 온 사람이라면 절대로 놓칠 수 없는 빙하구경. 다 알겠지만 빙하는 말 그대로 남극이나 북극지방 또는 높은 산에서 눈이 녹지 않고 있다가 밑바닥이 얼면 자기 무게 때문에 낮은 곳으로 흐르는 얼음덩이를 말한다. 세계 빙하의 절반 가량이 있다는 알래스카는 거의 대부분의 땅이 빙하로 덮여 있을 것이라는 상상과는 달리 전체 면적의 겨우 5%만 빙하란다.

하얀 밤을 달려 알래스카의 스위스라는 벨데즈 항으로 갔다. 이 그림같은 항구는 알래스카가 자랑하는 프린스 윌리엄 사운드 빙하지역으로 가는 배를 타는 곳이다. 집채만한 빙하에서 떨어진 얼음 조각들이 그대로 바다에 떠다니는 곳이다.

벨데즈는 푸르도베이 북극해 연안에서 시작되는 송유관 터미널로도 유명한 곳이다. 구렁이처럼 남북으로 이어지는 이 송유관은 총 연장이 1천3백km로 1백억달러, 우리돈으로 80조원이라는 어마어마한 자금이 투입된 민간사업 사상 최대의 프로젝트였다고 한다. 1867년 크림전쟁 중이던 러시아가 전비(戰費)조달에 급급한 나머지 미국에 단돈 7백20만달러(약 58억원)라는 똥값을 받고 팔아버린 땅에 '검은 금' 석유가 이렇게 무진장 묻혀 있을 줄이야.

알래스카는 원유판매에서 나오는 수익금으로 주 정부의 살림을 할

뿐 아니라 주민들에게 1년에 1인당 1천달러씩 나누어 주고 있다. 알래스카 사람들은 우리처럼 주민세를 내는 게 아니라 오히려 주정부로부터 여기서 살아주어서 고맙다고 이렇게 주민세를 받고 있다니 참 재미있다.

텐트 주변 배회하는 곰 때문에 바짝 긴장

벨데즈 항구에서 프린스 윌리엄 사운드 빙하지역 중에 가장 아름다운 빙하로 일컬어지는 콜롬비아 빙하까지는 유람선을 타고 왕복 6시간. 바다로 나간 지 두세 시간쯤 되자 바다에 뭔가 둥둥 떠다닌다. 빙하에서 떨어져 나간 여러 모양의 작은 얼음덩이들이다. 하나하나가 사파이어인 양 모두 투명한 파란색을 띠고 있어 참 예쁘다.

목표지점으로 나아갈수록 떠 있는 얼음덩어리의 크기가 커져 배가 속력을 늦춘다. 빙산의 일각이라는 말처럼 저렇게 조그맣게 보이는 빙산들도 물 밑으로는 집채만한 크기가 잠겨 있어 항해에 어려움이 있다는 것이다.

추운 줄도 모르고 한참 넋을 놓고 구경을 하다 뒤돌아보니 모두들 선실로 들어가버리고 갑판에는 나 혼자뿐이다. 앞뒤가 모두 얼음산이라 그 사이로 부는 바람이 몹시 차갑다. 얼음 사이로 바다표범이 귀여운 머리를 내밀고 헤엄을 치고 있다. 이름 모를 새들의 둥지가 얼음벽 하나를 가득 메우고 있다.

마침내 오늘의 목적지 콜롬비아 빙하. 거대한 산계곡을 꽉 메운 푸른색의 얼음은 압권이다. 초대형 팥빙수용 얼음가루 같다고나 할까. 때맞춰 스피커에서 선장의 목소리가 흘러나온다.

"콜롬비아 빙하의 폭은 약 6km이며 빙하의 높이는 수면으로부터 70m입니다. 수면 밑 부분의 얼음 두께는 1천m가 넘습니다. 이 빙하는 여름철에는 바다 쪽으로 매일 7m에서 10m씩 밀려 내려옵니다. 끝부분이 바닷물에 떨어져 나가는 광경을 유람선에서도 흔히 볼 수 있는데 그 굉음은 마치 거대한 천둥소리 같습니다."

'우르릉 쾅쾅쾅. 쾅쾅쾅.'

그 말이 떨어지기가 무섭게 마치 컴퓨터 조작이라도 해놓은 것처럼 바로 눈앞에서 요란한 소리를 내며 커다란 빙하의 끄트머리가 떨어져 나가 바다로 쏟아진다. 바다는 순식간에 빙하조각 천지가 된다.

'우르릉 쾅쾅쾅, 쾅쾅쾅.'

또 한 번 천둥소리를 내며 빙하조각이 떨어져 나간다. 두번씩이나 빙하가 부서지는 걸 보다니 우리는 운이 좋았다.

배는 잠시 후에 귀환길에 오른다. 수천 년의 끊임없는 이동 끝에 오늘에야 비로소 바다에 도착한 빙하 파편들이 배 주위를 둥둥 떠다니고 있다. 승무원에게 낚시용 고기망을 빌려서 배 주위에 떠다니는 얼음조각을 하나 건져올렸다. 수천 수만 년 전에 언 얼음이라면 무공해 중에서도 무공해일 테니까.

"이 얼음 먹어도 되는 거지요?"

"물론이지요. 제가 진 토닉 한 잔 갖다 드릴 테니 정식으로 드세요."

솔 향기 가득한 진 한 잔에 수만 년 전의 얼음을 넣어 먹는 그 맛. 여기 와보지 않고는 알 수 없는 한여름 속의 겨울 낭만이다.

다음날, 보는 것만으로는 만족할 수 없다는 데 합의한 우리 일행은 직접 얼음 위를 걸어보고 만져보고 빙하수까지 마셔볼 수 있는 빙하지역으로 하이킹하기로 했다. 그래서 간 곳이 내륙빙하인 엑시트 빙하. 대홍수가 나서 큰 산과 산 사이의 계곡으로 넘쳐흐르던 물이 한 순간에 얼어붙은 모양의 빙하지역이다.

빙하지역을 한눈에 볼 수 있는 전망대까지 한 시간 가량은 길이 잘

나 있다. 가는 길 한쪽 먼산에는 한가족임이 분명한 한 무리의 검은 곰들이 양지바른 곳에서 새끼들과 장난을 치며 놀고 있는 모습이 보인다.

곰을 보니 지난 번 알래스카에 왔을 때 기겁을 했던 일이 생각난다. 그때의 동행은 위튼씨와 막내 게리였다. 국립공원의 허가를 받아 드날리 공원을 '백 컨트리 트레킹' 할 계획이었다. 백 컨트리 트레킹은 아무런 표시가 없는 황야를 지도와 나침반만 들고 탐험하는 것이다.

이 국립공원 안에는 북미에서 제일 높은 매킨리 산이 있는데 우리나라 산악인들이 와서 실종 등 사고가 자주 일어나는 바람에 알래스카 주지사가 한국 정부에 공문까지 보내 등반에 각별히 유의하도록 부탁했던 곳이다.

우리는 허가를 받으러 드날리 국립공원 관리소에 갔는데 우리 차례가 돌아오려면 며칠 기다려야 한다고 했다. 동물보호 차원에서 하이킹하는 사람의 수를 제한하고 있었다. 그때 나는 서울에서 회사를 다니고 있었기 때문에 일정이 빡빡했다. 그래서 우리는 2, 3일간의 식량과 텐트 등 야영준비를 해서 사람의 발길이 닿지 않는 깊은 숲속으로 들어갔다.

사전정보도 없이 우연히 '찍은' 그 길은 아주 근사한 하이킹 코스였다. 한쪽으로는 넓은 강이 흐르고 숲속은 툰드라 기후 덕분에 마치 스펀지를 깔아놓은 듯 푹신푹신했다. 아름드리 나무들 때문에 한 치 앞을 볼 수 없는 곳도 많았다. 놀랍게도 그 숲속에 하얀색, 보라색 등 예쁜 야생화가 사방으로 피어 있었다.

하루종일 돌아다니다가 일찌감치 텐트를 쳤다. 바로 앞 강에서 연어 한 마리를 낚아다가 튀겨 먹고는 대낮처럼 환한 밤에 잠이 들었다.

얼마나 지났을까. 잠결에도 어디서 비맞은 더러운 개 냄새가 났다. 내가 누군가. 58년생 개띠, 개코를 가지고 태어난 사람 아닌가.

'앗, 곰이구나.'

순간적으로 우리 텐트 안에 먹을 것이 있다는 생각이 스쳤다. 곰이 많이 사는 곳에서 하이킹을 하려면 반드시 음식은 냄새가 새어 나가지 않게 통에 넣어서 높은 나무 위에 걸어놓아야 하는데 깜빡한 것이다.

저놈이 음식 냄새를 맡고 우리를 덮치면 어떡하나. 게다가 오늘 저녁 메뉴는 튀긴 연어라 냄새도 많이 날 텐데. 위튼씨가 사냥용 엽총을 가지고 다니는 것이 그나마 조금 안심이었다.

"얼른 일어나요. 곰 나왔어요."

다급한 목소리로 게리와 위튼씨를 깨웠다.

"뭐라고?"

위튼씨가 잠결에 일어나 침낭 밑에서 총을 찾더니 갑자기 당황한다.

"이런. 총을 차 안에 놓고 그냥 왔네."

총이 없다는 거다. 야생동물 냄새가 코를 찌르는 것으로 보아 이놈이 아주 가까이 있는 것 같은데 우리는 속수무책이다. 곰이 검은 곰인지 갈색 곰인지를 알아야 죽은 척해야 하는지, 합창으로 고래고래 소리를 질러 우리가 더 힘이 세다는 걸 알려야 하는지 알 텐데. 바로 가까이에서 뚝뚝 나뭇가지 부러지는 소리가 났다. 그 소리가 천둥소리보다 더 크게 들렸다.

곰은 가만히 있는 사람은 해치지 않는다는 말만 철석같이 믿고 음식 냄새가 새지 않게 남은 음식을 침낭으로 겹겹이 싸는 것이 그날 밤 우리가 할 수 있는 유일한 일이었다.

한 시간쯤 그렇게 떨고 있었을까. 한동안 기척이 없더니 또 잔가지

부러지는 소리가 들렸다.

'앗! 드디어 공격을 하려나 보다.'

잔뜩 긴장을 하고 있었는데 그것으로 그만이었다. 또 한 시간을 그렇게 앉아 있어도 아무런 기척이 없어 바깥에 나가 보니 글쎄 어떤 곰인지는 모르겠으나 우리 텐트 주위에 똥을 찔끔찔끔 싸놓았다. 싼 지 얼마 되지 않은 똥을 보니 체리를 많이 따 먹었는지 똥의 반 이상이 체리씨였다. 이 녀석이 우리 텐트를 공중변소 정도로 취급한 것이 정말 다행이었다.

원래 땅 주인은 술에 곯아 자포자기 사라져가고

잘 닦인 하이킹 길이 끝나자 길도 없는 얼음벌판인데, 눈이 덮여 있어 종아리까지 푹푹 빠진다. 한참을 낑낑거리며 얼음산으로 올라가니 급경사 언덕이 나타난다. 앞으로 우리가 가려는 길은 군데군데 커다란 금이 가 있다. 일단 그 틈으로 빠졌다 하면 마치 그리그의 솔베이지의 노래에 나오는 주인공처럼 천년 후에나 다시 세상구경 할 수 있을 정도로 위험해 보였다.

그런데 웬걸. 어떤 사람 둘이 거기서 스키를 타고 있다. 목숨을 건 스포츠라고 할까. 하여간 세상에는 별사람이 다 있다니까.

몇 시간을 미끄러지고 넘어지고를 반복하면서 더 이상 한 발짝도 움직여 놓을 수 없을 만큼 미끄러운 곳까지 올라갔다.

한여름에 눈 속을, 그리고 얼음 위를 걸어보는 맛도 괜찮다며 언니 내외는 신이 났다.

얼음 웅덩이 안에는 수정처럼 맑아 오히려 푸른색을 띤 무공해 천연 빙하수가 고여 있다. 손으로 한 모금 떠 마시니 입안이 얼얼하고 뱃속까지 시리다. 수천 수만 년을 얼음으로 있다가 이제서야 녹은 무공해 물. 이것이 바로 오리지널 알래스카 생수다.

작은언니 부부를 앵커리지 공항에서 배웅하고 처음으로 이 도시를 자세히 돌아다녀 보았다. 암만 다녀보아도 알래스카 하면 떠오르는 에스키모는 눈을 씻고 찾아보아도 없고 얼음집이라는 이글루는 더더욱 없다. 그러다가 이상한 점을 발견했다. 눈에 띄는 원주민들마다 모두 술에 취해서 옹기종기 모여 있는 것이다.

미국 어디를 가나 원래 이 땅의 주인이었던 인디언들은 알코올 중독자가 많다. 인디언들을 보호구역에 몰아넣고 아무 일도 못하게 하면서 돈은 무제한으로 주니 그들이 할 수 있는 일이란 무력하게 술이나 마시는 것밖에. 그래서 알래스카 원주민들도 알코올중독자들이 많다.

원래는 에스키모들의 생활 터전인 북극지방에는 술이 없었다. 자라는 게 없으니 술을 만들 재료도 없고 날씨가 추워 발효하지 않으니 말이다. 술은 외부인의 문명과 더불어 들어와 결국 이들을 조금씩 갉아먹고 있는 것이다.

이제 '술'이 없던 동네에 '술'을 소개한 사람들이 '술'고래가 된 에스키모에게 '술'을 제한적으로 팔고 있다고 한다. 마치 위험한 나무 위에 올라가게 해놓고 나무를 흔드는 꼴이다. 원래 주인이었던 그들은 이제 사회의 주류에서 밀려나 술이나 마시다가 자포자기의 길을 가고 있는 것은 아닌가 안타깝기만 하다.

나는 사실 에스키모들과 함께 살아보고 싶었다. 그것도 도시에 사는 에스키모가 아니라 북극 근처에서 아직도 수렵생활을 하고 있다는 우리와 외양이 아주 비슷한, 얼굴이 동글납작하고 광대뼈가 나온 에스키모들 말이다.

식구들에게 내 의도를 이야기했더니 모두 고개를 젓는다. 우선은 에스키모들이 모여 사는 북극지방까지는 도로가 없어 꼭 비행기를 타야 하고 거기에 간다고 하더라도 우리가 상상하는 에스키모들은 없다고 한다. 이글루라는 얼음집에서 살면서 고래기름으로 불을 피우고 물개 생고기를 뜯어 먹는 에스키모들은 사라지고 말았다. 낯선 사람이 오면 코를 부비는 인사를 하고 남자 과객에게는 자기 아내를 내주었다는 에스키모의 전통도 이제는 옛날 이야기로 사라져버린 것이다.

페어뱅크스에 있는 관광국에 찾아가도 같은 이야기였다. 에스키모에 관심이 있어서 상당한 연구를 했다는 관광국 직원은 커피 한 잔을 놓고 내 소나기 질문에 대답을 해주었다.

"이글루라는 에스키모 얼음집은 어디 가면 볼 수 있어요?"

"에스키모들은 이제 이글루에 살지 않아요."

이글루는 얼음집이 아니라 그냥 집이라는 뜻이란다. 전통적인 에스키모는 땅을 약간 파고 고래 갈비뼈나 턱뼈로 벽을 만들고 그 위에 눈이나 흙을 덮어 집을 짓는데 투명한 동물 내장을 이용해 창도 만든단다. 그러니 우리가 알고 있는 이글루란 산타클로스처럼 어느 만화에서 만들어낸 상상이었다.

에스키모들은 아는 바대로 고래나 물개 등 바다동물을 잡아 생활하고 있다. 그래서 자연히 그들의 일상생활 용품은 이것들로 만들어진다. 고기는 주로 생고기로 먹고 아주 질긴 부분만 삶아 먹는다. 고래 지방은 먹기도 하고 등잔불을 켜기도 하고 방을 데우는 연료로 쓰기도 한다. 가죽으로는 배도 만들고 옷이나 신발을 만들고, 내장은 방수용 파카나 집을 지을 때 사용한다.

그뿐인가. 바다동물의 힘줄은 실로 이용되고 상아는 정교한 조각을 하거나 물물교환 때 화폐 역할을 한다.

이들은 신분의 고하 없이 공동생활을 하는데 수확기에는 고래를 같이 잡으러 간 사람들은 물론 고래 잡아오는 것을 본 사람들과도 고기를 나누어 가진다. 부잣집 곳간에서 인심 난다지만 에스키모들은 전통적으로 가진 것을 누구에게 나누어 주는 것을 좋아한다고 한다.

여름 한철 한바탕 바다동물 사냥이 끝나면 사람들은 자기의 능력과 재력을 과시하기 위해 빽적지근한 잔치를 벌이는데 얼마나 많은 손님에게 융숭하게 대접하는가에 따라 사회적 지위가 높아진단다. 잔치에 초대받은 사람들은 식사대접을 잘 받았다는 표시로 트림을 하거나 방귀를 뀌어야 한다.

잔치 중에 주인은 자기가 아끼는 소중하고 값나가는 것들을 마구 부숴버리면서 자기의 재력을 자랑했다고 하는데 이런 건 남에게 보이기 위해 사치를 일삼는 우리나라의 모모 계층과 비슷하다.

"에스키모인들은 정말 손님에게 부인을 내주나요?"

"옛날에는 그랬어요. 손님을 아주 융숭하게 대접하는 풍습에서 온 것 같아요. 남자 손님에 대한 최고의 배려인 셈이죠. 오히려 손님이 이것을 거절하면 주인에 대한 적의로 생각하고, 부인이 거절하면 주인 남자는 집안의 명예가 손상되었다고 남이 보는 앞에서 부인을 마구 때렸다고 해요."

안타깝게도 지금 많은 에스키모들은 그들의 생활 터전이었던 동토를 버리고 도시에서 살고 있으며 숫자상으로도 알래스카 인구의 8.5%인 3만5천명 내외밖에 되지 않는다.

"현재로는 진짜 에스키모를 보려면 북극지방으로 가야 해요. 게다가 굳은 땅을 찾을 수 있어 헬리콥터가 착륙할 수 있는 겨울에 아주 깊은 곳으로 가야 해요. 그쯤 가야 동네 사람들이 코 부비는 인사를 하면서 환영할 겁니다."

그러면서 혹시 8월까지 여기 있느냐고 묻는다. 8월에는 바로 여기 페어뱅크스에서 에스키모 올림픽이 열린다는 것이다.

"이 올림픽에는 귀 잡아당기기, 고래 지방인 먹탁 많이 먹기, 물개 가죽 벗기기, 가죽으로 만든 담요를 여러 명이 잡고 헹가래 치듯 담요 중앙에 있는 사람을 높이 띄우기 등 재미있는 종목들이 많아요. 올림픽이라고 하기보다 에스키모들의 놀이잔치 한마당이라고 해야 옳겠지요."

에스키모에게는 이상하게 정이 간다. 페루 등지의 남미 인디언들의 납작한 얼굴이나 몽고반점에서 느꼈던 피로 얽힌 동족애가 느껴진다고나 할까. 안타깝게도 이들은 갑작스럽게 이식된 다른 문화로 인해 점점 옛 전통과 풍습을 잊어가고 있다. 하지만 그들이 하루빨리 이 땅의 주인답게 사회의 주류 안에 들어와 자신의 목소리를 내며 당당하게 살아가기를 바라는 마음이다.

자연은 정복되어서는 안된다

위튼씨의 '무공해 일몰을 보러 가자'는 제안에 우리는 키나이 해변의 언덕으로 갔다. 눈앞에는 흰 눈을 뒤집어쓴 잘생긴 화산들이 일렬로 정렬해 있고 그 앞에는 푸른 바다가 가로놓여 있다. 막내가 절벽에 걸려 있는 인명구조용 로프를 발견했다.

"비야 누나, 내려가보고 싶지?"

"물론이지."

우리는 절벽의 로프에 매달려 사람의 발길이 닿지 않은 해변으로 내려갔다. 한국에서 암벽등반을 하던 내게는 그리 힘든 일도 아니다. 내가 아무리 위험한 짓을 해도 이제 위튼씨는 말리는 시늉도 안한다. 말려보았자 소용없다는 것을 너무나 잘 알고 있는 것이다.

아래에서 올려다보니 언덕 가장자리에 서 있는 위튼씨가 성냥개비만하게 보인다. 밀물이 밀려오고 있기 때문에 우리가 서 있는 모래사장이 몇 분 후에는 바닷물로 덮이겠지만 그래도 이름 석자를 내 키보다고 더 크게 모래 위에 써놓았다. 바다가 내 이름을 휩쓸어 갈 때 나도 대자연의 품으로 휩쓸려 들어갈 것이라는 근사한 생각을 하면서.

내가 지금까지 가본 곳 중에서 자연이 가장 아름다운 곳이 어디냐고 묻는다면 나는 서슴없이 알래스카라고 대답한다. 지금도 그렇고 앞으로도 변하지 않을 것이다. 알래스카는 갈 때마다 자연에 대한 경외감을 불러일으킨다. 지구 태고적 신비를 맛볼 수 있기 때문일까. 하늘과 땅과 바다가 연출하는 자연의 조화를 두루 보여주는 곳이라서일까. 거대하고도 광활한 대자연 앞에 서면 인간이란 얼마나 힘이 없고 하찮은 존재인가를 절실히 느끼게 된다.

미국사람들은 알래스카를 '마지막 개척지(last frontier)'라고 부른다. 이 말이 마지막으로 개척할 곳이라는 말인지 개척이 안된다는 말인지는 알 수 없지만 나는 알래스카는 미약한 인간의 힘으로는 절대로 개척할 수 없는 곳이라고 생각한다. 어떻게 감히 대자연을 개척할 수 있겠는가.

인간은 아주 오래 전부터 자연을 정복의 대상으로만 생각해왔다. 그래서 사람들은 산 정상에 올라가거나 또는 자연의 작은 법칙을 발견해내고 '자연을 정복했다'고 말한다. 마치 거대한 호수에서 한 컵의 물을 뜨고는 그 조그만 컵에 호수를 다 담은 듯 호들갑을 떠는 것과 같다. 아무리 많은 컵에 물을 떠 간대도 호수는 호수로 남아 있는데.

인간은 자연을 정복할 수 없다. 자연을 정복해서도 안된다. 자연과 융화를 이뤄 자연스럽게 살아야 한다. 이게 바로 동양의 정신이다.

최근에는 동서양을 막론하고 이런 생각을 하는 사람들이 아주 많아진 것 같다. 근대문명 이전에 사람들이 가졌던 자연에 대한 순응과 경외가 다시 살아난다는 것은 아주 반가운 일이다.

자연은 자연 그대로 남아 있어야 한다.

멕시코 지하철
"어딜 만져?" 따귀 철썩

멕시코시티 근교 테오티와칸 유적지 피라미드에는
아즈테카 문화의 숨결이 생생하다.

서양사람 눈으로만 본 한심한 세계사

알래스카에서 한 달간 미국식구들과 보내고 다시 중미여행에 나섰다. 미국 샌디에이고를 출발해 티후에아나라는 국경도시를 넘어 장장 40시간이나 장거리 버스를 타고 멕시코 시티에 도착한 지 4일째다. 내 중미여행의 목적지는 이름도 생소한 과테말라, 온두라스, 니카라과였으니 이 나라들을 가려면 멕시코를 거쳐 가야 하는 것이다.

당시 멕시코는 공식환율이 1달러당 3페소로 올라 여비가 만만치 않았고 인디오의 나라라기보다 메스티조의 나라라는 생각 때문에 최대한 빨리 멕시코 시티를 경유해 유카탄 반도로 갈 생각이었다. 유카탄 반도의 마야문명권을 돌아본 후 과테말라로 넘어가자는 게 애초의 계획이었다.

그런데 계획과는 달리 4일이 지나도록 멕시코 시티를 떠나지 못하고 있다. 세계에서 제일 크고 공해가 심하다는 이 도시에서 나를 붙드는 것은 도시 전체에 산재한 아즈테카 유적들이다.

멕시코 최후의 문화라고 할 수 있는 이 문화는 정복자 스페인에 의해 손발이 묶이고 머리 속까지 철저히 바뀌는 수모를 당했다. 원주민의 신전을 부수고 파괴된 신전 자리에 그 석재와 원주민들의 노동력으로 바로 웅장한 교회가 건립되었다. 우리나라 왕궁인 경복궁 정면에 일본이 조선총독부를 세운 것과 일맥상통한다.

그렇지만 인디오들은 그런 극악한 압박 속에서도 자신들의 토착신과 기독교를 잘 혼합해 '검은 성모' 등 자신들만의 독특한 신앙을 창조해냈다. 1500년경에 들어온 스페인사람들이 광적인 혼혈정책을 편 탓에 국민의 60%가 혼혈인 메스티조가 되었다. 그러니 이곳 인디오들의 그만한 융통성이 없었더라면 지금쯤 칠레나 아르헨티나처럼 원주민은 씨도 없이 도륙당하고 말았을 것이다.

여기서 세계사를 돌이켜보면 서글픈 생각이 든다. 세계 전역의 거의 모든 원주민들이 얼굴 하얀 서양사람들에게 '발견' 되었다고 하지만 이건 정말 웃기는 이야기다. 누가 누구를 발견했단 말인가? 서양사람들 눈으로 보면 발견된 것일지 모르지만 원주민들은 몇 천 년 전부터 거기 그대로 살고 있었던 게 아닌가?

원래의 주민들이 자기의 문화를 가지고 고유의 방식대로 잘 살고 있는 땅에 가서 새로운 땅을 발견했다고 떠들어댄 것은 정말 가당치도 않다. 신대륙이라니? 유럽 백인들이 살던 땅만 이 세상에 오래 전부터 있어온 땅이고 아메리카 원주민이 살던 땅은 새로 생긴 땅이란 말인가?

물론 지질학적으로 유럽보다 늦게 생성된 대륙일 수도 있다. 그러나 그 땅에도 엄연히 똑같은 인간이 살고 있었다. 여기에 어떻게 미개인이라는 말을 쓰고 개척이라는 용어를 사용할 수 있단 말인가? 원주민을 싹 쓸어내고 그들의 문명을 초토화하고 원주민들의 생활터전인 자연을 마구 훼손하는 것이 개척인가?

어쩌면 아메리칸 인디언 고유의 방식대로 사는 것이 더 고귀한 삶인지도 모른다. 자연을 경외하고 존중하면서 자연에 순응해 사는 것이 자연을 정복하고 파괴하는 것보다 훨씬 인간다운 삶이 아닌가? 무기를 든 소수의 침입자들에 의해 얼마나 많은 원주민이 피를 흘리고 얼마나 많은 문화유산, 자연이 황폐해지고 말았는가?

인디언의 눈으로 보면 서구인들이 찬양해마지않는 '신대륙 발견자' 들과 '개척자' 들은 만행을 일삼은 침략자, 약탈자에 지나지 않는다. 아메리칸 인디언 중의 누가 콜럼버스를 인류의 영웅으로 추앙할 것인가? 수천 년 평화롭게 살아온 영토와 종족을 파괴하는 단초를 제공한 그를. 여기에서 나는 내가 배워온 서구적 세계사를 개탄하는 것이다.

그 한편으로 머나먼 바다를 건너온 몇 안되는 침략자들에게 모든 것을 내주고 하루아침에 노예로 전락해버린 인디오들도 참 딱하다는 생각을 지울 수 없다. 오랜 항해에 지칠 대로 지친 오합지졸들에게 당당하고 용감했다는 아즈테카의 무사들이 어떻게 무릎을 꿇을 수 있었단 말인가? 아무리 침략자들이 성능좋은 무기를 가지고 있었다고 해도 그 찬란했던 멕시카나 문화가 미리 몰락할 준비가 되어 있지 않은 다음에야 어떻게 그렇게 순식간에 무너질 수 있단 말인가.

사실 나는 멕시코에 대해 무지했다. 기껏 미국에서 흔히 볼 수 있는 히스페닉들, 특히 캘리포니아주를 중심으로 한 수많은 불법이민자들, 그래서 사회의 가장 밑바닥에서 날품팔이로 하루하루 연명해가는 사람들을 보았을 뿐이다. 이들에게서 자기 문화에 대한 긍지를 찾기란 애초에 어려운 일이다.

이밖에 사보텐이라는 손가락처럼 생긴 선인장과 선인장으로 만든 술 데킬라. 솜브레라는 대형 모자와 담요같은 판초를 걸치고 기타를 연주하는 거리의 악사 마리아치. 이런 정도였다. 그 뒷면에는 이 나라가 얼마나 유구한 역사를 가졌으며 찬란한 문화와 전통, 아름다운 국민성을 가졌는지는 알려고도 하지 않고 서구에 의해 보여진 것만으로 판단하려는 유치한 태도가 있었다. 나는 솔직히 부끄러웠다.

일요일 아침 거리에 나가니 도시 전체가 쥐죽은 듯 고요하다. 대통령선거 이후 간간이 일어나는 데모나 인디오의 권리를 주장하는 치아파스 지방의 데모가 악화되어 전 멕시코에 계엄령을 내린 줄 알았다. 그런데 알고 보니 이날은 다름아닌 월드컵 축구 시합날. 브라질과 이탈리아의 결승전이 있는 날이다. 참, 자기 나라가 시합을 하는 것도 아닌데 축구시합 본다고 한 사람도 길에 나오지 않다니. 전국민이 월드컵 가수 김흥국 씨 같은 모양이다.

멕시코 시티의 자랑거리인 국립인류박물관은 일요일에는 입장료를

미국

카리브해

이슬라 무헤레스●
멋쟁이 이혼녀에게 인생을 배우다.

●메리다
세계에서 제일 좋은
그물침대 파는곳.

멕시코

●멕시코 시티
린다의 가족들과 데킬라를 마시며
생일파티를 했다.

툴룸●
발가벗고 누드해수욕하며
자유를 맘껏.

●유카탄반도
우리의 슬픈 이민사가
가슴 아프다.

●오악사카
몬테 알반 유적지에서 토굴꾼의
자손에게 국보조각을 얻다.

●벨리즈 시티
연극 '욕망이라는
이름의 전차'가
생각나는 도시

벨리즈

●코아카섬
스노클링을 하다
다 죽게 된 나를 미
카엘이 구해주었다.

과테말라

태평양

받지 않는다.

앞으로 가볼 멕시코 고원의 아즈테카 문명과 유카탄 반도의 마야문명에 대한 공부를 하려면 하루종일 찬찬히 봐야겠기에 아침 일찍 숙소를 나섰다. 내 기숙사방 다른 친구들은 전날 춤추고 술마시고 노는 바람에 아침에 깨우니 모두들 오후에나 가겠단다.

박물관에 들어가니 큰 비시계가 홀로 서서 손님을 맞을 뿐 사람이 거의 없다. 축구시합 때문에 1년 내내 만원이라는 박물관이 텅 비어 있다.

다 못 돌아볼까봐 점심도 간단히 먹고 이사가는 집 강아지처럼 마음을 졸이며 하루종일 열심히 다녔는데 반 정도도 못본 것 같다.

여기에서 제일 마음에 드는 것은 것은 멕시카나실에 있는 태양의 돌이다. 이것은 현무암으로 된 동그란 모양의 거대한 달력이다. 돌 중앙에는 인도 캘커타에서 본 죽음의 신 칼리처럼 혀를 쭉 빼고 있는 태양의 신 토나티우가 새겨져 있다.

그를 둘러싼 4개의 얼굴이 재규어, 바람, 물, 불이다. 이건 동양의 5행 즉 금(金), 목(木), 수(水), 화(火), 토(土)와 비슷하다.

그 둘레는 멕시카나 문명에서 사용하던 20개월의 달 이름이 그림문자로 나타나 있는데 뱀, 토끼, 개, 원숭이 등 우리네 12간지와 어쩌면 그리 흡사한지. 우리 몽고족과 아메리칸 인디안들은 생김새뿐 아니라 사고까지도 비슷했나 보다.

안내자가 영어로 해시계에 대한 설명을 한다. 우주는 4차례에 걸쳐 창조되었는데 지금의 우주는 5번째란다. 우주는 언제인가 멸망하지만 그 속도를 조금이라도 늦추기 위해서는 사람 심장을 희생제물로 바쳐야 한다는 것이다.

그래서 태양의 신이 가진 칼 모양의 혀는 인간의 심장을 겨냥하고 있는 것이라고 했다.

엄마 없는 꼬마 생일파티에 초대되어

해시계 그림의 색깔과 모양이 우리나라 불교 탱화랑 참 비슷하다고 생각하며 그 앞에 넋을 놓고 앉아 있었더니 어디서 나타났는지 멕시코 꼬마 여자아이가 말을 건다.

"그것 참 멋있지요?"

이 8살 난 아이의 이름은 린다. 스페인말로 예쁘다는 뜻인데 이름에 딱 어울리는 동그란 눈에 볼이 통통한 귀여운 얼굴이다. 일요일이라 아버지, 동생과 함께 박물관에 놀러 왔단다. 엄마는 어디 있느냐니까 아이들이 서로 쳐다보다가 5살 난 라파엘로가 눈을 깔며 말한다.

"엄마는 더 이상 우리랑 살지 않아요."

이크, 내가 괜한 질문을 했나 보다. 나는 무심코 한 질문이지만 이혼이든 사별이든 엄마가 없는 아이들에게는 참 가슴아픈 일인데. 아버지인 아르날도는 37살 된 건축사라는데 가만히 있어도 웃는 얼굴이다.

박물관을 나와 우리는 근처 빵집에 들어갔다. 어쩌면 그렇게 많은 종류의 빵이 있는지. 워낙 빵을 좋아하는 나는 눈이 휘둥그래져서 이것저것 보이는대로 마구 시켰다. 오렌지 주스도 한 통 시켰는데 컵을 모자라게 가지고 왔다.

"운 베소 뽀르빠보르(여기 컵 하나 주세요)."

큰 소리로 웨이터를 불렀더니 앞에 앉았던 아르날도 식구가 박장대소를 한다. 셋이서 뭐라고 뭐라고 쑥덕거리더니 동생 라파엘로가 주방으로 가서 컵을 하나 얻어 가지고 내 옆으로 온다.

"에스테 에스 운 베소(여기 키스 있어요)."

녀석이 내 빰에 입을 맞춘다. 내가 운 베소(키스)와 운 바소(컵)를 혼동한 것이다. 나는 당황하기도 하고 이 귀여운 식구가 마음에 들어서 얼른 라파엘로의 뺨에 입을 맞췄다.

"아하. 에스 운 베소(아, 이렇게 하는 것이 키스야)?"

옆에 앉은 손님들까지도 모두 한바탕 웃음. 신이 났는지 내가 '운 베소'를 주문했던 그 집 종업원까지 능청을 떤다.

"끼에레스 운 베소 데 미오 세뇨리따(아가씨, 제 키스도 받고 싶으세요)?"

이 식구들은 멕시코에 대한 감상이 어떠냐, 우리나라가 정말 좋지 않으냐, 이것저것 묻더니 린다가 제 아버지에게 귀엣말로 뭐라고 한다. 가만히 있어도 웃는 얼굴인 아버지가 미소를 지으며 고개를 끄덕이자 린다가 너무 좋아한다.

그러면서 하는 말이 내일이 자기 생일인데 생일파티에 와줄 수 있느냐는 거다.

"뽀르빠보르, 비야(제발, 부탁이에요)."

내가 대답할 틈도 없이 기도하듯 두 손을 모으는 모습이 너무나 사랑스럽다. 다음날 오후에는 숙소에서 만난 아이들과 근교에 있는 신들의 도시 테오티와칸에 가기로 했지만 생일파티에 가겠다고 약속을 해버렸다. 테오티와칸은 내일도, 모레도 그대로 있겠지만 이 아이의 생일은 내일 하루뿐 아닌가. 게다가 멕시코인의 집을 방문해보는 것도 재미있겠고.

다음날 아르날도가 그려준 약도를 들고 지하철을 타고 집으로 찾아갔다. 집에 들어서니 하얀 드레스를 입은 주인공 린다가 용수철처럼 튀어나와 반갑게 맞는다. 그러더니 미리 와 있는 5, 6명의 친구들에게 한국에서 온 자기 친구라며 자랑스럽게 소개한다. 아버지와 라파엘로도 아주 반가운 표정이다.

어젯밤 선물을 무엇으로 할까 생각하는데, 빵을 먹으면서 우리나라

탈과 훈민정음 머리말이 그려진 내 티셔츠를 보고 한글 모양이 예쁘다고 하던 것이 생각나 티셔츠를 빨아서 선물했다. 한 번밖에 안 입은 것이니 새것이나 다름없다.

멕시칸들은 생일파티를 아주 요란하게 한다고 들었는데 린다의 생일에는 친척도 없이 손님이라곤 이 아이의 친구 몇 명과 나뿐이다. 아르날도가 만들었다는 옥수수빵에 다진 고기와 채소를 넣어 만든 타코와 가시를 뺀 삶은 선인장으로 만든 샐러드로 저녁을 먹고 모여 있던 아이들과 피나타라는 놀이를 했다.

원색 창호지 같은 색종이로 만든 동물 모양의 과자상자를 공중에 매달아놓고 파티에 참석한 아이들이 눈을 가리고 돌아가면서 막대기로 그 상자를 두드리는 생일놀이다.

공중에서 빙글빙글 돌아가는 것을 맞히기가 보기보다 그리 쉬운 일은 아니다. 어쩌다가 맞히면 동물의 배에서 과자며 사탕이 우수수 떨어지고 아이들은 그 과자들을 주워 모으면서 즐거워한다. 꼬마 라파엘로는 한 주먹 두 주먹씩 과자를 가져다 준다.

케이크를 자르고 생일축하 노래를 부르고 선물을 풀어보는 공식적인 생일행사가 끝나고 린다의 친구들은 모두 돌아갔다. 나도 갈 차비를 했더니 아르날도가 조금만 더 있다가 커피나 한 잔 조용하게 마시고 가라고 한다. 그런데 커피는 무슨 커피. 린다와 설거지하고 집안을 정리하다 보니 벌써 10시가 되었다.

오늘 저녁에는 같은 숙소에 묵고 있는 다른 아이가 떠나는 날이라 저녁에 간단하게 한 잔 하기로 했는데. 오후 유적지에 같이 가기로 한 약속을 깨고 이제 저녁약속까지 못지키게 되었으니 나보고 배반자라고 하겠다.

린다는 친구들이 가자마자 내가 선물로 준 티셔츠를 입고는 비야가 이걸 주리라고는 꿈에도 생각하지 못했다며 좋아서 어쩔 줄 모른다.

밤늦게 시골에서 아르날도의 누님인 마리아가 왔다. 알고 보니 이 집 부부는 1년 전에 이혼을 했는데 이 식구들의 고향은 과달라하라라는 곳이라 멕시코 시티에는 일가친척도 없고 여기로 이사온 지도 얼마 되지 않았단다.

아르날도는 여기에 별로 아는 사람도 없어서 딸아이의 생일을 쓸쓸하게 보낼까봐 마음이 아팠는데 내 덕분에 아이가 저렇게 좋아하니 너무 고맙다고 한다.

"비야 아줌마, 오늘 여기서 자고 가면 안돼요?"

아버지 말 끝에 불쑥 린다가 청한다. 내가 안된다는 말도 하기 전에 꼬마 라파엘로며 마리아가 거든다.

"우나 부에나 이데아(그거 아주 좋은 생각인데)."

난처해져서 아르날도를 쳐다보았더니 그도 역시 "에스타 비엔(그렇게 할 수 있어요)?" 하며 거들기커녕 은근히 바라는 눈치다. 아이들의 반짝거리는 까만 눈 네 개가 나를 꼼짝 못하게 해서 도저히 거절할 수가 없다.

"에스타 비엔(그렇게 할게)."

한 시간 전에 나를 처음 본 고모가 아이들보다 더 좋아한다. 고모는 아이들에게는 코코아 한 잔씩, 어른들에게는 데킬라 한 잔씩을 가지고 온다. 그러면서 데킬라 술을 마실 때는 건배를 하면서 '데킬라!' 하고 목청껏 외쳐야 한다고 설명해준다. 아이들까지 합세해서 잔을 부딪치면서 천장이 떠나가라고 '데킬라!'를 외쳤다. 전에 우리나라에서도 유행했던 멕시코 악단 로스 판초스의 노래 '데킬라'에서 데킬라 부분을 크게 고함치며 부르는 이유를 알았다.

아르날도는 이왕 데킬라를 마시려면 제대로 마셔야 한다며 소금을 손등에 얹어주고 레몬 한 조각을 컵에 끼운다. 한 모금 마시고 손등에 있는 소금을 조금씩 핥아 먹는 것이다. 데킬라는 60도로 소주보다 훨씬 독하다. 린다는 우리 식구끼리 모여 데킬라를 마시는 게 아까 피나타를 깬 것보다 더 재미있다며 좋아한다. 갑자기 내가 린다의 '우리 식구' 중 일원이 된 것이다.

신이 난 린다는 가짜 반지, 목걸이 등을 모아놓은 보물상자를 가지고 나와 자랑하며 내게 그 중에 아무거나 마음에 드는 것을 골라 가지라고 한다. 꼬마 라파엘로는 레고 블록으로 장난감차를 만들 줄 안다고 덩달아 자랑이다. 고모는 목청껏 노래를 뽑으면서 분위기를 잡는다. 아르날도는 여태껏 한국 노래를 한 번도 들어본 적이 없는데 괜찮으면 하나만 불러달란다.

정 소원이라면 그러지 뭐. 무슨 노래를 부를까 하다가 아이들도 있고 해서 동요를 하나 불렀다.

"엄마가 섬그늘에 구울 따러 가면 아기가 홀로 남아 지입을 보오다가…."

그러다가 노래가 너무 슬픈 것 같아 그 곡 다음으로 멕시코 유행가도 알고 있다고 하면서 남미 최대의 히트곡인 '도스 무헤레스, 운 카미노' (한 길을 가고 있는 두 여자)'를 불렀다.

남미여행을 하면서 자나깨나 들었던 곡이다. 느린 곡조의 가사는 두 여자가 한 남자를 사랑한다는 것인데 내가 이 노래를 부르자 신기한 듯 꼬마까지 다 따라부른다. 아, 그렇지. 이 노래가 원래는 멕시코 TV 드라마 주제곡이었다지. 고모와 아르날도는 어디에서 이 노래를 배웠느냐고 놀라움을 감추지 못한다. 배우기는 내가 어디서 배웠겠나. 몇 달 동안 매일같이 귀에 못이 박이도록 들었으니 앵무새라도 따라부를 텐데. 그만큼 대히트곡이다.

아이들은 졸려서 하품을 하고 눈꺼풀이 반쯤 감기면서도 아버지가 이제 그만 자라고 하면 당장에 안 졸린다고 펄쩍 뛴다.

손님방이 따로 없어 린다와 한 침대에서 자게 되었는데 아침에 보니 고모하고 자던 라파엘로까지 와서 자고 있다. 자고 있는 아이들은 누구라도 천사같다. 엄마 없이 자라는 아이들이 측은하게 생각되어 떡이 되어 자는 아이들의 볼에 입을 맞췄다.

아침에 아르날도와 함께 아이들을 학교와 유치원에 데려다 주었는데, 차에서 내려 나를 바라보는 눈이 쓸쓸하기 그지 없었다. 나도 공연히 마음이 쓸쓸해져서 숙소로 향했다. 숙소까지 바래다 준 아르날도는 차에서 내리는 내게 자기가 오랫동안 가지고 다니던 것이라며 은으로 만든 멕시카나 해시계 모양의 열쇠고리를 선물한다.

"아이들에게 따뜻하게 해줘서 정말로 고마워요. 그 친절 잊지 않겠습니다. 부엔 비아헤 이 부에나 수에르떼(좋은 여행 하시고 행운이 함께 하시길)."

정중하게 인사를 한다. 이 사람 부인은 왜 이런 착한 사람을 떠나 버렸나?

"차오 아르날도. 부에나 수에르떼(안녕, 아르날도. 행운이 함께 하시길)."

아르날도와 아이들이 하루빨리 좋은 반려자와 엄마를 만나 행복이 가득한 가정을 이루었으면 한다.

이집트 피라미드와 너무나 닮은 멕시코 피라미드

다음날 혼자 '신의 도시' 테오티와칸에 갔다. 아즈테카 최대의 유적지다. 서기 600년경 이곳을 중심으로 번성했던 아즈테카 족은 이곳에 길을 바둑판처럼 내고 신전과 궁궐 등 2만여 채의 집을 짓고 살았다고 한다.

양옆으로 크고 작은 피라미드가 줄지어 있는 '죽은 사람의 길'을 따라 걸으니 마치 빌딩이 우거진 뉴욕의 맨해튼 거리를 걷는 것 같다. 큰길을 따라 한참 가면 거대한 태양의 피라미드가 있고 그 막다른 골목에 달의 피라미드가 우뚝 솟아 있다.

태양의 피라미드는 이집트의 피라미드 못지 않게 큰 석조 건축물로 무덤으로 사용된 것이 아니라 시제나 기후제를 지내는 신전이었을 것이라고 한다. 그건 달의 피라미드도 마찬가지다. 테오티와칸의 피라미드와 이집트의 피라미드가 시간적으로 5백년 이상의 차이가 있고 두 문명이 교류했었다는 아무런 증거도 없는데, 어떻게 이토록 비슷한 모양과 크기의 건축물을 세울 수 있었을까 참 신기한 일이다.

신의 도시에서는 일단 그 거대한 건축물에 압도당하거니와 한 건물씩 차근차근 보아도 케잘코아틀이라는 반은 새, 반은 뱀인 동물 등 정교한 조각들이 참으로 아름답다.

이곳의 주인인 아즈테카 족은 그후 이름이 멕시카로 개칭되어 오늘에 이르는데 유래는 이러하다.

아즈테카 족이 이동 도중 어떤 산에 이르렀을 때 신이 나타나 예언하기를 장차 아즈테카 족이 세계를 정복하게 되는데 그러기 위해서는 종족 이름을 멕시카로 바꾸고 큰 독수리가 선인장 위에 앉아서 뱀을 잡아먹고 있는 장소가 나타나면 거기를 수도로 정해 나라를 일으키라는 계시를 받았다는 것이다.

아즈테카 족은 1324년, 지금의 멕시코 시티에서 예언의 장소를 발견하고 도읍으로 정했다. 독수리가 뱀을 잡아먹고 있는 문양은 멕시코 국기가 되었고 멕시코 올림픽의 엠블럼으로 쓰이기도 했다.

전날 약속을 깨고 린다의 생일잔치에 간 것이 내게 큰 보너스를 안겨주었다. 내가 간 날 테오티와칸에서는 가을에서 겨울로 바뀌는 것을 기념하는 시제가 벌어지고 있었던 것이다. 원주민 인디오들의 행사다. 처음에는 여기서 거대한 관광객용 쇼가 벌어지는 줄 알았다. 인디안 복장을 한 남자와 원주민 전통의상인 위필이라는 꽃무늬가 화려한 하얀 원피스를 입은 여자들이 사방에 깔려 있었기 때문이다.

그런데 그게 아니었다. 달의 피라미드라는 곳에 올라가 앉아 있으려니까 꽃무늬가 있는 원피스 위필을 입은 인디오 여인이 물과 꽃을 바치며 동쪽에 대고 큰절을 하는 것이다.

지금도 이렇게 가끔씩 조상들의 신전에 와서 기도를 하는 사람들이 있구나 생각했는데 조금 있으려니까 한 무리의 위필 원피스를 입은 여자들이 올라와 똑같은 식으로 절을 한다. 오늘이 절하는 날인가 생각하고 있는데 둥둥둥 북소리가 난다.

아래를 내려다보니 수백 명도 넘는 사람들이 머리에는 깃털을 꽂고 다리에는 방울을 잔뜩 단 신발을 신고 가죽옷을 입은 전통 인디오 복장으로 내가 앉아 있는 달의 피라미드를 향해 '죽은 사람의 길'을 행진해 오고 있다. 또 한참 있으려니까 얼굴에 하얀 분칠을 하고 성장을 한 '죽음의 신'이 여자들에게 둘러싸여 의식을 진행한다. 무언가 중요한 뜻이 있는 것 같은데 주위에 물어볼 사람이 없어 답답하기만 하다. 내가 사진을 찍으려고 왔다갔다하니 그렇게 함부로 다니지 말라고 제지하는 것을 보면 이건 절대로 관광객용 행사가 아니다.

의식이 다 끝나고 돌아가는 길에 멕시코인 동양역사학 교수를 만났다. 큰 골격에 땅땅한 체구로 보아 스페인 피가 전혀 섞이지 않은 원단 인디오라는 것을 한눈에 알 수 있다. 이분도 인디오 시제에 참석하느라고 먼 곳에서 만사 제쳐놓고 왔다며 한국에도 가본 적이 있다고 아주 반가워한다.

자기 머리에 매고 있던 인디오 원주민의 상징인 빨간 머리띠를 풀어주면서 우리 멕시카나 사람들의 아름다운 풍습을 한국사람에게 잘 알려달라고 부탁한다. 멕시코 인디오의 시제에 대해서 이것 저것 묻고 싶었지만 그가 서둘러 돌아서는 바람에 많은 것을 물을 수가 없었다. 이럴 줄 알았으면 좀더 공부를 하고 올 걸. 내가 이 시제나 아즈테카 문명에 대해 어느 정도 상식이 있었다면 훨씬 재미있고 유익했을 텐데. 그러니 아는 만큼만 보인다는 것은 만고의 진리다.

바지 지퍼 내린 치한이 뻔뻔하게 웃기까지

시간대를 잘못 맞추면 멕시코 시티의 지하철도 우리나라 지옥철 저리가라로 붐빈다. 출퇴근 시간 붐비는 것 말고도 멕시코 시티 지하철과 서울지하철은 비슷한 게 또 하나 있다. 혼잡한 틈을 타 여자들을 더듬거나 등 뒤에 딱 달라붙어서 이상한 짓을 하는 놈들이다.

우리나라 치한들도 외국 아가씨에게 똑같은 관심을 보이는지 모를 일이지만 멕시코 시티에서는 외국인이 더 인기인가 보다. 나같이 별 볼일 없이 꾀죄죄한 동양 배낭족도 치한의 표적물이 되었으니.

숙소로 돌아오는 길이었다. 아주 피곤해서 붐비는 지하철에 겨우 매달려 있는데 뒤에서 누가 내 엉덩이를 만지는 느낌이다. 뒤를 돌아보니 20대 전후의 녀석이 태연하게 서 있다. 내가 너 하는 수작 다 알고 있으니 그만하라고 강한 눈짓을 보냈는데도 그만 두기커녕 조금 있자니 대담하게 몸을 밀착시킨다. 몹시 불쾌하다.

이리저리 피하다가 언뜻 돌아보니 글쎄 이 녀석이 바지 지퍼까지 내리고 본격적인 작업에 들어가려는 폼이다. 내 차림은 청바지에 긴 티셔츠로 성적 충동을 일으킬 선정적인 것과는 거리가 먼데 왜 나를 찍었을까. 정신병자 같은 놈. 가만히 두고 보자니 부아가 난다.

확 돌아보며 큰 소리로 "노 또까(만지지 마)"라고 했는데도 막무가내다. 내가 너무 고상하게 말했나. 혹시 내가 '만지지 말아주시면 고맙겠어요' 라는 투로 얘기한 건 아닌가. 뜻이 더 강한 스페인어 표현을 모르는 것이 속상해 씩씩대고 있는데 이 녀석이 이제는 몸을 밀착시킨 것은 물론 손을 내 허리에 갖다 대는 거다. 더 이상은 참을 수 없다.

"이 개자식아. 어딜 더듬는 거야."

내 허리에 갖다 댄 손을 뿌리치며 한국말로 소리를 빽 질렀다. 그런데 글쎄, 이 녀석은 아마추어가 아닌 모양이다. 나를 정면으로 쳐다보면서 가소롭다는 듯이 씩 웃는 게 아닌가. 이런 나쁜 놈에게 더 이상의 인내심을 보일 필요는 없다.

'철썩!'

그대로 따귀를 한 대 올려붙였다.

그제서야 주위에 있는 사람들이 무슨 일인가 하고 우리를 돌아보는데 바지 지퍼를 내리고 있어 치한이 아니라고 발뺌을 할 수 없게 된 그 놈은 지퍼도 올리지 못한 채 마침 멈춘 정거장에서 줄행랑을 놓아 버렸다.

바보같은 놈, 걸려도 잘못 걸렸지. 동서양을 막론하고 이런 망할 녀석은 고추를 따버려야 한다니까.

애니깽
조선 이민의 슬픔 어린 유카탄 반도

마야 유적지로는 특이하게 정글이 아닌 해변에 있는 툴룸.
이 바다에서 누드로 해수욕을 즐기다.

일본인들에게 속아 쿠바까지 농노 유랑

중남미를 여행하면서 마야와 잉카의 유적지를 돌아보지 않을 수 없다. 멕시코에서 마야문명이 가장 생생하게 남아 있는 곳은 유카탄 반도. 거기를 거쳐 바로 과테말라로 넘어갈 수 있으니 여정으로 보아도 잘된 일이다.

한국사람인 내게 유카탄 반도는 마야유적이나 카리브해 최대의 해변관광지 칸쿤보다는 한국 초기 이민의 슬픈 역사를 간직한 곳으로 기억된다. 몇 년 전 연극과 소설로도 소개가 되었고 올해 대종상 최우수 작품상을 받은 〈애니깽〉의 무대가 바로 이곳이기 때문이다.

1905년 2백71세대, 1천33명의 조선인이 고종황제가 발행한 여권을 품에 안고 인천항을 떠났다. 몇 년째 흉년이 들어 초근목피로 연명하고 있는 사람들을 일본업자들은 4년만 멕시코 농장에서 일하면 큰돈을 벌 수 있다고 꾀었다.

이들이 우여곡절 끝에 도착한 곳은 멕시코 유카탄 반도의 애니깽 농장이었다. 애니깽은 선인장의 일종으로 독성이 강한 가시가 많은 선인장과의 용설란이다. 이들은 여기 일본인 소유의 애니깽 밭에서 4년간 노예와 다름없는 생활을 하게 된다.

40℃가 넘는 무더위 속에서 독성이 강한 애니깽의 가시에 찔리고 독사가 우글거리는 농장에서 일하면서 사람들은 하나둘씩 죽어갔다. 농장 노동자들 가운데서도 최하위 신분에 속한 한국인 노동자들은 돼지우리 옆에서 돼지우리와 다름없는 움막을 짓고 기거했다. 할당된 하루 분량의 일을 다 해내지 못하면 짐승처럼 맞기가 예사. 이때 맞아서 죽은 사람도 많았다고 한다.

이런 극한 상황에서 수백 명이나 되는 사람들이 왜 탈출을 하지 않았나 싶겠지만 어려운 일이었다. 설령 지옥농장을 탈출한다고 해도 멕시코와는 국교가 없으니 대사관이 있을 리 없고 농장 밖에만 나가면 말도 안 통하고 어디로 숨을 곳도 없다. 제일 큰 문제는 이미 1910년 한일합방이 된 후라 그들을 보호해줄 조선이라는 나라가 없어졌다는 것이다.

그후 1/4정도인 2백~3백명의 한국인이 일본인 농장주의 빚 때문에 쿠바로 팔려갔다. 쿠바로 간 사람들은 맨손으로 사탕수수를 베며 농노생활을 해야 했는데 그 후예들이 지금도 쿠바에 살고 있다고 한다.

90여년이 지난 지금 그 후손들은 거의 미국으로 갔지만 아직 유카탄 반도에도 30~40세대가 살고 있다. 다행히 이들은 이제는 이민 1세대의 설움을 딛고 모두 중상층을 이루게 되었다고 한다. 이 뼈아픈 이민사 중에서도 나를 가장 가슴아프게 한 대목은 그들에게는 그들의 아픔을 호소할 조국이 없었다는 것이다.

공연히 비장해진 내 마음을 아는지 모르는지 유카탄주의 주도(州都)인 메리다에 내리자마자 그물침대 해먹을 사라고 장사꾼이 따라붙는다. 이곳의 그물침대는 가볍고 품질이 좋다고 가이드 북에 쓰여 있었다.

처음에는 일본말로 '곤니치와' 하더니 두 번째는 단박에 한국말로 '안농하세요' 한다. 어떻게 한국말을 아느냐니까 로스앤젤레스에 있을 때 '정'이라는 한국사람과 함께 일하며 친하게 지냈다고 한다. 그러면서 한국말로 '친구'라고 한다.

그리고는 한국사람 만나서 반갑다며 정말로 가게 가격의 반값에 좋은 그물침대를 주겠다고 한다. 그러지 않아도 중미여행의 필수품인 그물침대를 하나 사야겠다고 생각했었는데 잘 됐다.

물건을 고르면서 이 동네에 혹시 한국인 교포들이 살지 않느냐니까 잘 모르겠다며 묵을 곳이 없어서 그런다면 자기집으로 가자는 것이다. 자기 부인도 한국사람을 좋아하고 한국음식도 만들 수 있다고 한다. 밤차를 타고 바야돌리드로 떠나는 길이 아니었다면 나도 그러고 싶었다. 세련된 도시색시 같은 메리다도 나쁘지는 않지만 나로서는 마야 최대의 유적지라는 치첸이샤가 훨씬 더 기대가 된다.

스페인 정복 전에 아메리카 대륙에서 부침했던 많은 문명 중 가장 고도로 발달한 문명이 마야문명이라는 데는 이론의 여지가 없다. 이들은 조직적인 경제며 천문학, 수학, 건축술을 가지고 있었을 뿐 아니라 조각이나 문학, 춤, 그림 등 예술분야에도 뛰어났다고 한다.

이는 마야인들이 옥수수를 넉넉히 확보하면서부터 많은 시간을 '문화발전'에 투자할 수 있게 되었기 때문이다.

잉카문명과는 달리 문자가 있었던 마야문명이 이렇게 수수께끼로 남은 것은 순전히 스페인 정복자들 탓이다. 그들이 신전이나 비문에 새겨진 그림문자들을 사교(邪敎)를 전한다 하여 거의 전부 뭉개버렸고 마야역사의 문화발전과 흥망성쇠를 알 수 있는 옛 문서들도 '악마의 책'이라 하여 도서관째 소각했기 때문이다. 남미판 분서갱유(焚書坑儒)라고나 할까.

어쨌든 옛날 마야인들이 살았던 유적지를 직접 볼 수 있다는 사실 자체가 내 발걸음을 재촉했다.

치첸이샤는 다른 마야 도시들과 마찬가지로 정글 속에 있었다. 치첸이샤는 '우물의 집'이라는 뜻인데 이름대로 여기에는 직경이 66m나 되는 거대한 우물이 있다. 이 우물에서는 처녀와 아이들을 산 채로 집어넣어 제물로 바치는 종교행사가 벌어졌다고 한다.

이 우물이 발굴되었을 당시 무수한 사람들의 뼈와 함께 많은 보석세공품들이 나왔다. 아마도 희생양이 되었던 사람들은 호화롭게 치장된 채 수장됐던 모양이다.

여기서도 멕시코 시티의 역사박물관에서 본 일이 있는 낯익은 차크

모르 상을 다시 보았는데 아는 사람을 만난 듯 참 반갑다. 차크모르 상은 전사의 신전 입구에 비스듬히 손을 괴고 누워 있다. 동그란 눈에 무표정하고 약간은 얼이 빠진 듯 멍청해 보이는 이 석상이 살아 움직이는 사람 심장을 제물로 받았다는 비의 신이다. 그것도 가장 용감한 젊은이나 가장 아리따운 처녀의 심장만을.

이 유적지의 압권은 입구에서도 보이는 엘 카스티요(성채)라는 거대한 피라미드다. 그 모양이 성채 같다고 스페인 정복자가 붙인 이름이라고 한다.

피라미드 안으로 나 있는 계단을 오르면 건물 중간 지점쯤에 마야의 주요 신 중 하나인 붉은 재규어 상을 볼 수 있다.

이곳이 유명한 관광지라서 그 계단을 오르려면 줄도 오래 서 있어야 하지만, 막상 들어선 계단 안은 한증막처럼 축축하고 덥다.

안내인의 설명을 귀동냥하기 위해 일본 관광객 그룹에 섞여서 열심히 보고 듣기는 했지만, 그냥 '유명한 것을 나도 보았다'는 느낌 정도이다. 오히려 내가 이 마야 유적지에서 제일 마음에 든 것은 90여 개의 계단을 오른 그 피라미드 꼭대기에서 내려다 본 정글 전경이다.

정글을 보고 있자니 여러 가지 의문이 든다. 좋은 곳 다 놔두고 마야인들은 왜 굳이 살기 어려운 정글 속에 들어왔을까. 저 건물들을 짓기 위해 돌들은 어디에서 가지고 왔을까. 궁금증은 그것뿐만이 아니다.

마야인들은 기원전 10세기, 멕시코 유카탄 반도 일대에서 과테말라 온두라스에 이르는 광대한 지역을 차지하고 화려한 문명을 이루며 살았다고 한다.

그런데 한창 중흥을 이루던 서기 1000년경 50개의 도시를 버리고 별안간 대이동을 시작, 영영 역사 속으로 사라지고 말았다. 마야인들은 어디로 사라진 것일까. 도대체 어디로.

두 아이 둔 젊은 이혼녀의 적극적 인생관

유카탄 반도의 바야돌리드에서 2~3시간 버스를 타고 가면 그 유명한 바닷가 칸쿤이 나온다. 거기서 다시 30분 정도 작은 통통배를 타면 녹색 바닷물로 둘러싸인 이슬라 무헤레스라는 작은 섬이 나온다. 여자들의 섬이라는 뜻이다. 무슨 연유인지는 모르겠으나 스페인 사람들이 이곳에 처음 왔을 때 이 섬에 여자만 살고 있어서 붙여진 이름이라고 한다.

멕시코에 놀러 가면서 칸쿤에 가겠다는 사람이 있다면 나는 세계 최고급 호텔이 몽땅 들어와 있고 해변가가 모두 고급호텔 전용 비치가 되어 있을 뿐더러 미국의 패스트 푸드 체인점들이 즐비한 칸쿤보다는 여기 이슬라 무헤레스가 훨씬 물가도 싸고 멕시코적이라고 말해주고 싶다.

이곳에 오면 왜 세상 사람들이 카리브해 바캉스를 최고로 치는지 확실히 알 수 있다. 새벽 일찍 해변에 나가면 인적없는 새벽해변을 온전히 홀로 즐길 수 있다. 가까운 바다는 하얀색, 먼 바다는 옥색. 발목까지도 차지 않는 바다가 1백~2백m쯤 계속되는데, 바다 속에는 여러 가지 빛깔 고운 고기들이 떼를 지어 다닌다.

잘게 이는 물이랑이 햇볕에 반사되어 예쁜 무늬를 만들어내고, 발목을 적시고 있는 물의 온도는 따뜻하고 쾌적하다. 해변의 모래는 모래라기보다 가루 같다. 한 가지 흠이라면 야자수를 다 베어버려 땡볕을 피할 그늘이 없다는 것 정도. 2, 3일만 있으려고 한 계획이 아무래도 길어질 것 같다.

이곳의 일몰은 일품이다. 해는 서쪽으로 떨어지기 전 한뼘 정도 걸려 있을 때부터 하늘과 바다를 온통 붉게 물들이면서 스키 활강하듯 바다 속으로 빠진다. 일몰 때의 태양은 잘 익은 파파야 빛깔이다.

해가 지고 난 다음도 멋있다. 하늘에 빛이 사라진 후 어두워진 바다에 박혀 있는 사람들의 실루엣이 그림 같다. 이런 멋진 경치를 나 혼자만 보고 있다는 게 미안하다.

며칠 머무는 동안 멕시칸 여자친구를 사귀게 되었다. 30대 초반의 국제법 변호사인 이사벨라. 영어는 물론 프랑스어에도 능통한 이사벨라는 5살 된 딸과 2살 된 아들을 둔 이혼녀다.

자그마한 몸매는 아이를 둘이나 낳았다고는 상상도 못할 만큼 아름답게 균형이 잡혀 있다. 이목구비가 뚜렷한 미인인 데다 한 달째 여기서 피서를 하고 있어서 그런지 피부가 까무잡잡하고 웃는 모습도 천진해서 같은 여자가 봐도 아주 매력적이다.

노는 것도 일류다. 바다에 가면 인어공주처럼 수영을 한다. 내가 놀라서 언제 그렇게 수영을 배웠느냐니까 중고등학교 때는 국가대표 수영선수였단다. 그러면 그렇지. 이렇게 균형잡힌 몸매가 어디 하루 아침에 만들어지는 것이겠어.

그것뿐이라면 말도 안한다. 저녁에 디스코장에 가면 또 완전히 댄싱 퀸이다. 멕시코의 전통 춤 마링게는 물론 살사, 맘보, 밤바 등 못 추는 춤이 없다. 법학도가 언제 이렇게 춤도사가 되었느냐고 했더니 이건 고등학교 때 마스터한 것이라고 한다.

그 아름다운 몸매를 유지하기 위해서는 매일 밥을 새 모이처럼 조금씩만 먹을 거라고 생각했는데 웬걸, 같이 식당에 가면 이것저것 마구 시켜 먹는 양이 대단하다. '위대' 하기로 소문난 나보다 더 많이 먹는 것 같다.

"어쩜 그렇게 많이 먹니?"

"많이 먹고 힘이 나야 일도 열심히 할 거 아냐."

고른 이를 드러내며 건강하게 웃는다. 정말 신나고 유쾌한 사람이다. 이사벨라에게는 이혼이라는 힘든 과정을 거친 사람들이 흔히 가지는 그림자나 어둠이 없어서 좋다. 단단하게 산다고 할까 당당하게 산다고 할까. 자신있게 사는 모습이 마음에 든다.

이사벨라는 자기는 결혼에 한 번 실패하기는 했지만 그것이 인생의 실패는 아니라고 생각한단다. 첫 번째 결혼은 실수였다고 한다. 그를 사랑하지도 않았는데 단지 재벌 출신 국회의원이라는 것에 마음이 끌렸다면서 자신이 어리석었다고 시인한다. 다시 결혼하게 된다면 아주 신중하게 결정하겠단다. 그렇다고 꼭 결혼을 해야 한다는 강박관념은 없다고 한다.

"비야씨. 이혼하고 나니 온갖 남자들이 내게 눈독을 들였어요. 나도 물론 성녀처럼 살지는 않아요. 그렇지만 나는 일정한 룰이 있어요. 페어플레이 정신이라고 할까? 절대로 유부남의 애인은 되지 않아요. 이혼녀의 자존심이지요."

참 마음에 드는 여자다. 자기의 실수를 깨끗이 시인하고 그것을 담금질로 여기며 당당하게 살고 있는 여자, 자유분방해 보이지만 내면에는 분명한 자기원칙이 있는 사람이다.

며칠 동안 이사벨라와 어울리면서 나는 아주 재미있는 시간을 보냈다. 그리고 내내 이 여자가 자랑스러웠다. 같은 여자끼리 느끼는 가슴 뿌듯한 동지애라고나 할까. 이사벨라가 앞으로도 늘 지금처럼 멋진 인생을 꾸며나갈 것을 의심치 않는다.

툴룸 해변, 발가벗고 해수욕하다 곤경

툴룸은 깎아지른 듯한 해안 절벽에 만들어진 마야의 유적지다. 그러나 내게는 이슬라 무헤레스와는 또 다른, 매력있는 해변가로 더 기억에 남는다. 툴룸의 숙소는 언덕 꼭대기에 있었는데, 가는 길이 정글처럼 울창한 숲이다. 땀을 흘리며 올라가니 눈앞에 짙은 옥색 바다가 펼쳐지고 부드러운 해풍이 불어온다. 숙소의 마음씨좋은 주인 아저씨를 졸라 바닷가에서 제일 가까운 오두막을 부탁했다.

이슬라 무헤레스에서 같이 묵으면서 친해진 영국인 여교사 모히라는 왜 비야씨가 부탁하면 사람들이 모두 잘 들어주는지 모르겠다며 동양여자들은 남자 홀리는 기술이 있는 것 같다고 한다. 1년 전에 헤어진 자기 남자친구도 자신과 오랫동안 사귀면서 결혼할 생각까지 하고 있었는데 홍콩에서 유학온 여자아이를 만나더니 헤어지자고 하더라면서 씁쓸하게 웃는다.

부탁한 대로 주인아저씨는 정말 바다에서 겨우 1~2m밖에 떨어지지 않은 곳에 있는 오두막을 내주었다. 그 바로 옆에는 2m 정도 되는 우물이 있어서 바다수영을 하고 곧바로 몸을 씻을 수 있다. 그야말로 최상의 오두막을 내준 것이다. 임대료는 한 사람에 하루 10페소(2천원).

오두막은 자잘한 나뭇가지로 벽을 만들고 지붕은 야자수를 엮어서 얹었다. 바닥은 모래바닥인데 문을 열고 닫으려면 커다란 돌을 움직여야 하는 원시 오두막이다. 옥색 바다가 바로 코앞에 보이고 오두막 옆에는 열매가 주렁주렁 달린 야자수가 그늘을 만들고 있으니 그야말로 완벽한 해변 별장이다.

오두막에 해먹을 걸고 돈과 여권이 들어 있는 전대를 비닐 봉지에 넣어 바닥 모래 깊숙이 파묻고는 카리브의 따뜻한 바다 속으로 들어갔다. 주위는 철 지난 바닷가처럼 아무도 없다. 모히라는 사람이 없는 틈을 타서 그동안 햇볕 구경을 못해 우유병처럼 하얀 가슴과 엉덩이를 태우겠다고 비키니를 벗고 일광욕을 한다.

나도 아무도 없는 틈을 타서 수영복을 벗고 바다 속으로 풍덩. 알몸으로 파도도 타고 물장구도 치면서 바다에 난생 처음 와본 어린아이처럼 신나게 놀았다. 참으로 신선한 느낌이다. 해방감이라고 할까,

세상에서 하지 못하게 하는 일을 하고 있다는 자유감이라고 할까. 내가 비로소 순수하게 큰 자연 속에 녹아드는 것 같은 느낌이다.

이렇게 알몸으로 해수욕을 하고 있으니 태어나서 처음으로 가본 누드비치 생각이 난다. 미국 캘리포니아에 있는 블랙비치. 함께 자동차를 타고 샌프란시스코를 거쳐 샌디에이고로 놀러 간 아니타가 누드비치에 가보지 않겠느냐고 했다.

"누드비치라고? 거기 가면 정말 다 벗고 다녀야 하는 것 아냐?"

"싫으면 안 벗어도 돼."

"안 벗어도 된다고?"

솔깃했다. 나는 그때까지 남녀가 대낮에 벌거벗고 다니는 걸 한번도 보지 못했으니까. 블랙비치라고 하는 누드비치는 산으로 가려져 있었다. 언덕길을 한참 내려가서야 비치가 나왔다. 정말로 보이는 사람마다 실오라기 하나 걸치지 않은 전라의 모습이었다. 처음에는 너무 당황해서 눈을 어디에 두어야 할지 어색하기만 했다.

나는 그 누드비치에는 몸매를 과시하러 오는 청춘남녀가 대부분일 거라고 생각했었다. 그런데 어린아이들까지 대동한 가족단위 누드족이 훨씬 많았다. 누워서 선탠하는 사람, 엄마 아빠랑 배드민턴을 치거나 부메랑 놀이를 하는 아이들, 젊은이들은 여기 저기 코트를 매놓고 남녀 함께 해변배구를 하고 있었다.

모두들 너무나 자연스럽게 하루를 즐기고 있었다. 신기해하고 쑥스러워하는 사람은 나뿐이었다.

아니타는 비치에 오자마자 옷을 다 벗어던지고 바다로 들어갔다. 나는 아니타가 벗어놓은 옷을 지키며 한참동안 쪼그리고 앉아 있었다. 지나가는 알몸들은 눈을 피하려는 나와는 반대로 눈이 마주치면 너무나 자연스럽게 "하이" 하며 인사를 했다. 이거 애꾸나라에 오면 두 눈 가진 놈이 병신이 된다더니 누드비치에 오니까 옷입은 내가 바보가 된 기분이다. 꿔다 놓은 보릿자루처럼 앉아 있기를 15분.

'아니, 내가 왜 이렇게 앉아 있는 거야? 그러려면 무엇하러 여기 온 거야?'

다음 순간 나도 부랴부랴 옷을 훌렁 벗고 다른 사람들처럼 알몸을 바다 속으로. 그날 하루 정말 자유를 만끽하며 신나게 놀았다.

저녁 때 집에 돌아가려고 옷을 입는데 그 옷이 어찌나 거추장스럽게 느껴지던지. 알몸으로 만나 하루종일 알몸으로 같이 놀던 옆자리 가족들이 옷을 입고 일어서는 모습은 왜 또 그렇게 어색하고 낯설게 느껴지던지.

알몸이 창피하거나 수치스러운 게 아니라는 걸 어렸을 때부터 자연스럽게 배우게 되는 그 비치의 아이들은 분명 복받은 아이들이다.

어릴 때부터 감추고 싸고 하던 버릇 때문에 어른이 되어서 남이 다 벗는 곳에서도 민망해하며 몸을 웅크리는 이 소심한 한국의 딸에 비하면.

이런 저런 생각에 빠져 있는 사이 문제가 하나 생겼다. 멕시코 남자들 한 무리가 우리 오두막 우물가로 걸어오는 것이다.

샤워만 하고 곧 가겠지 생각하고 물속으로 들어가서 사람들이 가기를 기다렸다. 모히라는 사람들이 오거나 말거나 선탠을 계속한다. 유럽아이들은 항상 저렇다니까. 공원에서도 벌거벗고 남녀 함께 일광욕을 하는 게 다반사니.

그렇지만 나는 계속 물속에 숨어 있었다. 그런데 곧 갈 것 같았던 사람들이 근처 야자나무 그늘에 아예 자리를 잡고 앉는 것이 아닌가. 언제까지 물속에만 있을 수도 없고. 모히라에게 옷을 갖다 달라고 모히라를 목청껏 불렀지만 대답이 없다. 대신 나무 밑에 앉아 있던 사람들이 일제히 나를 쳐다본다.

모히라는 남자들이 온 것을 모르고 벌거벗은 채 잠이 들어버린 것이다. 언제까지 그러고 있어야 하는지 막막했다.

"올라, 무차초. 메다 에사 또아야 그란데 뽀르빠보르(이봐요, 총각. 큰 타월 좀 가져다 줄래요)?"

참다 못해 그늘에 앉아 있는 총각에게 도움을 청했다.

이 여자들이 한 여자는 허연 엉덩이를 내놓고 자고 한 여자는 벌거벗고 물속에 들어가 놀고 있으니 도대체 뭐하는 여자들인가 생각했을 것이 뻔하다.

버섯 먹고 영혼여행
일곱빛깔 무지개 속으로

일종의 환각제 같은 버섯으로 영혼을 깨끗이 해준다는 할머니가
내 영혼을 부르고 있다.

나는 시장 길거리 음식이라면 사족을 못써

중미여행을 마치고 과테말라에서 다시 국경을 넘어 멕시코 남부의 최대 도시 오악사카로 왔다. 미국으로 돌아가는 길이다. 미국까지 육로로 가려면 멕시코 시티에서 기차나 버스를 타야 하니까 가는 길에 인디오 마을이나 유적지를 보면서 슬슬 올라가자는 계획이다. 오악사카에서는 며칠 쉬며 밀린 일기도 정리하고 몬테 알반 등의 유적지를 돌아보기로 했다.

2달간 물가가 싼 과테말라에 있다가 멕시코에 오니 체감물가가 엄청나다. 일단 식비지출을 줄이기 위해서 아침, 점심은 길거리에서 파는 음식으로 적당히 끼니를 때우고 저녁은 숙소 부엌을 빌려 해 먹기로 했다. 찬거리를 사기 위해 같은 방을 쓰게 된 미국인 여대생 캐시와 동네 시장을 보러 갔다.

멕시코의 길거리 음식은 참 맛있다. 얇은 옥수수 전병을 기름에 튀겨 그 안에 야채와 고기를 넣고 고추 소스를 살짝 뿌린 토스타다스나 튀기지 않은 옥수수 전병에 팥 으깬 것과 고기를 넣어 만든 타코스. 삶은 옥수수도 막대기에 끼워 버터나 치즈를 얹어 판다. 캐시는 비위생적이라며 거들떠보지도 않는다. 하지만 나는 세계 어디를 가도 길거리에서 파는 군것질은 도저히 그냥 지나칠 수 없다.

내게는 길거리 음식들이 맛도 좋고 값도 싸서 금상첨화다. 비위생적이라고 하지만 내 위는 한국에서부터 온갖 불량식품에 익숙해진 덕분에 세계 각국을 다니면서 어떤 음식이라도 탈없이 먹을 수 있는 것이다. 우리나라 종로 거리에 있는 '종로뷔페'는 언제나 내 단골이었다. 떡볶이에 튀김에, 기름에 달달 볶은 감자며 오징어에 붕어빵까지. 어쩌면 모두 그렇게 입맛에 딱 맞는지.

오악사카의 박물관이나 교회 등은 아름답고 고풍스러운 콜로니얼

스타일인데 시장은 멕시코에서 인디오가 제일 많다는 도시답게 과테말라에서나 볼 수 있는 인디오들의 다양한 색깔과 까만 머리를 두 갈래로 땋은 여인들로 꽉 차 있다.

시장에는 아보카도라는, 과육이 크림처럼 부드러운 초록색 과일이 지천으로 널려 있다. 샌드위치 용으로도 좋고 그냥 잘라 먹어도 고소한 맛이 그만이라 멕시코인들에게 아주 인기다. 캐시는 아보카도가 미국에 비해 말도 안되게 싸다며 욕심껏 산다. 내게는 치즈가 더 신기하다. 오악사카 치즈는 멕시코 전역에서 유명하다. 치즈를 칼국수처럼 썰어 털실뭉치 모양으로 말아 놓았는데, 먹을 때도 털실처럼 풀어서 먹는다. 맛은 쫄깃쫄깃한 닭고기 같다.

이렇게 먹을 거리가 주를 이룬 시장 중간중간에는 꽃 파는 가게며 신발가게, 위필이라는 하얀 블라우스가 산처럼 쌓여 있는 옷가게들이 있다. 인디오 전통복장은 옷 하나하나가 화려한 꽃 같다.

양손에 물건을 잔뜩 들고 오는데 광장에 큰 무리의 사람들이 모여 있다. 가까이 가서 보니 인디오 데모대가 시가행진을 하고 있다. 무슨 슬로건을 쓴 플래카드를 앞세우고 행진하는 그룹 뒤에는 여자들만 따로 한 그룹이 되어 걷고 있다.

나는 며칠 전 대통령선거 결과에 승복할 수 없다는 이 고장 인디오들이 무엇인가를 주장하고 있다는 것까지는 알고 있었으나 더 자세한 것이 알고 싶어졌다.

이 지방 인디오들은 이곳이 '인디오의 땅'이라는 애향심과 자부심이 대단하다고 들었다. 이곳에서 인디오 출신 대통령이 두 명이나 배출되었으니 그럴 만도 하다.

지금도 여기서 그리 멀지 않은 치아파스 지방에서는 대통령선거에 불복하는 대규모 인디오 반정부 게릴라 시위가 그치지 않는다고 한다.

미국 증오하는 과테말라, 미국에 반기 든 멕시코 인디오

캐시는 질린 얼굴로 자기는 빨리 숙소로 돌아가겠단다. 이번 멕시코의 대통령선거에는 미국이 깊숙이 관여했는데 이곳 사람들은 그 사실이 미국에는 이익이지만 자신들에게는 엄청난 불이익이라고 생각하고 있다면서 데모대 틈에서 미국사람은 안전하지 않다고 택시를 잡는다.

미국사람들의 이런 요란스런 몸사림이 어처구니없기도 하지만 중남미, 특히 과테말라 온두라스 등을 여행하면서 시골 벽촌 아주머니들에게까지 팽배해 있는 반미감정을 고려한다면 전혀 이해가 안되는 것도 아니다.

이런 일도 있었다. 과테말라의 어느 산간지방에서 버스를 기다리고 있을 때다. 세실리아라는 독일아이하고 동행이었는데 영어로 얘기를 주고 받고 있었다. 그때 동네 꼬마 한 명이 아장아장 걸어왔다.

세실리아가 먹고 있던 과자를 꼬마에게 주었는데 어디에선가 그 아이의 엄마가 나타나더니 과자를 땅에 팽개치고 아이를 얼른 안아든다. 그리고는 무서운 눈초리로 째려 보며 막 욕을 하는 거다. 순하디 순하고 착하디 착한 과테말라 시골 아주머니의 이 놀라운 반응에 우리는 정말 깜짝 놀랐다.

나중에 알고 보니 그곳에는 미국인에 대한 무시무시한 소문이 퍼져 있었다. 미국사람들이 어린아이를 유괴해서 팔아먹거나 신장이나 각막 등의 장기들을 빼내간다는 것이었다.

산간 지방이라 텔레비전이나 라디오도 없고, 신문이 있어봤자 문맹률이 높아 대부분의 사람들은 읽지 못하니 자기가 알고 있는 것이 어디까지가 '사실'이고 '뜬 소문'인지를 모른다.

그 아줌마는 독일인인 세실리아를 과자로 자기 아이를 꾀어내는 미국인 유괴범으로 생각했던 것이다. 사실 여부야 어떻든 뿌리깊이 박혀 있는 미국인에 대한 피해의식을 엿볼 수 있는 한 단면이었다. 여기 멕시코도 정도의 차이는 있지만 미국에 대한 불신이나 증오가 과테말라와 대동소이하다.

아무리 오악사카가 지나가는 길이라 해도 이곳 최대의 유적지인 몬테 알반을 안 보고 갈 수는 없는 노릇. 이미 멕시코 시티의 테오티와칸 유적지와 유카탄 반도의 치첸이샤를 보았기 때문에 큰 기대 없이 갔는데 정말 잘 갔다는 생각이 든다.

커다란 산들이 병풍처럼 아름답게 두르고 있는 언덕 위 몬테 알반에는 10개 이상의 피라미드와 1백개 이상의 왕족, 귀족 무덤이 있다고 한다. 이곳에서는 전혀 도굴되지 않은 무덤도 하나 발굴되었는데, 그 부장품이 오악사카 마을 박물관에 전시되어 있다. 그 무덤이 스페인 사람들에 의해 훼손되지 않은 것은 정말 다행이다. 그 정교하고 아름다운 금은 세공품들이 당장에 녹여져 한낱 금덩어리로 변해버렸을 테니까.

여기도 관광지라서 장사꾼이 들끓는다. 이 장사꾼들은 이 지역에서 출토되었다는, 흙으로 만든 사람모양의 조각이나 그릇들을 파느라고 분주하다. 내가 피라미드 위에 앉아 있었더니 아니나 다를까 어느 아저씨가 흙으로 만든 조각을 보여주면서 자기 할아버지가 몬테 알반 유적지 발굴 때 일을 했다고 한다. 그때 할아버지가 매일같이 무덤에 산더미처럼 쌓여 있는 이런 질그릇이나 조각을 가지고 왔었다면서 자기가 가진 것은 진짜라고 하는 것이다.

내가 아무런 반응을 보이지 않자 한번 보기만이라도 하란다. 조용히 유적지를 감상하려는데 방해꾼이 나타나 귀찮았지만 내가 보는 척하기 전에는 이 사람을 따돌릴 수가 없을 것 같아 흘낏 보았다. 그런데 그것은 한뼘도 안되는 크기지만 참 멋있는 조각이었다.

옛 전설에 나오는 신 중 하나라는데 특히 뱀 문양이 아주 정교하다. 이게 진품이라면 이렇게 아름답고도 값진 문화유산들이 이 나라에 보관되지 못하고 헐값에 자꾸만 외국인들의 손에 넘어가는 것이 마음아프다. 정식으로 박물관에 전시되지는 않는다 하더라도 멕시코 안에서 대를 이어 보관되었으면 좋겠다는 생각이 들었다.

"참, 멋있네요, 아저씨. 그런데 이거 외국인에게 팔지 말고 아저씨 아이들에게 물려주시면 더 좋겠는데요."

내가 한 마디 했더니 한참 나를 빤히 쳐다보던 아저씨는 무슨 생각을 했는지 흙으로 만든 그 조각을 내게 건네준다.

"레갈로 데 오악사카(오악사카의 선물)."

나보고 그냥 가지란다. 나는 정말 돈이 없다고 하니까 자기는 이제 내가 돈을 아무리 많이 주어도 안 받겠으니 한사코 그냥 가지란다. 내가 그걸 받으면서 답례로 뭐 줄 만한 게 없을까 하고 가방이며 주머니를 뒤졌더니 자기는 어떤 것도 안 받겠으니 찾지 말라고 하며 "부에나 수에르떼(행운이 깃들이기를)!"하면서 바람처럼 계단을 내려가는 것이다.

이 조각을 한국까지 무사히 가지고 와 지금도 내 '보물상자' 안에 고이 모셔두고 있다. 그 조각을 볼 때마다 궁금증이 생긴다. 도대체 그 아저씨는 내 어디가 마음에 들어 이 조각을 주었을까.

내 천년의 사랑은 어떤 모습일까?

배낭족들이 모이는 숙소는 대단한 정보센터다. 여기서 참 재미있는 곳을 알게 되었다. 데이비드라는 뉴질랜드 아이가 가르쳐준 우아우틀라라는 마을이다. 이 마을 사람들은 영혼을 깨끗이 하는 수백 년 전의 전통을 아직도 지키고 있다고 한다.

그 의식에 참여하기 위해서는 의식용 버섯을 먹어야 한다는 것이다. 자기도 한번 해보았는데 참 신기한 경험이었다며 멕시코 시티 가는 길에 있으니 한번 들러보라고 한다.

버섯을 먹고 하는 영혼여행이라. 이건 인도에서도 많이 듣던 말이다. 인도의 성지인 바라나시나 서쪽 라자스탄 지방의 푸시카르에서 방락시 혹은 하시시라는 환각제를 먹고 참여하는 것과 비슷한 것 같다.

인도에서는 세계여행 초기여서 마리화나의 일종인 쑥냄새 나는 하시시를 보는 것만으로도 마약법에 저촉되는 줄 아는 순진한 단계였다. 그래서 음식점에서도 흔하게 파는 방락시 섞인 요구르트도 마셔보지 못했다. 그때 나와 함께 여행했던 네덜란드 부부는 내 이런 반응에 너무 과민한 거 아니냐고 비웃기까지 했다. 하기야 그 나라는 다방에 앉아서도 마리화나를 자장면처럼 배달해 피우는 곳이니까.

사람은 자기가 받은 교육과 자란 환경에 얼마나 크게 영향을 받는 걸까. 우리나라에서는 마리화나의 '마' 자만 꺼내도 큰일날 일이지만 볼리비아나 페루의 산악지대에서는 남녀노소를 막론하고 하루종일 코카인의 원료인 코카 잎을 씹으면서 지낸다.

이들에게는 이것이 일상이다. 나도 페루에서 잉카의 길을 가는 동안 고산병에 걸리지 않으려고 내내 코카 잎을 씹어야 했으니까.

어쨌든 그 버섯이 술을 마시는 것처럼 어떤 환각작용이 있을 거라는 생각이 들어 경험의 폭을 넓힌다는 취지에서 찾아가 보기로 했다. 동행인 캐시는 미국 서부의 나바호 인디언을 연구하고 있다는데, 자기가 알고 있는 풍습 가운데도 비슷한 것이 있다면서 같이 가겠다고 한다.

밤버스를 타고 우아우틀라로 갔다. 거기에는 놀랍게도 이 지역의 문화를 소개하는 아주 작은 문화원도 있다. 문화원 직원에게 우리 소개를 하고 이 영혼여행을 제대로 해볼 수 있게 도와달라고 했더니 제일 좋은 방법은 자기가 직접 해보는 것이라고 한다.

일단 이런 의식이 어떻게 진행되는가 보고 싶다니까 지금은 버섯이 제철이 아니라 비싸서 동네 사람들은 큰 환자가 아니면 영혼여행을 안한다고 한다. 직접 하지 않으면 볼 기회는 없다는 설명이다.

우리는 한번 해보기로 했다. 다른 방법이 없다지 않는가!

의식은 밤에 시작되었다. 동네에는 의식을 주관하는 사람이 따로 있어서 그 집에 찾아가 부탁했다.

영혼여행을 하는 방에는 성모 마리아 동상과 예수상, 그리고 산 페드로(성 베드로)와 산 파블로(성 바오로) 그림이 있고 제대에는 백합과 촛대, 향대 등이 있다. 향대 안에는 코반이라는 향내 나는 돌이 타고 있어 마치 산속 절에 온 느낌이다.

둘이서 버섯 10달러어치를 샀다. 그 정도면 '부엔 비아헤(좋은 여행)'를 할 수 있을 거라고 영혼여행을 맡은 할머니가 말한다. 버섯은 기둥이 긴 송이버섯처럼 생겼는데 이것이 바로 우리의 건강하지 못하거나 오염된 영혼을 깨끗하게 씻어준다는 것이다.

이 의식에는 돌로 된 향인 코반 이외에도 산 페드로라는 선인장으로 만든 약초 등이 필요하단다.

과연 이 버섯을 먹으면 내 영혼을 볼 수 있고 그것이 정갈하게 씻겨질 수 있을까. 내 영혼의 자취를 찾을 수 있을까. 시간여행하듯 천년 전의 나로 돌아갈 수 있을까. 천년의 사랑이라도 찾을 수 있는 걸까?

향이 피워지고 할머니랑 우리는 잘 닦은 생버섯을 조금씩 먹었다. 할머니는 계속 산 페드로, 산 파블로, 성모 마리아 그리고 아기 예수를 주문처럼 외운다. 그리고는 백합 냄새를 우리에게 맡게 하거나 향로에 담긴 코반을 가져다가 우리 몸 주위에 피우면서 주문을 외우더니 갑자기 술 취한 사람처럼 왔다갔다하며 말하는 것이 조리에 맞지 않다. 그런 반응이 신이 들어와서 일을 하고 있다는 표시라는데, 정작 영혼여행을 하러 간 우리는 눈을 말똥말똥 뜨고 아무런 반응이 일어나지 않았다.

어떤 느낌일까 몹시 궁금했으나 안타깝게도 끝내 나는 아무것도 느끼지 못했다. 그냥 두 끼쯤 굶고 소주 석 잔을 털어넣으면 나타나는 취기 정도만 느꼈다.

할머니 말로는 내가 너무 긴장하고 있어서 별효험이 없다고 한다. 그러면서 백합 향기도 맡고 코반 향도 쏘이고 모든 성인, 성녀에게 빌었으니 영혼은 이미 깨끗해졌을 거라고 장담을 한다.

그런데 제대로 영혼여행도 못해보고 후유증만 요란하게 나타났다. 다음날 아침에 일어나니 머리를 들 수 없을 정도로 무겁고 빠개지는 듯 아프다. 억지로 일어나니 토할 것 같고 어지럽다. 도저히 일어날 수가 없었다. 미리 사놓은 표도 물리고 12시가 넘도록 죽은 듯이 누워 있어야 했다.

생각해보니 어젯밤 잠을 자면서 꾼 꿈이 참 신기하다. 하늘을 날아다니는 꿈이었는데 하늘에는 완벽한 반원의 무지개가 떠 있었다. 그 일곱 빛 하나하나가 너무나 선명했다. 조금 더 날아가다 수정 고드름이 달려 있는 곳에 도착했는데 수정 고드름도 하나하나가 아름다운 무지개 빛깔이었다. 날아 지나갈 때마다 유리로 만든 풍경을 치는 것 같은 맑고도 예쁜 소리를 냈다. 그 빛깔이며 소리며 느낌이 생시인 듯 생생하다.

이 꿈이 정말 꿈이기는 한 것인가. 혹시 이것이 환각상태의 환상과 환청은 아닌가. 만약 그렇다면 나도 모르는 사이에 영혼여행을 다녀온 것이다.

흐느끼는 재즈의 도시 벨리즈

중남미의 다른 나라와는 특이하게 흑인들만 모여 사는 벨리즈는
해변이 아름답다.

식당에서는 일과처럼 난동이 일어나고

벨리즈 국경을 넘으니 마치 미국의 한 남부도시에 온 것 같다. 우선 말부터 다르다. 멕시코에서는 스페인어를 쓰는데 여기서는 영어를 쓴다. 영국의 식민지였기 때문이다. 길에 지나다니는 사람들도 멕시코에 가득했던 메스티조는 찾아볼 수 없고 느릿느릿 걷는 흑인들만 눈에 띈다. 라틴 아메리칸의 명랑함은 간 곳 없이 뉴욕 빈민가 사람들처럼 무관심하거나 반항적인 눈길과 자꾸 마주치는 것도 그렇고 길에 지천으로 널려 있는 노란색 택시, 소위 옐로 캡까지도 미국 흑인동네와 비슷하다.

거리에서는 느린 레게음악이 흘러나오고 가게 앞에서 맥주를 들고 있는 젊은이들이 이 음악에 맞춰 몸을 흐느적거린다. 한낮의 태양은 뜨겁고 벨리즈 시티는 이 음악소리에도 불구하고 정적에 싸여 있는 듯하다.

멕시코 유카탄 반도의 이슬라 무헤레스에서 만난 영국인 여자아이 모히라와 국경 버스정류장에서 만난 독일 남자아이 미카엘, 이렇게 셋이서 가이드 북에서 추천한 숙소로 가려고 택시를 탔다. 뚱뚱한 흑인기사 아저씨, 우리를 보더니 반색을 한다.

"나 기막힌 것 가지고 있는데 한번 볼라우?"

나는 순진하게 무슨 말인지 몰라 물었다.

"뭐가 있다는 건데요?"

같이 탄 아이들이 나를 쿡쿡 찌르며 손가락을 입에 갖다 댄다. 그러는 것을 아는지 모르는지 이 운전사는 신이 났다.

"뭐든지 다 있다구요. 말씀만 하슈. 잘 해드릴게"

나중에 알고 보니 이 사람은 거리의 마약장수다. 동양인 여자 혼자 다니는 내게는 이런 마약장수들이 접근을 안 하는 게 보통인데 유럽

아이들이 타고 있으니 봉으로 생각했던 모양이다. 이들이 주요 고객으로 삼고 있는 대상은 아무래도 미국이나 유럽 젊은이들. 동양인들은 마약을 경계하고 있다는 것을 이미 알고 있다.

이곳은 치안이 엉망이라더니 치안뿐 아니라 대낮에 버젓이 마약상까지 들끓고 있는 거다.

운좋게 옛날 저택을 개조해서 만든 여관의 시원한 2층방에서 하루를 묵을 수 있었다. 나는 이날 중으로 스노클링으로 유명한 코아카섬으로 가고 싶었으나 임시 일행이 된 독일 항공기기술자 미카엘과 지금은 콜롬비아에서 영어교사로 근무하는 모히라는 하루만이라도 벨리즈 시티를 돌아보고 싶어했다.

미국을 가본 일이 없다는 이 유럽아이들이 아쉬운 대로 여기서 미국 맛을 보려는 거다.

하루 정도라면야 내 여정을 바꾸지 못할 것도 없겠거니와 수다쟁이 모히라와 단 둘이 있는 것보다 말은 없지만 태도가 정중하고 신사다운 미카엘과 며칠간 같이 다니는 것도 싫지 않다.

저녁에 숙소 근처의 식당 겸 술집에서 혼란의 도시 벨리즈 시티의 단면을 볼 수 있었다. 우리들이 음식을 기다리고 있는데 서너 명의 술 취한 흑인 장정들이 들이닥쳤다. 그들은 들어오자마자 식탁을 둘러 엎고 손에 잡히는 대로 유리병을 두들겨 깨는 난동을 부렸다.

한쪽 구석에 앉아 있던 우리는 너무나 갑작스러운 일이라 도망갈 생각도 못하고 놀라고만 있는데, 그 순간 주방에서 땅딸막한 동양인 주방장이 중국식 식칼을 들고 나온다.

"너 이놈의 새끼들 오늘 내 손에 죽어봐라."

노란 얼굴의 주방장은 씩씩거리며 큰 식칼을 휘둘렀다. 행패를 부리던 흑인 중 하나가 깨진 유리병에 손을 베었는지 손에 피를 철철 흘리며 주방장에게 달려들려다가 주방장의 등등한 기세에 눌려 미처

다 뒤집지 못한 테이블을 발길로 한 번 힘껏 걷어차고 달아난다.

우리를 진짜 놀라게 한 건 오히려 이 난투극이 끝난 다음이다. 방금까지 식칼을 휘둘러대던 주방장은 지금 일어난 일이 아무것도 아니라는 듯 태연하게 주방으로 들어가며 이렇게 말하는 것이다.

"시킨 볶음밥 지금 만들고 있으니 조금만 기다리슈."

주위를 둘러보니 이 집 주인 아주머니는 넘어진 테이블을 세우고 깨진 유리조각을 쓸고 있다.

그 태도가 너무 자연스러워서 마치 서로 짜고 하는 연극이 한판 끝난 것 같다. 누구도 당황하지 않는 것이다.

우리 옆자리에서 술을 마시던 사람들은 이 난동이 보이고 들리지도 않는 양 전혀 괘념칠 않는다. 이들에게는 이런 소동이 언제나 일어나는 일상인 모양이다.

그 술집의 밤은 어떨까 궁금해서 밥만 먹고 나가자는 아이들을 꼬드겨 맥주를 마시며 몇 시간 놀았다. 시간이 늦어지니 하나 둘 손님들은 많아지고 음악은 어느덧 재즈로 바뀐다.

끈끈하게 더운 여름 날 멀리서 여자들이 악을 쓰며 싸우는 소리, 그리고 흐느끼듯 흘러나오는 재즈. 미국 남부 뉴 올리언스 뒷골목을 무대로 한 테네시 윌리엄스의 연극 '욕망이란 이름의 전차' 1막 1장의 분위기다.

여주인공 블랑쉬가 하얀 모자에 하얀 원피스를 입고 빈민가에 살고 있는 동생 스텔라의 집을 찾아 두리번거리는 그 첫 장면.

'욕망이라는 이름의 전차'의 주인공 되어

장소는 서울. 홍익대학교 3학년 여름방학. 우리 영어연극반은 몇십 년 만이라는 한증막 더위와 싸우며 연습을 하고 있었다.

나의 역할은 막중하게도 이 연극의 주인공 블랑쉬 드보아. 연극의 '연' 자도 모르는 내가 단지 영어발음이 좋다는 이유로 주역에 발탁되긴 했는데 주인공 선발 후 영입된 연출 선생님이 영 나를 마음에 들어하지 않았다. 내가 여주인공의 퇴폐적인 분위기도 아닐 뿐더러 도전적으로 보이는 인상이 자기 연출의도와는 전혀 맞지 않다는 것이었다.

그러나 연습은 시작되었고 연출 선생님은 나의 발동작, 손동작이 기본이 안되어 있다느니 말하는 억양이 너무 세서 마음의 상처가 깊은 주인공 캐릭터가 도저히 안 나온다느니 연습 내내 싫은 소리를 하며 기를 죽였다.

난생처음 하는 연극이라 그 자체도 어려웠지만 매일매일 5년 이상 아래인 동급생과 후배들 앞에서 무안당하는 것이 정말 자존심상했다. 어느날은 꾸중이 너무 심해 같이 있던 연극반 아이들이 더 무안해하며 연출 선생님이 없을 때 나를 위로해주기까지 했다.

"아예 저 연출 선생님 없이 우리끼리 하는 게 더 낫겠어요"

그러나 이런 위로가 오히려 내 오기를 발동시켰다.

'좋아. 우선은 나 죽었소 하고 달게 받는 거야. 못하니까 못한다고 하는 건 할 수 없지. 그 대신 한 번 지적받은 것은 절대로 잊지 말아야지. 지금부터 막이 올라가는 날까지 나는 한비야가 아니라 블랑쉬 드보아로 사는 거야. 내 자존심을 위해서 이번 여름을 몽땅 바치는 거야.'

나에 대한 연출자의 최대 불만은 '분위기'였다. 그러나 부모한테 물려받은 내 분위기를 어떻게 하루아침에 바꿀 수 있겠는가. 내가 할 수 없는 일은 문제점을 알아도 어쩔 수 없으니 이 시점에서 내가 할 수 있는 일이 무엇일까 곰곰 생각해보았다.

우선 비비안 리와 말론 브랜도 주연의 동명 영화 비디오를 구해 비비안 리는 어떤 분위기로 블랑쉬 연기를 하는가를 연구했다. 게다가 운 좋게도 미국에서 만든 연극 카세트 테이프를 구할 수 있었다. 그리고는 연습, 연습 또 연습.

이 연극은 대사의 반은 여주인공의 것이라고 해도 과언이 아닐 만큼 내 대사가 많았지만 대사를 외우는 것은 일도 아니었다. 그건 혼자서도 할 수 있는 일이었기 때문이다. 해본 사람은 잘 알겠지만 연극은 개인전이 아니라 단체전이다. 서로의 호흡이 잘 맞아야 한다.

호흡을 맞춰 볼 수 있는 시간은 물론 연습 전후. 나와 대사가 있는 배역들에게 애교 반 협박 반으로 부탁을 해서 돌아가며 대사와 동작을 연습했다. 이 세상에 열의와 희망을 가지고 열심히 하면 안되는 일보다는 되는 일이 더 많다고 했던가.

이런 나의 정성이 가상했는지, 어느 정도 가능성이 있다고 보았는지, 아니면 이제는 아무리 못마땅해도 별다른 수가 없다고 생각했는지 얼마되지 않아 연출자의 태도가 달라졌다. 성심성의가 연출자의 마음을 산 것이다.

연출자의 마음이 움직이고 나니 연습은 더 혹독해졌지만 나는 조금씩 자신이 붙어갔다. 운좋게, 정말 운좋게 우리 영문과 연극반원들은 마음이 잘 맞았고 우리 힘으로 이번 공연을 멋지게 해보자는 의지가 굳었다. 맹연습. 연극반원끼리 새벽에도 모이고 어느날은 저녁 연습 끝내고 술을 마시다가 의기투합해서 밤 12시 넘어 연습실로 몰래 들어와 '한밤의 리허설' 을 하기도 했다.우리는 그 뒤 오랫동안 이 일을 'C동 잠입작전' 이라고 불렀다.

자다가 연극하는 꿈을 꾸었다는 이야기는 너무 흔해 얘깃거리도 되지 못했다. 언제나 목표가 확실한 도전이란 이렇게 흥분과 힘을 주는 것일까.

2학기가 시작되고 숭의음악당에서 올려진 연극은 박수갈채와 환호

속에 막을 내렸다. 우리 연극반으로서도 대만족이었다. 농담이거나 기분좋으라고 한 소리였겠지만 기성극단에서 연출을 맡고 있는 우리 연출자의 친구에게서 자기 극단에 들어오라는 제의도 받았다.

내가 학교 앞 호프집 테이블 위에 올라가 신나게 춤을 추는 것으로 떠들썩하게 시작한 우리의 쫑파티는 끝내 눈물바다가 되었다. 왜 그렇게 눈물이 나오는지. 극중의 내 동생 스텔라만 봐도 눈물이 나고, 나의 상대역이었던 스텐리, 뒤에서 묵묵히 수고해준 1, 2학년 후배들 그리고 물심양면의 지원을 아끼지 않으셨던 우리과 선생님들과도 눈을 마주칠 수가 없었다. 우리들 아무도 눈물을 감추려하지 않았다. 그건 기쁨의 눈물이니까.

지금도 대학 동기나 후배들 중에는 나를 '블랑쉬' 로 기억하는 사람이 많다. 나도 그들에게 이렇게 기억되고 있다는 것이 기분좋다. 내가 가진 모든 힘을 다해 최선을 다했던 그때의 모습이니 말이다.

대학 시절을 돌이키노라면 제일 먼저 떠오르는 것이 문과대학 C동 601호 찜통 연극연습실이다. 4년 동안 입학시 특별장학생이라는 체면을 유지하느라고 학과공부도 나름대로 열심히 했지만 지금은 그때 무슨 공부를 했었는가는 생각나지 않는다.

남들이 보면 그렇게 대단한 일도 아닌 이 영어연극 공연이 대학시절 최대의 하이라이트로 기억에 남아 있는 것을 보면 역시 최선을 다했던 시간은 영원하다는 말이 맞는 것인가보다.

슬픔과 어두움의 도시 뉴 올리언스의 재즈카페

그래서 아메리카 일주 여정에 소위 딥 사우스라고 부르는 미국의 남부를 집어넣었다. 이 연극의 무대인 뉴 올리언스에 가보고 싶었기 때문이다. 뉴 올리언스에 가니 정말 '욕망' 이라는 이름의 전차가 다니고 있다. 반가운 마음에 지나가는 차를 잡아 탔는데 문제가 생겼다. 바로 뒤이어 흑인 미남 경찰이 올라오더니 다짜고짜 나보고 같이 내려야겠다고 하는 것이 아닌가.

"전차 안에서는 음식을 먹을 수 없게 되어 있습니다."

경찰의 설명. 여긴 알코올 중독자가 많아 공공장소에서 음식물 먹는 것을 엄하게 단속한다는데 내가 차를 타면서 먹고 있던 과일을 그대로 물고 탄 것이다.

"이거 잠깐 실수로 벌금 물게 생겼군."

투덜거리며 버스에서 내렸다.

"여권을 보여주시오."

경찰은 엄했다. 그러나 아무리 경범죄를 지었다기로 길에서 이런 식으로 '심문' 당하는 건 불쾌하다.

"내 여권 보여달라기 전에 당신 신분증부터 보여주는 게 순서 아니에요?"

불쾌한 심정을 그대로 드러냈더니 묻는다.

"당신 미국 시민이요?"

"아니오. 관광객이오."

탁 쏘아붙였더니 머쓱해져서 자기 경찰신분증을 내 보인다. 이름이 스텐리 샤소우.

"아, 당신도 스텐리군요. 나는 블랑쉬 드보아예요. 방금 내가 탔던 차 이름이 '욕망' 이란 전차인데 여기서도 역시 스텐리가 나를 끌어내려 곤궁에 처하게 하는군요."

연극에서도 주인공 블랑쉬 드보아는 동생의 남편 스텐리 코왈스키 때문에 정신병자가 된다. 내 대답에 눈이 휘둥그래진 이 총각, 도대체 어느 나라에서 왔느냐고 묻는다. 내가 자초지종을 이야기하고 연극의 무대인 이 도시를 꼭 한 번 와보고 싶었다고 말하자 미남 경찰의 태도가 1백80도로 달라진다.

"그런 사연이 있는 사람에게 불쾌한 일을 당하게 할 수는 없는 노릇이군요."

내 '경범죄'도 눈감아주고 저녁에 뉴 올리언스 밤안내도 자청하는 것이 아닌가. 그날 밤 이 고장 토박이인 그 경찰과 함께 버번가의 관광객용 재즈 카페가 아닌 현지인들만 가는 뒷골목 바에서 악사들과 손님들이 어우러진 멋진 재즈의 밤을 보낼 수 있었다.

뉴 올리언스의 토박이들은 프랑스인과 흑인의 혼혈인데 그들은 스스로를 '크레올레스'라고 부르면서 자신들의 문화를 차별화한다. 현지인들이 가는 술집은 어두웠다. 바에 가기 전에 저녁을 먹으러 들렀던 치즈 버거집도 음식이 안보일 정도로 어둡던데.

자세히 보니 천장에는 전등이 하나도 없고 순전히 스탠드 램프로 실내를 겨우 비추고 있었다. 스텐리는 이들 뉴 올리언스 사람들은 어두움과 슬픔을 지니고 산다고 한다. 그런 슬픔이 그들의 음악인 재즈에 그대로 배어 있다는 것이다.

그런데 벨리즈에 오니 뉴 올리언스에서 만났던 슬픔과 어두움이 고스란히 살아 있는 것이다. 나는 그날 저녁 뉴 올리언스에서의 밤을 떠올리며 귀가 아프도록 재즈에 취했다.

다음날 간 코아카 섬에서는 죽을 뻔했다. 스노클링하며 산호밭이 끝나고 깊은 바다가 시작되는 멋진 산호벽 가까이 갔는데 갑자기 파도가 거세지며 몸의 균형을 잃었다. 안되겠다 싶어 몸을 돌려 나가려는데 아뿔싸! 파도에 밀려 도저히 앞으로 나아갈 수가 없었다. 내가 너무 멀리 온 것이다.

허우적거리면 허우적거릴수록 숨대롱 사이로 물이 들어와 짠물이 입으로 들어오고 손발에 힘이 빠진다. 먼 바다에서는 잔잔했던 파도가 일단 산호벽을 때리면서 힘을 받아(그래서 배에서 보면 산호벽 근처는 언제나 하얀 파도가 보이는 것이다) 언제 나를 먼 바다로 내동댕이칠 지 모를 일이다. 있는 힘을 다해보았으나 역부족. 몸이 산호벽 바깥으로 떠내려가고 있다는 생각에 손발에서 쥐가 날 지경이다.

그때 내 옆에 뭔가 물컹한 것이 스치고 지나갔다. 이 근처의 상어라고 생각하고 이제 죽었구나 했는데 나를 도와주러 온 미카엘이었다. 우리는 젖먹던 힘을 합해 커다란 파도를 헤치고 앞으로 나갔다. 아니, 이 사람이 이미 기진해 시체처럼 쭉 뻗은 나를 끌고 나갔다는 말이 옳다. 한동안의 사투 끝에 우리는 무사히 산호초 벽을 빠져나올 수 있었다.

타고 왔던 배로 돌아오니 미리 와 있던 모히라가 뾰로통한 목소리로 비꼰다.

"이렇게 아름다운 대자연에서 둘만의 시간을 즐기셔서 좋았겠어요."

자기가 은근히 마음에 두고 있는 미카엘이 나하고 있었다고 단단히 화가 난 모양이다. 빈정거리거나 말거나, 바가지를 긁거나 말거나 우리는 배에 기어올라가 물갈퀴와 물안경을 벗고 배 위에 널브러졌다.

"미카엘, 당신 정말 멋졌어요. 당신 손이 닿던 그 순간을 평생 잊을 수 없을 거에요."

뾰로통해 있는 모히라를 놀려줄 겸 나는 미카엘에게 최대의 감사 표시를 했다. 성경에는 미카엘이 대천사장이라던데 내게는 구세주가 되었던 것이다.

잊혀진 '마야의 땅'
과테말라의 속삭임

마야의 유적은 모두 깊은 정글에 파묻혀 있다.
정글 속에 있는 티칼 신전.

정글 속에 감춰진 7백년 영화

과테말라는 인도와 더불어 많은 여행자들이 가장 좋았던 곳으로 꼽는 나라 가운데 하나다. 중남미를 여행하는 사람이라면 반드시 가보아야 한다는 말을 수없이 들었다. 이들이 과테말라를 소개하는 말을 한 마디로 요약하면 '전통을 지켜온 아름다운 인디오의 나라' 이다.

서울을 떠날 때 내가 알고 있던 이 나라에 대한 지식이라고는 마야 최대 유적지인 티칼과 안티구아, 그리고 화려한 색깔의 전통의상 정도였다. 과테말라에서는 큰 마을마다 서는 장날 구경이 또한 좋은 볼거리라는 이야기는 여행중에 들었다. 벨리즈에서 만나 여행을 함께 하고 있는 모히라, 미카엘과 함께 과테말라로 가면서 나는 여러 가지 기대로 마음이 부풀었다.

폐차 직전의 미국 통학버스를 개조해 만든 차로 벨리즈 시티를 떠나 2시간 30분 정도 서쪽으로 달리니 벨리즈와 과테말라의 국경이 나온다. 국경까지 가는 길은 양옆이 대부분 빽빽한 숲이더니 과테말라가 가까워지자 비로소 서서히 언덕이 보이고 산이 나타나기 시작한다. 저 산속 어딘가에 마야문명의 정수라는 티칼이 있겠지.

티칼은 정글에 묻혀 있는 마야문명 최대의 유적지이다. 마야인들은 이곳에서 기원 수세기 전부터 정착하여 8세기경 최전성기를 누리며 살았다. 현재 발굴된 3천여 개의 크고 작은 건축물의 규모나 유적지 자체의 크기를 보더라도 상당한 도시였음에 틀림이 없다.

그러나 이 티칼 주민들도 마야의 다른 도시들과 마찬가지로 10세기에 돌연 자취도 없이 사라졌다. 버려진 도시는 스페인 선교사에 의해 우연히 발견되었는데 유적지 자체가 밀림 속에 있어 발견 후 4백년이 지난 지금도 전체의 윤곽만 겨우 잡았을 뿐 여전히 발굴작업이 진행되고 있다고 한다.

'마야인들은 왜 황급히 이곳을 떠나야 했을까. 도대체 어디로 간 것일까.'

이런 역사의 수수께끼를 안고 티칼 구경에 나섰다.

티칼 유적지는 정글 속에 있어서 한낮이 되면 견딜 수 없이 더워진다는 가이드의 말에 따라 새벽 5시에 떠났다. 유적지는 국립공원 안에 있는데 정글을 지나간다. 차가 다닐 만큼 큰 길이 있었지만 가이드는 우리를 아주 좁은 지름길로 데려갔다. 사람들이 다니지 않는 길이라 나무가 더욱 울창하고 새벽안개가 끼어 기괴한 분위기를 자아낸다.

이른 아침 숲길을 걷는 것은 기분좋은 일이다. 덤으로 새벽에 활동하는 투칸, 휘파람새, 공작, 원숭이 등 여러 가지 야생동물을 볼 수 있어 재미있었다. 이곳 정글은 열대정글이며 키가 큰 사이다나무(朱木)가 주종을 이루고 있다. 마야인들은 사이다나무를 하늘과 땅을 연결해주는 신성한 나무라고 생각했다고 한다.

몇 십 분쯤 정글을 걷다 보니 마술처럼 갑자기 돌로 만든 피라미드 모양의 마야유적이 눈앞에 나타난다. 정글 속의 마천루라고나 할까. 티칼에서 발굴을 끝낸 신전은 현재까지 7개, 발굴이 안된 신전들도 무수히 많다고 한다.

이곳 티칼의 대표적인 마야 건축물은 신전과 피라미드다. 신전은 제사를 지내는 건물이고 피라미드는 왕들의 무덤이다. 피라미드 앞에는 그 무덤 주인의 업적과 나이, 생년월일과 이름 등을 적은 비석이 있고 그 앞에는 사람이든 동물이든 산 채로 제물을 바치던 제단이 있다. 묘비명에 새겨진 마야문자는 상형문자와 표음문자가 합해진 형태인데, 현재 1/4정도를 해석할 수 있다고 한다.

마야는 바퀴를 사용할 줄 모르던 열등한 문명이라고 알려져 있지만 가이드의 설명은 좀 다르다. 이들도 물론 바퀴를 사용하면 훨씬 쉽고 빠르게 건물을 지을 수 있다는 걸 익히 알고 있었다고 한다. 하지만 주신인 태양의 신과 같은 모양의 바퀴를 노동에 사용하는 것은 불경한 일이라고 생각해서 이를 사용하지 않았다는 것이다.
큰 신전 주위에는 공놀이 경기장이 있었다. 마야인의 룰은 두 팀이 공놀이 경기를 해서 이긴 팀이 심장을 바치는 희생제물이 된다고 한다. 이 경기는 지금의 축구와 핸드볼을 합친 것으로 선수들은 무릎과 팔꿈치만 사용하도록 되어 있단다.
이긴 팀은 영광스러운 마음으로 제물이 되는데, 희생되어 하늘에 올라가는 것이 인생 최고의 명예라고 생각했기 때문이다. 지금 중남미의 여러 나라들이 축구라면 사족을 못쓰는 것도 이런 오랜 역사에서 비롯된 게 아닌지 모르겠다.

잊혀진 도시의 빛과 그림자

아직도 발굴 작업이 끝나지 않아 일부만 모습을 드러낸 피라미드를 지나면 티칼에서 제일 멋진 파노라마를 볼 수 있다는 4번 신전이 나온다. 이 신전 꼭대기에서 티칼의 전경을 보자는 가이드 말에 올라가 보기로 했다.
광활한 티칼 유적지 서쪽 끝에 있는 4번 신전으로 올라가는 길은 군데군데 무너지고 가파른 언덕에 사다리가 놓여 있다.
"나는 고소공포증이 있어서 생각만 해도 무서워."
모히라는 벌벌 떤다. 거기에 가이드는 더 겁을 준다.
"여기는 약과예요. 신전 꼭대기까지 올라가는 길은 훨씬 더 위험하니까 올라가 보려면 마음을 단단히 잡수세요. 몇 년 전 두 명의 독일인 관광객이 바로 여기서 떨어져 죽었거든요."
"나는 미카엘이 잘 돌보아 줄 거예요. 그렇지, 미카엘?"

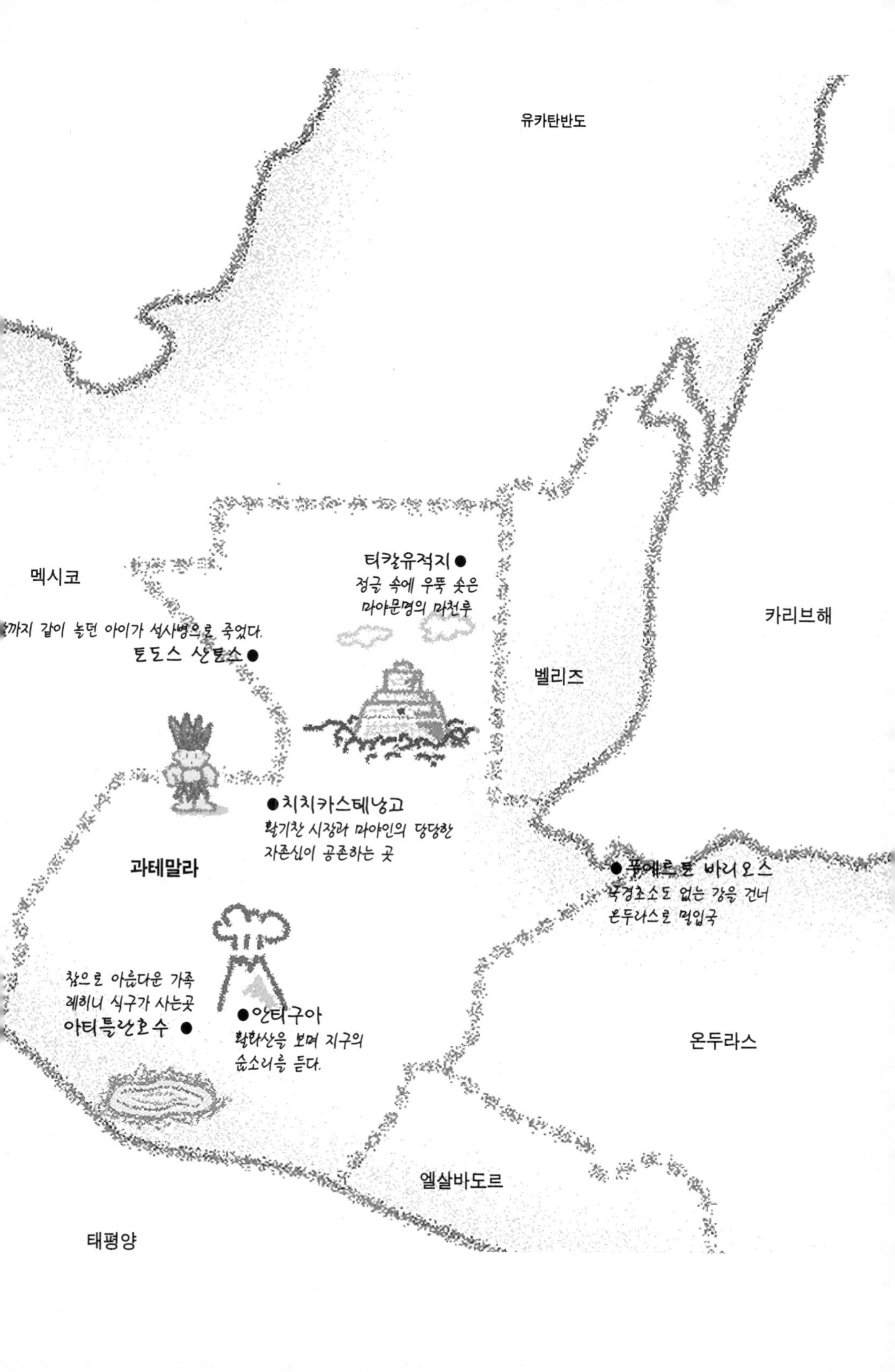

유카탄반도
멕시코
티칼유적지 ●
정글 속에 우뚝 솟은
마야문명의 마천루
카리브해
까지 같이 놀던 아이가 설사병으로 죽었다.
토도스 산토스 ●
벨리즈
● 치치카스테낭고
활기찬 시장과 마야인의 당당한
자존심이 공존하는 곳
과테말라
● 푸에르토 바리오스
국경초소도 없는 강을 건너
온두라스로 밀입국
참으로 아름다운 가족
레히나 식구가 사는곳
아티틀란호수 ●
● 안티구아
활화산을 보며 지구의
숨소리를 듣다.
온두라스
엘살바도르
태평양

겁먹은 모히라는 애꿎은 미카엘에게 코맹맹이 소리를 보낸다. 난처해진 미카엘, 구원을 요청하는 눈으로 나를 쳐다보지만 난 그런 아이들을 뒤로 하고 나는 듯 사다리를 올라갔다.

오랜만에 나무 뿌리도 잡고 중간중간에 설치되어 있는 로프도 잡으면서 언덕을 오르니 기분이 그렇게 상쾌할 수 없다. 잠깐이지만 강원도 치악산의 사다리 병창코스를 오르는 바로 그 기분이다.

신전 꼭대기까지 마지막 7m 정도는 거의 직각으로 세워진 사다리를 타고 올라가야 한다. 우리가 워낙 일찍 도착해서 제일 먼저 그 신전에 올라가는 줄 알았는데 벌써 한떼의 사람들이 정글 속에 높이 솟은 피라미드의 놀라운 파노라마를 즐기고 있다.

전망대에 오르니 몇 km나 떨어진 정동쪽 울창한 정글 속에 우주인과 교류라도 하려는 듯 3번 신전과 1번 신전이 높이 솟아 있다. 푸른 정글의 바다에 떠 있는 돛단배 모양이라고나 할까. 날씨가 좋은 날에는 이 두 신전을 통과하는 기가 막힌 일출을 볼 수 있다고 한다. 그 일출이 얼마나 멋진지는 모르겠으나 전망대에서 보는 정글 경치만으로도 기가 막힌다.

서쪽, 남쪽, 북쪽 3면은 눈 닿는 데까지 보이는 것이라곤 울창한 원시림뿐인데 동쪽으로 눈을 돌리는 순간, 정글 속에 떡 버티고 나타나는 피라미드들. 마야문명의 3대 유적지인 티칼, 멕시코의 팔렌케와 온두라스의 코판도 역시 정글 안에 있다. 마야인들은 이런 정글 안에 도대체 무슨 이유로 거대한 신전도시를 건설했을까? 어디에서 물을 구하고 어떻게 식량을 운반했던 것일까?

넋을 놓고 기막힌 경치를 감상하며 사진을 찍고 있는데 가이드가 더워지기 전에 '잊혀진 세계(El Mundo de Perdido)' 에 가자고 재촉한다.

새벽에는 안개가 자욱해 새벽 정글의 신비한 분위기를 더하더니 정오를 넘자 해가 구름 사이로 들락날락하면서 오래된 유적 감상에 더없이 적당한 빛과 그림자를 만들어준다. 그 빛과 그림자를 따라 한 시대 역사의 명암이 엇갈리는 것 같다.

돌로 만든 신전인 이 도시는 그 역사가 고스란히 묻혀 있어 신비하고 그 배경이 되는 정글이 장엄해서 더욱 '잊혀진 도시'를 돋보이게 한다. 가이드가 설명하는 대로 입을 다물지 못한 채 마야의 어린 왕이 자라던 방, 성인이 되어 쓰던 방, 명상하던 방들을 돌아보았다. 그 방들의 사이즈로 보아 마야인은 키가 아주 작았던 것 같다.

자기 좋아하는 여자는 어디 두고 내 손을 잡나?

"그럼 국립공원 입구 버스정류장에서 5시30분에 만나요."

가이드와 함께 유적지의 하이라이트를 한 바퀴 돌아보고 나는 혼자 다니기로 했다. 이곳을 혼자 찬찬히 감상해보고 싶기도 하고 미카엘과 단둘이 있고 싶어 안달을 하는 모히라에게 기회도 주려고 나중에 버스 시간에 맞춰 입구에서 만나자고 하고 일행과 헤어졌다.

미카엘이 어디에 갈 거냐고 묻기에 거짓말로 4번 신전 꼭대기로 다시 가보려고 한다니까 눈치도 없이 같이 가잔다. 정색을 하면서 혼자 조용히 생각할 게 있다고 억지로 떼어놓았다.

이미 말한 것처럼 이곳 유적은 정글 속에 있기 때문에 길에서 조금만 벗어나도 마치 깊은 산속에 들어온 것처럼 무섭기까지 하다. 수많은 신전 건물들이 둘러싼 티칼 유적의 센터, 그랜드 플라자로 다시 왔다. 이곳은 마치 몇 년 전까지 사람이 살았던 것처럼, 믿기 어려울 정도로 고스란히 보존되어 있었다. 플라자가 한눈에 보이는 언덕으로 올라갔다. 사라진 문명의 중심 유적을 보고 있자니 여러 가지 생각이 든다.

그래, 어제일지도 몰라. 이들이 살았던 시대는 바로 어제일지도 몰라. 인류의 긴 역사에 비하면 5백년, 1천년 차이는 간과해도 좋은 시간일지도 몰라. 훗날 서기 5000년대에 사는 사람들은 서기 1990년대를 살다 간 우리들과 서기 1천년대에 살았던 이들 마야인들을 혼동할지도 몰라.

길고 긴 지구의 역사 위에 마야문명과 우리가 지금 살고 있는 21세기의 차이는 얼마나 사소한가.

연전에 일본인 자연과학자의 책에서 아주 그럴 듯한 이야기를 읽었다. 이 과학자는 48억년이라는 지구의 역사를 인간이 인식할 수 있는 시간단위인 1년과 대비해놓았다. 그의 계산에 따르면 한 달이 4억년이고, 하루가 1천3백만년, 한 시간이 55만년이었다. 그렇게 따져보니 공룡이 지구상에 나타난 것이 12월 11일부터 16일까지이고 인류의 출현은 놀랍게도 12월 31일 저녁 8시의 일이라고 한다.

농사를 짓기 시작한 것은 밤 11시30분, 현대과학이라는 것을 알고 누린 것은 12월 31일 자정 직전의 2초간이다. 이렇게 보면 마야문명과 현대문명은 불과 10초의 차이가 날 뿐이다.

오후 3시. 해가 너무 따가워 해를 등지고 있는 2번 신전으로 자리를 옮겼다. 그 신전 중앙에는 제대인 꼭대기로 오를 수 있는 계단이 있다. 계단을 2백개 정도 올라간 왕의 자리에 앉아 그랜드 플라자의 전경을 내려다보니 거기가 왜 왕의 자리인지 알 것 같다. 신전도시 전체를 한눈에 볼 수 있는 포인트였다.

해가 등 뒤에 있어 신전 꼭대기 부분이 만들어놓은 그늘이 시원하다. 왕이 제물을 바쳤다는 제단 옆에 신발을 벗고 배를 깔고 엎드려 본격적으로 낮잠을 잤다. 솔솔 부는 바람을 자장가 삼아 눈을 감았다. 몇 무리의 관광객 소리가 들리긴 했지만 달콤한 잠을 포기할 수는 없었다.

얼마나 잤을까. 깨어보니 해가 벌써 많이 기울었다. 시각은 4시. 주차장에서 아이들을 만나기로 한 것이 5시30분이니까 플라자 근처를 슬슬 다시 훑어보고 내려가면 딱 맞을 시간이다.

여기 저기 정처없이 어슬렁거리고 있는데 글쎄, 저 멀리서 미카엘이 땀을 뻘뻘 흘리고 뛰어오면서 나를 보더니 손을 흔든다.

'내가 버스시간에 늦은 건가?'

의아해 있는데 미카엘은 내게 뛰어오더니 볼멘 소리를 한다.

"도대체 어디 있었던 거예요?"

"왜 그래요? 우리는 5시30분에 주차장에서 만나기로 했던 거 아니에요? "

"세 시간 내내 찾아 다녔잖아요. 4번 신전에 간다고 해놓고선."

불만스럽게 툴툴거리면서도 만나서 마음이 놓인다는 표정으로 느닷없이 내 손을 잡는다.

'아니, 모히라는 어디에 두고 나를 찾아다녔다는 거야. 손을 잡는 건 또 뭐야?'

벨리즈에서 스노클링을 할 때 위험한 지경에 빠졌던 나를 도와준 미카엘이 피해다닐 만큼 싫은 것은 아니었다. 아니 오히려 좋은 감정이었다. 말이 없지만 남에 대한 배려가 남다르게 섬세하고 생각도 깊은 사람인 것 같았다.

그렇지만 미카엘에게 관심 이상의 호의를 보이는 모히라의 신경을 건드리고 싶지 않아 짐짓 모른 체해왔던 것이다. 전에 사귀던 애인을 동양여자에게 뺏겼다는 얘기를 들은 터라 더욱 조심스러웠는지도 모른다.

내일이면 미카엘은 코반으로, 모히라는 멕시코로 떠날 예정이고 나는 이곳에서 며칠 더 남아 있을 생각이므로 오늘이면 각각 이별이기도 하고. 마음에도 없이 손을 뿌리쳤다. 미카엘의 얼굴에 당장 그늘이 진다.

"내가 그렇게 싫으세요?"

"그건 아니에요. 동양여자는 모르는 남자랑 손잡고 다니지 않아요."

"내가 모르는 남자예요?"

"그런 뜻은 아니지만."

그는 다시 손을 내밀었다. 이번에는 더이상 뿌리칠 수가 없다. 아니, 나도 그 손을 잡고 싶었다. 1시간쯤 되는 길을 미카엘과 손을 잡고 걸어 내려왔다. 오랜만에 데이트를 하는 기분이었다. 아니, 이게 바로 데이트인가. 오후의 숲이 더욱 짙은 향기를 뿜어내는 것 같았다.

버스정류장이 보이는 지점에서 나는 손을 슬그머니 놓으려고 했다. 미카엘은 그러는 내 손을 더욱 꽉 잡는다.

"모히라가 먼저 와서 기다릴 텐데…."

"아, 비야씨는 모히라 눈치를 보고 있었군요. 쓸데없이."

쓸데없는 건가. 나는 그것이 같은 여자로서 최소한의 배려라고 생각하는데. 1주일 이상 같이 다니던 모히라와 여태껏 잘 지내다가 헤어지기 전날 기분 상하게 하고 싶지 않았다. 이 사람하고도 내일이면 각각 다른 곳으로 가는데.

이렇게 3각관계는 언제나 괴로운 것이다. 기간이 길든 짧든, 어느 각의 역할을 맡든. 미카엘과는 상관없이 모히라의 일방적인 관심이지만 내가 여기서 빠져주는 것이 좋을 것 같았다. 나와 모히라의 마음의 평화를 위해서. 남자의 마음이야 본인이 잘 알아서 하겠지. 그 남자가 물불 가리지 않고 꽉 잡고 싶은 사람이라면 또 몰라도 말이다.

그래서 먼저 와서 기다리던 모히라가 보이기 시작하자 혼자 막 뛰어 내려갔다. 뒤에 오는 미카엘의 표정이 어떨지 짐작이 간다. 이런 내 심정도 모르고 모히라는 나를 보더니 "여태껏 미카엘이 너하고 있었구나?" 하면서 비난과 원망의 눈초리를 보낸다.

'아이고, 이년아. 날 그렇게 쳐다보지 말어. 나는 할 만큼 했으니까.'

청년처럼 뜨거운 지구 숨소리 듣다

연기를 품다가 불을 토하고 이어서 피같은 용암을 분출하는
안티구아의 화산들은 모두 살아 있다.

3각형 산만 산이냐? 4각형 산도 산이다

안티구아는 1773년 화산 폭발로 크게 파괴되기 전까지 2백30년간 과테말라의 수도였다. 안티구아는 스페인어로 '오래된'이라는 뜻이다. 한때는 중앙아메리카에서 가장 아름다운 도시로 손꼽혔던 이곳은 여러 면에서 페루의 쿠스코를 연상케 한다.

잔디를 심어놓은 듯한 초록색 산으로 둘러싸인 것도 그렇고 도시 중앙의 플라자를 중심으로 뻗어나간 중후한 콜로니얼 건물들이며 자갈을 깐 길, 하얀 벽에 빨간 지붕을 한 집들, 광장 주위의 관광객을 상대로 하는 작은 선물 가게들까지 그렇다.

강력한 지진으로 왕창 부서진 수많은 성당들과 원주민보다 관광객이 더 많아 보이는 것 정도가 다르다고 할까.

여러 번의 강력한 지진에서 살아남은 건물들은 그야말로 치열한 투쟁사의 산 증인들이다. 강한 것만이 살아남는다는 다윈의 진화론은 틀린 말이 아니다. 저렇게 가까이에 화산이 3개나 있는데, 거기서 살아남은 옛 건물들은 적자생존의 위대한 적자이다.

3일째 묵고 있는 숙소 옥상에서는 남동쪽으로 아구아 화산, 남서쪽으로 후에고 화산 그리고 정서쪽으로는 제3의 화산인 아카테낭고 화산이 아주 가깝게 보인다.

그런데 누군가 그 산들이 화산이라고 말해주지 않았다면 나는 그것들이 화산인지도 몰랐을 것이다. 내가 평소에 알고 있던 화산의 모양과는 거리가 멀었기 때문이다.

나는 화산은 모두 일본의 후지산처럼 아이스크림 콘 모양의 원뿔형이고, 나무는 전혀 없이 갈색 화산흙으로 덮여 있고, 산 윗부분은 반드시 눈으로 덮여 있다고 생각했었다. 후지산뿐 아니라 지금까지 가본 필리핀이나 알래스카의 화산들도 그랬었다.

그런데 여기 안티구아의 화산은 경사가 완만하여 아이스크림 콘처럼 가파른 모양이 아니라 양 밑각이 30도쯤 되는 납작한 삼각형에 가깝다.

산 중턱까지 커피나 옥수수 밭이 있고 그 밭 사이사이에 키 작은 관목들이 자라고 있다. 정상 가까이까지 풀들이 덮여 있고 꼭대기에 이르러서야 짙은 커피색 흙이 드러난다.

정상 근처는 눈이 아니라 거의 언제나 구름으로 가려져 있다.

내가 안티구아의 화산을 보지 않았다면 언제까지나 화산은 모두 후지산처럼 생겼기 때문에 저런 모양의 산은 화산이 아니라고 생각했을 것이다.

미국에서 공부할 때도 이런 비슷한 경험이 있었다. 옐로 스톤 국립공원으로 유명한 와이오밍 주에 갔을 때다. 어느 도로변 가게에서 잠시 쉬다가 그 동네 꼬마아이랑 놀게 되었다. 서너 살 정도의 아이는 산을 그리고 있었는데 꼬마가 그리는 산은 보통 3각형 모양이 아니라 3각형에서 윗부분이 잘려나간 형상이었다.

분지가 솟아올라 만들어진 와이오밍 특유의 산 모양이다. 내가 장난으로 평평한 꼭대기 위로 3각모를 씌웠더니 그 아이는 안색까지 변하며 "이건 산이 아니야" 하는 거다. 만약 우리나라 어린이에게 물었다면 그 아이가 그린 산처럼 꼭대기가 평평한 것은 산이 아니라고 했을 것이다.

경험이라는 것이 얼마나 대단한가를 새삼 실감케 하는 대목이다. 사람들은 이런 경험과 교육으로 선입견이나 고정관념을 갖게 되고 그 테두리 안에서 가치관과 인생관을 만들어간다.

사람이 나이가 들수록 가치관은 절대로 바뀔 수 없는 것으로 고착되기 때문에 자신과 다른 가치관을 가진 사람이나 사회와 문화를 받아들이려 하지 않는 것이다.

뜨거운 피 토하는 활화산 파카야

안티구아에 머무는 동안 그곳에서 1시간 30분 정도 떨어진 파카야라는 활화산으로 지구의 숨소리를 들으러 갔다.

이 특별한 소풍은 안티구아에서 오후 2시에 출발해서 4시 정도까지 차를 타고 포장도로, 비포장도로 그리고 울퉁불퉁한 산길을 헐떡거리며 올라간 후 거기서 다시 한 시간 정도 하이킹을 하듯 걸어간다.

그리고 나서 15분 정도 60~70도는 될 듯한 아주 가파르고 미끄러운 경사면을 기어올라가면 파카야 화산 맞은편 산의 정상에 이른다. 그 정상에 서서 맞은편에서 벌어지는 화산분출의 천연 불꽃놀이를 즐기려는 것이다.

여기 활화산으로 오는 투어는 가이드 북마다 아주 위험하다고 씌어 있어 떠나기 전에 약간 걱정을 했다. 작년에 20명 정도 되는 그룹과 가이드가 권총 강도를 만나 약탈 강간 살인을 당했다는 얘기며 지난달 미국에서 온 7명의 그룹이 강도 강간을 당한 얘기들이 난무했기 때문이다.

지난 번 온두라스 로아탄에서 만난 미국 평화봉사단원은 자기네 봉사단에서는 이 화산에 절대로 올라가지 말라는 지시가 있다고 했다.

만약 올라가고 싶으면 다치거나 사고가 생겨도 평화봉사단에서는 절대로 책임을 지지 않겠다고 한다면서 자기라면 안 가겠다는 것이다.

더구나 여기는 낙상하기 쉽고, 화산에서 날아오는 돌멩이에 맞아 다칠 가능성도 크며, 마지막 정상까지의 오르막길에서는 낭떠러지로 떨어질 위험도 다분하다.

그러나 어떻게 몸을 적시지 않고 수영을 하겠으며 막장에 들어가지 않고 석탄을 캐오겠는가.

이런 저런 위험이 '내게는' 닥치지 않을 거라는 한국인 특유의 '설마'와 위험하다면 더 해보고 싶어하는 청개구리 심보가 합해져 가보기로 했다. 마침 나처럼 생각하는 '못말리는 깡다구' 5명을 만나 같이 가게 되었다.

산 중턱에 오를 때부터 그르렁그르렁 사나운 짐승이 포효하기 직전의 목청 가다듬는 소리가 들려온다. 그러고 나면 다음 순간 멀리 보이는 파카야 분화구에서는 회색 연기와 함께 달궈진 작은 돌들이 튀어나온다.

"오이 에서 볼칸 에스타 트라바한도 무초(오늘은 저 화산활동이 굉장히 활발하네요)."

우리를 안내하는 가이드가 흥분한다.

"저 화산은 일요일인데도 일을 하는 걸 보니 과테말라 화산이 아니라 한국 화산이 틀림없어요."(스페인어로 '트라바하르'는 '일하다'와 '활발하다' 두 가지 뜻이 있음)

내 말에 일행 모두가 한바탕 웃는다.

마지막 경사를 올라가는 것은 그리 쉬운 일이 아니다.

잔잔한 까만 화산석이 많이 들어 있는 흙은 미끄럽기도 하거니와 사람이 다니지 않는 바로 옆길로 자칫 발을 잘못 디디면 산 밑까지 떨어질 수도 있는 낭떠러지다. 가이드에게 지팡이를 빌려 짚고 땀을 뻘뻘 흘리며 올라갔다.

정상에 올라서니 바람이 몹시 불고 기온이 뚝 떨어져 가지고 간 옷을 전부 끼어 입어도 달달 떨린다. 화산 다른 쪽을 구경하느라고 능선을 따라 걸었더니 강한 맞바람 때문에 춥기도 하거니와 날아갈 뻔했다.

가이드가 서 있지 말고 땅에 앉으라면서 화산 돌멩이로 낮은 벽을 만든 자기 자리를 양보한다. 앉아보니 엉덩이가 따뜻하다. 가까이 있는 돌들을 만져보니 미지근하다. 화산에서 날아온 돌들이 아직 식지 않은 것이다.

눈앞의 파카야가 계속 열심히 일을 하고 있고 시간이 갈수록 점점 더 활발해진다.

6시30분이 넘으니 주위가 어두워지는데 어느 순간부터는 파카야가 뿜어내는 연기 속 돌들이 빨갛다. 아까부터 튀어오르던 돌멩이들은 바로 화산 저 밑에서 솟아오르는 마그마 덩어리였던 것이다.

날은 점점 어두워지고 하늘에는 반달이 떠 있다. 별이 아주 가까이 보이는 맑은 날씨. 정말 재수가 좋다. 보통 화산은 지형적인 영향으로 늘 구름이 끼어 있게 마련인데 이날따라 산 정상에는 구름 한 점 없는 아주 깨끗한 하늘이다.

화산이 한 번씩 붉은 돌멩이를 토해낼 때마다 우리가 앉아 있는 땅이 흔들린다. 돌멩이는 화산이 분출 직전에 뿜어대는 시커먼 구름과 절묘한 색상대비를 이루면서 오렌지빛으로 선명하게 빛난다.

그르렁, 우르렁, 꽝(불꽃 분출) 그르렁, 우르렁, 꽝(불꽃 분출)

이건 대단한 불꽃놀이다.

'나는 몇 십만 년 전에 생겨난 늙은 퇴물이 아니라 아직도 이렇게 생생하게 살아 있는 젊은이다.'

지구의 함성이 들리는 듯하다. 분출되는 돌멩이는 지구의 심장에서 솟아오르는 뜨거운 피다. 지구의 힘찬 숨소리가 확연하게 들린다. 그렇다. 지구는 죽지 않았다. 아직도 선연한 붉은 피를 뿌리며 피끓는 청춘을 살아가고 있는 것이다.

'나를 괴롭히지 말라. 하찮은 욕망으로 나의 목숨을 위협하지 말라. 너희들이 소멸해버려도 나는 몇 천만 년을 더 살아남아야 할 미래의 근본이다. 부탁이다, 인간이여. 제발 나를 아껴다오.'

가슴을 숙연케 하는 지구의 목소리가 들린다.

"후에고, 후에고(불이다, 불이야)."

가이드는 화산의 활발한 활동에 신이 났는지 화산이 분출할 때마다 소리를 지르며 좋아한다.

화산 분출은 거의 2, 3분마다 한 번씩 일어나는 것 같다. 어느 때는 거창한 소리로, 어느 때는 풍부한 분출로 지구의 소리를 들으러 온 나그네의 경외심을 불러일으킨다.

볼리비아에서는 산 사이로 막 떠오르는 붉은 달을 보고 화산 분출이라고 착각해 손발이 떨리는 듯한 짜릿한 기쁨을 맛보았었다. 사막 여행 도중에는 한낮에 화산이 연기를 뿜는 것이 하도 신기해서 정신없이 여러 장의 사진을 찍어댔었다.

그런데 세상에, 화산이 터지는 현장을 바로 코앞에서 볼 수 있다니. 그것도 한 줄기 담배연기 같은 것이 아니라 뭉게구름 같은 화산재가 솟아오르며 달궈진 돌멩이까지 분출하다니.

감탄하는 마음으로, 경외하는 마음으로 그리고 이런 경관을 볼 수 있게 해준 신께 감사하는 마음으로 눈이 아프도록 자연의 불꽃놀이를 감상했다.

좀더 깜깜해져 까만 하늘과 오렌지색 화산 돌덩이의 선명한 색상대비를 기다리고 있는데 가이드가 더 어두워지면 위험하니 그만 가자는 바람에 아쉬움을 뒤로 하고 산을 내려왔다. 좀더 시간이 있었으면 멋진 장면들을 충분히 즐길 수 있는 건데.

내려가면서도 등 뒤로 벌어질 광경이 너무 궁금해 힐끗힐끗 뒤돌아보면서 그런 장관을 실컷 못 보고 가는 서운함을 어쩌지 못했다.

이 아랫동네에서 하룻밤 재워달래서 여기서 하루 더 묵었다 갈까도 잠깐 생각해보았다. 그래도 역시 아쉬움은 남을 게 뻔하다. 그렇다면 지금 돌아설 수밖에.

국경에서 만난 레즈비언 커플

안티구아에서 재미있는 커플을 만났다. 이 사람들은 온두라스 국경에서 만난 영국에서 온 간호사들인데 니카라과에서 몇 달 동안의 자원봉사를 끝내고 두 달 정도 중미를 여행하는 중이었다. 온두라스 국경에서 우연히 이야기를 나누다가 그들이 내 나이를 물어보았다.

"35살이에요."

내가 만으로 대답했다.

"한 번도 결혼한 적 없어요?"

"그래요."

"아이는 있어요?"

"무슨 말이에요? 결혼한 적도 없는데... "

"아, 그럼 당신도 레즈비언이군요."

그들은 당장 나를 레즈비언으로 몰고 갔다. 유럽에서 온 아이들에게서는 이런 반응이 심심치 않다. 사람은 자신이 아는 대로 보인다고, 유럽인들은 30대 중반인데도 독신인 나를 자기 나라의 사회나 문화의 창을 통해서만 바라보는 것이다.

아프리카나 중동에서는 과년한 여자가 혼자 다니는 것, 그 자체가 있을 수 없는 일이라고 생각하고 내게 그게 정말이냐고 되묻는 경우가 흔하다. 우리나라에서도 "아니, 저 여자가 뭘 믿고 저 나이까지?" 라는 반응이 대부분이다. 제일 재미있었던 반응은 인도에서였다.

93년 인도 서남부 어촌 마을. 바다로 지는 해가 너무나 아름다워서 그 경치에 취해 있다가 그만 도시로 나가는 마지막 버스를 놓쳐버렸다. 할 수 없이 해변 근처 야자수 잎으로 얼기설기 엮어 만든 집에서 하룻밤 재워줄 것을 부탁했다.

그 두 칸짜리 헛간 같은 집에는 엄마, 아버지 그리고 딸 셋이 살고 있었는데 그 집 엄마는 바나나 잎 위에 물 대신 코코넛으로 지은 쌀밥을 내오면서 이런 시골에서 자고 간다는 나를 아주 궁금해했다. 내가 35살이고 미혼이라고 했더니 갑자기 내 손을 부여잡으면서 아주 측은하다는 표정을 짓는 것이었다.

"아이고 이걸 어쩌나. 아가씨 부모님이 지참금을 마련하지 못해 이렇게 처녀로 늙혀 죽이는구려."

인도의 풍습대로 딸을 시집보낼 때 지참금을 주어야 하는데, 딸이 셋씩이나 되니 지참금이라는 질곡과 멍에를 잔뜩 짊어지고 사는 전형적인 인도 엄마의 반응, 바로 그것이었다.

내 느낌대로 온두라스 국경에서 만난 두 사람은 레즈비언 커플이었다. 40살인 노라는 22살 때 여자친구를 사귀었는데 그녀가 우정보다 더 깊은 관계를 갖길 원해서 레즈비언 커플이 되었다고 한다. 33살인 데보라는 24살 정도때 자기가 레즈비언 성향이 있다는 걸 알게 되었단다.

노라의 말로는 지금은 게이나 레즈비언 운동이 활발해서 동성애자로 살기가 그리 어렵지 않지만 20년 전만 해도 전혀 사정이 달랐단다. 우선 가족부터 받아주지 않고 사회의 주류에 끼여들지 못하고 정신병자로 취급당하기 일쑤였다는 것이다.

자기는 여태껏 부모에게 자신이 동성애자라는 것을 밝히지 못하고 있는데 그건 남동생이 자기가 게이라는 것을 부모에게 알린 후 가족의 압박에 못이겨 자살을 했기 때문이란다. 노라는 부모님에게 더 이상의 고통을 줄 수는 없다고 한다.

이에 비해 데보라는 부모나 친구에게 자기가 레즈비언이라고 말하기가 그리 어렵지 않았다면서 이번에 귀국하면 정자를 기증하는 남자와 '약속'을 해서 아이를 가질 예정이란다.

세상에는 이성애자가 있는가 하면 동성애자도 있다. 이건 외면할 수 없는 현실이다. 단지 이성애자가 수적으로 많아서 교육과 법적 사회적 제도가 이성애자를 중심으로 발전되어 왔을 뿐이다.

내가 만난 동성연애자들은 동성에게 사랑을 느낀다는 것 외에는 우리와 다를 것이 아무것도 없는 사람들이었다. 지나간 역사에서 보듯 동성애는 인류 역사와 더불어 있어 왔고 인류 역사가 끝날 때까지 사라지지 않을 것이다. 그렇다면 이제 우리 사회도 있는 그대로 그들을 받아들여야 하지 않을까?

아티틀란 호숫가
진실로 아름다운 가족

과테말라의 호숫가 마을 가난한 레히니 아저씨네 일가족.
변변찮은 살림에도 웃음과 사랑만은 언제나 부자.

가난하지만 웃음 끊이지 않는 호숫가 마을

세상에서 가장 아름답다는 아티틀란 호수의 경치는 소문대로다. 파란 하늘이 반사되어서 그런지 원래 물 색이 그런지 3각형의 화산을 배경으로 한 호수는 짙은 파란색이다. 안티구아에서 한 시간 거리인 솔롤라에서 파나하첼까지 5백m 정도 급경사 내리막길에서 호수의 전경을 볼 수 있었는데 오른편으로 펼쳐지는 파란 호수와 3개 화산의 조화가 절묘했다. 역시 이름값을 하는구나.

호수를 제대로 만끽하려면 관광객들이 밀집해 있는 파나하첼보다는 호수 주변의 마을에 묵는 게 좋을 것 같아서 산 페드로 마을로 가는 배를 탔다. 날씨가 하도 좋아 햇볕을 좀 쬐려고 배 안에 큰 배낭을 두고 출입금지 구역인 배 지붕 위로 올라갔는데 이미 어떤 아저씨가 4각형의 큰 베니어판을 깔고 자리를 잡고 있다.

"사과 한 개 드시겠어요?"

내가 건넨 이 말로 우리는 올라가지 말라는 배 지붕 위의 동지가 되어 통성명을 하게 되었다. 레히니 콘살레스. 이 인상좋은 40대 중반 아저씨의 이름이다. 체구가 조그맣고 얼굴 생김새가 동양사람 같아 별명이 '일본사람'이란다. 가구점을 경영하고 있는데 지금 어떤 배의 내장 일을 맡았다고 한다. 슬하에 딸 둘, 아들 둘.

한참 이 얘기 저 얘기 해보니 이 순진한 아저씨가 마음에 들었다. 이어서 '이 아저씨네서 며칠 묵고 싶다'는 욕심이 발동한다. 그래서 내 주특기인 사람 구슬리는 솜씨를 발휘했다.

나는 세계 오지여행을 하고 있는데 여기 산 페드로의 진짜 시골생활을 해보고 싶다, 나는 침낭도 있고 그물침대도 있으니 아무데서나 잠을 잘 수 있다, 아저씨가 좋아보이니 며칠 동안 아저씨 집에서 묵고 싶다. 못하는 스페인어로 빠르게 아양을 떨었더니 별로 깊이 생각해보지도 않고 보조개 미소까지 지어 보이며 그러라고 한다. 얏호.

레히니의 집은 부듯가 마을에서 20분 정도 산으로 올라간 곳에 있다. 그의 부인 카르멘은 갸름한 얼굴에 오목조목한 이목구비, 그리고 과테말라에서는 보기 드문 고르고 건강한 치아를 보이며 수줍게 웃는다. 카르멘은 여기 산 페드로 마을 전통의상인 코르타스와 꽃무늬 블라우스를 입고 있다. 복사뼈까지 내려오는 긴 치마인데 촘촘하게 짠 한 조각 큰 천을 두른 것 같다. 그 위에 앞치마 같은 것을 입고 손으로 짠 벨트를 둘렀다.

아이들은 육지에서 고등학교를 다니는 17살 된 메리와 15살 율리사, 위로 두 딸에 5살 페드로와 2살 후안의 두 아들. 모두들 꾸밈없이 웃는 얼굴이다. 특히 페드로는 연신 싱글벙글.

레히니가 자기 부인에게 뭐라고 했는지 카르멘이 아주 반갑게 맞아준다. 레히니는 밖에서는 스페인어를 쓰지만 집에서는 수두힐이라는 이 고장 말을 쓴다.

여기에서의 내 이름은 주비아. 이름을 묻는 식구들에게 '비야' 라고 했더니 잘못 알아들은 카르멘이 그 동그란 눈을 더 동그랗게 뜨면서, "주비아라고?" 해서 생긴 별명이다. 스페인 말로 주비아가 비(雨)라는 뜻이니 아주 틀린 것은 아니다.

점심으로 옥수수 가루로 만든 빵 토르티야와 팥을 갈아 기름에 살짝 볶은 후리홀레스, 그리고 커피 한 잔을 간단히 먹은 다음 함께 설거지를 하려고 물가로 가는데 레히니가 얼른 동네 어른들께 인사부터 하러 가잔다.

레히니가 사는 집은 커다란 동네축구장 바로 위에 있다. 여덟 집밖에 안되는 동네 사람 전부가 레히니의 부모, 누나, 형님, 여동생, 조카, 사촌 등 콘살레스 집안이다.

"올라(안녕하세요)."

인사를 하고 집안으로 들어가니 모두 그 자연스러운 웃음을 웃는다.

"비엔 베니도(어서 오세요)."

느닷없는 동양여자의 출현에 놀라 나와 레히니를 번갈아 쳐다보면서도 반갑게 맞는다. 아이들은 내 이름이 주비아라는 게 우스운지 서로 쳐다보며 킬킬댄다.

가는 곳마다 엷게 우려낸 커피를 내놓는데 이게 좀 고역이다. 과테말라의 주요 음료는 커피. 하루에 한 잔만 마셔도 잠이 올까 말까 하는 카페인 과민반응 체질이라 마시지 않았으면 좋겠는데 이렇게 민박을 할 때는 성의로 주는 것을 거절할 수 없으니 여기 있는 동안 잠 잘자기는 틀린 것 같다.

한 집에 들어가면 그 집 꼬마들이 다른 집까지 따라붙는다. 아빠랑 같이 나선 우리 집 페드로는 나와 같이 다니는 걸 어찌나 뻐기는지 우습기까지 하다. 내 손을 꼭 잡고서 다른 아이가 내 손을 잡으려고 하면 '근엄한 표정'으로 제지한다.

친척 집 중에서 가장 마음에 드는 집은 레히니의 바로 위 형인 안토니오와 막달레나 부부 집이다. 이 집은 호수가 한눈에 들어오는, 경치가 아주 멋진 곳인데 집 입구에서 대문까지 온갖 꽃으로 꽃길을 만들어놓았다.

집 앞 큰 나무에는 대형 오렌지가 잔뜩 달려 있는데 아랫동네에서 온 꼬마 둘이 동전을 내고 오렌지를 따 간다. 이 녀석들에게는 여기가 동네 구멍가게인 셈이다.

40대 후반인 막달레나에게 내일 여기 와서 글을 써도 좋겠느냐고 했더니 쾌히 승낙하면서 자기는 '죄가 많아' 아이를 하나밖에 못 낳아서 언제나 사람이 그립다고 한다. 그래도 연신 웃는 그 얼굴에서는 행복의 냄새가 물씬 풍겨 나온다.

한국? 아, 월드컵에 참가한 나라!

돌아오는 길에 보니 축구장에서는 동네축구가 막 끝나가는 판이다. 레히니, 페드로와 함께 바위에 걸터앉아 잠깐 구경을 하는데 초등학생 정도의 아이들이 못 보던 나를 둘러싸며 질문 공세를 편다. 내가 한국에서 왔다고 하자 말이 끝나기도 전에, "아, 월드컵에 참가했던 나라!" 하면서 아는 체한다.

놀랍게도 이 아이들이 소중하게 가지고 다니는 비닐로 만든 수첩에는 월드컵 출전국 선수단 사진이 여러 장 들어 있는데 글쎄 거기에 우리 선수단 사진도 있는 게 아닌가. 이 이역만리 궁벽한 깡촌까지 한국축구가 알려지다니. 만세! 대한민국 만세! 대한국민 만세!

어찌나 반가운지 "얘, 그것 좀 보자" 하며 뺏듯이 사진을 낚아채니까 나보고 아는 사람이 있느냐고 한다.

"그럼, 이 사람 나하고 닮지 않았니? 내 친척이야."

상태가 엉망인 사진 중에서 아무나 가리키며 되물었더니 아이들이 서로 쳐다보며 반신반의하는 모습이 사랑스럽다.

집에 와서는 배낭 안에 모아두었던 밀린 빨래를 하고 내친 김에 옥수숫대 등 여러 가지 쓰레기로 어지러운 앞마당을 싹싹 쓸었다. 카르멘이 마당을 치우는 나를 보더니 펄쩍 뛰며 딸을 부른다.

"율리사, 어서 나와서 언니랑 같이 마당 치워라."

나오라는 율리사는 소식이 감감하고 어디서 페드로만 쪼르르 달려나와서 마당을 왔다갔다한다.

저녁으로 또 커피를 곁들인 토르티야와 후리홀레스를 먹는다. 여기 식생활은 아주 간단하다. 매일 먹는 게 토르티야와 후리홀레스, 커피뿐이니까. 주식인 토르티야는 옥수수를 물에 불려 칼이라는 하얀 횟가루와 섞어 쪄서 절구에 빻아 가루로 만든 다음 반죽을 해 손바닥으로 탁탁 쳐서 동글납작하게 빚어 뜨거운 판에 구운 빵이다.

후리홀레스는 검은 팥을 삶아 기름을 조금 붓고 양파를 약간만 넣어 만든 것인데 과테말라에 와서 처음 이걸 보았을 때는 짙은 커피색에 꼭 똥 모양이어서 먹기가 께름칙했다. 그러나 이게 가장 중요한 반찬이고 때로는 이것밖에 없는 경우도 있어서 먹지 않을 수 없다.

커피는 이 동네의 주요 농산물이자 수입원으로 원두를 갈아 아주 엷게 끓여 설탕을 타서 식사 때는 물론 우리 보리차처럼 시도 때도 없이 마신다. 어린아이부터 노인까지 남녀노소 불문하고 마시는데 우리집 2살배기 후안이나 페드로도 밥 먹을 때 엄마가 조금만 늦게 커피를 주면 "팔따 까페(커피 없어요)?"라며 커피를 찾는다.

그 밖의 음식은 뒷산에서 캐 온 치플린 잎으로 만든 수프와 옥수수를 삶아 레몬과 소금을 뿌려 먹는 간식이 고작이다. 식탁의 기본 반찬은 소금과 한 입만 먹으면 머리가 얼얼해지는, 무지무지하게 매운 치테페라는 식초에 절인 고추뿐. 식구들은 식사를 하면서 연신 소금을 찍어 먹는다. 빵 한 입 먹고 소금 한 번 찍어 먹고 또 한 입 먹고 소금 찍어 먹고. 소금이 유일한 조미료이자 반찬이다.

이 집의 최고 특식은 이틀에 한 번씩 먹는 달걀 반찬. 집에는 암탉 한 마리, 수탉 한 마리가 있는데 암탉이 하루에 한 알씩 낳은 달걀을 이틀 모아 두 알로 달걀부침을 해서 온식구가 나눠 먹는다. 그러니 달걀처럼 귀한 게 없다.

이들이 간단하게 먹는 이유는 단 하나. 이 산동네 전체가 가난하기 때문이다. 채소 먹을 줄 모르고 고기 먹을 줄 몰라서가 아니다.

그렇게 먹으려면 식비가 몇 배나 더 들기 때문에 엄두를 못내는 것뿐이다.

다음날은 마을에 5일장이 서는 날이다. 내가 아침밥을 먹으면서 오늘은 '코미다 데 코레아(한국음식)'를 만들어주겠다고 큰 소리를 치고는 카르멘과 시장을 보러 갔다. 채소 등 먹거리가 대부분인 시장을 한 바퀴 돌아보니 대충 채소볶음밥과 달걀국을 만들 수 있겠다. 감자, 당근, 양파, 마늘, 강낭콩을 사고 쇠고기 한 근에 달걀이며 마가린, 후추까지 샀다.

아이들 주려고 사탕도 한 봉지 사고 어젯밤 내 로션을 보고 부러워하던 큰딸과 작은딸을 위해 얼굴 크림도 한 통 샀다. 카르멘에게 뭐 사고 싶은 것 있으면 말해보라니까 세숫비누와 치약, 콩기름 한 통을 골랐다. 그것들도 물론 사겠지만 그런 것 말고 카르멘이 갖고 싶은 것을 말하라고 하니까 부끄러워하면서 "나다, 나다 (없어요, 없어)" 하면서 손사래를 친다.

무거운 보따리를 이고 지고 산동네로 올라오려니 동네 아이들이 한 아이에 한 보따리씩 져다 준다. 짐을 날라주는 것이 기특해 가게에 가서 미지근한 콜라 한 병씩을 사주니 아이들이 뛸 듯이 기뻐하면서도 그 자리에서 마시지 않고 비닐 봉지에 쏟아 달래서 집으로 가지고 간다.

나와 카르멘도 한 병씩 시켰는데 카르멘도 비닐 봉지에 쏟아 달란다. 내가 거품이 나가면 맛없는 설탕물이 된다고 했는데도 가지고 가서 아이들 주겠단다. 어디를 가도 엄마들은 이렇다.

간단한 음식에도 사랑 풍성한 식탁

채소를 씻어 다듬고 잘 안 드는 칼로 도막썰기를 하자니 손가락에 물집이 생기려고 한다. 하기야 이 집 식생활로 봐서는 칼이 거의 필요가 없으니 잘 드는 칼이 있을 리 만무하다.

그래도 음식을 만드는 일은 언제나 즐겁다. 나는 음식 만들기를 좋아한다. 처음에는 요리하고는 거리가 멀어 보이는 사람이 내놓는 음식을 인사로 맛있다고 말해주는 게 신나서 자꾸 만드는 수준이었는데 지금은 사람들에게 만들어 먹이는 것 그 자체를 즐긴다. 자주 하다보니 자연히 솜씨도 늘고.

밥을 짓고 채소와 고기를 잘 볶아 내가 보기에도 근사한 볶음밥을 만들고 달걀과 양파로 달걀국도 끓였다. 옆에서 나를 도와주던 카르멘은 몇 번이나 놀란다. 밥을 물만 넣고 짓는다니까 소금이나 기름을 안 넣고 어떻게 밥을 하느냐고 눈을 동그랗게 뜬다.

게다가 고기나 야채를 볶을 때도 소금을 조금만 넣었더니 "신 솔(소금은 안 넣어요)?" 하면서 부엌에 들어온 딸에게 이 한국음식은 소금을 안 넣는다면서 자기들 말로 뭐라고 하니까 딸도 눈이 휘둥그래진다.

페드로 녀석은 계속 부엌을 들락거리면서 '코미다 데 치노(중국음식)' 는 언제 먹느냐고 묻는다. 이건 중국음식이 아니라 '코미다 데 코레아' 라고 했더니 좋아한다.

"클라로, 코미다 데 꼬레아 델 수르(맞다. 남한 음식)!"

이 다섯 살 난 페드로 녀석은 이렇게 한국을 좋아하는 데, 이건 순전히 1994년 월드컵에 한국이 출전했기 때문이다. 과테말라뿐 아니라 중남미 어디서든 축구에 대단한 관심과 열정을 느낄 수 있다. 중남미를 여행하면서 티셔츠나 아이들 공책 등에 월드컵 출전 팀의 이름이나 국기가 새겨진 것들을 심심치 않게 볼 수 있었다.

그리고 내가 한국에서 왔다고 하면 남녀노소, 특히 남자들은 반드시 남한이냐고 되묻는다. 이들에게 '코레아 델 수르(남한)' 는 너무나 친근한 나라가 되었다.

이 사람들은 월드컵 출전 팀을 몽땅 외우고 있고 어느 팀이 어느 팀을 이기고 진 것까지 샅샅이 알고 있다. 전기 사정이 좋지 않은 온두라스에서도 월드컵 중계방송 시간에는 어떻게 해서라도 전기를 공급했다고 하니 월드컵에 대한 열정을 알 만하다. 이 과테말라 깡촌의 다섯 살 난 꼬마가 아프리카의 카메룬이라는, 듣도 보도 못한 나라까지 알고 있는 것도 다 월드컵의 위력이다.

열린 창문으로 호수가 보이는 부엌 식탁에 온 식구가 둘러앉아 웃고 떠들며 한국음식을 먹었다. 이 집 식구들은 모두 다 잘 웃는데 누가 조금만 이상한 말을 하거나 평소와 다른 행동을 해도 깔깔깔깔 웃음을 그칠 줄 모른다.

내가 한국식으로는 국 따로, 볶음밥 따로 먹고 볶음밥은 토르티야 대신이니 오늘은 토르티야를 먹지 않아야 한다고 했더니 모두 서로 쳐다보고 한바탕 웃더니 들고 있던 토르티야를 내려놓는다. 여기 사람들은 어떤 음식을 먹거나 토르티야를 함께 먹는다. 국을 먹는 도중 카르멘의 손이 토르티야 바구니로 가는 걸 본 레히니가 '반칙!' 이라며 손을 제지하자 카르멘이 깜짝 놀라 변명한다.

"이건 나도 모르게 저절로 손이 간 것이니 반칙이 아냐."

이래서 또 한바탕 웃음.

이렇게 별것도 아닌 것에 고마워하고, 없더라도 사랑을 다해 음식을 만들어 정겹게 둘러앉아 먹는 모습은 너무나 부럽고 아름답다. 내가 만든 이 시원찮은 볶음밥을 어느 나라 어느 가족이 이렇게 정을 섞어 웃어가며 맛있게 먹어주겠는가.

"무차스 그라시아스(정말 고마워요)."

모두들 잘 먹었다고 하지만 정작 고마운 건 바로 나다.

온 동네 사람들에게도 볶음밥 한 그릇씩을 나누어 주었더니 저녁에 빈 그릇에 옥수수 삶은 것, 집에서 딴 과일들을 들고 오며 "무차스 그라시아스 주비아. 무이 사부로소(고마워요, 비야. 정말 맛있었어)." 인사를 여러 번 한다. 있는 대로 나누어 먹는 인심. 이건 한국이나 과테말라나 공통인 가난한 시골의 따뜻한 인심이다.

가슴 뭉클한 삶은 달걀 두 개

이튿날 마을에서 바라다 보이는 화산을 등반했다. 전날 저녁 카르멘이 등산할 때 먹으라며 옥수수 몇 개, 토르티야 대여섯 개, 친척집에서 따온 사과 몇 알을 배낭에 넣어주었다. 새벽 5시30분, 어둠 속에서 더듬더듬 신발을 찾는데 신발 옆에 삶은 달걀 두 개가 놓여 있다. 오늘 식구들이 먹을 특식인데 특별히 나를 위해 내준 것이다. 카르멘의 따뜻한 마음이 전해져 가슴이 뭉클했다.

해발 3천20m의 산 페드로 화산 꼭대기에 올라가 싸 가지고 간 아침을 먹었다. 그 귀하디 귀한 삶은 달걀 두 개 중 한 개를 나를 화산에 안내한 마을 임시 가이드 안드레아에게 주니 얼마나 좋아하는지. 하기야 내가 어렸을 때만 해도 삶은 달걀은 소풍갈 때나 먹어보는 대단한 별식이었지 않은가.

화산을 내려오면서 올라갈 때는 미처 보지 못했던 것을 보았다. 거의 산 전체를 덮고 있는 커피밭이다.

커피는 아주 중요한 이 지방의 농산물로 마을의 경제가 커피에 달려 있다고 해도 과언이 아니다.

나는 지난 20년간 커피를 마셔 왔지만 커피 알이 달려 있는 커피나무는 여기 과테말라에서 처음 보았다.

여기 산 페드로 마을은 화산 토양이어서 특히 커피재배가 활발한데 여름엔 초록색인 커피 열매가 11월이 되어 빨갛게 익으면 온 마을 사람들이 총동원되어 커피를 딴다. 커피나무는 키가 작기 때문에 꿇어앉아 포도송이처럼 달려 있는 커피 열매를 조심스럽게 따야 한다. 가지를 다치면 안된다. 잘못 따서 가지를 다치면 다음 해에는 열매를 맺지 못한다.

'커피 따기'로 어른들은 하루에 25케찰레스(4천원 정도)를 벌 수 있는데 그 일이 두 달 정도 계속된다. 그래서 커피철이 되면 온 마을 사람들이 달라붙어 돈을 버는데 어른은 한 사람이 보통 1천케찰레스(16만원) 정도를 벌 수 있다. 이때가 되면 마을 사람들의 주머니가 두둑해지고 씀씀이가 헤퍼진다. 그 때문에 물가가 올라가기도 하지만 이때가 마을 사람들에게는 최고의 '호시절'이다.

커피 딴 돈으로 여자들은 한 벌에 3백~5백케찰레스, 우리돈 6만원 정도 하는 고유의상 코르타스를 사거나 평소에 갖고 싶었던 것들을 산다. 그리고는 아주 멋진 크리스마스를 보내는데 그것도 순전히 커피 덕택이다.

우리집 둘째딸 율리사도 벌써부터 커피 수확철이 기다려진다고 하기에 목돈이 생기면 뭐가 하고 싶으냐니까 고등학교에 다니는 언니가 돈이 많이 필요할 테니 언니를 줄 거라고 한다. 이런 착한 동생 같으니라구. 이렇게 형제애가 깊으니 정말 복받을 가족이다.

또 장 서는 날이 왔다. 이번 장은 저번보다 작은 것 같다. 집에서 키운 채소나 과일 등만 있을 뿐 전에 흔하게 보이던 닭고기나 쇠고기 같은 건 볼 수가 없다. 옥수수와 팥 수확이 끝난 8월부터 커피철인 10월까지는 동네 사람들의 주머니가 마를 때라 장이 작게 선다는 것이다. 그래도 다른 호수 마을에서 온 사람들이 다양한 전통의상과 모자로 장을 한껏 다채롭게 한다.

큰 천을 그냥 머리에 얹어놓은 듯한 모자, 아주 긴 허리띠를 뱀처럼 친친 감은 벨트, 긴 머리를 천과 같이 땋아서 머리통 전체를 둥글게 감은 헤어 스타일 등이 눈길을 끈다.

호수를 둘러싼 마을마다 특색이 있고 말도 조금씩 다르다는 것이 신기하다. 다른 과테말라 마을처럼 산들로 고립된 것도 아니고 배를 타고 30분 정도 거리인데 이렇게 풍습이 다르다니.

오늘도 뭣 좀 특별한 한국음식을 만들어볼까 하고 장 구경을 했다.

다른 곳에서 민박을 하면 그곳 전통음식을 골고루 먹어보고 싶은 욕심에서 내가 한국음식 만들 생각은 안하는 게 보통인데 여기서는 매일 토르티야와 후리홀레스뿐이니 다른 건 꿈도 꿀 수가 없다. 한 바퀴 돌아보니 라면 국수 비슷한 게 눈에 뜨인다.

'그래, 오늘은 사이비 잡채를 만들어봐야지.'

그래서 또 보이는 대로 채소를 샀다. 오늘 장에는 어쩐 일인지 수박, 멜론, 파인애플이 있어 과일 화채도 만들기로 했다.

집에 가서 율리사랑 장작불을 지펴서 저녁 준비를 했다.

과일 샐러드를 만들려고 과일을 모두 깍둑썰기 해서 큰 식기에 담아 창문 앞에 놓아두니 불어오는 바람에 싱싱하고 달콤한 냄새가 부엌에 가득했다.

식탁을 정리하고 식기를 놓고 식구들을 부르니 모두 얼굴 가득 웃음을 띠며 나타난다. 특히 레히니는 참으로 아름다운 얼굴이다. 자연스럽고 부드럽고 순수하게 가슴 깊은 곳에서 나오는 미소, 언제나 만족하고 감사할 줄 아는 사람만이 지을 수 있는 넉넉한 미소, 남을 사랑할 줄 아는 사람만이 지을 수 있는 따뜻한 미소. 이 모든 것이 절묘하게 조화된 성자 같은 미소다.

밥을 먹고 집안을 같이 치우면서 카르멘과 많은 이야기를 했다. 아이들이 고기를 좋아하고 군것질도 좋아하지만 아무도 뭐가 먹고 싶다든지 부족하다는 불평을 안한단다. 자기도 없는 줄 뻔히 알면서 남편에게 스트레스를 주지 않으려고 노력하고 있으며, 있으면 있는 대로 없으면 없는 대로 맞춰서 산단다.

그래도 자기집은 옥수수와 후리홀(팥)밭, 커피밭이 있어서 적어도 먹을 것 걱정은 없으니 얼마나 다행이냐고 웃는다.

그 웃는 모습이 또 행복의 비결을 아는 사람 같다. 그렇다. 행복은 순전히 주어진 상황을 어떻게 해석하느냐의 문제다. 토르티야와 후리홀레스만이 정상이고 그 외의 것은 특별 보너스라고 생각하면서 매일 만족하고 즐거워하는 사람과 다른 것을 바라며 늘 불만에 차 있는 사람 중 누가 더 행복할까? 똑같은 상황과 조건에서도 행복할 수 있고 불행할 수 있다는 평범하면서도 잊기 쉬운 진리를 과테말라의 깡촌 호수 마을 산 동네에서 발견하게 된다. 이 교훈으로 다시 한 번 여행의 본전을 찾은 것 같다.

세상에서 가장 중요한 건 가족이 한 식탁에 앉는 것

저녁에 하늘을 보니 벌써 동쪽으로 둥근 달이 솟아올랐다. 생각해 보니 추석이 멀지 않았다. 카르멘에게 어디 달이 잘 보이는 데로 달구경을 가자고 했더니 옆에서 듣고 있던 레히니가 마침 아랫동네에 볼일이 있으니 페드로를 데리고 해변으로 달구경을 가자고 한다.

경치가 좋다는 나루터에는 두 척의 배가 정박해 있었는데 그 중 큰 배의 내장 일을 레히니가 맡아 하고 있었다. 나루터에 주저앉자 달빛 아래 우뚝 솟은 두 개의 검은 3각형이 보인다. 산 위에서 내려다 보던 산인데 여기서 보니 또 다른 느낌으로 사람을 압도한다.

볼일을 끝내고 온 레히니와 앉아 여러 이야기를 나누었다. 내가 조심스럽게 살림살이에 대해 물어보자 전혀 꺼리는 기색 없이 자기의 경제사정을 말해주었다. 가난하긴 해도 전혀 부끄러움 없고 구차하지 않은 태도였다.

자기는 한 달에 평균 5백에서 6백케찰레스(1백~1백20달러)를 벌고 있는데 매달 4백케찰레스 정도는 솔롤라에서 공부하는 큰딸의 교육비와 생활비로 보내야 한다는 것이다. 큰딸이 학교를 졸업하려면 1년이 남았지만 둘째 율리사가 고등학교에 들어갈 때까지 1년간 여유가 있으니 그래도 숨을 돌릴 수 있을 거라고 한다.

그리고 페드로가 고등학교 갈 때까지는 10년 정도 시간이 있으니까 열심히 벌면 두 아들은 대학교까지 보낼 수 있을 거라면서도 말에 별로 힘이 없다. 자기가 공부를 많이 못해서 아들들은 대학교까지 보내고 싶다는데 학비가 너무 어마어마해 적은 수입으로는 어림도 없을 것 같단다.

그에게 세상에서 가장 중요한 게 무엇이냐고 물었더니 1초의 여유도 없이 내 가족, 내 아내와 내 아이들이란 대답이 튀어나온다. 별달리 차린 것은 없지만 같은 식탁에 앉아 웃으면서 식사하는 것, 그리고 한 지붕 밑에서 평화롭게 잠드는 것이란다. 이 평범하지만 아름다운 대답에 나는 하마터면 눈물이 나올 뻔했다.

이야기를 나누다 보니 나는 진심으로 이 아저씨와 그가 가장 소중하게 생각하는 식구들을 도와주고 싶었다.

그래서 레히니에게 말했다.

"레히니. 오해하지 말고 들어요. 나는 내 능력이 닿는 대로 아저씨 식구들을 돕고 싶어요. 나도 아주 어려웠을 때 누가 도와주어서 좋은 교육을 받을 수 있었는데 지금 그 사람은 경제적으로 내 도움이 필요치 않아요.나를 도와준 사람에게 은혜를 갚는 길은 그분이 내게 해준 것 같이 내가 다른 사람을 돕는 거예요. 나는 아저씨 식구들을 돕고 싶어요."

내가 이 아름다운 사람과 그 가족의 자존심을 상하지 않게 도울 수 있는 방법이 있을 것이다. 내 인생에 수많은 사람들이 결정적인 순간에 나를 도와주었듯이 이제 나도 도움이 절실히 필요한 사람들을 찾아 그들이 벼랑에 섰을 때 그 손목을 잡아주어야 한다.

그 첫 번째 리스트에 산 페드로 섬 마을의 레히니 가족을 올려놓았다. 나는 반드시 그러겠다고 결심하고 이런 말을 꺼냈다. 물론 레히니는 펄쩍 뛰었다.

“무슨 소리요? 열심히 하면 내 손으로 아이들을 다 가르칠 수 있소. 그게 내 의무이자 보람이오.”

이 섬에 묵은 지도 벌써 1주일이 지났다. 슬슬 떠나야 할 때다. 과테말라 돈이 얼마나 남았나 계산을 해보니 육지까지 가는 뱃삯을 제외하고 30달러 정도 되는 꽤 많은 돈이 남았다. 육지에 가면 여행자 수표를 바꿀 수 있으니 그동안 고맙게 해준 여기 식구들에게 이 돈을 주고 가고 싶은데 방법이 문제다. 돈을 그냥 줄 수는 없는 노릇이다. 우선 레히니나 카르멘이 마음을 상할 테니까. 그렇다고 내가 늘 쓰던 수법인 부엌 찬장이나 방 호롱불 밑에 몰래 두고 오는 것도 마음에 썩 내키지 않는다

어떻게 할까 고민을 하고 있는데 마침 내 바로 앞에서 카르멘이 치마끈을 고쳐 맨다. 바로 저거다. 내 연극이 시작되었다.

“카르멘, 그 허리띠 굉장히 멋있네. 그게 산 페드로 마을 전통의상이에요?”

“응, 워낙 비싸서 이 마을에서는 다들 자기들이 짜서 써요.”

“그럼, 이것도 카르멘이 짠 거예요?”

“그럼요. 짜는 데 좀 오래 걸리지만 집에서 짠 거라 튼튼하기도 하고.”

“어머, 어머. 너무너무 잘 됐다. 카르멘, 그 허리띠 나한테 팔아요. 우리 언니가 세계 각국의 허리띠를 모으고 있거든.”

여기서 또 애꿎은 언니를 팔았다.

“팔기는 어떻게….”

“괜찮아요. 나는 한국에 가서 언니한테 두 배로 받아낼 테니까. 그런데 나는 그 허리띠 가격을 모르니까 내가 주는 대로 받아요. 잔소리하지 말고.”

우격다짐으로 뱃삯을 제외한 돈을 건네주었다.

“아니, 이 돈이면 시장에서 10개도 더 사는데….”
놀라면서 어쩔 줄 몰라하는 카르멘이 너무너무 사랑스러웠다.
떠날 준비로 짐을 싸려니 ‘비야 꼬리’ 페드로에게 어떻게 말할까 걱정이 된다. ‘비야 꼬리’는 내가 온 그날부터 나만 졸졸 따라다니는 페드로에게 카르멘이 붙여준 별명이다. 5살 난 페드로는 이 마을의 신기한 손님, ‘코레아 델 수르’에서 온 내가 자기 집에서 산다고 동네 꼬마들에게 얼마나 자랑하고 다니는지 모른다.
윗동네 친척들에게뿐 아니라 아랫동네에 가서도 누가 묻지도 않는데 자기집에 ‘코레아 델 수르’에서 온 사람이 있고 한국음식도 먹었다고 자랑을 늘어놓는다. 사람들이 그 사람이 네 친척이냐고 물으면 이렇게 큰소리를 쳐댄다.
“우리집에서 사니까 우리 식구지. 우리 파르상(개이름)도 짖지 않고 꼬리치는 걸 보면 몰라?”
그러면서도 식구끼리 있으면 걱정이 되는지 카르멘에게 내가 언제 가느냐고 물으면서 무조건 다음 주 일요일에 가라고 하란다. 이 녀석에게 다음 주 일요일이란 실제로는 오지 않을 먼 미래.
내가 짐을 싸고 있는데 우연히 들어온 페드로, 나보고 갈 거냐고 하면서 깜짝 놀란다.
“다음 주 일요일에 가면 안돼요?”
그 크고도 예쁜 눈을 깜빡깜빡하며 심각하게 묻는 페드로.
떠나는 날은 레히니, 카르멘, 율리사, 페드로, 후안 그리고 그 집 누렁이 파르상까지 아랫마을 부두로 배웅나왔다. 레히니가 이제는 여기 산 페드로 마을에 친구 집이 생겼으니까 꼭 다시 한 번 남편하고 같이 오라고 신신당부한다.
레히니와 그의 식구들은 내게 여러 가지를 가르쳐주고 느끼게 한 내 마음의 선생님이자 친구다. 배를 타기 직전 시무룩해있는 페드로를 끌어안았다.

"페드로, 이모는 '다음 주 일요일'에 꼭 다시 올게."

아스타 루에고 아미고스(안녕 친구들). 진실로 아름다운 가족이다.

엊그제까지 함께 놀던 아이가 설사병으로 죽어

과테말라 최대의 인디오 시장에 있는 성당 앞마당에
몰려든 인디오들.

형식은 가톨릭이지만 기도는 자기네 신에게

치치카스테낭고는 과테말라 최대의 인디오 시장이 서는 곳으로 유명하다. 장이 서는 날은 매주 목요일과 일요일이다. 과테말라의 시장이란 산으로 둘러싸인 산골짝 동네의 생산품을 내다 파는 장소일 뿐 아니라 정보도 교환하고 세상 이야기도 나누는 사랑방이다.

치치(현지에서는 치치카스테낭고를 줄여서 이렇게 부른다)에 도착하니 찔끔찔끔 오던 비가 장대비로 변해 쏟아진다. 1년 넘게 여행을 하고 있지만 이렇게 비가 쏟아지는 때에 이동하는 일은 드물다. 비옷을 입고 비옷 안에는 중요한 물건들이 든 작은 배낭을 뒤로 메고 큰 배낭은 배낭 커버를 씌워서 앞으로 메고 걸었다. 턱까지 오는 가방을 앞으로 메니 잘 보이지도 않고 걷기도 힘들다.

그래도 안티구아에서 같은 버스를 타고 치치에 온 독일아이 세실리아는 생글생글 고른 이를 모두 드러내며 웃고 있다. 불편하고 신경질 나기는 마찬가지일 텐데. 이 애의 기본 생활태도는 '주어진 환경은 순순히, 불평하지 말고 받아들이자. 불평해도 소용없으니까' 인 것 같다. 비옷도, 배낭 커버도 없이 그 비를 다 맞으면서도 한 점 짜증이 없다. 참 좋은 성격이다.

시장은 내일 서니 오늘은 우선 이 마을의 유명한 대성당인 산토 토마스 성당을 구경하러 갔다. 마야 신전을 연상케 하는 성당 입구의 계단에는 군데군데 향불이 지펴져 있다. 성당 안에는 가리마를 탄 듯 양편으로 갈라진 의자들 중앙에 납작하고 네모난 돌이 있고 그 위에 촛불이 빽빽이 켜져 있다. 촛불 때문인지 향불 때문인지 성당 안의 컴컴한 실내는 매콤한 연기로 가득 차 눈이 매울 지경이다.

눈이 어둠에 익숙해지자 예배를 드리는 모습이 한눈에 들어온다. 예배를 드리고 있는 인디오 아줌마들은 위에는 화려한 꽃무늬로 수를 놓아 만든 위필, 밑에는 코르타스라는 치마를 입은 전통적인 복장을 하고 있었다. 머리는 두 갈래로 땋아 내려 꽁지를 묶은 스타일이었다. 이들은 보따리에서 가는 초를 10개쯤 꺼내더니 불을 붙인 다음 주문 비슷한 것을 외운다. 절에 가서 부처님에게 절하듯 연신 두 손을 모아 흔들기도 하고 성당에서 하듯 성호를 긋기도 한다.

이들은 보통의 성호와 달리 이마, 콧등, 양눈 밑에 성호를 긋고 이어서 콧등, 입, 양볼 순으로 반복한다. 그리고는 촛불이 살아 있는 사람이기라도 한 것처럼 촛불에 대고 손짓까지 해가면서 뭐라고 나직하게 이야기를 한다.

한참을 그러더니 가지고 온 보따리에서 장미꽃잎을 한 주먹 꺼내 촛불 위에 듬뿍 흩뿌리고, 가지고 온 술도 뿌리고 또 한참 기도를 한 뒤 다음 제단으로 옮겨가 아까와 같은 식으로 처음부터 반복한다.

무릎을 딱 꿇고 앉아서 열심히 기도하는 인디오 아주머니들의 표정이 교회 벽에 붙어 있는 어떤 성인의 표정보다도 경건하고 진지하다. 꿇어앉아 있을 때 치마 밑으로 드러난 발이 아무리 더럽고 거칠게 갈라져 있어도 나에게는 이들이 세상에 더없이 깨끗한 영혼을 간직하고 있는 것처럼 보인다. 무엇인가 진심을 다해 기도하는 모습 자체가 신앙일 테니까.

무엇이 이들에게 이국의 신을 이토록 열렬히 경배하게 하는 것일까. 하기야 이국의 신은 인디오들의 옥수수 신이나 비의 신과 다를 바 없을 테지만. 초기 스페인 성직자들도 선교를 위해 가톨릭 신앙에 마야인들의 토속신앙을 많이 가미했다고 한다. 이를 증명이라도 하듯 이 성당 중앙 제대 오른편에는 옥수수 신이 모셔져 있었다.

교회 건물이나 예배 형식은 가톨릭과 비슷하지만 이곳 인디오들이 기도하는 대상은 이 교회 지하에 묻혀 있는 선조들이거나 토속신이라는 말을 듣고 마야 신앙과 가톨릭 신앙이 공존하는 현장을 보는 것 같았다.

성당을 나와 졸음을 참을 수 없어 일단 숙소로 후퇴했다.

산이 많은 과테말라 산악 지역을 여행하려면 두 가지 어려움이 있다. 하나는 거의 모든 싸구려 숙소 침대에는 반드시 침대벼룩이 있다는 것이고 또 하나는 잠이 부족하기 십상이라는 것이다.

작은 나라여서 한 곳에서 다른 곳을 가는데 시간이 많이 걸리지는 않지만 버스가 거의 신새벽에 떠나기 때문에 이동을 하려면 꼭 전날 잠을 설치게 된다. 또 새벽 일찍 일어나서 움직이니 그날 오후는 구경보다는 잠을 자고 싶다.

장터로 춤추며 지나가는 성인행렬

낮잠이 새벽 4시까지 이어져 곤히 잘 잤다. 그런데 저쪽 마을 중간에서 새벽부터 쿵쿵쿵쿵 장단 맞춘 북소리가 들린다. 오늘이 일요일 아침이라 그 극성스럽다는 과테말라 개신교 교회에서 새벽부터 손뼉치고 노래하는 예배가 시작된 게 아닌가 생각하면서 잠을 깼다. 세실리아가 아닌 밤중에 무슨 북소리냐며 밖에 나갔다 왔다. 세실리아가 가지고 온 정보는 그 소리는 인디언 제사의식 중의 하나란다.

인디언 의식이라면 북소리가 아니라 대포소리라도 참아주어야지. 자기땅에서 자기의식을 하는 거니까.

나중에 알고 보니 운 좋게도 이날이 치치의 성인 중 하나인 산 크리스토발 탄생일이라 성당에서 특별행사가 벌어진다고 한다. 성당 왼편에는 어제는 볼 수 없던 이름 모를 성인상들이 들것에 들려 갖가지 포즈로 앉아 있고 오른편에는 성모상, 예수상 그리고 산 크리스토발 상이 색색의 깃털 장식에 싸여 모셔져 있다.

그 앞에는 촛불 제단이 있고 어제보다도 훨씬 많은 사람들이 예배를 드리고 있다. 중앙 제대 옆 성모상 주위에는 싱싱한 옥수숫대가 장식되어 있고 성모상은 아름다운 인디언 복장을 하고 있다.

조금 앉아 있으려니까 성당 정문으로 한 무리의 마야 인디오 복장을 한 남자들이 태양신 조각이 새겨진 지팡이를 들고 들어오고 하얀 옷을 입은 여자들이 뒤따른다.

세실리아의 말에 의하면 저 사람들이 인디오의 권리를 위해 열심히 일하는 핵심 지도자들이란다. 권위가 넘치고 당당하게 생긴 인디오 지도자들이 성당에서 하는 촛불의식, 기도의식 등을 1시간 남짓 보고 그 유명한 치치의 인디오 장을 보러 나섰다.

시장은 과테말라에서 볼 수 있는 온갖 먹을 거리, 입을 거리, 일상용품들의 총집합이었다. 과테말라의 입을 거리는 참 화려하다. 색색가지 실로 짠 옷들을 여러 개 쭉 걸어놓으면 그 자체가 하나의 예술품이다. 아침저녁으로 쌀쌀한 산악지방에서 필요한 숄도 아름답다. 손으로 짠 오색 허리띠도, 머리장식 머리띠도 좀처럼 기념품을 사지 않는 나도 탐이 날 정도이다.

일상용품뿐 아니라 조상대대로 물려온 칼이나 은목걸이, 옛날 동전, 의식용 탈바가지 등도 있다. 산동네 사람들은 목돈을 마련하기 위해 이런 귀한 물건을 산을 넘어 팔러 온 것이다. 시장 안은 목청껏 자기 물건을 선전하는 소리와 흥정하는 소리로 활기가 넘친다.

인파에 이리 밀리고 저리 밀리면서 시장구경을 하다보니 이곳 인디오들의 에너지가 전해졌는지 기운이 저절로 솟는다.

장터에서 닭국물에 밥을 만 국밥을 시켜 먹고는 세실리아와 10시 30분에 다시 만나기로 하고 각자 시장구경을 했다. 세실리아는 골동품에 관심이 많은 듯 옛날 칼, 입던 옷, 은목걸이 등을 사느라 정신이 없다. 나도 당장 필요한 머리띠랑 올 겨울에 결혼하는 친구에게 줄 과테말라식 색동 보자기를 하나 샀다. 한참 여기저기 기웃거리고 있는데 다시 성당 쪽에서 나팔소리, 북소리가 들린다.

내가 무엇을 놓치고 있었던가 싶어서 얼른 성당 쪽으로 뛰어갔다. 성당 안에 모셔져 있던 성인상이 사람들에게 들려 동네를 한 바퀴 돌고 성당 안으로 들어가고 있었다. 예수상, 성모상이 성당 밖에서 막 안으로 들어갈 차례를 기다리고 있었다.

아, 행렬이 끝나버렸구나. 내가 1년에 한 번밖에 없다는 이 중요한 의식을 그놈의 장터국밥 먹느라고 놓쳐버렸구나. 너무나 애석하고 분한 마음이 들어 속상해하고 있는데 아 글쎄, 사람들이 다시 그 모든 성인들의 상을 들고 성당 밖으로 나오는 것이 아닌가.

아니 이게 웬떡이냐. 성인상의 시가행렬을 처음부터 다시 시작하나 보다. 무슨 이유인지는 모르지만 나로 보면 너무나 잘된 일이다. 나중에 알고 보니 그 성인상들은 교회에 있는 게 아니라 개인 집에 각각 모시고 있던 것을 가지고 나왔던 터라 시가행진이 끝나고는 다시 각자의 집으로 돌아가는 것이다. 나는 그 순간을 보게 된 것이다.

맨 앞에는 이동 음악대가 피리를 불고 북을 치면서 장단을 맞추고 그 뒤로는 향 연기를 피우면서 향통을 들고 가는 사람, 정통 마야 인디오 복장을 한 인디오 남녀 지도자들, 그리고 울긋불긋한 성인상을 멘 가마꾼들이 줄줄이 따라간다.

또 한 시간쯤 지나자 이번에는 신선한 마림바 소리가 들린다(마림바란 길쭉한 박을 여러 개 연결해서 만든 실로폰의 일종).

산 크리스토발 축제에 관련된 성당 행렬이다. 맨 앞줄에는 들고 다닐 수 있는 마림바를 앞세우고 그 뒤로는 인디오 남녀 지도자들이 태양신 조각을 들고 걸어간다. 하얀 말안장을 손에 들고 진지한 얼굴로 덩실덩실 춤을 추면서 따라가는 사람들도 있다.

마야문화에 대해 지난 1년 반 동안 많은 책을 읽었다는 세실리아는 저렇게 동물을 상징하는 안장을 손에 들고 덩실덩실 춤추는 것은 지극히 마야인다운 의식이라고 한다. 1년에 꼭 한 번만 치러지는 이 전통 제례의식을 볼 수 있었던 건 여러 모로 행운이었다.

얼마나 순수하게 지켜온 전통인가. 이 인디오들은 그동안 수백 년의 세월을 자신들의 전통을 지키기 위해 얼마나 많은 노력을 기울였을까. 아니 자신들의 문화에 대한 자부심과 자긍심이 얼마나 컸으면 그 처절한 식민시대를 거치면서도 이렇게 고스란히 그들의 전통을 지킬 수 있었을까?

스페인 정복자들이 수백 년 식민통치를 통해 원주민들로 하여금 그들을 따르게 할 수 있었던 건 성당을 짓고 가슴에 성호를 긋게 하는 겉껍질에 불과한 형식뿐이었다. 마야인들이 강요에 못이겨 성당에 와서 이국의 신에게 머리를 조아릴 때도 그들의 영혼은 오랜 세월 믿어왔던 신에게 조상들이 해온 대로 기도했던 것이다. 순수한 마야의 정신은 이렇게 이어져 온 것이다. 마야인들의 자부심과 인내에 머리가 숙여진다. 그리고 그들이 아주 아주 크게 느껴진다.

싸늘하게 비오는 산골짜기에서 뜨거운 사우나

과테말라에서 진짜 원주민들과 살아보고 싶었다. 산속 마을에서 민박을 하면서. 궁하면 통한다고 한 가지 방법을 찾아냈다. 아주 깊은 산속 스페인말을 쓰지 않는 마을에 스페인어 학교의 분교가 있다는 것이다. 그 학교에서는 민박집을 구해주고 1주일 동안 하루에 5시간씩 1대1 가정교사를 붙여주고 내는 수업료가 단돈 1백달러. 민박집에서 만들어주는 세끼 식사까지 포함된 것이란다. 얏호!

스페인어 공부를 한 지가 오래 되어 그동안 문법에도 잘 맞지 않는 스페인어 하느라고 좀 켕기던 터였다. 1주일간 내 스페인어를 틀리는 족족 고쳐주는 사람하고 같이 공부하면서 실력을 높일 수 있겠거니와 우선은 산속 마을에서 민박을 하게 되었으니 꿩 먹고 알 먹고가 아니냐. 그래서 찾아간 곳이 토도스 산토스.

마침 장마철이라 토도스 산토스에는 우리나라 7월 장마 때처럼 연일 비가 온다. 그것도 오락가락이 아니라 하루종일 퍼붓는다. 토요일 오후부터 시작해서 일요일 아침 나절에 잠깐 반짝했던 것을 빼고는 내 방 양철지붕에 구멍이 뚫릴 정도로 세찬 비가 온다.

하늘 어디에 그렇게 큰 물탱크가 있는 것일까? 빨리 그 탱크의 물이 바닥이 났으면 좋겠다. 고도가 높아 워낙 추운 동네인 데다 매일 비까지 오니 추워서 운신을 못하겠다. 무릎이 시리고 이빨이 부딪칠 정도다.

이렇게 추우니 인디오 집집마다 1인용 사우나인 '추'가 있게 된 모양이다. 내가 누구냐. 사우나 신봉자가 아니더냐. 여기 오는 첫날 동네에서 가장 신식이라는 여관 사우나를 빌렸다.

커다란 진흙 오븐처럼 생긴 사우나는 장작을 때 실내를 데우는데, 안에는 뜨거운물과 찬물을 두어 한국식 냉온탕과 사우나를 한꺼번에 즐길 수 있도록 해놓았다. 개구멍 같은 문으로 기어들어가 앉으면 천장이 머리에 닿을 정도고 두 명이 앉으면 딱 맞을 좁은 공간이다.

며칠동안 샤워도 제대로 못하고 다니던 내게는 그야말로 천국. 사우나 안은 나무타는 연기 때문에 질식할 지경이지만 조금 지나니 그것도 견딜 만하다. 지난 번 볼리비아 라파스 이후 거의 다섯 달 만에 사우나탕에 앉아 있으니 8시간 버스여행의 피곤은 물론 그동안 쌓였던 몇 달간의 여독이 녹아내리는 것 같다.

땀이 나면 비누로 깨끗이 씻어 피부 깊숙이 배어 있던 노폐물을 떨어내고 그 위에 아주 찬물로 피부를 긴장시키고 다시 찬물을 많이 마셔 계속 땀을 내게 하면서 적어도 한 시간은 그 안에서 놀았다.

여관에서 일하는 아가씨 안드레아에게 특별히 산에서 나온다는 찬물을 부탁해 그 얼음처럼 찬물을 머리며 온몸에 뒤집어쓰니 한국에서 늘 하던 사우나와 느낌이 너무나 비슷하다. 안드레아는 내가 도대체 무얼 하느라고 그 찜통 안에서 그렇게 오래 있는가 했을 거다. 여기 사람들은 20분 정도가 고작이라는데.

이곳 토도스 산토스는 남자 전통의상이 여자들보다 훨씬 특색있고 볼 만하다. 밀짚 같은 것으로 만든 모자에 보라색 칼라가 달린 윗도리와 빨간색에 하얀 줄 무늬가 있는 바지. 그 위에 앞치마처럼 생긴 까만 반바지를 겹쳐 입는다. 아주 어린아이부터 나이 든 어른까지 인디오면 모두 이런 전통의상을 입고 있다.

찾아간 학교는 영세학원 수준인데 그래도 수강생은 나를 비롯해 미국인 부부, 독일아이 두 명, 이탈리아인 한 명에 이스라엘인 한 명 해서 모두 6명이 등록되어 있었다.

민박을 주선해주는 학교 비서에게 이 동네에서 제일 가난하고 식구도 가장 많은 집에서 묵고 싶다고 했다. 비서는 이곳 마을은 인디오 마을이고 대부분이 이 지방 말밖에 못하니 스페인어를 하는 집 중에서 식구가 제일 많은 집을 소개해주겠다고 한다.

내가 1주일간 묵을 집은 산 언덕 마야유적 근처에 있는데 아랫동네 시장에서 정육점을 하는 집이다. 식구는 할아버지에 삼촌 둘, 엄마, 이모 그리고 자식이 4명, 모두 아홉 식구다.

내 방은 베니어판과 양철 지붕으로 만든 간이 가옥. 엉성하지만 책상도 있는 제법 큰 독방이다. 부엌 옆 방 침대 4개에 아이들 넷, 어른 다섯이 기거하는 것에 비하면 얼마나 큰 호사인가.

학교에서 집까지 올라가는 언덕길도 오르락 내리락 적당히 운동이 되고 왔다갔다하면서 보는 인디오 마을도 재미있다. 여기는 계절이 따로 있는 것이 아니라 해가 나면 여름, 해가 지면 겨울이라고 하더니 저녁이 되니까 정말 추워지기 시작한다.

담요 넉 장에 있는 대로 옷을 껴입고 슬리핑 백까지 꺼내 덮고 있어도 아래윗니가 저절로 부딪친다.

월요일. 스페인어를 본격적으로 배우기 시작하는 날이다. 학교 강사들은 모두 이 동네 초등학교 선생님이기 때문에 수업은 오후 2시부터 7시까지다. 내 개인교사는 방년 22세의 상당한 미인 리디아인데 내가 묵고 있는 집과는 5촌간이라고 한다.

우선 나와 30분 정도 얘기를 하며 내 실력을 진단해보더니 발음도 좋고 표현도 풍부한데 동사변화가 마구 틀려 문법공부를 중심으로 하자고 한다. 웬 문법! 외국어란 자유롭고 즐겁게 이야기하면서 저절로 느는 것이지 뭐 골치 싸매고 책을 들여다 보느냐구? 내일 모레 시험볼 일도 없는데.

그래서 내가 엉뚱한 제의를 했다.

"5시간 동안 교실에 갇혀 공부하는 건 싫어요. 문법 위주로 하는 건 더 싫구요. 하지만 내 스페인어 문법이 엉망이라니까 전혀 안 할 수 없으니 이렇게 하도록 하죠. 5시간 중 딱 1시간만 교실에서 아주 잘 쓰이는 표현이나 틀리기 쉬운 문법을 공부하고 나머지는 선생님 집이나 친구 친척집 등을 놀러 다니면 어때요? 그러면 이 동네 풍습도 배우고 자연스런 회화공부가 되잖아요?"

그렇게 하면 내가 이 산속 마을에서 하고자 했던 '공부와 민박'이라는 두 가지를 모두 할 수 있겠다는 생각이었다. 리디아는 고개를 끄덕였다.

역시 공부는 즐거운 일이다. 하루 한 시간이지만 정식으로 책상에 앉아 칠판을 바라보며 동사변화와 시제변화를 괄호 안에 넣기도 하고 줄줄이 외우기도 하는 것은 그 나름대로 재미있다.

그동안 중남미를 돌아다니면서 미국에서 6개월 공부한 내 스페인어 실력으로 무리없이 의사소통은 해왔지만 사실 내 실력이라는 게 한 문장이면 한 군데씩은 꼭 틀리는 데가 있는 브로큰 스페니시다. 그런 엉터리 스페인어를 몇 달이고 쓰고 다니는데도 이곳 중남미 사람들은 알아들을 정도만 되면 그냥 넘어가는 '자비심'이 있기 때문에 바로 고치지 못했던 것이다.

나는 마흔 살이 되기 전에 꼭 하고 싶은 일이 있다. 5개국어를 마스터하는 거다. 현재로는 국어 영어 일어에, 좀 부족하지만 스페인어를 그런 대로 할 수 있다. 중남미를 여행하면서 더 열심히 공부하고 연습한다면 곧 스페인어도 어느 정도 될 테니 한 가지가 남았다. 그건 중국어다. 내 세계여행 계획의 맨 마지막이 중국 변경지방이니 그 1년동안 열심히 하면 마흔 살까지 5개국어 마스터도 그리 어려운 일은 아니겠지.

사실 언어처럼 실용적인 것은 없다. 머리 속에 들어 있는 것이니 잃어버릴 염려도 없고 항상 가지고 다니며 언제라도 입만 열면 쓸 수 있는 것이니까. 게다가 언어는 그 언어를 쓰는 나라를 이해하는 열쇠이기도 하고 금상첨화로 배우는 재미까지 있다. 꼭 잘해야 한다는 무리한 스트레스를 받지만 않으면 말이다.

다리 절면서도 과부 엄마 돕는 똑똑한 예이미

사흘째 되는 날 아침부터 영 컨디션이 좋지 않은 게 또 몸살이 난 것 같다. 온몸이 무겁고 나른하고 귀가 멍할 정도로 머리가 아프다. 숨까지 차는 것 같다.

하루종일 따뜻한 곳이라고는 없이 춥게 밥을 먹고, 춥게 교실에서 공부를 하고, 춥게 자니 몸이 견디지 못한 걸까. 여기에도 어김없이 있는 침대벼룩 등 물것들에게 물리느라고 잠을 제대로 못 잔 것도 큰 이유가 될 테고.

어쨌든 감기약을 먹고 이불과 담요를 있는 대로 덮고 푹 잤다. 2시 수업시간에 대어 일어나면 되겠지. 동사변화 숙제가 잔뜩 있기는 하지만 지금 이 상태에서 숙제가 문제냐.

그러고 누워 있는데 2시가 다 되어가도 일어날 수가 없다. 그래서 이집 딸 예이미를 시켜 리디아한테 지금은 갈 수가 없으니 3시까지 가겠다고 전하라고 했더니 8살 먹은 예이미가 이렇게 아프면 학교에 가지 않는 편이 낫다고 언니처럼 걱정을 하면서 뛰어갔다.

어떻게 전했는지 조금 있으려니까 리디아가 임신 7개월의 몸을 끌고 우리집에서 수업을 할 셈으로 집까지 왔다. 이건 순전히 예이미의 고마운 농간 덕이리라.

예이미는 지난 며칠 사이 정이 폭 들었다. 그애는 소아마비로 다리를 약간 저는데 아주 똑똑하고 사리가 밝은 아이다. 내 방에서 같이 놀다가도 내가 약간 피곤한 기색을 보이기만 하면 자기 동생에게 '바모스(이제 나가자)' 하면서 나가고, 온통 물린 자국인 내 팔다리를 반으로 자른 레몬으로 문질러주면서 절대로 긁으면 안된다고 간호사처럼 주의를 준다.

예이미 엄마 칸딜리나는 29세에 과부가 되어 노상 좌판 정육점을 하면서 아이들 넷을 혼자 키우고 있다. 예이미는 아이들을 제대로 돌볼 시간과 여력이 없는 엄마를 도와 네 살 난 여동생을 돌보고 집안의 온갖 잔심부름을 하는 살림밑천 큰딸이다. 심성이 고와 제 동생은 물론 옆집 아이들까지 친동생처럼 보살핀다. 남루한 옷을 입고 신발도 옆이 터진 보라색의 플라스틱 신발 한 켤레. 비가 오면 우산이 없어서 큰 비닐을 비옷 대신 둘러쓰고 학교에 간다.

내가 아프던 날, 저녁을 먹고 예이미와 여동생 예블린이 내 침대에서 즐거운 노래방을 차렸다. 예이미는 레퍼토리도 많고 목소리도 좋다. 그러나 예블린은 딱 두 가지, '내일 나는 학교에 갑니다' 와 '나

비야, 꼬마 나비야' 라는 노래밖에 모른다. 노래 부르는 순서까지 무시하고 한참 같은 곡을 부르다가 지겨워지면 "그라시아스(고맙습니다)" 하면서 노래를 끝낸다.

나는 우리나라 동요들을 율동을 곁들여 불렀다. 약간 기운이 없고 골치가 아프기는 하지만 어린아이들과 신나게 놀고 나니 확실히 기분전환이 되는 것 같다.

하루 결석을 했더니 1년간 케냐에서 의료봉사단으로 일한 적이 있다는 미국인 간호사 셸리가 내 증상이 말라리아 비슷하다며 〈의사가 없는 곳에서(Donde No Hay Doctor)〉란 책을 주면서 한번 잘 읽어보란다. 이 여자는 남편과 함께 부부가 간호사인데 지금은 5년 계획으로 과테말라의 산간지역 의료봉사를 자원해 이곳에서 맘이라는 이 지방 토속어를 배우고 있는 중이다.

셸리가 주고 간 책은 너무나 유명한 책인데 나만 모르고 있었다. 내가 약국에 가서 증상을 호소하니 약사가 꺼내놓은 책도 이 책, 중남미의 시골에 가면 정말 성경처럼 추앙받고 있는 책이라고 한다. 이 책의 저자는 멕시코에서 수십년동안 의료봉사를 하면서 의사가 없는 곳, 혹은 있어도 경제적인 사정으로 의사의 도움을 받을 수 없는 가난한 사람들이 어떻게 스스로를 돌보고 최소한의 돈으로 병을 고칠 수 있는가에 대해 쓴 것이다.

깨끗하지 못해 생기는 병, 화장실이 따로 없어서 걸리는 병, 이를 제대로 닦지 않을 때 생기는 문제, 온갖 집벌레와 그것들이 옮기는 병, 간단하고도 복잡한 병 등등.

이 책에 쓰인 대로 여기 사람들은 온갖 병에 그대로 노출되어 있다. 나이가 든 사람들이나 어린아이들은 신발을 신지 않고 다니는 사람도 많고 화장실이 따로 없는 경우도 많고, 물을 끓이지 않고 먹는 경우도 대부분이고, 무엇보다도 견딜 수 없는 것은 아무데나 침을 칵

칵 뱉어내는 남정네들이다. 맨발로 다니는 사람들 천지인데.

학교에서 우리집까지 오려면 몇몇 집을 지나게 되는데 그 집들을 보면 옛날 우리나라의 시골집을 보는 것 같다. 일(一)자로 된 집에 잘 보이는 곳에는 온갖 가족사진들이 걸려 있고 부엌 앞에서는 여자들이 일을 하고 있고, 집 앞에는 닭이나 돼지나 개들이 왔다갔다하는데 그 사이에는 반드시 아주 지저분한 아이들이 섞여 놀고 있다.

나는 이런 아이들 중의 하나와 정이 들었다. 바로 우리집 옆집에 사는 2살배기 수엘라다. 예이미가 거의 매일 이 아이를 데리고 와서 놀기 때문에 자연히 나와 친해지게 되었다. 얼굴이 동그랗고 쌍꺼풀진 커다란 눈이 아주 귀엽다.

아직 젖냄새도 가시지 않은 수엘라는 얼굴이며 손발이며 옷이 지저분하기 짝이 없어서, 그 아이가 오기만 하면 나는 일단 수도간에 데리고 가 씻긴다. 내가 묵고 있는 집은 다행히 동네에서도 몇 안되는 수도가 있는 집이다. 그렇게 씻기고 나야 그애 얼굴에 마음껏 뽀뽀를 할 수 있으니까.

내가 수엘라에게 한국말로 '꼬미야'(꼬마이모야 · 고모야의 준말로 우리 조카들이 나를 부르는 호칭이다)를 가르쳐주니 그 조그만 입으로 나만 보면 양팔을 벌리고 아장아장 걸어오며 '꼬미야, 꼬미야' 하는 양이 어찌나 귀여운지.

아이들이 다 그렇듯 그애도 책상에 올라와서 마구 어지르는데, 그래도 예쁘기만 하다. 며칠 사이 나와 정이 들었는지 예이미가 데리고 오면 내 방을 가리키며 들어가자고 한단다. 그리고 방에 들어오면 얼른 내 옆에 와서 침낭 안으로 발을 쏙 집어 넣는다. 내가 간지럼을 태우면 까르르 넘어가면서도 아주 신이 난다.

"오트라 베스, 꼬미야(한 번만 더, 꼬미야)."

이렇게 매일 오던 아이가 어느날 '결근'을 했다. 예이미에게 어떻게 된 거냐니까 아이가 설사병에 걸려서 아프단다.

그런데 이틀 후 수업을 마치고 집에 오니 예이미가 막 울면서 수엘라가 죽었다는 것이다. 무슨 소리를 하는 거야. 엊그제까지만 해도 통통한 얼굴에 건강한 아이였는데.

놀라서 얼른 예이미와 옆집에 가보았다. 그런데 그건 사실이었다. 5명의 아이를 둔 20대 중반의 엄마는 수엘라가 이틀동안 설사를 하다가 맥을 못추고 죽었다는 것이다.

기가 막혔다. 사람 목숨이 이렇게도 쉽게 끊어지는 건가. 그 어린 것의 죽음이 너무도 억울했다. 끓인 물에 설탕만 넣어 먹였어도 이렇게 허무하게 죽지는 않았을 텐데. 저 울고 있는 엄마가 간호사를 하루만 일찍 불렀더라도 살릴 수 있었을 텐데. 아니 내가 학교에서 매일 만나는 셀리에게 우리 옆집 아이가 아프니 왕진 가봐 달라고 얘기할 수도 있었는데. 어른들의 무지와 무관심이 그 아이를 죽게 한 것이다. 거기에 나도 일조를 한 것이다.

가슴이 미어진다. 닭똥같은 눈물이 주르르 흐른다. 가여운 수엘라, 정말 미안하다.

이 마을에 장이 서는 날, 내가 떠나는 날이기도 하다. 예이미랑 뒷동산에 가서 장터에 마을사람들이 오고가는 것을 보았다. 맑은 날씨에 보는 아랫마을 토도스 산토스는 초록색 산들에 둘러싸여 아주 평화롭다. 장에 가려고 부산을 떠는 모습을 보니 장날이 모든 사람들을 즐겁게 하는 것인지 아니면 오랜만에 보는 햇볕 때문인지 만나는 사람마다 기분이 좋아 보인다. 지나치는 사람마다 '올라(안녕)' 라며 환하게 인사를 주고 받는다.

예이미는 오늘 내가 떠난다는 것 때문에 시무룩하다. 그런 예이미에게 물었다.

"예이미, 너는 커서 뭐가 되고 싶니?"

"나는요. 도시에 나가서 살고 싶어요."
"도시에 나가면 무엇이 하고 싶은데?"
"도시에 나가면 돈을 벌 수 있고 그러면 지금 절고 있는 다리를 고칠 수 있을 테니까요. 엄마가 몇 년 있으면 돈이 모아지니 그때 고쳐준다고 했지만 우리는 식구가 많아 나한테 그렇게 큰 돈을 쓸 수 없을 거예요."
예이미가 눈을 내리깐다. 소아마비로 저는 다리를 돈만 있으면 고칠 수 있다는 생각을 가지고 있다. 가엾다.
"공부는 재미있니?"
"그럼요. 아주 재미있어요. 나는 커서 셀리 언니처럼 간호사가 되었으면 좋겠어요. 우리 선생님도 간호사는 남을 돕는 훌륭한 직업이라고 했어요."
"그래, 너는 마음씨가 착하니까 사람들을 잘 도울 수 있을 거야."
도움을 받아야 할 처지에 오히려 남을 도울 생각을 한다. 기특한 예이미. 착하고 똑똑한 예이미가 꼭 원하는 대로 되었으면 하는 마음이다. 조그만 정육점을 해서 대식구를 뒷바라지하고 있는 칸달리나의 경제형편으로 학비를 댄다는 것은 참으로 버거운 일이겠지만 말이다.
내가 해줄 수 있는 일은 없을까. 예이미 같은 아이에게 교육의 기회를 주는 것은 의미있는 일이라고 생각한다. 나는 그 아이가 적어준 주소를 아직도 잘 간직하고 있다.

흙탕물 강에 배 타고 온두라스 밀입국

온두라스와 접해 있는 과테말라의 한 농장.
규모를 알 수 없는 바나나 농장은 모두 미국회사 소유다.

'바나나 공화국' 과테말라는 미국의 텃밭

작은 일이 생겼다. 과테말라의 동남단에 붙어 있는 푸에르토 바리오스를 둘러보고 거기서 바로 온두라스로 넘어갈 계획이었는데 뜻밖에 여기는 정식 국경이 없다. 바로 앞에 보이는 강만 건너면 온두라스인데도 출입국관리소가 있는 곳까지 버스로 10시간을 가야만 한단다. 더구나 왔던 길을 되돌아가는 것이라서 영 마음이 내키지 않는다.

어떻게 하나? 돌아가기 싫으면 질러 가야지. 밑져야 본전이라 생각하고 숙소 주인에게 물었더니 가끔씩 여기서 국경을 넘어가는데 온두라스에서는 별문제가 없다고 한다. 외국인도 괜찮으냐고 물었더니 몇 달 전 여기 묵었던 배낭족 아이들이 강을 넘어갔는데 다시 돌아오지 않은 걸 보면 괜찮은 것 아니겠냐고 한다.

돌아오지 않았다고 꼭 성공했다는 보장이 어디 있나. 그렇지만 일말의 가능성은 보이는 것 같다. 그렇다면 나도 국경초소 없는 국경을 넘어가 봐? 그래! 길이라면 간다. 길이 아니라도 가는 판에.

아침에 식당에 갔다가 개인택시 운전사를 만났다. 그 아저씨에게 여기서 온두라스까지 갈 수 있느냐니까 대번에 갈 수 있다고 한다. 외국인은 아니지만 현지인들을 한 번 데려다주었다는 것이다.

어떻게 가고 얼마에 가겠느냐고 물었더니 지도를 펴 보이며 여기서 국경까지는 자기 택시로 가고 국경에서 과테말라 한계선까지는 과테말라 나룻배로, 거기서 가장 가까운 온두라스 마을까지는 온두라스 나룻배로 간단다.

그 나루터에서 15분쯤 걸어가면 마을이 나오는데 마을에서 마지막 버스를 타고 도시에 나가 이민국에서 입국도장을 받을 수 있다는 것. 총 소요시간은 3시간 반에서 4시간 정도 걸리는데 아무 문제가 없다고 호언장담한다.

설명이 그럴 듯해서 솔깃했다. 부르는 값도 다른 국경까지 왔다갔다하는 데 비하면 적당한 가격이고 우선 시간낭비가 없지 않나?

"에스타 비엔. 바모스(좋아요. 갑시다)."

운전사 아저씨 설명으로는 가는 길에 미국 치키타 회사 소유의 상상을 초월하는 바나나 농장을 지나야 라 보르다라는 국경도시가 나온단다. 다행히 아저씨는 농장을 통과할 수 있는 허가증이 있다고 한다. 어마어마한 바나나 농장을 통과하면서 어떻게 과테말라 바나나가 미국의 식탁 위에 오르게 되는지를 배우는, 교육적으로 유익한 시간을 가졌다.

바나나 농장의 크기는 버스로 통과하는 데만도 몇 시간이 걸리고, 걸어서 농장 외곽을 돌아보려면 적어도 5일이 걸린다니 그 방대함이 어느 정도인지 짐작이 간다. 농장 중간중간에 1백여개의 가공공장이 있는데 거기서는 덜 익은 바나나를 하루 만에 익혀 포장을 한다.

바나나나무는 한 줄로 잘 정렬되어 있는데 어른 키의 두 배는 될 것 같다. 나무는 6개월이면 다 자라 바나나를 맺는데 열매를 크게 키우려고 좋은 것 한 송이만 남기고 다른 것은 잘라버린단다.

꽃처럼 생긴 어린 열매에서 적당히 커지면 즉시 비닐 봉투를 씌워 벌레의 침입을 막는다. 바나나가 다 크면 푸른 채로 따서 근처에 있는 스키장 리프트 같은 컨베이어 벨트에 실어 가공공장으로 보낸다. 거기서 익히고 포장을 해 미국으로 보낸다는 것이다.

한 번 열매를 맺은 나무는 베어버리고 그 옆에서 올라오는 새끼 나무를 키워서 다시 바나나를 맺게 하는데, 그러기를 4차례 반복한다. 그러고 나면 땅 밑으로 뿌리가 퍼지는데 그것을 몽땅 뽑아버리고 어린 나무를 다시 심어 처음부터 4번 반복.

달리다 보니 길가에 잘 익은 굵은 바나나가 버려져 널려 있다. 송이가 너무 작아 수출하지 못하는 거란다. 내가 보기에는 최상품 같은데. 버려진 바나나들은 현지인들이 모아서 시장에 내다 판다고 한다. 차에서 내려 몇 개 주워 먹어보니 입 안에서 녹는 맛이 그만이다. 이건 퍼런 바나나를 억지로 익힌 게 아니라 태양의 기를 듬뿍 받고 익은 것이니 더 맛있을 수밖에.

운전사 말에 의하면 이런 초대형 바나나 농장은 여기 말고도 온두라스, 코스타리카 등지에 얼마든지 있다는데 거의가 미국 과일회사들 소유란다.

그 과일회사들이 얼마나 힘이 센지 대통령선거 등을 좌지우지해서 한 나라의 정치 · 경제를 한손에 쥐고 주물럭거린다나. 이 때문에 과테말라나 온두라스를 '바나나 공화국'이라고 부르는 자조의 목소리가 높다고 한다. 중남미 국가들은 아직도 미국의 텃밭이나 뒷마당 신세를 벗어나지 못하고 있는 건가?

정글 속 외길에 괴한 따라오다

광활한 바나나 농장을 지나 국경 근처인 라 보르다에 왔다. 여기서 택시와 굿바이하고 라 리미타라는 곳까지 나룻배를 타고 흙탕물 강을 내려가야 하는데 1시간쯤 기다려야 배가 온다고 한다.

나루터에는 여러 사람이 배를 기다리고 있고 조그만 가게도 있다. 지형적인 영향 탓인지 바람 한 점 없는 무풍지대에 눈에 보이지도 않는 조그만 모기들이 제 세상을 만난 듯 극성을 부린다.

게다가 그늘을 찾아 앉은 내 코 앞에서 드럼통을 스토브 삼아 가게 사람들이 닭을 튀기거나 토르티야를 굽는다. 그 열기가 어찌나 뜨겁던지 그야말로 천연 사우나에 들어온 기분이다.

땀은 나지, 비포장 길 달려 오느라 먼지는 잔뜩 뒤집어 썼지, 바람

카리브해

지난 2년간의 여행 중간점검
식구들 생각으로 잠을 설치다.
● 로아탄 섬

과테말라

텔라●
대낮, 야자수 아래서
자위행위하는 남자를 응원하다.

●라 세이바
가리푸나 마을의
훌리안과
다다할머니가
떠오른다. 신나던 푼다춘 파티도.

●코반
마야의 3대 유적지 중 하나

온두라스

●테구시갈파
원주민말로 '은'이라는 뜻.

엘살바도르

니카라과

태평양

한 점 안 불지, 손발과 목에 모기퇴치 로션을 발라 끈적거리지, 코 앞에서는 화덕이 연기와 함께 후끈한 열기를 내뿜지, 게다가 좀 시원해 볼까 하고 산 사이다는 미지근한 설탕물이다. 정말 못 견딜 세상이다.

1시간 안에 온다는 배는 2시간이 넘어도 소식이 없고 나는 신경질이 뻗쳐 갖은 인상을 쓰고 앉았는데 같이 배를 기다리는 다른 사람들은 무슨 얘기가 그리 재미있는지 웃고 떠드는 게 시끌벅적하다.

무언가를 먹던 사람들은 내게도 먹을 것을 권하면서 덥지 않으냐고 손부채질까지 해주는데 왕짜증을 내고 앉았는 내가 갑자기 부끄러워진다.

'봐라, 한비야. 저기 너보다 훨씬 먼저 와서 갓난아이까지 데리고 몇 시간이나 기다리고 있는 애기엄마도 있잖니?'

아까부터 힐끔힐끔 쳐다보는 그 엄마에게 눈을 맞추며 인사를 보냈다.

"께 깔리엔떼, 세뇨라(참 덥지요, 아줌마)?"

그러자 그 엄마, 그동안 억지로 참았다는 듯 어디서 왔느냐, 어디로 가느냐, 무엇을 하는 사람이냐, 숨도 쉬지 않고 질문을 해온다. 아주머니가 질문을 시작하니까 거기 모였던 사람들이 다 한 마디씩 거든다. 내가 세계 오지를 여행중이고 지구를 몇 바퀴 돌았다고 하자 서로 쳐다보고 눈이 휘둥그래진다.

"인끄레이블레(믿을 수 없는 일이네)."

이런저런 이야기를 하고도 한참 후에야 멀리서 나룻배가 나타난다. 가슴 한편에는 국경초소가 없는 국경을 처음으로 넘는다는 긴장감과 어떤 가이드 북에서도 알려주지 않은 길을 개척한다는 즐거움이 있다. 개척자의 심정이 이런 것일까?

30분쯤 배를 타고 온두라스 쪽으로 갔다. 강의 양옆은 숲이 우거져 있고 강물은 진한 흙탕물이다. 도착한 곳은 과테말라와 온두라스의 국경이 붙어 있는 라 리미타. 강 하나를 사이에 두고 이쪽은 과테말라, 저쪽은 온두라스다. 그 샛강은 5분이면 건너갈 거리지만 나는 이 민국에 들러야 하기 때문에 큰 도시로 가는 버스를 탈 수 있는 마을까지 배를 타고 가야 한다.

온두라스에서 탄 고무신 모양의 조각배는 디즈니랜드에 만들어놓은 아마존 정글을 뚫고 가는 놀이기구를 연상케 한다. 이름 모를 나무가 울창하고 그 사이에 나 있는 한 줄기 물길을 따라 가다가 쓰러져 있는 나무에 배가 걸려서 선장인 아버지와 조수인 아들이 나무를 손으로 밀어내면서 늪지대를 지난다.

좁은 물길을 너무 빨리 달리다가 가속도가 붙어 엉뚱한 곳으로 배가 올라가기도 한다. 아름다운 경치지만 좀 위험한 강이다.

30분쯤 서고가고를 반복하다가 드디어 어느 나루터에 나를 내려놓는다. 거기서부터 가장 가까운 마을까지는 걸어가야 한다. 마을까지 가는 길은 폭이 한뼘도 안되는 좁은 오솔길이지만 외길이라 길 잃을 염려는 없다. 배를 타고 다른 나라에 몰래 들어왔다는 생각에 약간 긴장도 되지만 새로운 나라에 들어왔다는 설렘도 있다.

앞뒤를 둘러보니 강나루에 배가 묶여 있고 배를 묶어놓은 커다란 나무 밑 그늘에 한가로이 누워 있는 하얀 소. 갑자기 이 나라가 정겹게 느껴진다.

그런데 아까 나루터에서부터 어떤 청년이 어슬렁어슬렁 내 뒤를 좇아오는 게 아닌가. 내게 최루탄 가스총이 있긴 하지만 아무도 없는 이 정글에서 건장한 젊은 남자가 총이나 칼을 들이댄다면 당해낼 재간이 있나? 어느 쪽으로 도망가야 하는지도 모르고. 나는 배낭을 앞뒤로 멘 완전무장 상태라 빨리 걸을 수도 없다. 저 아득한 곳에 보이는 인가까지 내 호루라기 소리가 들릴 리는 더욱 만무하고.

갑자기 긴장이 되며 식은땀이 흐른다. 그 청년은 점점 더 가까이 따라붙는데 자꾸만 돌아볼 수도 없는 노릇이다. 그와의 거리가 점점 좁혀지더니 드디어 한 발 차이가 되었다.

'태연하게, 침착하게.'

가스총을 꼭 거머쥐며 장전이 되었는가 거듭 확인해보았다.

"올라 세뇨리따. 띠에네스 시가레떼(안녕하세요, 아가씨? 담배 가진 것 있어요)?"

청년이 운을 뗀다. 내가 지을 수 있는 최대한의 험상궂은 표정으로 녀석을 훑어보니 20살쯤 되어 보이는데 그렇게 험상궂게 생긴 것도 아니고 별다른 무기가 있는 것 같지도 않다. 하지만 방심은 금물.

"노 뿌마(담배 안피워요)."

딱 잘라 말하고 계속 걸었다.

"띠에네스 케찰레스(과테말라 돈 있어요)?"

또 따라붙는다.

"노 뗑고(돈 없어요)."

"띠에네스 돌라레스(미국 달라 있어요)?"

자꾸 추근거리는 걸로 보아 애초에 이 녀석의 기를 죽여야겠다.

"노 뗑고 나다. 요 노 끼에로 아블라르 꼰띠고. 엔띠엔데스?(아무것도 없어. 난 너랑 말하고 싶지 않단 말이야. 알아듣겠어)?"

소리를 빽 지르니 머쓱한 얼굴로 앞으로 성큼 걸어간다. 그렇게 말없이 물러서니 좀 미안한 생각이 든다. 이 아이는 가끔씩 과테말라 쪽에서 넘어오는 사람들을 상대로 돈 바꿔주는 일을 하는 모양인데 내가 너무 심하게 대했나?

그러나 그 아이의 마케팅 전략이 문제다. 수백m를 슬슬 따라붙는 사람을 어떻게 경계하지 않겠는가? 이런 허허벌판에서 돈 바꾸자고 하면 옳다꾸나 하면서 지갑 꺼낼 사람이 어디 있겠는가 말이다.

흑인 노예의 후예
가리푸나 마을 사람들

온두라스 흑인 노예의 후예 가리푸나 마을의 따사로운 가정에는
열 세 아이들이 부모와 친구처럼 지낸다.

민박집에서도 돈은 현명하게 써야 한다

온두라스 카리브 해안을 따라 흑인들의 집단 거주지가 있다. 이곳에 사는 사람들을 가리푸나라고 하는데 아프리카에서 노예로 팔려온 흑인들이 수백 년이 지난 지금에도 그들의 전통과 문화를 간직하면서 살고 있다.

이들은 학교 업무나 공무에는 스페인어를 쓰지만 집에서는 프랑스어와 비슷한 그들의 언어 가리푸나를 쓴다고 한다. 일상생활에서도 아프리카식 의상인 펑퍼짐하고 화려한 무늬가 있는 원피스를 입고, 머리수건을 쓰고, 아프리카식 음식을 해 먹고, 전통적인 리듬과 춤을 즐기며 아프리카식으로 속도 느린 삶을 살고 있다.

이런 신기한 마을을 그냥 지나칠 수 없지. 참새가 방앗간을 그냥 지나치면 그게 참새인가. 이런 이색적인 마을에서는 꼭 며칠이라도 살아보고 싶었다. 그래서 라 세이바에 있는 숙소 아저씨에게 물었다.

"아저씨 혹시 가리푸나 마을에 아는 사람 있어요?"

"아는 사람은 왜 찾는 거요?"

"거기서 며칠간 민박을 하려고요. 가리푸나 사람들에게 관심이 있거든요."

"이 아가씨, 정신없는 소리 하는군. 흑인 마을에는 도둑도 많고, 사람들이 말도 못하게 지저분하다우. 왜 그런 곳에 가려는 거요? 놀러 왔으면 여기 좋은 바닷가에서 잘 놀다 갈 것이지."

숙소 주인 아저씨가 말린다. 그러면서 흑인들은 게으르다느니 머리가 나쁘다느니 헐뜯기 시작한다. 가리푸나 사람들의 사회적인 지위나 평판을 금세 알 수 있었다.

무조건 민박집 헌팅에 나섰다. 아는 사람 한 명 없지만 그들의 마을에 직접 가보면 어떤 방법이 생길 것 같았다. 내가 끝내 흑인 마을에 간다고 나서자 아저씨는 못내 불안해한다.

"중요한 물건들은 여기에 놓고 가요. 올 때까지 맡아줄 테니까."

물어 물어 교통이 제일 편한 삼보 크릭이란 마을로 갔다. 라 세이바에서 버스로 45분쯤 가니까 해변가에 통나무배가 즐비하게 늘어서 있고 야자수에 걸쳐 있는 그물이며 낚시도구들이 보이는 전형적인 어촌이 나온다.

반듯하고 큼직한 집들을 지나 해변가로 갈수록 집은 작아지고 여기저기 지저분한 게 대도시 주변의 슬럼가를 연상케 한다. 버스 안에서 한 아저씨를 만났다. 나이는 40대 후반쯤. 땅속 깊은 동굴에서 나오는 듯 굵고 깊은 목소리를 가진, 연탄보다 더 새까만 가리푸나 사람이다.

내 소개를 하고 한 1주일 동안 이 마을에서 생활해보고 싶다니까 어쨌거나 더우니까 일단 자기집에 들어가서 얘기하잔다. 그 집은 바다가 보이는 곳에 야자수 잎을 엮어 만든 집인데 앞뒤가 다른 집으로 꼭꼭 막혀 있으면서도 시원한 바람이 솔솔 들어온다.

아저씨 이름은 돈 토마스. 이 한 칸짜리 집에서 부인과 2명의 아이들과 살고 있다. 그 부인 크리스티나는 내가 누군지도 모르고 무조건 반가워한다. 이 아주머니는 키가 적어도 1백80cm는 될 것 같고 몸무게는 1백50kg도 넘을 것 같다. 엉덩이와 젖가슴 무게만 합쳐도 내 몸무게를 훨씬 넘겠다.

한 집 건너 붙어 있는 또 다른 한 칸짜리 집에 크리스티나의 친정어머니가 손녀 4명과 살고 있다. 다다 할머니는 64살이라는데 딸인 크리스티나와는 딴판으로 꼬챙이처럼 말랐고 웃는 모습이 수줍음을 타는 처녀 같다.

돈 토마스는 다른 잘사는 집을 소개해주려고 이리저리 궁리를 한다.

"저는 해먹도 있고 아무데서나 잘 수도 있으니 이집에서 며칠 묵었으면 좋겠는데요."

"우리집은 좀 곤란해요. 보다시피 너무 좁잖아."

내 부탁에 그는 난색을 표한다. 그때 마침 딸집에 와 있던 다다 할머니가 나섰다.

"아가씨, 그럼 우리집에 와 있을라우? 좀 불편하더라도."

이렇게 해서 쉽게 민박집을 구했다. 짐을 옮기는 내게 크리스티나가 방값은 필요없고 밥값 정도는 내야 할 거라고 귀띔을 해준다.

가난한 집에서 식량을 축내며 민박을 하고 다니는 내게도 나름대로 원칙이 있다. 너무 조금 주어서 기분을 섭섭하게 해서도 안되지만 너무 많이 주어 '우리집에 왔다 간 손님' 이라기보다 '우리집에 왔다 간 봉' 이라는 인상을 남기기도 싫다. 10달러, 20달러를 더 쓰고 덜 쓰고는 여기 시골동네에서 얻어가는 잊지 못할 경험에 비하면 정말 아무것도 아니다. 그러나 적어도 나는 돈으로 경험을 사는 허술하고도 어리석은 여행객은 되고 싶지 않다.

그동안의 경험으로 봤을 때 세계 어디든 관광지가 아닌 깡촌에서 진짜 그 동네 생활을 알려고 한다면 돈이 있어도 있는 척해서는 안된다. 주머니에 돈이 있는 걸 알면 많은 사람들이 그 돈 때문에 억지 친절을 보이기 쉽다.

아주 세상 모르는 깡촌이 아니고서는 어설픈 시골에서도 여행객은 곧 돈이 많은 사람으로 통하고 그래서 우리들을 '숨쉬고 먹고 화장실 가는 사람' 으로 보기보다 '돈 나오는 사람' 으로 대한다. 물론 그야말로 이해타산 없는 친절을 보이는 사람도 있지만 그것을 식별하는 데는 시간이 걸리기 때문에 돈이 없는 척하는 것이 훨씬 낫다는 게 내 경험이다.

그래서 여기 삼보 크릭에 올 때도 큰 배낭은 돈과 함께 라 세이바의 숙소 아저씨에게 맡기고 꼭 필요한 것만 작은 배낭에 넣어왔다. 신발도 워킹 슈즈가 아닌 슬리퍼를 신는 등 이 사람들이 보기에 조금이라도 위화감을 느낄 만한 것은 다 숙소에 놓고 왔다. 잃어버리거나 달랄까 봐 두려운 게 아니라 여기 사람들이 화장품이나 선글라스 같은 물건들을 보고 나를 이질적으로 생각할 것이 두려웠다.

돈도 5일 있을 예정으로 2백림피라(2만원)와 비상금 50림피라만 가지고 왔다. 보통 공장이나 일용직 고용원들, 장사하는 사람들의 하루벌이가 25~30림피라라고 하니 이 정도면 적당하다고 생각했다.

내게 돈이 이것밖에 없다는 걸 여러 사람에게 확실히 알릴 좋은 기회가 왔다. 첫날이었다.

전깃불이 나가 부엌 초롱불에 옹기종기 앉아 여러 가지 이야기를 하다가 크리스티나가 묻는다.

"내일 점심은 한국식으로 해 먹을까?"

"좋은 생각이에요. 내가 만들어줄게요"

시장 가면 감자, 당근, 양파, 닭고기를 사오라고 재료를 적어주었더니 여기 사람들은 닭고기를 좋아하니 닭을 몇 마리 더 사자고 하며 2백50림피라를 내놓으란다. 한 끼 시장 보는 값이 아무리 많이 든다 해도 보통 사람의 1주일치 임금 이상을 내놓으라니.

이 약삭빠른 아줌마, 내가 외국사람이니 돈이 많다고 생각하고 있음이 분명하다. 그래서 식구들 다 들으라고 설명을 했다.

"어떻게 하지요? 나는 여기서 내가 쓸 만큼만 가지고 와서 그렇게 큰 돈이 없는데."

그랬더니 크리스티나가 묻는다.

"얼마를 가져왔는데요?"

"2백림피라요."

"뭐라고요? 그렇게 조금 가지고 어떻게 살려고 그래요?"

크리스티나와 큰딸이 몹시 놀란다.
"난 이 정도면 충분하다고 생각했는데 만약 안된다면 빨리 돌아가는 수밖에 없네요."
엄포 겸 엄살을 부렸다. 크리스티나는 그래도 미심쩍은지 묻는다.
"여행 다니면 돈을 많이 가지고 다닐 텐데 다른 돈은 다 어디 있는 거예요?"
"라 세이바에 있는 친구에게 맡겼어요. 돈을 많이 가지고 다니면 강도 만날 위험이 있다고 해서요."
다른 사람들은 알아듣겠다는 표정인데 크리스티나는 실망한 표정이 역력하다. 어쨌든 효과가 있었는지 그 다음부터 내 앞에서 콜라가 먹고 싶다는 둥, 부엌에 뭐가 부족하다는 둥 하던 말이 쏙 들어갔다.

다다 할머니네 오줌냄새 가득한 방

이 동네의 집 구조는 아주 단순하다. 집안에 들어가면 집 크기의 4/5에 해당하는 거실이 있고 거실을 가로질러 2, 3개의 해먹이 쳐져 있다. 부엌은 한편 구석에 붙어 있는데 식기는 식구수에 비해 터무니없이 적다. 집안에는 문 대신 커튼을 쳐놓아 통풍이 잘 되도록 되어 있다.
어느 집을 막론하고 거실에는 집안 식구들 사진이 죽 걸려 있고 한 가지만 보면 예쁘지만 여러 개가 모이면 전혀 어울리지 않는 인형이라든지 조화라든지 장신구들이 즐비하다. 마치 50년대의 우리들 시골집 안방을 연상케 한다.
그래도 이 동네는 전기도 들어오고, 마을 공동수도에서 물도 쉽게 길어다 먹을 수 있는 문화생활을 하고 있었다.
이 마을은 총 50가구 정도 되기 때문에 동네 사람들이 모두 식구같이 지낸다. 아무나 집안으로 쑥 들어와 그때 집안에 누가 있든지 한바탕 수다를 떨다 간다. 하루가 지나니까 집 근처 사람들은 물론 동네 끝에 사는 사람들까지도 내가 산책삼아 해변에 나가면 '비야 코레아나' 하고 소리를 고래고래 지르며 반가워한다. 우리집에 다녀간 사람들이 소문을 퍼뜨린 것이다.

이 동네 사람들의 하루는 보통 사람들의 두 배는 되는 것 같다. 저녁 7시가 되면 불이 나가기 때문에 8시쯤 되면 잘 준비를 하고 9시가 되면 동네가 조용하다. 대신 아침 5, 6시만 되면 여자들은 집을 치우거나 빨래를 하고, 생선을 사러 해변으로 가거나 아침을 짓느라 부산해진다.

간단한 아침을 먹고 나서 8시부터 빈둥대기 시작하는데 하루종일 시간을 어떻게 보내야 좋을지 몰라 지겨워한다. 특히 고기를 잡으러 다니지 않는 남자들은 뭘 하면서 하루를 보내는지 모르겠다.

남녀 모두 색이 요란한 옷을 입는데 여자들은 울긋불긋한 색이나 하얀색 원피스를 주로 입는다. 외출 때는 원피스에 맞는 색깔의 스카프를 뒤집어 쓴다. 어린 틴에이저들은 무조건 몸에 딱 붙는 옷을 입는데 청바지가 꼭 입고 꿰맨 것 같다.

그렇게 꽉 끼는 옷을 입고 어디에선가 음악이 흐르기만 하면 부엌이든 거실이든 길거리든 가리지 않고 그 거대한 몸을 흔든다.

또 하나 특이한 것은 이 사람들의 헤어 스타일. 지독하게 얽힌 실타래같이 생긴 머리를 이리저리 묶거나 조그맣게 땋는다. 머리가 그냥 풀어져 있는 것을 보면 봉제 사자인형 갈기같이 푸석푸석하게 다 뻗쳐 있다. 모자를 쓰거나 스카프를 쓴 사람들은 대개 머리 손질을 잘 안한 사람인 것 같다.

먹는 건 생각보다 너무 맛있다. 어촌이라 그런지 매일같이 생선을 먹고, 반열대기후에서 나는 코코넛과 바나나로 만든 음식이 많다. 생선으로 만드는 요리 종류가 다양해서 생선을 토막내 기름에 튀기거나, 양파를 좀 넣고 국을 끓이거나, 코코넛 밀크를 넣어 찌는데 생선이 좋아서 그런지 어떻게 해도 맛있다. 이렇게 맛있고 다양한 음식을 다다 할머니는 정성을 다해 매끼 해주었다.

생선은 아주 싸다. 어른 손바닥 한 배 반만한 것 두 마리와 어른 손바닥만한 것 한 마리 해서 모두 세 마리에 8렘피라. 우리돈으로 8백원 정도다. 생선은 저녁에 어부들이 먼 바다에 가서 잡아오는데 아침에 생선장을 보는 것이 동네 사람들의 큰 일과다.

또 다른 주식은 바나나와 코코넛. 과일로 먹는, 노랗게 익은 바나나와는 다른 요리용 푸른 바나나가 50개에 3렘피라, 3백원이다. 여기서는 바나나가 우리나라의 감자 같은 역할을 한다.

칼로 껍질을 까서 얇게 저미거나 그냥 2, 3토막으로 잘라서 밥을 할 때 같이 삶아 밥과 함께 먹는다. 아니면 코코넛 밀크와 같이 쪄서 으깬 감자 비슷한 마추카를 만들어 먹는다. 바나나와 밥을 섞어 먹는 것이 여기 주식이다.

사방천지가 야자수여서 코코넛을 이용한 요리도 많다. 코코넛을 갈아서 밀가루와 섞어 만든 코코넛 빵. 쌀과 코코넛 밀크로 지은 코코넛 밥. 생선과 코코넛 가루를 섞어 만든 찜 등 다양하다.

(신기한 것은 후에 돌아보았던 동부 아프리카의 음식문화가 이와 아주 흡사하다는 사실이다. 이들은 수백 년 전에 자신의 고향을 떠나왔는데도 음식은 잊지 않고 있는 것이다. 가리푸나 마을 밖으로 나가면 전혀 다른 라틴 아메리카식을 먹는데도 말이다. 역시 한 문화를 지탱하는 것은 언어와 음식이 아닐까.)

코코넛 때문인지 여자들은 10살만 넘으면 임신부처럼 배가 나오기 시작하고 엉덩이가 튀어나오는데 틴에이저가 되면 몸매가 아주 거대하거나 바싹 마른 몸매 둘 중 하나가 된다.

뚱뚱해서 그런지 13세라는 이 집 손녀는 20세라고 해도 믿을 정도로 나이가 들어보인다.

과테말라에서도 느꼈지만 이곳 중미 사람들의 식탁문화는 아주 특이하다. 한 식탁에 둘러앉아 한꺼번에 먹는 게 아니라 각자 먹고 싶을 때 부엌에 가서 찾는다. 또는 주부가 하루종일 부엌에 붙어서서 시도때도없이 밥을 찾는 식구들 시중을 든다.

화덕에 음식이 몇 가지 마련되면 각자 플라스틱 그릇에 여러 가지 음식을 담아 바깥에서 먹든지 시원한 곳을 찾아가 먹는다. 그래서 식구수에 비해 그릇이 적다. 한꺼번에 필요하지 않기 때문이다. 음식을 먹다가 생선뼈 따위를 그냥 바깥에 버리면 어떻게 알고 찾아오는지 동네 돼지새끼들이 일단 추려 먹고 그 다음에는 닭들이 와서 싹 쓸어간다. 완벽한 분리수거다.

그러니 음식을 만드는 사람은 흥이 나지 않겠다. 음식 만드는 재미는 온 식구가 식탁에 둘러앉아 자신이 만든 음식을 맛있게 먹을 때의 성취감이나 행복감 같은 것인데 말이다.

다다 할머니의 좁은 집에는 방이 두 개밖에 없어 할머니는 나를 위해 자기방에 해먹을 쳐주었다. 큰 침대에는 할머니와 뚱뚱한 에벨린, 율리아 셋이 자고 다른 골방에는 다른 손녀 두 명이 잤다.

여기 사람들은 저녁에 우리나라 요강 비슷한 큰 대야에 소변을 보는데 소변을 보고 뚜껑도 없이 침대 밑에 그냥 넣어두기 때문에 방안에 냄새가 진동한다. 이 집도 예외는 아니다. 나와 한방에서 자는 8살 난 율리아, 15살 난 에벨린 그리고 다다가 몇 번씩 일어나 소나기 소리를 낸다. 그럴 때마다 나는 홑이불을 머리 끝까지 덮고 숨을 참으면서 인도에서 탔던 3등 열차를 연상한다.

바로 화장실 옆칸에 타고 30시간 이상 가야 했던 그때의 기억이 악몽처럼 되살아나는 것이다.

할머니는 자기 전에 늘 간단한 기도를 드린다. 예수님 사진 앞에 촛불을 켜놓고 기도하는 모습이 너무나 경건하다. 하루를 무사히 마감하게 해주신 것에 대한 감사의 기도이리라.

자식 열일곱 키우는 성실한 어부 훌리안

내가 먹고 자는 곳이 다다 집이라면 하루를 보내는 곳은 공동묘지 바로 옆에 있는 어부 집이다. 바닷가를 거닐다가 우연히 발견한 곳인데 알고 보니 다다의 큰아들네다.

내 거처가 가리푸나 마을의 가운데 도시라면 채 2백m도 떨어지지 않은 이 외딴 집은 시골 중에서도 상시골이다. 바닷가에 붙어 있는 이 집은 동네하고 멀찍이 떨어져 모든 생활이 바다와 연결되어 있다. 해변에는 5, 6척의 배들이 늘어서 있고 파도소리가 하도 커서 얘기를 하려면 있는 대로 소리를 질러야 한다. 또 바닷바람은 어찌나 세게 부는지.

이집의 가장 훌리안은 너무나 의젓하고 믿음직한 40대 중반 아저씨인데 첫 번째 여자에게서 2명, 두 번째 여자에게서 2명, 지금의 부인에게서 13명. 도합 17명이나 되는 아이들의 아버지다.

"아이를 더 낳고 싶으세요?"

"잘 모르겠어요. 그렇지만 아이들은 다 친구니까 많을수록 좋지 않아요?"

내 물음에 몹시 수줍어한다.

실제로 며칠 있어보니, 이 부부는 진짜로 아이들을 친구로 생각하는 듯했다. 아이들이 엄마나 아빠를 부르면 이들은 "께 끼에레스, 아미고 · 아미가(뭐가 필요하니, 친구야)?" 하고 대꾸한다.

훌리안은 온종일 묵묵히 일을 한다. 새벽 4시에 일어나 고기를 잡으러 갔다 와서 간단하게 아침을 먹고 주업인 배 수선을 한다. 야자수 그늘에서 망치로 못을 박고 톱으로 썰고 사포로 갈고 해서 배 하나 수선하는 데 15일쯤 걸린다. 그 수선비로 3백림피라(약 3만원)쯤 받는단다.

저녁이 되면 또 조각배를 타고 나가 내일 먹을 고기를 잡는다. 보통때는 2~3마리, 재수가 좋은 날은 10마리도 잡는다. 많이 잡으면 식구 수대로 한 마리씩 튀겨 먹고, 적게 잡은 날은 토막을 내서 물을 많이 붓고 국을 끓여 많은 식구가 나누어 먹는다.

이 아저씨는 바닷가에서 태어나 평생을 바다와 더불어 사는 바닷사람이다.

"나는 걱정없어요. 바다에서 먹을 것을 구해 식구들에게 먹이고, 배를 고치는 것이 생업이고, 아이들이 바다에서 잘 놀고 있으니 여기서 뭘 더 바라겠어요?"

아저씨는 아주 낙천적이고 마음이 따뜻한 사람이다. 그야말로 목구멍에 풀칠을 하기 위해 쉴새없이 힘들게 일하면서도 일이 즐겁고 수선할 배가 많으니 좋고 바다에 나가면 얼마든지 고기를 잡을 수 있으니까 좋단다. 그 많은 아이들에게도 큰 소리 한번 안 내고 늘 잔잔하게 웃으며 대해준다.

여기서 내가 감동받은 것은 아이들의 정직함이다. 다다네 집에서도 그랬지만 여기서도 물건 잃어버릴 걱정을 했던 내가 부끄러울 정도다. 내가 갖고 다니는 4가지 색깔이 나오는 볼펜이며 화장품이 틴에이저들에게는 얼마나 갖고 싶은 물건이겠는가.

호기심을 참을 수 없어서 만져보고 발라보고 써보지만 가져갈 생각은 꿈에도 하지 않는다. 내 작은 배낭이 무방비 상태로 언제나 손 닿는 곳에 있는데도 아무도 손대지 않는다. 가난하지만 참 정직한 사람들이다.

어린아이들은 바닷가에서 온갖 종류의 놀이를 한다. 파도타기와 모래장난 등 우리랑 비슷한 것도 있지만 게를 잡아 엄지발가락에 물려 놓고 누가 오랫동안 참는지 하는 놀이도 있다. 바닷물에 둥둥 떠있는 수초를 건져 왕관과 목걸이를 만들어서 여자아이 하나를 공주처럼 예쁘게 꾸며주며 놀기도 한다. 건강하고도 재미있다.

야자를 공처럼 가지고 놀기도 하고 춤도 추고 나무배 안에 들어가 자기도 하면서 아이들은 모두 나름대로 바쁘고 알차게 지낸다.

나도 오전에는 일기나 편지를 쓰고 오후가 되면 아이들하고 물에 들어가 같이 놀았다. 그러면 야트막한 바다 한 구석이 작지만 소란스러운 놀이방이 된다.

동네 아이들까지 함께 어울리는데, 아이들은 내 관심을 끄느라고 물속에 곤두박질치거나 물밑으로 들어가 내 발을 잡거나 아예 내 팔에서 떨어지질 않는다. 나무에 붙은 코알라처럼.

이 집 여주인 프리실라는 한마디로 대단한 엄마다. 41살의 거대한 체구에 윗니 6개가 없는데도 아주 즐겁게 산다. 20살부터 2살까지 아이들 13명을 뒷바라지하느라 한시도 쉴 새가 없다. 밥하고 빨래하고 집안 치우고 틈틈이 부업으로 코코넛 빵을 만들어 파는 힘겨운 생활을 하면서도 항상 큰 소리로 웃는다. 아이들한테도 따뜻하게 대하며 음악이 흐르면 부엌이고 앞마당이고 가리지 않고 몸을 흔든다.

저렇게 즐겁고 마음이 편안하지 않다면 그 많은 아이들을 어떻게 다 키우겠는가. 프리실라도 남편과 같은 소리를 한다.

"일을 하면 먹고 살 수 있으니 얼마나 다행이에요. 식구들이 아프지만 않고 일을 할 수 있다면 더 바랄 것이 없어요."

정말로 행복한 미소를 짓는다. 그리고 요즘 내가 자기 아이들하고 잘 놀아줘서 참 고맙다는 인사도 잊지 않는다.

50개에 3백원밖에 안하는 바나나도 실컷 먹지 못하고 선진국에서

구제품으로 보내오는 옷을 사 입혀도 불평하지 않고 땀의 대가와 노동의 즐거움을 충분히 아는, 그리고 가족의 소중함을 아는 또다른 멋진 인간들, 고품질 인간들이다. 아버지 훌리안도, 엄마 프리실라도, 그리고 그들의 밝고 정직한 13명의 아이들도.

춤으로 시작해 춤으로 끝나는 가리푸나의 일생

원래 5일 예정이었던 이 마을에서 1주일이나 묵은 이유는 바로 이번주 토요일에 있을 '라 푼타' 파티 때문이다. 라 푼타는 아프리카에서 유래된 토속춤으로 윗몸은 가만히 있고 엉덩이와 다리, 특히 엉덩이를 최대한 빨리 그리고 섹시하게 흔들어대는 춤이다.

애나 어른이나 할 것 없이 언제 어디서든 이 춤을 춘다. 이제 막 걷기 시작하는 아이들조차 음악이 나오면 박자에 맞춰 엉덩이를 흔드는 걸 보면 이들 핏속에는 이미 라 푼타가 들어 있음이 틀림없다. 아이들은 대여섯 살만 되면 리듬을 타고 음악에 취해 제대로 라 푼타를 춘다. 틴 에이저들은 막 피어나는 몸을 아주 섹시하게 흔들면서 추고 어른들은 또 그 나이와 몸매에 어울리게 춤을 춘다.

푼타는 뚱뚱하면 뚱뚱할수록 흥이 나는 것 같은데 저렇게 거대한 엉덩이를 가진 아줌마가 어떻게 저렇게 유연한 허리를 가졌는지 눈을 의심하게 된다. 남자아이들은 어릴 때부터 손장단을 맞추기 시작해 대여섯 살이 되면 나무그릇이나 플라스틱 그릇을 뒤집어놓고 신나게 북처럼 두드린다. 그러다가 어른이 되면 본격적으로 북을 만들어 연주하며 모든 사람을 즐겁게 한다.

저녁에 비가 오락가락하더니 8시쯤 푼타를 시작하려니 억수로 퍼붓는다. 비 때문에 안하면 어떻게 하나 걱정이 되어 다다 할머니에게 물어보니까 그럴 리가 없다며 비가 지나가면 시작할 거라고 한다.

여기 있는 동안 매일 저녁 7시에 불이 나가서 8시면 자던 버릇이 생겨 이 시간이 지나니 졸리기 시작한다. 얼마나 이날을 기다려 왔는데 졸려서 일을 망치면 어떡하나 싶어 비가 오는 동안 해먹에서 잠깐 눈을 붙였다.

10시쯤 비가 그치자 다다가 체크무늬 치마에 하얀 블라우스, 체크무늬 스카프로 옷을 차려입고 춤추러 가잔다. 멀리서 둥둥둥 북소리가 들리기 시작한다. 북소리를 따르듯 춤판이 벌어지는 광장으로 나갔다. 옷을 잘 차려입은 사람은 다다뿐만 아니다. 온 동네 여자들이 1년 동안 오늘만을 생각하며 차려입은 듯 모두 좋은 옷을 입었다.

하얀 블라우스에 빨간 치마를 입은 여자, 초록색 원피스에 흰 두건을 쓴 여자, 머리를 수십 가닥으로 땋아 가닥마다 구슬을 단 여자. 의상만큼 머리에까지 신경쓴 여자들과는 달리 남자들은 젊은이들이 아니면 그냥 입던 옷 중에서 제일 깨끗한 것을 입고 나타났다.

광장에는 벌써 두 그룹의 무리가 장단에 맞춰 춤을 추고 있었다. 작은 북, 큰북, 캐스터네츠처럼 생겼지만 손잡이가 긴 악기, 대형 소라 그리고 북채 두 자루가 장단을 맞춘다. 멜로디 악기도 아니고 모두 간단한 타악기가 어떻게 그렇게 힘찬 리듬을 만들어내는 것일까. 이것이 바로 아프리카 원시의 리듬과 비트일 것이다.

신나게 북을 치다가 가끔씩 대형 소라로 붕붕붕 리듬을 고조시키면 모인 사람들은 흥에 겨워 팔을 위 아래로 흔들며 어느 나라 것인지 알 수도 없는 노래를 목청껏 부른다.

둥글게 모여 몸을 흔들던 사람들 중에서 흥이 난 남녀가 중앙으로 나와 춤을 추는데 남자보다는 여자들의 춤솜씨가 프로급이다. 무리 중 어떤 여자를 지목해봐도 마찬가지다. 다양하고 선정적이다 못해 노골적으로 성에 대한 굶주림과 열망을 표현한다. 남자와 여자가 이야기하듯 춤을 추다가 여자가 더욱 공격적으로 엉덩이를 양옆 앞뒤로 흔들어대면 남자는 손을 벌려 여자의 활동반경을 제한하는 듯한 몸짓을 한다.

음악의 전말과는 상관없이 춤을 추고 싶은 사람은 원 가운데로 나온다. 새로운 남녀가 나오면 먼저 추던 사람은 뒷걸음을 쳐 무리 속으로 들어가고 춤은 이어지는데 춤출 사람이 없어 중앙이 비는 일은 절대로 없다. 순서를 기다리지 못한 사람이 방금 춤을 추기 시작한 사람을 밀어내려고 하면 그 사람이 막 화를 내며 그렇게 금방 들어오면 난 언제 춤을 추느냐고 항의하는 모습도 쉽게 볼 수 있다.

나도 흥이 나서 훌리안의 큰아들과 짝이 되어 무대 중앙에 나가 한국식 라 푼타를 추었다. 엉덩이가 잘 흔들어지지 않은들 어떠랴. 허리가 잘 돌아가지 않은들 어떠랴. 내 춤을 보고 있는 마을사람들이 손뼉과 환호로 리듬을 맞추어주었다.

11시가 넘어 전깃불이 나갔다. 그렇지만 사람들은 괘념치 않고 촛불을 중앙에 몇 개 갖다놓고 춤을 계속 춘다. 한 번에 한 명씩 돌아가면서 춤을 추려니 모였던 동네사람들이 다 춤을 추려면 밤을 새워도 모자랄 것 같다.

춤추는 사람들은 두 그룹으로 나뉘었는데 한쪽은 나이가 든 사람들이고 다른 한쪽은 젊은 10대다. 그러나 어느 편이건 기가 막히게 춤을 춘다. 한쪽은 노련하고 다른 한쪽은 힘이 있다.

춤추는 두 무리 중간에는 다다의 친구네 집이 있다. 그 집에서는 마침 초상을 치르고 있었다. 양쪽에서는 죽자하고 북을 치며 춤을 추는데 초상집에는 몇 명이 모여 천주교식 연도를 하는 것이다. 삶의 즐거움과 죽음의 슬픔이 극명하게 대비된다.

그렇지만 이건 나만의 생각일까. 어쩌면 그들은 삶도 죽음의 일부요 죽음 역시 삶의 한 부분이라고 여기는지 모른다. 그러니까 초상집을 사이에 두고 열광적으로 춤을 추고, 초상집 역시 이들의 행사를 고까워하지 않는 것이 아니겠는가.

가리푸나 마을에서 1주일을 보내고 떠나는 날, 다다 할머니는 무척 섭섭해하시며 줄 것이 없다면서 찬장 안에 소중히 넣어둔 노란 유리 접시를 꺼내주신다. 나도 정표(情表)로 인도여행 때 사서 내내 끼고 다니던 칠보 귀고리를 빼 드렸다.

불편함을 감수하고서도 선뜻 자신의 집을 숙소로 내주었던 할머니, 매끼 가리푸나식 색다른 음식을 만들어 살뜰하게 끼니를 챙겨주신 할머니. 내가 좋아하는 훌리안 가족들의 친할머니. 고마움의 표시로 차비만 남기고 가진 돈을 전부 드렸을 때 이건 너무 많다고 펄쩍 뛰던 할머니. 그리고 끝내 이별의 눈물을 내비치던 할머니.

가리푸나 마을로 오기 전 험담을 늘어놓던 숙소 아저씨의 말과는 정반대로 이들은 따뜻하고 정직하고 아름다운 사람들이었다.

아디오스 (안녕히). 다다 할머니, 내내 건강하세요.

아름다운 카리브 해변에서 다시 한 번 인생공부

카리브 해변은 투명한 초록 바닷물이 왜 그리
따뜻하기까지 한지.

대낮 야자수 밑에서 자위행위하는 남자

카리브의 해변도시 텔라에서 엘케라는 독일여대생을 만났다. 얼굴이 보름달같이 둥글고 통통한 것이 어린아이같다.

서로 각각 묵을 곳을 찾다가 어느 숙소 대문 앞에서 만나 즉석에서 룸메이트가 되었다.

배낭여행은 이번이 처음이라는데 그렇게 체계적으로 배낭을 꾸리고 다니는 아이는 보다 처음 본다. 내가 빨랫비누를 좀 빌려달라고 했더니 배낭을 여는 게 아니라 공책부터 편다.

그 공책에는 배낭 단면도가 그려져 있어 배낭 안에 들어 있는 물건의 위치를 한눈에 알 수 있게 되어 있다. 그리고 그 다음 페이지에는 배낭 주머니마다에 들어 있는 품목들이 일일이 씌어 있다. 배낭이 무슨 항공모함이냐. 단면도에 품목대장까지 들고 다니게.

밀렸던 빨래를 대충 해서 널어놓고 해변가로 나갔다. 오랜만에 느긋하게 해변 야자수 숲에 누워 책을 읽고 있는데 30대 남자가 자전거를 타고 지나가다가 우리에게서 두 나무쯤 떨어진 곳에 멈추어 선다.

한참을 지나도록 그렇게 서 있어서 엘케가 무심코 일어나 보니 그 남자가 열심히 자위행위를 하고 있더란다. 여자 중고등학교 앞 골목길에서 보던 남자들이 그렇듯이 보란 듯이 자위행위를 하는 사람은 보기에 역겨워도 직접 해를 끼치지는 않는 법이다.

그래도 안심이 안되어 앞뒤를 살펴보니 소리를 지르면 들릴 정도의 거리에 다른 사람이 보였다. 그래서 우리의 장난이 시작되었다. 저 남자가 저렇게 열심히 노력을 하고 있는데 우리가 인간적으로 좀 도와주어야 하지 않겠느냐며 낄낄댔다.

"바모스, 바모스(힘내라, 힘내라)."

손뼉을 치며 응원을 했다. 한참 지나서 그 사람이 일을 끝냈나 하고 엘케가 일어나 살펴보니 아직도 진행중이란다.

'하루종일 걸릴 모양이군.'

저 남자는 해구신이나 자라탕, 하다 못해 흔한 뱀이라도 한 마리 잡아먹어야 할 것 같다니까 엘케가 죽는다고 웃는다. 엘케가 세 번째 일어나 보니 혼신의 노력에도 불구하고 그 남자의 물건이 줄어들었다며 '실패'라고 애석해한다.

"우리는 정말 매력이 없는 여자들인가 봐."

엘케가 입을 뾰족 내밀며 우는 시늉을 한다. 우리의 작전 실패일지도 모른다. 치어리더식 응원보다는 깜짝 놀라며 몹시 당황한 척하는 것이 더 효과적이었을까? 그나저나 그 남자, 두 외국 여자 앞에서 무슨 망신이람. 우리가 자신의 문제를 눈치챘다는 걸 알았는지 세워두었던 자전거를 타고 급하게 가버린다.

그런데 점심 겸 저녁으로 해변 근처 가게에서 햄버거를 먹다가 그 사람을 다시 만났다. 자전거를 타고 지나가던 그는 우리를 발견하고 아주 반가워하며 아예 자전거 핸들을 놓고 양손을 마구 흔드는 것이 아닌가. 저렇게도 반가울까. 비록 성공하지는 못했지만 자기 일이 뜻대로 안될 때 치어리더가 되어준 걸 고맙게 생각하는 모양이다.

지금 엘케를 만난 것처럼 여행 중에는 늘 누군가를 만나게 된다. 현지인도 만나고 같은 여행객들도 만나고. 현지인을 만나면 민박으로 이어지기도 한다.

여행객들하고는 여정이 비슷하면 며칠씩 같이 다니기도 하고, 한 곳에 오래 머물면 오가는 사람들을 만나기도 한다. 이렇게 다른 사람들을 만나 새로운 경험을 하고, 인생의 각각 다른 가치를 듣는 것도 여행의 아주 중요한 부분이다. 나는 원래 사람 사귀기를 좋아해서 여행의 이런 면을 대단히 즐긴다.

그러나 텔라에서 엘케랑 헤어질 때는 정말로 혼자 있고 싶었다. 혼자 여행을 다니고 있지만 생각해보면 지난 2년 동안 이렇게 저렇게 만난 사람들과 늘 함께 다녔다. 특히 이번 중미여행은 멕시코 시티부터 이곳까지 아주 많은 사람을 릴레이하듯 만났다. 대부분의 경우는 참 좋았다. 그렇지만 지금은 새로운 사람을 만나 자기소개를 하고 똑같은 이야기를 반복하는 것에 진력이 난다.

사람은 가끔씩 자기만의 시간과 공간이 필요한 것이다. 이렇게 논스톱으로 사람을 만나게 되면 생각을 정리할 새도 없이 여러 가지가 한꺼번에 겹쳐 더 이상 처리할 수가 없는 한계상황이 온다. 그런 때가 오면 내 안에 있는 내가 혼자 있고 싶다고 신호를 보내온다.

일단 생각이 둔해진다. 무엇을 하고 싶은지 잘 모르게 되고 무얼 해도 재미가 없다. 변덕이 심해지고 자꾸만 글이 쓰고 싶어진다. 그 때가 며칠간 혼자 있어야 하는 시간이다. 그리고 지금이 바로 그때다.

그래서 그후 며칠간 영어도, 스페인어도 할 줄 모르는 체하면서 입에서 군내가 나도록 조용히 지냈다.

"동양 여자는 역시 조용하군요."

그 때 만났던 어떤 사람은 내 '본색'을 눈치채지 못하고 이렇게 말하기도 했다.

어떻든 모처럼 밀린 일기도 쓰고, 편지도 쓰고, 이런 저런 생각도 하면서 혼자만의 느긋한 시간을 가질 수 있었다.

하고 싶은 일 하며 심플하고 따뜻하게 살자

여행객이 온두라스 최대의 휴양지인 로아탄 섬으로 가는 이유는 두 가지. 하나는 스쿠버 다이버 자격증을 따는 것이고 또 하나는 천연

수족관이라는 울창한 산호 사이를 누비는 스노클링을 하기 위해서다. 스노클링도 좋지만 나는 아름다운 카리브 해의 따뜻한 물에 몸을 담그고 며칠간 푹 쉬고 싶었다.

배낭족들 입에서 입으로 전해오는 숙소 '지미스 로지'는 섬의 서쪽 끝에 있다. 오랜만에 더운 샤워를 한 뒤 바다가 잘 보이는 2층 베란다에 해먹을 치고 하루 종일 허리뼈가 부러진 사람처럼 누워지냈다.

해먹에 누워서 잠을 자거나 책을 읽거나 글을 쓰거나 그것도 싫으면 바다를 바라보며 생각에 잠긴다. 평소와는 다르게 숙소에 묵고 있는 아이들이 이야기를 걸면 대답을 하는 정도지 스스로 내 수다를 풀어놓지는 않았다. 이렇게 아무것도 안하고 멍청하게 있는 시간이 얼마나 좋은가. 무위이 무불위(無爲易 無不爲)라 했던가? 아무것도 하지 않는 것이 아무것이나 하는 것보다 더 좋다는 말이겠지.

이런 무위도식중에도 꼭 하지 않으면 안되는 일이 한 가지 있다. 머리 끝부터 발 끝까지 몸 전체에 골고루 분포되어 있는 벌레 물려 가려운 곳을 긁는 일, 그리고 긁어서 피가 난 자리에 다시 모기약을 뿌리는 일이다. 긁힌 자리에 모기약이 닿으면 왕벌에 쏘인 듯 참을 수 없이 따갑지만 모기에 또 물리지 않으려면 다른 방법이 없다.

그래서 이 바닷가에서는 모두가 '피부고문관'이 된다. 낮에는 바닷가의 온갖 물것들을 피하느라 빡빡한 코코넛 오일을 온몸에 잔뜩 바르고 햇볕에 나가 선탠을 한다. 저녁에는 바다에서 돌아와 코코넛 오일을 씻어내고 그 위에 다시 모기퇴치 로션을 바르거나 뿌린다.

볼리비아 정글여행 때도 모기에 하도 많이 물려 정신을 잃을 정도였는데 이곳은 모기만이 아니라 개미에, 그 악명 높은 샌드플라이까지 있다. 샌드플라이는 하루살이 같이 생겼는데 크기는 그보다 1/100 정도여서 눈에 보이지도 않는다. 이것이 한 번 살에 앉았다 하면 자기 몸의 수백 배나 되는 자국을 남긴다.

독침이 있는지 빨갛게 물린 자국 가운데는 반드시 침 자국이 있고 거기를 짜면 무슨 액같은 것이 나온다. 물렸다 하면 피가 나올 때까지 긁어도 속이 시원하지 않을 정도로 가렵다. 만반의 대비 없이 야자수 그늘에 누워있다가는 반드시 샌드플라이 군단의 '오늘 일용할 양식'이 되고 만다.

지미스 로지에는 거울이 없다. 원시적인 샤워실에 하나 있기는 한데 가운데가 깨지고 군데군데 떨어져나가 얼굴을 볼 수가 없다. 그런데 나루터 앞 식당에서 거울을 들여다보다가 깜짝 놀랐다.

거울 속에서 낯선 사람 하나가 나를 보고 있는 것이다. 드러난 팔뚝에는 온통 벌레 물린 자국이고 얼굴은 새까맣게 타서 눈 흰자위와 이만 하얗게 드러낸 채 웃고 있었다. 얼굴 윤곽이 어디서 많이 본 것 같고 입고 있는 소매없는 원피스가 눈에 익은 것일 뿐.

'나랑 비슷하게는 생겼는데 도대체 나 같지는 않군.'

그래도 그 모습이 나쁘지는 않았다. 오히려 보기 좋았다. 하고 싶은 일을 실컷 하며 사는 행복한 얼굴이었다. 몸이 좀 고달프기는 하지만 하기야 내 팔자가 얼마나 좋은 팔자냐? 가고 싶으면 가고, 있고 싶으면 있으면서 발바닥이 닳도록 세상구경 잘 하고 있으니.

섬을 떠나기 전날 로버트라는 캐나다에서 온 대머리 총각을 만났다. 전직은 약사, 현직은 떠돌이 여행가. 2년 동안 세계일주를 하고 있는데 아프리카, 동남 아시아, 중동과 중남미를 거쳐 멕시코와 미국을 넘어 캐나다로 돌아갈 예정이란다. 그동안의 경비는 미화 3만 달러정도(약 2천 5백만원). 여정은 물론 경비조차 나와 비슷하다.

나도 2년째 세계여행 중이고 앞으로 2년정도 더 할 생각이라고 했더니 깜짝 놀란다.

"여태껏 다니면서도 여자 혼자 이렇게 긴 배낭여행을 하는 사람은 처음 보네요. 조그맣고 얌전한 여자가 참 대단하군요."

얌전은 웬 얌전? 게다가 자기도 비슷한 여행을 하고 있으면서 나보고는 왜 대단하다는 거야?

어쨌든 나처럼 장기여행을 하고 있는 로버트는 이것을 통해 무엇을 얻었을까 몹시 궁금했다.

"로버트, 세계여행을 하면서 뭔가 중요한 걸 얻었나요?"

"그럼요!"

그는 여행을 통해 우선 자기가 가지고 있는 가치와 판단기준이 절대적이 아니라는 것을 깨달았다고 한다. 그래서 여행이 거의 끝나가는 지금은 자기와는 전혀 다른 사회와 문화를 보는 눈이 유연해졌다는 것이다. 그건 나도 그렇다.

똑 같은 행동이라도 어느 문화권에서는 지극히 정상인 것이 다른 문화권에서는 비정상으로 보이는 경우가 있다. 인도에서 이런 일이 있었다. 시골집에서 민박을 하는데 다른 것은 다 괜찮은데 휴지 없이 화장실에 가는 게 문제였다.

화장지를 구하러 다음날 버스를 타고 큰 마을로 나갔다. 그러나 큰 마을에도 휴지는 없었다. 하는 수 없이 약국에 들어가 임시변통으로 붕대를 사면서 왜 이 동네에는 화장지가 이렇게 없느냐고 물었더니 약국 주인 아저씨가 입을 딱 벌린다.

"도대체 화장지가 왜 필요한 거요?"

"화장실에 가려면 휴지가 있어야 할 게 아녜요?"

"거 참, 아가씨. 그런 지저분한 소리 하지 마시오. 만약 아가씨 손에 죽이 묻었다면 그걸 휴지로 아무리 깨끗이 닦은들 물로 씻는만큼 개운하겠소?"

화장실에서 물로 뒤처리를 하는 그들에게는 휴지를 쓰려는 내가 아주 비위생적인 사람으로 보였을 것이다.

이런 문화충돌의 체험을 통해 자연스럽게 서로 다른 문화의 다양성을 인정하게 되는 것, 그것이 여행의 가장 큰 소득이다.

로버트가 얻은 여행의 두 번째 소득은 자신을 발견한 것이었다고 한다. 내가 누구인지, 어떤 생각을 가지고 사는 사람인지 그리고 앞으로 어떻게 살고 싶은지 자기에 대해 충분히 정리하고 계획할 시간이 있다는 것에 나도 고개를 끄덕인다. 이 점은 내가 세계여행을 시작한 가장 근본적이고도 중요한 목적이었으니까.

"여행은 정말 남는 장사예요. 여행을 하면서 대머리가 더 벗겨졌지만 말예요."

로버트와 이야기를 나누고 있자니 여행에 대한 생각까지도 나와 비슷해서 그에게 진한 동지애가 느껴졌다. 그래서 이야기를 듣는 편이었던 태도를 바꾸어 내 주특기인 맞장구를 곁들여 많은 이야기를 나누었다. 특히 어떤 삶이 멋진 삶인가, 앞으로 우리는 어떤 태도로 살아야 하는가에 대해 진지하게 얘기를 주고 받았다. 야자수 그늘 아래서 악명 높은 샌드플라이의 집중공격을 받아가면서도 자리를 옮기지 않고, 우리가 오후 내내 나눈 대화의 결론은 이것이다.

첫째, 하고 싶은 일을 하며 살자. 둘째, 심플하게 살자. 셋째, 따뜻한 마음을 가지고 살자. 우리는 앞으로 정말 이렇게 살아가자고 새끼손가락을 걸고 엄지손가락으로 도장까지 찍었다. 이 사람과 함께 그동안의 여행을 나름대로 중간정리하고 나니 이제까지의 여행이 더욱 소중하고도 의미있게 느껴진다.

'직장까지 그만두고 여행을 시작한 건 정말 잘한 일이야. 여행은 인생을 배우는 가장 빠른 지름길이니까.'

로버트는 육로로 곧장 캐나다까지 간다는데 2주일 후면 집에 도착할 수 있을 거란다.

"좋겠네요." 무심결에 이 말을 하고보니 좀 우습다. 남이 여행을 끝낸다는데 뭐가 좋단 말인가. 여행을 계속하는 사람이 더 좋지. 그러나 이 말은 내 진심이었다. 이 사람은 2주일 후면 식구들을 만날테니까. 나도 식구들 얼굴이 보고 싶다.

내일 로아탄 섬에서 나가면 서울 집에 꼭 전화를 해야겠다. 마지막 전화를 한 지가 벌써 두 달도 넘었다. 전화를 하면 가장 긴장되는 순간은 신호가 가고 한국에서 누군가가 "여보세요" 전화를 받고나서 "응, 나야. 여기는 어딘데 집에 별일 없지?" 하고 내 목소리를 보낸 다음이다. 국제전화의 인터벌 때문에 몇 초 기다려야 하는 그 순간, 그 몇 초가 여삼추다. 엄마가 아프다면 어떡하나, 조카들에게 무슨 일이 생겼다면 어떡하나 온갖 못된 상상으로 입술에 침이 마르고 가슴이 두근거린다.

수평선에 거의 닿은 해가 아름다운 노을을 만든다. 극성을 부리던 샌드플라이도 이제는 잠잠해졌다. 사방이 조용해지더니 파도소리가 정겹게 들린다. 로버트는 듣고 있던 소형 카세트에서 좋은 곡이 나온다고 이어폰을 건네준다. 캐롤 킹의 '당신은 친구를 가졌어요'가 흘러나오고 있다.

이럴 때는 해바라기의 노래가 더 어울리는데.

"모두가 사랑이에요. 사랑하는 사람도 많고요. 사랑해주는 사람도 많았어요. 모두가 사랑이에요."

낮은 목소리로 노래를 불러본다. 노래를 부르는 동안 보고 싶은 식구들의 얼굴이 하나하나 머리 속에 스쳐지나간다. 그리고 나직히 나를 부른다.

'비야야!' 엄마와 언니들이다. '작은 처제!' 형부들이다. '막내 누나, 막내 형님!' 이번에는 동생 부부. '꼬미야!' 그리고 우리 귀여운 조카들의 목소리도 바로 옆에서 들리는 듯 하다.

집을 떠난 지 어느새 1년이 다 되어간다.

〈3권에서 다시 만나요!〉

세계 배낭 여행자의 사부

한비야가 발로 터득한 세계여행정보

중남아메리카, 알래스카

(여행 떠나기 전 해야할 일들과 준비물에 대해서는 1권에 자세히 설명했으므로 1권을 참조해주십시오)

중남미는 우선 지역이 대단히 넓어 온갖 기후대를 형성하고 있어서 그에 따른 자연의 변화가 무쌍한 곳이다. 뿐만 아니라 그 안에 살고 있는 사람들도 다양하다.인디오들과 유럽인 특히 스페인 사람들과의 혼혈인 메스티조들이 살고 있는 밝고 명랑한 라틴 아메리카가 있는가 하면 인디오들만의 침착하고 과묵한 '원대륙' 문화도 있다.

이렇게 지리적으로 광활하고 문화적으로 다양한 대륙을 여행하려면 여행을 떠나기 전 각자의 관심에 따라 가보고 싶은 나라를 정해두는 것이 여행을 효과적으로 할 수 있는 방법이다.

라틴 아메리카의 혼혈문화를 보고 싶다면 칠레, 아르헨티나, 브라질 정도가 좋겠고 마야와 잉카,아즈테카 등 고대 문명에 관심이 있다면 페루와 볼리비아, 과테말라 멕시코 등을 가보아야 한다. 나는 사전 정보가 불충분해서 욕심대로 여행을 하지 못했다: 만약 알았더라면 나는 인디오들에게 관심이 많으니 이국적이긴 하지만 유럽풍인 칠레나 아르헨티나 대신 에콰도르와 콜롬비아를 넣었을 텐데 그러지 못했던 것이다.

여러분은 사전에 충분히 검토해서 가보고 싶은 나라를 택하기 바란다. 한가지 남미대륙은 우리와 계절이 반대라는 걸 잊지 마시길.

떠나기 전 할 일

〈비자〉

*중남미를 여행하려면 각 나라 비자내기가 상당히 까다로우므로 비자 받는데 걸리는 시간을 넉넉히 잡아야한다.

*서울에 있는 중남미 각국의 영사관에서는 비자 구비서류로 보통 왕복항공권 원본을 원하는데 만약 그 나라가 처음으로 도착하는 나라가 아닐 경우에는 서울을 출발해서 그 나라의 수도를 경유하여 다시 서울로 돌아오는 항공표를 사서 비자를 받은 후 취소하면 된다.

이때 주의할 점은 항공표를 살 때는 반드시 1백% 환불이 되는 표를 사고 신용카드로 살 때는 일시불로 지불하는 조건으로 사야 한다. 그러지 않으면 쓰지도 않을 비행기표 때문에 필요없는 이자를 물게 된다.

*비자가 필요한 중남미 나라들은 1달 이상 기다려도 이웃나라에서 비자 받기가 아주 까다롭다. 이런 나라들의 비자는 여행중 만료되더라도 쓸모가 있으니 한국에서 미리 받아가는 것이 좋다. 나는 한달만 유용한 과테말라 비자가 과테말라 입국 전에 이미 만료될 줄 알면서도 한국에서 과테말라 비자를 받았다. 도중에 비자만료가 되었지만 미리 받아놓은 비자 덕분에 이웃나라에서 1시간만에 새로운 비자를 발급받을 수 있었다. 이것이 아니었으면 1달을 기다려야 했을 것이다.

*북미에서 시작해 남미로 훑어내려갈 계획이라면 멕시코는 비자가 필요없으니 미국 샌디에이고에서 쉽게 멕시코 국경을 넘을 수 있다.

*남미 대륙만을 육로로 이동하려면 페루의 리마나 베네수엘라의 카라카스

에서 시작하는 것이 편리하다. 특히 페루는 우리나라와는 무비자협정이 맺어져 있어 남미 대륙의 출발지로 적당하다.

〈항공표〉

*한국에서 남미로 직접 가는 비행기값은 엄청나게 비싸다. 미국 비자가 있는 사람이라면 서울에서 LA까지 가는 타이항공이나 브라질에어 등 덤핑티켓(왕복권 약 5백달러)을 산 뒤 LA에서 표를 헌팅해 보시길. LA 타임스나 다른 일간지 일요일 판에는 덤핑티켓 광고가 수두룩하다.

*때에 따라 LA에서 마이애미까지 가는 비행기표가 엄청나게 싸게 나오는 수가 있는데(1백달러 정도) 만약 이런 표를 구할 수 있다면 마이애미로 가는 것도 좋다. 마이애미에는 중남미로 가는 항공편도 많고 표도 싸다. 국내 항공료와 비행기를 기다리면서 하루쯤 마이애미에서 묵는 숙박비를 빼고도 훨씬 싸다.

〈준비물〉

***사전**:조그만 영어-스페인어, 혹은 국어-스페인어 사전을 꼭 휴대할 것. 영어가 통할 것이라는 기대는 절대 하지 말 것. 조금만 도시를 벗어나도 이 사전이 유용하게 쓰인다.

***안내서**:1권에서 소개한 〈Lonely Planet〉도 좋지만 중남미지역 가이드 북으로는 해마다 수정본이 나오는 핸드북 시리즈, MEXICO & CENTRAL AMERICAN HANDBOOK과 SOUTH AMERICAN HANDBOOK이 가장 자세하고 정확하다. 아주 쉬운 영어로 돼있다.

주문처:TRADE & TRAVEL Limited. 6 Riverside Court Lower Bristol Road, Bath BA2 3DZ, England. 전화:0225-469141 Fax:0225-469461

***그물침대**:여름에 온두라스나 멕시코 유카탄 반도 등 아열대지방을 여행할

때는 침낭보다는 해먹이라고 하는 그물침대가 아주 유용하다. 야자수 사이에 쳐놓고 야영도 할 수 있는데 통풍이 잘 되어 말할 수 없이 시원하다. 중미 어디에서든 쉽게 구할 수 있지만 역시 소문대로 멕시코의 메리다 해먹이 싸고 가볍고 질기다.

*** 방음귀마개**:야간 버스를 탔을 때나 시끄러운 룸메이트를 만났을 때 의외로 유용함.

*** 옷**:방풍용 여름잠바, 비닐 비옷, 긴팔 · 반팔 · 소매없는 티셔츠(속옷 대신으로 입을 수 있다). 얇은 남방, 긴 면 원피스(초대를 받았을 경우나 바닷가에서는 오히려 시원하다). 이밖에 나는 쫄바지, 주머니가 달린 바지와 가슴에 양쪽으로 커다란 주머니가 달린 반팔 티셔츠를 꼭 가지고 다닌다. 더운 여름날 브래지어를 안하는 것이 얼마나 시원한지 상상해보라.

(중남미를 장기간 여행하려는 사람은 큰 도시의 시장 서는 날을 주시하라. 반드시 외국에서 온 구제품을 파는 사람들이 있다. 보물찾기를 해야하지만 값싸고 좋은 옷을 고를 수 있어 나는 무척 애용했다.)

*** 커다란 비닐봉투**:가정에서 쓰는 까만 쓰레기 봉투가 안성맞춤이다. 그보다 더 두꺼운 것을 구할 수 있으면 더욱 좋고.우기에는 배낭 안에 있는 물건을 이 비닐로 한번 싸두는 것이 좋다. 노숙을 할 때는 바닥에 깔아 침낭이 더러워지지 않도록 하는 데 쓰기도 하는 등 여러 가지로 사용할 수 있다.

*** 취사도구**:페루, 볼리비아, 과테말라, 온두라스는 다니면서 자취를 할 만큼 물가가 비싸지 않아 별다른 준비는 필요없다. 처음 칠레와 아르헨티나에서는 제일 작은 가스버너와 제일 작은 코펠 정도를 가지고 다니며 커피물을 끓이거나 수프 등 간단한 음식을 해 먹는 정도였다.

중남미 대륙 내내 유용하게 쓴 것은 물을 데우는 전기포트. 전기가 들어오는 곳이면 이것으로 1권에서 말한 컵에 물을 데워 음식도 해먹고 더운 세수도 했다.

*** 약**:

1) 벌레물림 방지약:물파스, 모기향, 모기퇴치 로션 등 벌레에 물리는 것을 방지하거나 가려움을 가라앉히는 약들이 필수품이다. 본문에서 말했

듯이 항상 온갖 벌레들이 괴롭힌다.

2) 알레르기 약(항 히스타민제):정글에서 너무 많이 물리면 정신을 잃을 정도로 가렵다. 이때 무리하게 긁으면 감염되기 쉬우니 아예 가려움 방지약을 먹는 편이 좋다.

3) 피부 연고제:벌레나 곤충에 물리면 날씨가 덥기 때문에 곪기 십상이다.

4) 감기몸살 약:기온의 차이가 심하고 비가 많이 오기 때문에 특히 몸살이 잘 난다.

5) 바셀린:입술이 틀 때나 불에 데었을 때 등 유용하다.

6) 구충제:6개월 이상 장기여행을 하는 사람은 반드시 먹어야 한다.

7) 말라리아 예방약:말라리아가 도는 지방을 여행하는 사람이 말라리아 예방약을 먹었을 경우 여행이 끝난 다음에도 2주일간은 반드시 먹어야한다. 여행중 아무리 열심히 먹었다 하더라도 이 2주일을 게을리하면 말라리아에 걸릴 수 있다.

8) 베이비파우더:우기에 여행할 때 항상 젖은 운동화를 신고 다녔더니 무좀이 도졌다. 저녁에 발을 잘 말린 후 베이비 파우더를 바르면 효과가 있다.

이외에도 가지고 다니면서 자신이 필요하기도 하고 현지인들에게 주어도 대단히 유용하므로 마이신이나 설사약, 소독약, 진통제, 구충제 등을 준비해가면 현지인들에게 대환영을 받을 것이다.

＊이밖에 내 가방에 꼭 들어있는 것:우리나라 명시선과 들국화와 해바라기 카세트테이프 하나씩. 단소도 들고 다녔다.

〈여행자 보험〉

1권에서도 말한대로 '반드시' 들고 가기를 바란다. 특히 중남미는 좀도둑이 많기 때문에 더 필요하다. 만약 물건을 잃어버렸을 때는 가까운 경찰서에 신고를 해서 분실 확인증과 잃어버린 품목 리스트가 있어야 보험처리가 된다는 것을 명심할 것. 나는 긴여행을 떠나기 전에 우선 일년간 여행보험에 들고 일년

이 넘게 되면 한달씩 연장하는 형식으로 했다. 보험 연장은 본인이 없어도 가능하다.

〈예방접종〉

콜레라 예방접종은 예방률이 30% 미만이라지만 밑져야 본전이니 하고 갈 것. 10년간 예방이 된다는 황열병 예방접종도 꼭 하고 가야 한다. 공항면역소에서 맞을 수 있는데 여기서 국제 예방주사 카드도 만들어 준다.

〈여행 가기 전에 배우면 유용한 것〉

＊수영과 자전거: 긴 말이 필요없다. 특히 수영을 못하면 다양한 해양스포츠를 즐길 수 없을 뿐만 아니라 목숨이 위험할 수도 있다.

＊간단한 수지침: 전문가가 될 필요는 없고 아주 기본적이고 간단한 것들을 알면 유용하다. 예를 들어 체했을 때, 두통, 피로회복 등에 잘 듣는 수치침은 본인 뿐만 아니라 현지인이나 다른 배낭족들에게도 정말로 인기다.

＊우리 민요 몇가지:서양 배낭족이 모인 곳이나 현지인들이 모인 곳에서 어쭙잖은 팝송을 불러보았자 본인도 쑥스럽고 듣는 사람도 흥이 안난다. '신토불이' 도라지 타령, 군밤타령들은 어디를 가나 대인기. 나는 이 민요에 단소까지 가지고 다녀 많은 사랑을 받았다.

여행중 주의사항

＊물:나는 현지물을 그냥 마셨지만 병물을 사서 마시는 것이 안전하다. 병물을 팔지 않는 곳에 대비해 정수약을 가지고 다니는 것이 좋다.

＊음식:1권에서도 말한 바 있듯이 하루에 한끼는 잘 먹어야 한다. 중남미는 치즈가 흔하니까 단백질 부족은 피할수 있다. 이곳은 과일도 흔한 편이다. 특히 물은 많이 먹는다 싶을 정도로 마셔야 한다.

만약 원래 약한 위를 타고 난 사람이라면 물은 반드시 병물을 사먹고 얼음을 띄운 것은 가급적 먹지말 것. 식기도 따로 가지고 다니는 것이 좋고 과일이나 야채 등도 한번 미네랄 워터로 헹궈 먹을 것.특히 땀을 많이 흘리는 계절에 다닐 때는 물을 많이 마시고 음식을 좀 짜게 먹을 것.

＊고산증:페루나 볼리비아의 도시들은 고도가 매우 높은 곳에 있으므로 소로체, 즉 고산증이 나타나기 쉽다. 누누이 말한대로 고산증은 다른 예방이나 치료가 없다. 고도에 서서히 적응하는 수밖에. 숨이 가쁘고 머리가 아프거나 토할 것 같으면 일단 술, 담배와 과식을 피하고 편안하게 누워있어야 한다. 나에게 현지인들이 마시는 '마테 데 코카' (코카 잎으로 만든 차)가 상당히 효과가 있었다.

＊물것:산간지방을 여행하는 사람은 침대벼룩에 대비할 것. 침낭에 한번 들어온 벼룩은 잘 없어지지 않는다. 해가 나면 수시로 침낭과 옷을 말려야한다. 벌레 물려 긁고 싶을 때에는 반으로 자른 레몬을 발라주면 효과적이다.

〈도난방지〉

중남미, 특히 남미에서는 좀도둑을 조심해야한다. 이탈리아 집시나 인도의 좀도둑은 이곳에 와서는 명함도 못내밀 정도로 노련하고 고단수이다.

＊돈 조심:

1) 전대는 반드시 옷안으로 찰 것. 절대로 남에게 맡기지 말 것. 샤워를 하러 갈 때도 가지고 갈 것. 내가 너무 호들갑을 떨고 있다고 생각하지 마시길. 이걸 잃어버리면 나머지 여행이 즐겁지 못하다.
2) 허리 밖에 나온 전대는 이미 내 전대가 아니다. 목에 거는 전대는 생각도 하지말 것. 오히려 겨드랑이나 종아리에 찰 수 있는 코알라식 전대가 괜찮다.
3) 가지고 다니는 돈은 '반드시' 분산을 해 놓을 것. 나는 작은 배낭, 큰 배낭에 각각 1백달러씩 숨겨놓고 운동화 밑창에도 비닐봉지에 싼 1백달러를 넣고 다녔다. 배낭을 잃어버릴 경우 집에 전화를 하고 송금환이 올

때까지 기다릴 수 있어야 하기 때문이다.

4) 이외에도 나는 팬티에 따로 캥거루 주머니같은 보조 주머니를 달아 초비상금 1백달러를 넣고 다녔다.

5) 또 한 가지. 이곳에서는 절대 돈을 뒷주머니에 넣고 다니지 말아야 한다. 앞주머니에 있는 돈도 시장이나 터미널같이 사람이 많이 모이는 곳에서는 안전하지 않다. 나는 그날 쓸 만큼의 돈만 양말 안에 넣고 다녔다.

6) 해변 같은 데서 숙소에 전대를 맡겨야 할 경우에는 숙소 주인에게 맡기되 전대 안에 있는 것을 일일이 적어 각각 확인하고 날짜와 서명날인을 해두어야한다. 나도 이걸 소홀히 해서 숙소 주인이 수십 달러를 꺼내간 것을 번연히 알면서도 아무말 할 수 없었다.

***배낭조심**:외국인의 고급배낭은 좀도둑에게는 일급 먹이. 배낭 커버가 꼭필요하다. 나는 큰 배낭을 쌀 부대로 뒤집어 씌우고 다녔다. 그래도 이런 좀도둑은 목숨을 위협하지는 않는다. 그저 물건단속만 잘하면 된다.

〈치한 퇴치법〉

*말을 붙여오거나 관심을 보이는 남자가 싫을 때는 확실히 '나는 너하고 애기하기 싫다' 는 표시를 해야한다. 멋쩍어서 웃은 경우는 물론, 싫은 데도 아무 말 하지 않으면 상대방이 예스라고 생각하기 때문에.

*이쪽에서 확실하게 싫다는 표시를 했는데도 계속 추근대면 그때부터 그 사람은 치한이다. 치한은 치한 취급을 받아 마땅하다. 주위에 사람이 있다면 소리를 지르거나 따귀를 한 대 올려 붙이는 것도 불사해야 한다.

*이럴 때를 대비해서 나는 호루라기와 가스총을 가지고 다녔는데 국내에서 가스총을 구하기 어려우면 미니 헤어스프레이도 효과가 있다. 추근대는 놈 눈에 뿌리고 삼십육계를 놓는 것이다.

(이런 일은 되도록 없으면 좋겠지만 오래 여행을 하다보면 어쩔 수 없이 당하게 되니

마음의 준비를 하는 편이 현실적이다. 그러나 예방이 상책이다. 나는 1권에서 말한대로 남동생과 같이 찍은 사진과 조카들 사진을 가지고 다니며 유부녀 행세를 했다. 그러나 무엇보다도 이쪽의 태도를 애초부터 단호하게 해야한다는 것 명심하시길.)

〈경비절약을 위한 요령〉

여행 경비의 상당부분을 차지하는 것은 숙식비와 교통비. 이 두가지를 공짜로 해결하는 방법이 있다.

*** 노숙**:큰 도시라면 1권에서도 말한대로 공항이 제일이다. 그러나 공항은 도심에서 멀리있는 것이 흠. 만약 혼자가 아니라면 기차나 버스터미널 대합실에서도 노숙이 가능하다(단 페루에서는 안 하는 편이 좋다). 중요한 물건들은 몸에 지니고 있는 것이 제일 안전하고 카메라 등 귀중품은 침낭 안에 넣고 잔다. 가이드 북이나 일기 등이 들어 있는 작은 배낭은 베개삼아 베고 잔다.

*** 히치하이킹**:특히 칠레나 아르헨티나에서는 히칭이 용의하다.

1) 주유소 앞에서 기다릴 것.
2) 장거리일 때는 신새벽부터 시작해야 한다. 가는 거리가 8시간 이상일 때는 도중에 1박을 할 것도 염두에 두어야 함. 일반 버스시간의 3배 정도 걸린다고 계산하면 된다. 장거리를 갈 때는 승용차보다는 대형 화물 트럭이 유리하다.
3) 화물트럭이라도 정유회사 등 유명한 회사의 트럭이 시설이 좋고 안전하다.
4) 남자들은 혼자라도 상관없지만 여자 혼자 장거리 히칭을 할 때는 동행을 구하는 편이 밤새도록 가는 트럭를 탈 수 있어 좋다. 숙소에서 물색해 보시길.
5) 본문에서 말한 대로 내가 얻어탔던 트럭 운전사들은 모두 좋은 사람들이었다. 물론 좋은 사람들이 더 많다. 그러나 방심은 금물. 나는 타자마자 '나는 한국에서 온 작가이고 지금 만나러가는 친구는 한국대사관에서 근무하는데 남편이 이 나라 경찰이다' 라는 등의 연막을 쳤다.
6) 만약에 한밤중에 차를 잡지 못할 때에는 가까운 경찰서를 찾으시길. 이

두 나라의 치안은 믿을 만하다.

〈스페인어 학교〉

중남미를 장기간 여행하는 사람들에게 스페인어는 필수다. 중남미 각국 특히 과테말라에는 외국인을 상대로 하는 스페인어 학교가 많다. 비용은 보통 일주일 민박을 포함, 하루 5시간의 1대1 개인교사 수업료가 1백달러 정도. 일주일 단위로 수업이 있기 때문에 일주일만 배워도 효과가 대단하다(매주 월요일에 시작한다). 개인적으로 꼭 권하고 싶다. 민박도 하며 현지인을 사귈수 있으니 일석이조. 나는 티칼 호수 근처에서 그리고 토토스 산토스에서 2주일간 공부했는데 재미를 톡톡히 보았다.

과테말라에서 스페인어 학교가 밀집되어 있는 곳은 안티구아와 케잘테낭고이다. 현지에 가면 학교에 대한 정보를 쉽게 구할 수 있다.

나라별 여행힌트

칠레

여행 하이라이트

1)푸에르토 몬트에서 푸에르토 나탈레스까지의 3박4일 배 여행

2)등산을 좋아하는 사람은 파타고니아 지대의 산을 트레킹할 수 있는 파이네 국립공원 트레킹이 재미있다.

*트레킹 장비는 푸에르토 나탈레스에서 비싸지 않게 빌릴 수 있다.

*좀더 마음 편하게 트레킹을 하고 싶다면 텐트를 가지고 다닐 것을 권한다. 아니면 저녁에 대피소를 찾아야 한다는 생각에 느긋하게 등산할 수가 없다.

3)북쪽의 아타카마 사막 주변. 산 페드로 마을을 중심으로 한 진기한 사막지형이 장관이다. 본문에서 소개한 바 있는 발레 데 라 루나,아타카마 호수 그리고 세계에서 가장 넓은 간헐천 지역인 엘 타티오. 산 페드로 마을에서

는 내가 묵었던 숙소 〈로사 모네다〉를 권한다.

*남부 파타고니아 지대는 기온의 변화가 심해 비행기나 선박의 결항이 잦다는 것을 염두에 두고 시간을 넉넉히 잡아야 한다.

페루

여행 하이라이트

1)쿠스코와 마추픽추:페루의 체류기간이 얼마든 그 기간의 반 이상은 이곳에 머물기를 권한다. '잉카의 길' 트레킹을 적극 추천한다.
2)티티카카 호수:푸노에 가면 1박2일로 가는 투어가 많다.
3)아레키파와 콜카 계곡:자동차를 대절해야 해서 개인으로 가면 비용이 많이 든다. 아레키파의 여행사들이 단체관광을 모집한다.
4)리마에 가는 사람은 포르노 도자기 박물관(본문참조)을 놓치지 마시길. 묵을 곳으로 '호텔 에스파냐'를 권한다. 배낭족 숙소로 정보헌팅에 그만이다.

볼리비아

여행 하이라이트

1)카미노 데 초로:특이한 등산경험을 하고 싶은 사람들에게 적극 권하고 싶은 곳이다. 가이드 없이 갈 경우에는 아주 상세한 지도와 나침반이 필요하다.음식도 약간 많다 싶게 가지고 가는 편이 마음이 놓인다. 고도 4천m에서 1천m까지 내려가는 것이라서 아주 두꺼운 옷부터 반팔 옷까지 하나씩 가지고 가야 한다. 정수약은 반드시 챙기도록.
2)루레나바케에서 시작하는 정글 투어:라파스에서 버스로 24시간 정도 가면 정글 투어의 출발점이 나온다. 숙소는 〈티코호텔〉. 주인 아저씨 티코가 정글 투어를 주선해 준다. 아주 양심적이고 믿을만한다.
3)포토시 탄광촌:이 도시의 관광청에서 매일 떠나는 코스가 있다. 반드시 가보기를 권한다.
4)우유니 사막:소금사막과 여러가지 색깔의 호수, 연기가 나는 화산 등 진기

한 풍경을 볼 수 있다. 아주 고산 지역이므로 밤이 되면 무척 춥다. 부실한 침낭을 가지고 다니는 사람은 우유니 사막여행이 시작되는 도시의 여행사에서 두툼한 침낭을 빌리도록.(우유니 사막은 칠레와는 산 하나 사이의 국경이니 다음 여정이 칠레인 사람은 여기에서 곧바로 국경을 넘을 수 있다. 미화 10달러 정도를 주면 칠레 국경까지 오는 트럭을 구할 수 있다. 국경초소가 없으므로 국경을 넘자마자 최초의 마을인 산 페드로에 와서 입국도장을 받아야한다.)

멕시코

여행 하이라이트

1)멕시코 시티와 근교:물론 멕시코 시티의 인류 박물관과 근교에 있는 테오티와칸을 빼놓을 수 없다. 인류박물관은 하루종일 보아도 다 못 볼 곳이니 시간을 충분히 가지도록. 박물관을 별로 좋아하지 않는 사람들도 꼭 가보길 권한다. 참고로 멕시코 내의 모든 박물관과 유적지는 일요일에는 무료이다.

*멕시코 시티에서 내가 묵은 곳 〈카사 데 로스 아미고스〉는 퀘이커 교도들이 운영하는 기숙사다. 숙박비가 쌀 뿐더러 깔끔하고 시설이 잘 되어있어 인기가 좋다. 늘 만원인 것이 흠. 나는 체크아웃 시간에 가서 대기했다(705-0521/0646. 영어를 하는 직원이 전화를 받는다).

2)오악사카 근방:인디오들의 시장이나 매력있는 시내구경도 좋지만 역시 압권은 몬테 알반 유적지. 내가 묵었던 숙소인 〈유스 호스텔〉(국제 유스 호스텔 체인은 아니지만 아주 마음에 든다. 시내 관광사무소에 가면 위치를 알 수 있다)에서 유적지까지 가는 차량을 주선해 준다.

3)유카탄 반도의 이슬라 무헤레스와 툴룸:카리브해의 아름다움도 맛보고 너무 번잡하지 않은 곳에 묵으려는 사람에게는 칸쿤에서 배로 40분 정도의 거리인 이슬라 무헤레스를 권한다. 그곳에 있는 〈포크나 유스호스텔〉은 가격도 싸고 안전하면서 바다와도 아주 가까워 적격이다.

*툴룸은 마야 유적지만이 아니라 조용한 해변가도 좋다. 일부러 여기까지 갈 만하지는 않지만 유카탄 반도에서 벨리즈로 넘어가는 사람이라면 권하고

싶다. 내가 묵은 숙소 〈카바냐 엘 미라도르〉는 전망도 좋고 식당의 음식도 싸고 맛이 있다.

*잉카문명과는 달리 마야문명은 정글속에 자리잡고 있어 해가 나면 아주 덥다. 아침 일찍 서둘도록.

*멕시코 대학생들의 방학인 7~8월과 1월은 외국인 학생들에게도 버스삯, 기차삯이 반값으로 할인되는 수도 있으니 이 시기에 여행하는 사람들은 표 사기 전 반드시 확인해 보도록.

벨리즈

여행 하이라이트

코예 코아카 섬:이곳은 스노클링, 다이빙, 윈드 서핑 등 해양 스포츠 천국이다. 가제 등 해산물도 일품. 온두라스에 비해 약간 비싸다는 것이 흠이다. 내가 묵었던 숙소 〈이그나시오 비치 캐빈〉은 경치도 좋고 야자 열매도 공짜로 마음껏 먹을 수 있다. 무엇보다도 시원하고 안전하고 값이 싸다(본문에서 말한대로 벨리즈 시티는 치안이 아주 나쁘다. 밤에 혼자다니는 일 없도록. 꼭 밤거리를 걸어야 할 경우 인도쪽으로 걷지 말고 차도 가까이 걷는다).

과테말라

여행 하이라이트

1)티칼:유적은 정글 안에 있으므로 새벽에 일찍 시작하는 것이 좋다. 묵을 곳은 버스 정거장이 있는 산타 엘레나보다는 다리 하나 건너인 플로레스가 훨씬 좋다. 숙소도 깨끗하고 음식점도 많고 우선 호숫가의 정취를 맛볼 수 있다. 호숫가의 숙소 〈투칸〉은 추천할 만하다. 식당도 겸하고 있고 거기에서 주선하는 티칼 투어에 끼일 수도 있다.

2)안티구아:내가 묵은 곳 〈HOSPEDAJE EL PASAJE(오스뻬다예 엘 빠사예)〉 독방은 감옥처럼 좁지만 빨래를 할 수 있고 무엇보다도 옥상에서의 화산경치가 일품이다. 안티구아에서는 파카야 화산을 꼭 가보시도록. 내게는 대단한 감동이었다.

3)아티틀란 호수:유명한 파나하첼보다는 배를 타고 호수마을로 가는 편이 훨씬 좋다. 산 페드로와 산티아고 아티틀란에는 숙박시설도 있고 시골장이 볼 만하다. 화산까지 오를 수도 있으니 시간이 있으면 꼭 꼭대기까지 올라보시길. 정상에서 보는 경치가 무척 아름답다. 그리고 며칠 간 여유가 있다면 호숫가를 걸어서 일주해 보는 것도 재미있다.

*파나하첼의 선착장 근처에 있는 이발소는 여자 머리도 아주 잘 자른다. 밑져야 본전이라고 생각하고 들어갔는데 아주 깜짝 놀랄 솜씨였다.

4)치치카스테낭고:목요일과 일요일 장이 유명. 일요일 장이 훨씬 클 뿐더러 산토 토마스 성당에서 일요예배를 볼 수 있어 일석이조이다. 내가 묵은 곳 〈엘 살바도르〉는 전망도 좋고 옛 건물을 개조해서 만든 숙소로 건물이 예쁘다. 동행이 있을 때는 돈을 약간 더 내고 페치카가 있는 방을 얻으면 정취도 있을 것이다.

5)토도스 산토스:이곳의 토요일, 일요일 장도 볼만하다. 금요일에 이곳에 와서 하루 자고 다음날 시장구경 하기를 권한다. 내가 묵은 곳 〈카사 파밀리아〉에는 본문에서 말한 인디오식 사우나 '추'가 있다.

*이곳의 산동네 의상은 미국의 유명한 사진잡지 내셔널 지오그래픽의 단골손님이다.

6)케잘테낭고와 그 부근:케잘테낭고를 베이스 캠프로 삼아 근방의 특색있는 작은 마을들을 돌아볼 수 있어 편리하다. 앞에서 말한 스페인어 학교가 많다.

온두라스

여행 하이라이트

1)로아탄섬:스노클링이나 해변을 즐기고 싶은 사람들의 천국이다. 내가 묵은 곳 〈지미스 로지〉라는 배낭족 숙소는 하루 3달러다. 여기는 전기도 안 들어오고 시설이 아주 후지지만 이 근방에서 제일 싸고 배낭족들이 많이 모여 정보를 주고 받을 수 있어 권할 만하다. 부엌도 쓸 수 있고 스노클링 장비도 공짜로 빌려준다.

2)우틸라섬:스킨 스쿠버 라이선스(PADI)를 따고 싶은 사람은 여기가 적당하다. 비용은 초보자는 개인강사료를 포함해 2백15~2백50달러다. 이 가격으로 배우는 동안 숙소도 제공한다. 4일 정도면 라이선스를 딸 수 있다.(2백m를 수영할 수 있는 사람은 누구나 가능하다) 세계에서 제일 저렴한 가격이 아닌가 싶다.게다가 이곳은 아주 아름다운 카리브 해의 산호벽이 있는 곳이라 다이빙의 첫경험지로는 그만이다. 이 섬은 마땅한 해변이 없는 것이 흠.

3)코판:멕시코의 팔렌케와 과테말라의 티칼과 함께 마야의 3대 유적지로 꼽히는 곳. 두 곳에 비해 규모는 작지만 보존 상태가 아주 좋다. 이곳을 지나 바로 과테말라로 넘어갈 수 있다.

4)가리푸나 마을:라 세이바 근처의 흑인 거주지. 해변을 따라 군데 군데 있다. 특히 토요일에 열리는 춤판은 대단한 볼거리다.

알래스카

*최근들어 알래스카에 대한 관심이 높아져 안내책자가 많이 눈에 띈다. 다른 책에서 쉽게 얻을 수 있는 정보는 빼고 페키지 여행이 아닌 저경비로 여행을 하려는 사람들에게 필요한 것만을 정리한다.

*알래스카는 미국 내에서도 물가가 아주 비싸다. 게다가 대중교통 수단이 많지 않아 차를 빌리지 않으면 못보고 넘어가는 곳이 너무나 많다. 이런 이유로 4명 정도가 일행이 되어 비용을 분담해 차를 빌리는 것이 좋다.

*슈퍼마켓에서 식품을 사서 직접 해먹고 텐트를 하루 6달러 하는 국립공원 캠핑장에서 야영을 하면 비용을 대폭 줄일 수 있다.(보통 숙박료가 1박에 1백달러 정도인 것과 비교해 보면 얼마나 싼가)

*한국에서 텐트와 간단한 코펠, 버너등 취사도구를 준비해 가는 것도 좋다.

*여행시기는 백야현상으로 하루에 낮이 20시간 이상인 6~8월 사이가 좋다. 이때가 연어잡이 철이기도 하다. 연어잡이를 하려면 허가증만 사면 된다.

*본문에서도 말한대로 알래스카 모기는 악명 높다. 북쪽에 사는 동물들이 모기가 하도 피를 빨아먹어 죽는다고 할 정도다. 특히 야영을 하는 사람은 뿌

리는 모기약, 피우는 모기향, 바르는 모기퇴치 로션, 물파스등 만반의 준비를 해 갈것.

*야영을 하는 곳이 야생동물이 나오는 곳이면 반드시 먹던 음식을 바깥에다 매달아 두어야 한다. 특히 곰이 나오는 곳에서는 냄새가 새나가지 않는 통에다 담아두어야한다.

*알래스카에는 크게 두 종류의 곰이 있는데 그레즐리 곰이라는 갈색곰의 공격을 받으면 죽은 척 해야한다. 이 갈색곰보다 약간 몸이 작은 검은 곰이 나타나면 소리를 지르거나 요란한 소리를 내어 이쪽 편이 곰보다 힘이 세다는걸 보여야 한다.

내가 권하는 알래스카의 하이라이트

1)연어잡이:6월 말에서 8월까지 러시안 리버는 역류하는 연어들의 길목이다. 수천 마리의 연어들이 강을 꽉 메우면서 올라가기 때문에 초보자라도 고기를 잡을 수 있다.

2)콜롬비아 빙하 유람선 및 엑시트 빙하지역 하이킹:콜롬비아 빙하는 벨데즈라는 곳에서 시작하는데 한나절이면 충분하다. 엑시트 빙하는 바다로 떨어지지 않는 내륙 빙하로 그 위를 하이킹할 수 있다. 키나이 반도의 스워드 가까이 있다.

3)드날리 국립공원:비용의 여유가 있다면 토키트나에서 출발하는 경비행기로 매킨리 산을 둘러보는 것도 좋다. 대자연의 굉장한 에어쇼다.(요금 1인당 1백달러정도)

*이 국립공원을 한나절 버스로 돌아보는 투어가 있다. 신청은 국립공원 사무실에서 받는데 하루나 이틀 기다려야 한다.

*지도와 나침반만 가지고 길이 없는 황야를 하이킹(back country tracking)하는 것은 그 자체가 모험이며 도전이다. 3~5일이 적당하다.공원사무실에 반드시 예약 및 등록을 해야 한다. 여름 철에는 며칠을 기다려야 하기 때문에 서둘러야 한다.야영을 할 때는 야생동물 조심 또 조심. **〈끝〉**